AF402935

Sara Belin, die studierte Opernsängerin ist, schreibt seit mehreren Jahren erotische und romantische Liebesromane. Ihre Bücher erreichen stets Spitzenplätze in den Kindle-Bestseller-Rankings. In Saras Geschichten geht es um Leidenschaft, Gefühle, Romantik, Drama und Herzschmerz, aber ein Happy End darf nicht fehlen. Die Autorin träumt von einem Schreibdomizil mit Meerblick und wünscht sich als Haustier neben einem Collie noch ein Shetlandpony.

SARA BELIN

Weihnachtsküsse
in
MANHATTAN

Überarbeitete Neuausgabe November 2022

Copyright © 2022 dp Verlag, ein Imprint der
dp DIGITAL PUBLISHERS GmbH
Made in Stuttgart with ♥
Alle Rechte vorbehalten

Weihnachtsküsse in Manhattan

ISBN 978-3-98637-759-5
E-Book-ISBN 978-3-98637-762-5
Hörbuch-ISBN 978-3-98637-767-0

Dies ist eine überarbeitete Neuausgabe des bereits 2021
bei dp Verlag, ein Imprint der dp DIGITAL PUBLIHERS GmbH
erschienenen Titels Ein Winterwunder namens Liebe
(ISBN: 978-3-98637-115-9).

Copyright © November 2020, dp Verlag,
ein Imprint der dp DIGITAL PUBLISHERS GmbH
Dies ist eine überarbeitete Neuausgabe des bereits November 2020
bei dp Verlag, ein Imprint der dp DIGITAL PUBLISHERS GmbH
erschienenen Titels Ein Weihnachtswunder in New York
(ISBN: 978-3-96817-173-9).

Covergestaltung: ARTC.ore Design
Umschlaggestaltung: ARTC.ore Design
Unter Verwendung von Abbildungen von
shutterstock.com: © Oleksandra Klestova, © Gvardgraph,
© Shafran
Lektorat: SL Lektorat
Satz: dp DIGITAL PUBLISHERS GmbH
Druck und Bindung: Books on Demand GmbH, Norderstedt

*In der Kindheit frühen Tagen
Hört ich oft von Engeln sagen
Die des Himmels hehre Wonne
Tauschen mit der Erdensonne ...
(Mathilde Wesendonck)*

Kapitel eins

Dieser trübe Novembermorgen könnte nicht besser anfangen. Natürlich habe ich wieder mal meinen Wecker zu leise gestellt und springe erst aus dem Bett, als meine Mitbewohnerin Joanna laut an meine Tür klopft. Zu Glück hat sie sich gemerkt, wann ich aufstehen wollte.

So renne ich mit knurrendem Magen über die 6th Avenue zu der prunkvoll geschmückten Mall B&C, die ab sofort mein Arbeitsplatz sein wird. Heute geht der Weihnachtswahnsinn offiziell los, und Manhattan zeigt sich von seiner hektischsten Seite. Es ist schließlich Black Friday. Obwohl gestern Thanksgiving war, habe ich bis spät in die Nacht im Coffeeshop gekellnert, weil meine Kollegen natürlich ihre Familien besucht haben und ich zum Abschluss noch eine Doppelschicht schieben musste.

Da ich es wirklich eilig habe, bleibt keine Zeit, um die üppige Weihnachtsdekoration und festliche Beleuchtung zu bewundern, die ab heute das ganze Gebäude erstrahlen lässt. Abgesehen davon habe ich für Weihnachtskitsch echt nicht viel übrig.

Ich nehme den Eingang für Mitarbeiter und laufe die Treppe hinauf in den ersten Stock, wo sich das provisorische Büro meines Chefs, Mr. Brown, befindet. Billie Eilish hat mich die ganze Fahrt über begleitet, und ich ziehe mir noch rechtzeitig die Stöpsel aus den Ohren. Nach dem Anklopfen platze ich abgehetzt hinein und atme erleichtert auf. Ich bin zwar sechs Minuten zu spät, aber meine Kollegen für die nächsten vier Wochen stehen noch locker herum und plaudern miteinander. Mr. Brown und seine Assistentin, Ms. Brody, bemerken mich nicht mal, sie trinken am Fenster ihren Kaffee und unterhalten sich.

„Hey Hope!", begrüßt mich Susie, eine hochgewachsene Rothaarige, die neben der Tür steht und in den letzten Monaten meine beste Freundin geworden ist.

„Hey", erwidere ich. „Gott sei Dank habe ich es noch rechtzeitig geschafft, ich habe schon wieder den Wecker überhört."

„Entspann dich, Mr. Grinch und seine Hexe sind zum Glück noch beschäftigt, wie du siehst. Übrigens, Matthew und Lisa fehlen auch noch." Susie lächelt mich ermutigend an und tätschelt dabei meinen Oberarm.

Alles gut. Dann bin ich offensichtlich nicht die Einzige, die morgens gerne verschläft. Gestern war es schon nach zwei, als ich endlich ins Bett konnte. Eigentlich hasse ich Jobs, die meinen Biorhythmus durcheinanderbringen. Doch regelmäßige Ablenkung und keine Zeit zum Grübeln – dazu weit weg von meinem Zuhause in New Jersey – ist gerade das, was ich will und was ich brauche.

Mr. Brown dreht sich zu uns um und Ms. Brody klatscht zweimal kräftig in die Hände, um unsere Aufmerksamkeit auf sich zu lenken. Die beiden betreiben eine Agentur, die Personal für Veranstaltungen an Einkaufszentren oder Messen vermittelt. Dadurch, dass sie die Darsteller und die Events sorgfältig und vor allem persönlich vorbereiten und beaufsichtigen, haben sie sich einen lukrativen Kundenkreis aufgebaut und genießen einen exzellenten Ruf. Sie arbeiten regelmäßig für diese Mall, und jedes Mal übertreffen sie mit ihren „Inszenierungen" das vorherige Jahr. Ich habe echt Glück, dass sie mich genommen haben, denn ich schätze meine darstellerischen Qualitäten eher als bescheiden ein. Auch von der Optik her bin ich als Brünette mit haselnussbraunen Augen nicht die erste Wahl für meine himmlische Rolle. Aber irgendetwas an mir hat das ungleiche Duo überzeugt und sie haben mir den Job anvertraut.

Der Chef steckt in einem schicken, doch wie immer etwas zu weiten Anzug, der ihn nicht lässig, sondern unförmig erscheinen lässt. Mit seinem strengen Seitenscheitel im schütteren, grauen Haar und einem schmalen Schnurrbärtchen kommt er mir wie eine Figur aus einem alten Schwarz-Weiß-Film vor. Ms. Brody wiederum, eine kräftig gebaute Afroamerikanerin Ende fünfzig, trägt stets viel zu enge Kleider, die ihre üppige Figur noch mehr betonen. Vielleicht zelebriert sie damit demonstrativ ihre Weiblichkeit, oder sie hat in letzter Zeit stark zugenommen und beharrt weiter auf ihre alte Konfektionsgröße. Mit ihrem farbenfrohen Kleidungsstil und glamourösen Make-up bildet sie einen starken Kontrast zu dem blassen Mr. Brown, der mit seiner Vorliebe zu grauen Kleiderstücken der wahre König von Fifty Shades of Grey ist, wie wir ihn hinter seinem Rücken scherzhaft getauft haben. Mit *wir* meine ich unsere Weihnachtstruppe. Sie besteht aus ungefähr fünfundzwanzig jungen Männern und Frauen, die ab heute im Einkaufszentrum als Weihnachtselfen, Engel, Märchenfiguren und natürlich Santa unterwegs sein werden. Der Job ist gar nicht so schlecht bezahlt, und ich habe mich schon im Sommer bei mehreren Einkaufszentren und großen Shoppingtempeln in New York beworben. Nun bin ich hier gelandet und werde nach besten Kräften den Weihnachtsengel geben.

„Guten Morgen zusammen! Schön, dass ihr alle es pünktlich geschafft habt." Mr. Brown meldet sich mit seiner kratzigen, stets unfreundlich klingenden Stimme. Ms. Brody nickt bloß zur Begrüßung und zieht dabei ihre Mundwinkel kurz hoch. In diesem Augenblick klopft es laut an die Tür, und es erscheinen Matthew und Lisa. Ihre Gesichter haben einen bestimmten Glanz, der bestimmt nicht von der morgendlichen Kälte kommt. Sie sind erst seit zwei Wochen ein Pärchen und können nur schwer die Hände voneinander lassen. Was bei gewissen Kollegen für Neid sorgt.

„Entschuldigung, wir haben den Zug verpasst." Matthew zuckt entspannt mit den Schultern, als er einen strengen Blick von Mr. Brown erntet.

Ms. Brody schüttelt missbilligend den Kopf und stemmt ihre Hände in die breiten Hüften. Wenn sie eine Opernsängerin wäre, könnte sie mit ihrer majestätischen Figur und ihrer stolzen Haltung eine perfekte Walküre abgeben.

„Dann nehmt morgen gefälligst einen Zug früher!", faucht sie die beiden an. Ms. Brody besitzt ein stimmliches Organ, das sie locker ohne die Hilfe eines Megafons für Ansagen in Stadien einsetzen könnte.

„Ja, das machen wir, versprochen", erwidert Lisa eingeschüchtert.

„Na, schon wieder die ganze Nacht gevögelt?", murmelt Scott, der vor uns steht, und grinst das Pärchen anzüglich an. Sein pickeliger Kumpel Harry gib ihm dafür ein High five, und sie lachen los.

„Fresse", zischt Matthew und verpasst Scott einen Klaps auf den Hinterkopf.

„Heeey", protestiert Scott laut, und Harry prustet schadenfroh los.

„Jetzt reicht's!" Ms. Brodys Stimme vibriert bedrohlich durch den Raum, und sogar Mr. Brown zuckt zusammen. „Ihr seid nicht hier, um Spaß zu haben, sondern um die Kinder und ihre Eltern zu bespaßen!" Ms. Brody macht einen Schritt nach vorne, und ihre Augen funkeln zornig. „Ist das klar?"

„Ja, Ma'am!", antworten Scott und Harry unisono.

„Ist das euch allen klar?" Ms. Brodys Stimme erreicht eine Dezibelstärke, die jeden Einbrecher in die Flucht treiben würde.

„Ja, Ma'am!", wiederholen wir alle brav, um sie zu beschwichtigen.

„So ist es gut", meldet sich Mr. Brown erleichtert, der ohne seine energische Assistentin keine Chance hätte, einigermaßen Autorität auszustrahlen.

„Na dann, los! Zieht eure Kostüme an und macht euch bereit. In einer halben Stunde öffnen sich unsere Türen." Ms. Brody sieht uns an, als ob sie es mit einer Gruppe unmündiger Kinder zu tun hätte, denen man erst Manieren beibringen müsste. Na ja, einige von uns benehmen sich wirklich nicht besser als Teenager und sind diesem Alter auch gerade entwachsen. Aber ich bin wahrscheinlich die Einzige unter uns, die sich mit ihren dreiundzwanzig Jahren richtig alt fühlt, auch wenn meine äußerliche Erscheinung etwas anderes vermittelt. Ich bin eher klein gewachsen, sodass ich auf den ersten Blick recht mädchenhaft wirke. Das liegt auch daran, dass ich vor zwei Jahren fast zehn Kilo abgenommen habe und meine weiblichen Rundungen dadurch stark reduziert wurden. Vielleicht schaffe ich es eines Tages, wieder zuzunehmen und mein Idealgewicht zu erreichen. Im Augenblick ist mir das allerdings ehrlich gesagt ziemlich egal.

Wir ziehen uns in provisorischen Garderoben in den Lagerräumen um, sittenhaft getrennt nach Geschlechtern. Wir Frauen haben sogar zwei Schminktische mit beleuchteten Spiegeln zur Verfügung, um uns schminken zu können. Schließlich sollen wir echt, zauberhaft und authentisch aussehen, hat uns Mr. Brown vor einer Woche verkündet, als wir unsere Rollen mitsamt Kostümen bekommen haben.

Susie, die eine richtige Make-up-Expertin ist, verwandelt mich innerhalb weniger Minuten in einen Engel. Mit meiner goldblonden, gelockten Perücke und viel Glitzer und Goldstaub im Gesicht sehe ich ziemlich passabel aus. Dazu trage ich ein weißes, kurzes Hängerkleid aus Satin und darunter eine weiße Strumpfhose mit weißen und zum Glück flachen Stiefeletten. Susie, die eine richtig sexy Elfe abgibt, muss den Tag nämlich in Stiefeln mit ziemlich hohen Absätzen durchstehen.

Am Ende befestige ich den goldenen Heiligenschein auf meiner Perücke, und Susie hilft mir, die Engelsflügel umzugürten. Die sehen wirklich schön aus: fast durchsichtig, mit regenbogenfarbenen Glitzersteinchen verziert, und sie flattern sanft beim Laufen. Alles Kitsch pur, ohne Frage. Doch Weihnachten ohne Kitsch kann man sich heutzutage kaum noch vorstellen. Ein letzter Blick in den Spiegel, und ich bin bereit. Ich wende mich Susie zu, die in ihrem Elfenkostüm in Grüntönen steckt. Statt Perücke trägt sie ihr langes, rotes Haar ausnahmsweise naturgelockt und offen, was sehr hübsch aussieht. Ihr eng geschnittenes, kurzes Kleid zeigt ziemlich viel Dekolleté. Die Väter müssen beim Einkaufen auch ihren Spaß haben, hat Ms. Brody trocken erklärt, als sich Susie bei der Anprobe darüber gewundert hat.

„Dann wollen wir mal", sagt sie, und wir greifen zu unseren Körbchen, die üppig mit Süßigkeiten und kleinen Plastikfiguren gefüllt sind.

„Es widerstrebt mir zwar, den armen Kindern so viel ungesundes und sinnloses Zeug unterzujubeln, aber was soll's – it's Christmas time!" Susie lacht und wir fangen an, *Last Christmas* von *Wham* zu singen. Die anderen Mädels, die sich neben uns angezogen und geschminkt haben, lassen sich von uns mitreißen.

Einen Augenblick lang fühle ich mich wieder wie ein Kind, das in der Weihnachtszeit liebend gerne durch die Mall spaziert ist, die märchenhafte Dekoration bewundert und sich gefreut hat, von Santa und seinen Helfern diese oder jene Süßigkeit ergattern zu können. Es war die schönste Zeit des Jahres und ich überglücklich. Damals, in einem anderen Leben ...

Und jetzt werde ich dafür bezahlt, Kindern etwas Weihnachtszauber, Magie und Freude zu schenken. Schon komisch. Wo ich eigentlich vor Weihnachten weglaufen wollte. Um zu verhindern, dass mich die schrecklichen Erinnerungen, die ich seit zwei Jahren zwangsläufig mit dem Fest verbinde, nicht in ein dunkles, trostloses Loch stürzen lassen, aus dem ich gerade einigermaßen heil herausgekrochen bin.

Wie blöd bin ich eigentlich, mir gerade diesen bescheuerten Job auszusuchen, statt lieber Klamotten zu verkaufen oder in einem tollen Buchladen auszuhelfen? Doch während dieser Zeit gibt es so gut wie keine Arbeit, bei der man Weihnachten aus dem Weg gehen könnte. Ich wette, sogar wenn ich in einem Krankenhaus putzen gehen würde, würde mich die Weihnachtsstimmung einholen. Und noch viel schlimmere Erinnerungen in mir wachrufen ...

Ich werde einfach das Beste aus diesem Job machen und so tun, als ob ich selbst ein Teil der allgemeinen Weihnachts-Glückspsychose bin.

Mr. Brown und Ms. Brody beäugen uns sorgfältig, als wir in unseren Kostümen stramm wie Soldaten in einer langen Reihe stehen.

„Ihr seht, nun ja, entzückend aus!"

Ms. Brodys Stimme klingt tatsächlich freundlich und sie lächelt sogar. Mr. Brown stimmt ihr zu, und auch sein griesgrämiges Gesicht deutet so etwas wie ein Lächeln an.

„Allerdings. Die kleinen Gäste werden sich freuen, wenn sie euch erblicken. Vergesst nicht, immer freundlich, herzlich und begeistert zu sein! Wenn die Kunden gute Laune haben und ihre Kinder nicht herumnörgeln, geben sie noch mehr Geld aus als geplant."

Na klar. Das Weihnachtsgeschäft ist die hauptsächliche Treibkraft und Motivation, die hinter unseren zauberhaften Kostümen steckt, nicht die Nächstenliebe. Schließlich bin auch ich hier, um schnell etwas Kohle zu verdienen – und nicht, um kleine Nervensägen glücklich zu machen.

„Ja Sir, wir werden daran denken", meldet sich stellvertretend für uns alle Joey, der die Rolle des Santa spielt, und grinst dabei.

„Gut, dann sind wir alle so weit." Ms. Brody blickt auf ihre Uhr. „In fünf Minuten öffnen sich die Türen. Auf eure Positionen bitte! Und viel Spaß!"

„Ja, das wünsche ich euch auch! Merry Christmas!" Mr. Brown bemüht sich wieder um eine steife Grimasse, die wohl ein Lächeln sein soll.

„Wow, die alte Hexe und der Grinch haben uns viel Spaß gewünscht und dabei gelächelt", flüstert mir Susie zu. „Weihnachten macht tatsächlich etwas mit Menschen. Richtig unheimlich." Wir prusten los und folgen den anderen.

Als wir im zweiten Stock ankommen, empfängt uns schon festliche Weihnachtsmusik aus unsichtbaren Lautsprechern. Ich muss zugeben, die Dekoration ist atemberaubend. Ein Meer aus Lichterketten, glitzernden Weihnachtskugeln und mit künstlichem Schnee bedeckten Weihnachtsbäumen verwandelt die Mall in einen märchenhaften, wunderschönen Wintertraum. Susies Augen glänzen, und ihr hübsches Gesicht strahlt wie bei einem Kind. Auch ich merke, dass ich mich diesem Zauber nicht völlig entziehen kann. Die Geschäfte links und rechts versuchen, sich in der festlichen Gestaltung ihrer Schaufenster gegenseitig zu übertreffen, und die Verkäuferinnen öffnen ihre Türen mit vor Aufregung geröteten Gesichtern.

In der Mitte der Etage wurde ein eingezäunter Zauberwald aufgebaut, mit vielen echten Tannenbäumen und mehreren Märchenhütten aus Holz. Sogar das dunkelgrüne Moos scheint echt zu sein. Die Attraktion des Zauberwaldes ist ein hübsches Rentierpärchen, das entspannt in seinem kleinen Gehege im Heu buddelt und noch nicht ahnt, welche Menschenmassen sich gleich in diese künstliche Idylle stürzen werden. An einem Tannenbaum hängt ein großer Vogelkäfig mit einer wunderschönen Schneeeule mit halb geschlossenen Augen. Der arme Vogel tut mir jetzt schon leid, auch wenn sein Käfig in einer kindersicheren Höhe angebracht wurde. In der Mitte des Waldes steht das Knusperhäuschen mit gruselig echt wirkenden, lebensgroßen Hänsel- und Gretel-Figuren. Die Wände sind in der Tat mit echten Lebkuchen bedeckt, sodass ich am liebsten ein Stückchen abbrechen würde. Ein neben dem Häuschen platziertes Schild mit klaren Worten „Berühren verboten" hält mich jedoch rechtzeitig davon ab.

Neben mir und Susie werden weitere Kollegen in ihren Kostümen Stellung beziehen, und Joey, der als Santa durch alle drei Etagen pendelt, kommt mehrmals täglich vorbei und nimmt den Platz auf seinem rot-goldenen Thron ein, der sich vor dem Eingang des Zauberwalds befindet. Dort kann man mit ihm Fotos machen, und auch wir müssen uns auf Wunsch für Selfies bereitstellen. Die Kinder werden zweifelsohne viel Spaß haben.

Pünktlich um neun öffnen sich die Pforten zum Konsumtempel, und die Menschenmassen stürzen sich wie erwartet in die Schnäppchenjagd.

Innerhalb weniger Minuten ist es vorbei mit der Ruhe und Besinnlichkeit, und ich werde Zeugin des hektischen Treibens um mich herum. Die Kinder, die hinter den Erwachsenen hergezogen werden, bleiben nur selten bei mir stehen, oder sie greifen im Vorbeilaufen hastig nach den Schokopralinen, die ich mit einem Dauerlächeln anbiete. Wenn sich eine Mutter doch die Zeit nimmt, um mit ihrem Kind kurz bei mir oder einem meiner Kollegen zu verweilen, merke ich die innere Unruhe, die sie daran hindert, sich selbst eine kleine Verschnaufpause zu gönnen. Der Weihnachtszauber in der Mall, der fairerweise wirklich nicht zu bemängeln ist, lässt die Erwachsenen noch ziemlich kalt. Die Kinder werfen nur einige Blicke auf den stimmungsvollen Winterwald; ihre Aufmerksamkeit ist von kurzer Dauer.

Als ich selbst noch ein Kind war, konnte ich stundenlang die festliche Dekoration betrachten und meine Nase dabei staunend an die beleuchteten Schaufenster pressen.

Aber vielleicht wird es in den kommenden Tagen und Wochen besser werden. Schließlich war gestern noch Thanksgiving, und man muss sich erst mal von diesem herbstlichen Feiertag auf die weihnachtliche Saison einstellen.

Kapitel zwei

In der Mittagspause löffle ich in den Räumlichkeiten für Angestellte aus meinem Chinabecher, und Susie packt ihr üppig belegtes Sandwich aus. Wir sind beide ziemlich still. Das Herumlaufen, Dauerlächeln und die stets freundlichen Bemühungen, die Kundschaft kurz zum Verweilen anzuhalten, sind anstrengend. Auch den Geräuschpegel in der Mall empfinde ich nach einigen Stunden als belastend.

„Einfach das Gehirn ausschalten und weitermachen", sagt Susie ermutigend zu mir, als wir unsere Erfahrungen austauschen. „Irgendwann werden wir abstumpfen, und das zehnte Mal *Last Christmas* an einem Vormittag wird uns nicht länger foltern, sondern uns ein Dauergrinsen ins Gesicht zaubern. Wir werden zu fröhlichen Weihnachtszombies mutieren und alles wird gut. Merry Christmas!"

„Merry Christmas!" Dankbar erwidere ich Susies Grinsen. Sie schafft es meistens, alles mit Humor zu nehmen. Nun, sie kennt nicht die wahren Gründe für meine Abneigung gegen Weihnachten, das Fest der Liebe und der Familie. *Wenn man eine Familie hat ...*

Da wir erst seit sechs Monaten befreundet sind, habe ich ihr noch nicht viel über meine Vergangenheit anvertraut.

Bevor mich Schwermut überfällt, ziehe ich eine alberne Grimasse und begebe mich zum Winterwald, um nach der Eule zu sehen. Ich habe noch ein paar freie

Minuten, bevor die Pause offiziell zu Ende ist. Am Vormittag hat sie auf mich ziemlich nervös gewirkt. Das arme Tier. Es wird bestimmt ein Trauma bekommen, wenn es die nächsten vier Wochen hier in diesem Irrenhaus verbringen muss. Der schöne Vogel kauert auf seiner Stange und blickt ergeben drein.

„Na du?", spreche ich die Eule an. Sie sieht mich nicht an, plustert sich nur etwas auf. Ich würde sie gerne anfassen, doch ich riskiere es lieber nicht. Der Tierpfleger, der sich um die drei Tiere kümmert, meinte vorher, sie mag nicht berührt werden und könnte aggressiv werden. Ich denke, er macht sich nur wichtig. Die Eule wirkt keineswegs aggressiv, sondern eher depressiv. Was in Anbetracht ihres Käfigs kein Wunder ist. Irgendwann guckt sie in meine Richtung und öffnet halbwegs interessiert ihre gelben Augen.

„Meine Schöne, ich würde dir gerne eine Schokopraline anbieten, aber ich befürchte, die sind nichts für dich", sage ich entschuldigend zu ihr. „Bestimmt bekommst du gleich ein paar Mäuse." Bei dem Gedanken zucke ich angeekelt zusammen, denn Mäuse sind nicht gerade meine Lieblingstiere. Um mich abzulenken, vernasche ich schnell eine Schokopraline.

Die Pralinen, die ich an die Kinder verteile, schmecken wirklich lecker, und immer wieder stecke ich mir heimlich eine in den Mund. Nach Weihnachten werde ich in keine Jeans mehr passen, wenn ich so weitermache.

Irgendwie schaffe ich, den ersten Tag zu überstehen. Langsam gewöhne ich mich daran, Kinder stets freundlich lächelnd mit den eingeübten Floskeln anzusprechen und sie in ein kurzes Gespräch zu verwickeln. Ich wette, am Abend bekomme ich von dem Dauergrinsen Muskelkater im Gesicht. Den gestressten Eltern diene ich oft als Auskunft und bin heilfroh, dass ich von meinen Arbeitgebern darauf vorbereitet worden bin. Mit den verschiedenen Bereichen des Einkaufszentrums kenne ich mich gut aus, sodass ich die Fragen der Kundschaft rasch beantworten kann. Denn Geduld und Gelassenheit sind wohl Tugenden, die die Menschen heutzutage verlernt haben. Es muss alles schnell und nach Plan gehen, sonst bekommen sie gleich miese Laune. Statt mal gemütlich durch die Etagen zu schlendern und sich die festliche Deko in den Schaufenstern anzusehen, rasen sie gezielt von Geschäft zu Geschäft. Und dann wundern sie sich, wenn ihre Kinder quengeln und bei dem Anblick eines Engels kein entzücktes Gesicht machen, sondern nur abwesend nach Süßigkeiten in meinem Körbchen greifen. Was soll's. Ich werde mich daran gewöhnen und routiniert die kommenden Wochen überstehen. Die nächsten drei Stunden vergehen doch schneller als erwartet und ich blicke mit großer Freude auf mein Handy, das ich unter den Süßigkeiten im Korb aufbewahrt habe. Noch drei Minuten bis zu meinem Feierabend! Sechs Stunden am Tag reichen mir vollkommen und für den ersten Tag bin ich ziemlich geschafft. Jessie, meine Ablösung, muss gleich ankommen, wenn sie pünktlich ist.

Wie gestern abgesprochen, warte ich auf der kleinen Sitzbank vor dem Knusperhäuschen auf sie und stecke mir genüsslich eine Marzipanpraline in den Mund. Wegen meiner zarten Engelsflügel darf ich mich nicht zurücklehnen, und die Praline belohnt mich für meine unbequeme Sitzhaltung. Es ist gerade nicht viel los im

Winterwald, wo ich mich die meiste Zeit aufhalte, und ich fühle mich unbeobachtet. So seufze ich entspannt, als ich nicht gerade engelhaft meine schmerzenden Beine strecke und dehne.

Auf der Bank vor dem Baum mit dem Eulenkäfig fällt mir plötzlich ein kleiner Junge auf. Ganz alleine und zusammengekauert sitzt er dort und sieht zu Boden. Ich schätze ihn auf höchstens vier Jahre. Sein dunkles Haar ist lockig und lang, und wenn er nicht ausgesprochen jungenhafte Klamotten tragen würde, könnte man ihn für ein süßes Mädchen halten. Als ich mich umblicke, bemerke ich keinen Erwachsenen in der Nähe, der ein Elternteil sein könnte, und sein Anblick weckt meinen Beschützerinstinkt. Der Junge wirkt zwar traurig, jedoch nicht verängstigt, und er weint nicht. Trotzdem kann ich ihn nicht einfach so alleine lassen. Bestimmt ist er seinen Eltern unbemerkt entwischt, und sie suchen schon verzweifelt nach ihm. Am besten, ich bringe ihn zum Informationsstand und lasse sie ausrufen, schließlich gehören solche Dinge auch zu meinem Job.

Entschlossen stehe ich auf und nähere mich ihm langsam. Erst als ich vor ihm stehen bleibe, hebt er seinen dunklen Lockenkopf und sieht mich von unten an.

„Hallo Engel", begrüßt er mich mit seinem hellen Stimmchen. Er klammert sich fest an einen Plüschhund, den er in seinen Armen hält.

„Hallo ihr zwei", erwidere ich und knie mich vor ihm hin. „Alles gut bei euch?"

Der Junge nickt nicht gerade überzeugend und blickt mich kurz an. Seine großen Augen sind dunkelblau und von einem dichten, schwarzen Wimpernkranz umrandet. Er ist ein wirklich hübsches und niedliches Kind.

„Wie heißt ihr denn?", frage ich seinen Dalmatinerhund und streichle ihm kurz über die Pfote.

„Er heißt Bobby", antwortet der Junge und zieht den Stoffhund fester an sich.

„Hallo Bobby! Und wie heißt du?" Lächelnd sehe ich den Jungen an.

„Ethan", erwidert er und rutscht auf der Bank zur Seite, um mir Platz zu machen.

„Ich darf mich zu dir setzen?", frage ich vorsichtig. Erst will ich sichergehen, dass ich seine Geste richtig interpretiert habe. Ethan nickt, und ich lasse mich neben ihn fallen. Von der Seite beobachtet er interessiert, wie ich dabei meine Flügel mit der Hand hochhalte, um mich nicht daraufzusetzen.

„Ist nicht so einfach mit den Flügeln", murmele ich unbeholfen. Eigentlich kann ich nicht besonders gut mit kleinen Kindern umgehen, doch dieser Junge berührt mich irgendwie. In seinen großen, ernsten Augen erkenne ich schon wieder einen Schatten der Traurigkeit, die bei so einem süßen Fratz völlig fehl am Platz ist. Er müsste lächeln und bei dem Anblick der märchenhaften Kulisse vor uns vor Freude und Begeisterung strahlen!

„Bist du ein richtig echter Engel?" Er spricht mit einem leichten britischen Akzent, und seine unschuldige, doch fordernde Frage bringt mich kurz in die Zwickmühle. Normalerweise erzähle ich immer die Wahrheit. In diesem Fall muss ich jedoch kurz überlegen. Der Junge ist in einem Alter, in dem man getrost noch an Engel und den Weihnachtsmann glauben darf, und ich werde unter anderem dafür bezahlt, Kinder in ihrem Glauben zu bestärken.

„Ja, ich bin ein echter Engel", antworte ich überzeugend und erröte trotzdem. „Sag mal, bist du alleine hier?" Lieber wechsele ich das Thema, um mich vor weiteren Lügen zu schützen. Abgesehen davon bin ich der Meinung, dass ein so kleines Kind nicht unbeaufsichtigt auf der Bank im Winterwald sitzen dürfte, auch, wenn die Eltern vielleicht bloß in dem Geschäft gegenüber einkaufen.

Ethan schüttelt den Kopf, und ich atme erleichtert auf. Bestimmt erscheint seine Mutter gleich und sorgt dafür, dass er wieder lächelt.

„Hast du meine Mami gesehen?", fragt er, als ob er meine Gedanken erraten hätte. Seine großen Augen fixieren mich, und plötzlich spiegelt sich so viel Hoffnung darin, dass sich mein Herz zusammenzieht. Der Kleine weckt wahrlich Mutterinstinkte in mir. Und das tut mir nicht gut.

„Das weiß ich nicht, Ethan. Es sind so viele Menschen hier unterwegs und ich habe keine Ahnung, wie sie aussieht", antworte ich ehrlich. Wieder sehe ich mich um und suche vergeblich nach einer Frau, die seine Mutter sein könnte.

„Ich meine nicht hier", antwortet der Junge ernst. „Sie ist auch ein Engel und wohnt im Himmel."

Als ich die tragische Bedeutung seiner Worte begreife, zieht sich mein Herz noch mehr zusammen. Armes kleines Kind! Das kann doch nicht wahr sein!

„Hat sie auch solche schönen Flügel wie du?"

Bei seiner Frage blinzele ich mühsam ein paar Tränen der Rührung weg und schlucke den dicken Kloß in meinem Hals herunter. „Ethan, ich befürchte, ich habe deine Mami noch nicht getroffen", erwidere ich mit belegter Stimme. Am liebsten würde ich ihn auf meinen Schoß nehmen, ihn fest an mich drücken und ihn liebevoll in meinen Armen wiegen. Doch ich tue es nicht, ich fühle mich wie gelähmt. „Aber ich bin sicher, ihre Flügel sind noch viel schöner als meine", murmele ich stattdessen unbeholfen. Ethan dreht sich plötzlich zu mir und lehnt sein lockiges Köpfchen zutraulich an meine Brust. Mit beiden Händen umklammert er weiter seinen Hund, und ich muss mich mit aller Kraft zusammenreißen, um nicht loszuheulen. Ich halte die Luft an, umarme ihn und streichele behutsam über sein lockiges Köpfchen. Die alte Wunde in meinem Herzen brennt wieder höllisch, als ich die Trauer dieses Kindes so deutlich spüre. Ich weiß nur zu gut, wie es ihm geht. Alles, was ich will, ist ihm etwas Trost zu spenden. Das tun Engel doch, oder?

Der Junge weint nicht, und das macht mir noch mehr zu schaffen, denn ich spüre seinen stillen Schmerz. Wahrscheinlich hat er irgendwann in seiner Verzweiflung gelernt, nicht länger zu weinen, wenn er an seine Mama denkt. Nun, er hält mich für einen echten Engel und sucht Trost bei mir. Dass mein Job so verdammt anspruchsvoll sein könnte, hätte ich nicht gedacht. „Alles wird gut", murmele ich beschwichtigend und streichle über seinen Lockenkopf. Natürlich glaube ich selbst nicht, was ich da erzähle, denn wie soll in dem Leben dieses Kindes etwas wieder gut werden, wenn seine Mutter tot ist! Aber man gibt halt solche leeren Phrasen vor sich hin, wenn man sonst nichts zu sagen hat. Diese Worte habe ich selbst oft genug gehört ...

Daher bin ich von allen Menschen, die in diesem Augenblick im Einkaufszentrum unterwegs sind, am wenigstens dafür geeignet, Ethan Trost und Zuversicht zu spenden. Alles was ich tun kann, ist über seinen Kopf zu streicheln und ihn zu umarmen. Er duftet süß nach Apfelshampoo, und seine dunklen Locken sind seidig weich. Ich kann nicht anders, ich beuge mich zu ihm und küsse ihn voller Zuneigung auf sein Köpfchen. Wo er doch ein völlig fremdes Kind für mich ist. „Ethan, mein Junge, ich bin wieder da! Alles gut bei dir?" Plötzlich steht ein hochgewachsener Mann neben uns und greift schwungvoll nach Ethan. Der Junge lässt sich von dem Mann hochheben. Er wirft seine Ärmchen um dessen Hals und seufzt erleichtert: „Daddy, du bist endlich wieder da."

„Natürlich bin ich wieder da! Ich habe dir doch gesagt, ich bin in paar Minuten wieder bei dir", erklärt Ethans Vater beruhigend und küsst seinen Sohn auf die rosige Wange. „Ich musste nur kurz für große Jungs, und du hast gesagt, du wartest lieber bei der Eule auf mich. Hattest du etwa Angst?"

„Nein, ich hatte keine Angst." Ethan schüttelt so energisch den Kopf, dass seine dunklen Locken nur so um sein Gesicht fliegen. „Der Engel war doch bei mir und hat auf mich aufgepasst." Er zeigt auf mich und versteckt sein Gesicht an der Schulter seines Vaters. Schon wieder muss ich den Kloß in meinem Hals herunterschlucken.

Erst in diesem Augenblick nimmt mich sein Vater so richtig wahr. Ein Paar ozeanblaue Augen mustern mich aufmerksam. Obwohl die Situation traurig ist, muss ich feststellen, dass der Mann ausgesprochen attraktiv ist.

Ich schätze ihn auf Mitte dreißig. Er trägt einen grauen, maßgeschneiderten Anzug und ein schwarzes Hemd und wirkt wie ein Geschäftsmann. Sein mittellanges, dunkles Haar ist gewellt, und ein gepflegter Fünf-Tage-Bart ziert ein Gesicht mit ebenmäßigen Zügen. Nach einigen Augenblicken des gegenseitigen Betrachtens streckt er mir seine Hand entgegen und begrüßt mich mit einem halbherzigen Lächeln. „Entschuldigen Sie bitte. Ich war wirklich nur wenige Minuten weg und lasse normalerweise mein Kind nicht unbeaufsichtigt. Doch er hat darauf bestanden, hier alleine auf mich zu warten, weil er ein großer Junge sein möchte. Ich habe dem Security-Mann da vorne Bescheid gesagt, dass er ein Auge auf ihn hat. Aber vielen Dank, dass Sie sich sofort um ihn gekümmert haben. Übrigens, ich heiße David Bailey.“

Ich stehe endlich auf, und wir schütteln uns die Hände. „Hope. Hope Roberts“, sage ich und hoffe, meine Stimme klingt wieder ganz normal. „Kein Problem, ich habe mich gerne um ihn gekümmert. Ethan hat mich gebeten, mich kurz zu ihm zu setzen, als ich ihn angesprochen habe. Es ist schließlich mein Job.“ Mit einem Zwinkern versuche ich, der Situation etwas von der Schwere zu nehmen, und David Bailey lächelt erneut. Diesmal erreicht das Lächeln auch seine Augen, nicht bloß seine Lippen.

„Hope? Ein passender Name für einen Engel.“ Ethan, der immer noch beide Arme um den Hals seines Vaters geschlungen hat, unterbricht ihn plötzlich ernst: „Papa, Hope hat Mami im Himmel nicht gesehen, ich hab sie gleich gefragt, ob sie sie kennt.“

David Baileys Gesicht verdunkelt sich augenblicklich, und ich entdecke in seinen Augen die gleiche Traurigkeit wie schon zuvor bei seinem Sohn. Hilflos ziehe ich meine Schultern hoch und weiß nicht, was ich sagen soll. Ich ahne, wie er sich in diesem Augenblick fühlt, ahne die tiefe Wunde, die er in sich trägt. „Er hat es Ihnen also erzählt. Entschuldigen Sie bitte." David atmet schwer aus und streichelt seinem Sohn über den Rücken. „Meine Frau ... Sie ist kurz nach letztem Weihnachten an Krebs verstorben", sagt er bemüht ruhig und mit einem leicht finsteren Blick, in dem sich so viel Schmerz spiegelt, dass ich unwillkürlich zusammenzucke. Ich spüre so deutlich, wie schwer es ihm fällt, darüber zu reden, wie viel Kraft es ihn kostet, diese schrecklichen Worte aussprechen zu müssen. Und ich kann ihn so gut verstehen, dass es mir selbst in der Seele weh tut.

„Und dann ist Mami ein Engel geworden und wohnt jetzt im Himmel, nicht wahr?" Ethan ergänzt ihn entschlossen und will herunter. Sein Vater nickt und stellt ihn langsam auf dem Boden ab. Dabei wirft er mir einen halb hilflosen, halb entschuldigenden Blick zu. Was erzählt man sonst einem kleinen Kind, wenn seine Mutter wegstirbt? Die ganze bittere Wahrheit kann man einem so jungen Menschen nicht zumuten.

Ich finde es nur natürlich, dass David Bailey versucht, seinem Sohn etwas Trost zu verschaffen, indem er ihn glauben lässt, seine Mutter lebe weiter, an einem Ort, der viel schöner ist als diese grausame Welt. Dafür muss man nicht mal besonders religiös sein. Dieser Notlüge würde man sich wahrscheinlich auch als Atheist bedienen, um sein Kind zu trösten.

„Selbstverständlich tut sie das", murmele ich und mache ein zuversichtliches Gesicht. David Bailey reagiert darauf mit einem dankbaren Lächeln.

„Haben Sie nochmals vielen Dank, dass Sie sich um Ethan gekümmert haben, und es tut mir leid für die Unannehmlichkeiten", sagt er förmlich und nimmt Ethan an die Hand.

„Kein Thema!", entgegne ich. „Es war mir eine Freude, Ethan kennenzulernen."

„Wir müssen jetzt los. Auf Wiedersehen, Ms. Roberts." David Bailey nickt mir zu. „Ethan, sagst du Hope auch auf Wiedersehen?"

„Auf Wiedersehen, Hope." Ethan winkt mir zu, und mir entweicht unwillkürlich ein „Merry Christmas".

Wie bescheuert von mir! Bei meinen unbedachten Worten verzieht David Bailey kurz die Lippen.

„Ja, sicher, Merry Christmas", entgegnet er leicht zynisch. Wahrscheinlich hasst er Weihnachten genauso wie ich und würde es am liebsten überspringen, um den bösen Erinnerungen aus dem Weg zu gehen. Und ich Dumpfbacke lege noch einen Finger in die Wunde, indem ich ihm und seinem Sohn frohe Weihnachten wünsche! Dafür würde ich mich am liebsten ohrfeigen. Beschämt blicke ich den beiden hinterher. Davids breite Schultern sind leicht gebeugt, und von hinten wirkt er älter. Die Last, die er mit sich trägt, ist ihm deutlich anzusehen.

Ethan sieht plötzlich über die Schulter zu mir und schenkt mir ein so bezauberndes Lächeln, dass mir unmittelbar warm ums Herz wird. Ich hoffe wirklich, die beiden werden die Weihnachtszeit gut überstehen. Der Mann scheint ein liebevoller Vater zu sein und tut bestimmt sein Bestes, um seinem kleinen Sohn so weit wie möglich den schrecklichen Verlust zu ersetzen, den er schon so früh erleben musste.

David Bailey bleibt stehen und dreht sich auch um. Unsere Blicke treffen sich, und wie von alleine hebe ich meine Hand zum Abschied. Wir lächeln uns an und sehen uns lange in die Augen. Aber wir flirten nicht. Es ist eher eine instinktive Reaktion darauf, dass wir uns irgendwie erkannt haben, eine Ahnung, dass uns beide etwas verbindet, das tiefer und bedeutungsvoller ist als eine zufällige Begegnung zwischen einem Mann und einer Frau.

Ich würde ihn und seinen Sohn gerne wiedersehen, und ein seltsames Gefühl in meiner Brust sagt mir, dass es den beiden ebenso geht.

Kapitel drei

„Du siehst wirklich geschafft aus! War es so schlimm?“ Susie, die gerade ihre Elfenklamotten auf dem Garderobenständer ablegt, mustert mich aufmerksam.

„Nein, nein, es war gar nicht schlimm“, erwidere ich und werfe das benutzte Abschminktuch in den Mülleimer. Mit meinem braunen, glatten Haar und völlig ungeschminkt sehe ich jetzt nicht länger wie ein Engel aus, besonders nicht, als ich in Jeans und Kapuzenpulli schlüpfe.

„Ist was? Du bist so schweigsam und abwesend.“ Susie lässt nicht locker. Sie bindet ihre rote Mähne zu einem Pferdeschwanz zusammen und sieht mir tief in die Augen. Wir haben uns im Mai in dem Coffeeshop in Brooklyn kennengelernt, wo wir beide gejobbt haben, und seitdem sind wir beste Freundinnen. Es war auch ihre Idee, sich für diesen Job zu bewerben, denn sie kennt jemanden, der schon mal zur Weihnachtszeit in der Mall gearbeitet und ihr den Tipp gegeben hat.

„Ich weiß nicht ... Ich hatte vorhin eine Begegnung, die mich nicht loslässt“, sage ich endlich.

„Aha. Was für eine Begegnung? War es ein Weihnachtsgeist? Oder ein sexy russischer Millionär, der mit seinem Jet von Moskau nach New York zum Shoppen für Frau und Tochter eingeflogen wurde?“ Susie grinst und wickelt sich einen flauschigen, orangefarbenen Schal um den Hals.

„Ich habe einen kleinen Jungen getroffen, der mich für einen echten Engel hält und mich fragte, ob ich seine verstorbene Mutter, die auch im Himmel wohnt, kenne", antworte ich ernst.

„Oh. Das ist wirklich traurig." Susie hört auf zu grinsen und zuckt mit den Schultern. „Es gibt Schicksale da draußen, die einem an die Nieren gehen können."

„Ja, tatsächlich", murmele ich nachdenklich.

„Hey, lass dich von solchen Begegnungen nicht runterziehen! Wir können den Menschen ihre Last nicht abnehmen, aber wir können ihnen ein Stückchen heile Welt schenken und sie für ein paar Augenblicke glücklich machen. Deswegen tun wir uns diesen Job an, oder?"

„Das hast du schön gesagt. Aber ich dachte, es geht nur um die Kohle bei dem Weihnachtsscheißjob." Jetzt grinse ich und Susie sieht mich verdutzt an.

„Hey, du bist wirklich abgebrüht!" Sie lacht auf und zeigt dabei ihre weißen Zähne mit der Zahnlücke, die sie nur sympathischer aussehen lässt. „Trinken wir noch eine heiße Schokolade irgendwo? Mit einem Stück Kuchen dazu?"

„Das können wir gerne machen", antworte ich und schließe meine rote Daunenjacke. Es soll am Abend kalt werden, und für die nächste Woche wurde sogar der erste Schneefall vorhergesagt.

Eine halbe Stunde später sitzen wir im *Romeo und Juliet Coffeehouse* unweit von Hudson Yards und gönnen uns Karotten-Käse-Kuchen mit heißer Schokolade dazu. Trotz der Kälte nehmen wir draußen Platz, gemütlich eingewickelt in warme Decken.

„Sag mal, Hope, wo wirst du eigentlich Weihnachten verbringen? Bei deiner Familie in Oakland?" Susies unschuldige Frage berührt mich unangenehm, und der saftige Kuchen schmeckt mir plötzlich nicht länger.

„Nein", sage ich entschlossen. „Ich fahre nicht nach New Jersey. Ich werde Weihnachten alleine hier in New York verbringen."

„Kein Mensch, der Familie hat, verbringt Weihnachten alleine", meint sie überrascht und ungläubig zugleich.

„Ich schon. Hab ich letztes Jahr auch gemacht." Ich verziehe meinen Mund und blicke in die Ferne.

„Aber wieso? Du hast doch Eltern." Susie bohrt, obwohl sie doch merken muss, dass ich das Thema lieber meiden möchte und mir unwohl dabei ist.

„Meine Eltern und ich reden nicht mehr miteinander", erkläre ich ihr knapp und presse meine Lippen zusammen. Die dünne Narbe auf meiner linken Schläfe brennt plötzlich. Noch heftiger brennt die verborgene Narbe tief in meinem Herzen, die niemals verheilen wird.

„Darf ich fragen warum?" Susie spricht behutsam und ruhig, als ob sie die dunklen Abgründe erahnt, die sich hinter meiner Fassade verbergen. Als meine beste Freundin steht ihr zu, auch unangenehme Fragen zu stellen. Ich seufze tief.

„Mein Vater ist seit fast zwei Jahren Alkoholiker, und meine Mutter ist schwer depressiv und verlässt manchmal tagelang das Bett nicht." Während ich spreche, schließe ich meine Finger so fest um meine Tasse, dass sie fast zerspringt. „Schon deswegen kommt in mir keine Weihnachtsstimmung auf, wenn ich an mein

Zuhause denke." Wie aus der Ferne höre ich meinen eigenen Worten zu und starre auf das kitschige Weihnachtsmuster der Tischdecke. *Wo Weihnachten bei uns früher so wunderschön gewesen ist. Bis ich alles zerstört habe ...*

„Das tut mir leid", flüstert Susie bestürzt. „Möchtest du darüber reden?"

„Nein, lieber nicht", sage ich rasch. „Vielleicht ein anderes Mal", füge ich bemüht sanfter zu. Verdammt, man redet mit der besten Freundin über alles! Wie kaputt bin ich denn, dass ich mich sogar vor ihr verschließe?

„Ist in Ordnung, lass dir Zeit! Ich bin für dich da, wenn du mich brauchst." Susie lächelt aufmunternd und mitfühlend zugleich und streichelt mir zögernd über die Schulter. Ich kann mir denken, wie hilflos sie sich gerade vorkommt. Meine Finger entspannen sich endlich, und ich stelle die Tasse ab.

„Danke, das weiß ich zu schätzen", erwidere ich mit einem gequälten Lächeln. Susie ist echt cool und einfühlsam. Aber ich werde mit ihr darüber reden, wenn ich so weit bin. Heute schaffe ich es noch nicht.

„Was machst du am Wochenende?" Erfreulicherweise wechselt sie das Thema, und ich atme erleichtert auf. „Ich wollte nämlich Geschenke besorgen, damit ich in vier Wochen nicht im letzten Augenblick durch die Geschäfte rennen muss", erklärt sie mir. „Magst du mich begleiten?"

„Klar, ich komm gerne mit, ich hab sonst keine Pläne", antworte ich halbwegs überzeugend und führe die Gabel mit dem leckeren Kuchen zum Mund. Zum Glück kommt mein Appetit zurück. Susie und ich plaudern noch eine Weile, und ich schaffe es, das leidige Thema von vorher zu vergessen. Doch immer wieder erscheint vor meinem geistigen Auge das entzückend hübsche, traurige Gesicht des kleinen Ethan. Auch die durchdringenden Augen seines Vaters verfolgen mich die ganze Zeit und geben mir keine Ruhe. Die beiden haben es mir echt angetan!

Das märchenhafte Meer aus Lichterketten, das die Straße auf beiden Seiten ziert, verleiht der Abenddämmerung einen unwiderstehlichen Charme. Sogar jemand wie ich kann sich dieser besonderen, fast magischen Atmosphäre, die Manhattan um diese Jahreszeit erfüllt, nicht gänzlich entziehen.

Ich werde mir Mühe geben, um Susie am Wochenende ihren Shoppingspaß nicht zu vermiesen.

Als ich gegen sieben in der bescheidenen Zweizimmerwohnung ankomme, die ich mir mit meiner Mitbewohnerin Joanna teile, ist sie nicht da. Sie übernachtet bei ihrem Freund, wie sie mir kurz darauf per WhatsApp mitteilt. Joanna und ich sind nicht richtig befreundet. Unser Zusammenleben ist eher eine Zweckgemeinschaft, wir haben wenig gemeinsam und reden nicht viel miteinander. Sie ist noch schweigsamer als ich. Doch es passt mir, wie es ist. Vielleicht ziehe ich irgendwann mit Susie zusammen, die bei ihrer Tante wohnt. Sich eine eigene Wohnung hier in der City leisten zu können, ist schlicht utopisch, wenn man keinen guten Job hat. Aber über meine berufliche Zukunft mache ich mir lieber nicht allzu viele Gedanken. Joanna hat heute die Fenster in der Küche mit einer bunten Lichterkette geschmückt und einen roten

Weihnachtsstern auf die Fensterbank gestellt. Widerwillig muss ich zugeben, dass es ziemlich hübsch und stimmungsvoll aussieht.

Meine Beine schmerzen von dem vielen Laufen und Stehen, und ich gehe früh ins Bett. Vor dem Einschlafen denke ich wieder an Ethan und seinen Vater und versuche, mir die beiden lachend und fröhlich vorzustellen. Ich bin schon ziemlich bescheuert. Als ob ich nicht genug eigene Probleme hätte! Vielleicht sollte ich besser dafür sorgen, dass ich selbst öfter mal lache und Spaß am Leben habe, bevor ich mich um fremde Menschen sorge, die mich nichts angehen.

Kapitel vier

Am dritten Tag als Engel im Einkaufszentrum merke ich, wie langsam aber sicher die Routine einsetzt. Auch finde ich die Arbeit nicht länger so ermüdend und öde. Teilweise habe ich sogar Spaß mit meinen kleinen oder auch großen Besuchern, die kurz am Märchenwald verweilen oder stehen bleiben und ich ihnen die Süßigkeiten aus meinem Körbchen anbiete. Susie und ich drehen manchmal gemeinsam unsere Runden durch die Etage und albern herum, wenn wir uns unbeobachtet fühlen – was in den großen Menschenmengen nicht einfach ist.

Am Nachmittag, kurz vor dem Ende meiner Schicht, erblicke ich plötzlich zwei Menschen, die mir die ganze Zeit nicht aus dem Kopf gegangen sind. Mein Herz macht einen aufgeregten Sprung, als ich auf der Bank vor dem Knusperhäuschen David Bailey und Ethan erkenne. Sie unterhalten sich angeregt, und Ethan nascht dabei an einem großen Lebkuchenherz.

Meine Flügel rascheln leise, als ich mich den beiden nähere. In diesem Bereich spielt andere Musik, nicht die lauten, poppigen Weihnachtssongs, die durch das übrige Einkaufszentrum dröhnen. Es sind viele klassische Stücke dabei, wie der Tanz der Zuckerfee aus dem Nussknacker, oder Kinderchöre, die zauberhaft schlicht alte Weihnachtslieder singen. Diese Klänge tragen dazu bei, dass wenigstens an einem Ort in der

Mall besinnliche und zauberhafte Atmosphäre entstehen kann.

David und Ethan scheinen es zu genießen und lauschen konzentriert Josh Groban, der *O Holy Night* singt. Das war einst mein Lieblingsweihnachtslied …

„Das war einst mein Lieblingsweihnachtslied", wiederhole ich laut, als ich vor den beiden stehen bleibe, und ich beiße mir auf die Lippe. Warum sage ich so was? Ein einfaches Hallo hätte auch gereicht! Vater und Sohn sehen überrascht zu mir hinauf und David steht auf.

„Meins auch", murmelt er verblüfft und mit einem entrückten Blick, der mir verrät, dass er immer noch irgendwo in der Vergangenheit weilt und sich an glückliche Tage erinnert.

„Und von meiner Mami", fügt Ethan hinzu und mustert mich ernst. Er drückt seinen Plüschhund, der ihn wohl immer begleitet, fester an sich. „Hast du jemanden das Lied schon mal im Himmel singen gehört? Es war bestimmt meine Mami, sie hat so schön gesungen."

„Leider nicht", erwidere ich und senke meinen Blick. Sie haben sich also gerade an Ethans Mutter erinnert, und dann platze ich einfach so hinein!

„Ethan, Hope hat in der Weihnachtszeit hier auf der Erde so viel zu tun, dass sie gar nicht mehr dazu kommt, im Himmel unterwegs zu sein." David Baileys Erklärung finde ich ganz plausibel. Auch Ethan nickt verständnisvoll und stellt zum Glück keine weiteren Fragen.

„Entschuldigung", flüstert mir David zu.

„Kein Problem", flüstere ich zurück.

„Wollen Sie sich kurz zu uns setzen?“ Davids Aufforderung bringt mich in Verlegenheit, weil ich mich immer noch wie ein Störenfried fühle.

„Ja, gerne“, entgegne ich und greife nach meinen Flügeln, um sie hochzuhalten, während ich Platz nehme. Die schmale Bank ist für Kinder gemacht und bietet daher keine Möglichkeiten, um Abstand voneinander zu halten. David und ich sitzen so dicht beieinander, dass wir uns mit den Schultern und Oberschenkeln berühren. Es fühlt sich keineswegs unangenehm an. Schweigend hören wir das Lied zu Ende. Es ist schon seltsam. Wir alle lauschen gerade unserem Lieblingsweihnachtslied, obwohl es in uns qualvolle Erinnerungen weckt, die unsere Herzen schwer und traurig machen. Ich schlucke einen Tränenkloß herunter, und doch fühle ich mich irgendwie wohl. Vielleicht, weil ich dem Schmerz nicht alleine nachspüren muss, der bei diesem wunderschönen Song unaufhaltsam in mir hochsteigt. Wir drei sind in diesem Augenblick Verbündete, die sich instinktiv gegenseitig Trost spenden und ihren Schmerz wortlos miteinander teilen. Ich fühle regelrecht, wie eine unsichtbare Energie uns verbindet und eine vertraute Nähe erzeugt. Das kann doch kein Zufall sein. Oder doch? Unruhig greife ich in mein Körbchen.

„Pralinen? Die sind echt gut“, sage ich belanglos, als der Song verklungen ist und *The First Noel* folgt.

„Gerne“, antwortet David mit einem kleinen Lächeln und nimmt zwei Pralinen aus meiner Hand entgegen. Unsere Finger berühren sich dabei, und ich spüre kurz die Wärme seiner Haut. Er reicht eine Praline weiter an Ethan, der mich anstrahlt. „Danke, Engel Hope.“

„Bitte Ethan. Aber es reicht, wenn du nur Hope zu mir sagst", meine ich lächelnd. Er hält mich tatsächlich weiter für einen echten Engel. Aber welches vierjährige Kind mit einer verstorbenen Mutter würde das nicht tun?

„Er braucht das noch, denke ich", flüstert David, als er meine Verlegenheit bemerkt, und beugt sich leicht zu mir. „Den Glauben an Engel, meine ich."

„Ja, ich weiß. Er ist noch so klein", flüstere ich zurück und nehme einen angenehm dezenten Männerduft wahr, der von ihm ausgeht. Leicht würzig und erdig. Wie ein warmer Sommernachmittag im Wald.

David nickt bloß betrübt und isst seine Praline auf. Ethan, der seine Marzipankugel buchstäblich verschlungen hat, erhebt sich und drückt seinem Vater seinen Plüschhund in die Hände.

„Ich sehe mal nach den Rentieren. Bin gleich wieder da", erklärt er uns ernst.

„Mach das, Liebling. Bobby und ich warten hier", erwidert David und lächelt seinen Sohn an.

„Bis gleich, Hope." Ethan dreht sich kurz zu mir um und ich winke ihm zu.

Ethan geht selbstbewusst und mutig zu dem kleinen Tiergehege.

„Er traut sich immer öfter, sich von mir zu entfernen und ein paar Minuten alleine zu verbringen", erzählt David, ohne mich anzusehen. „Noch vor wenigen Monaten gab es jeden Morgen Drama, wenn ich ihn bei der Kinderfrau lassen musste, um arbeiten zu gehen. Er hat sich an mir festgeklammert und hatte solche Angst, dass ich nicht zurückkomme."

„Solches Verhalten ist nur normal nach so einem großen Verlust, würde ich sagen", entgegne ich trocken und schlucke hart.

„Gewiss. Umso mehr freue ich mich, dass er neuerdings darauf besteht, selbstständiger zu werden und auch kurz alleine zu bleiben. Wie neulich, wo wir uns getroffen haben. Aber entschuldigen Sie bitte." David seufzt und fährt sich mit der Hand über das Gesicht. Plötzlich fällt mir auf, dass er noch immer eng neben mir sitzt, obwohl auf der Bank nun genug Platz ist. Anscheinend fühlt er sich in meiner unmittelbaren Nähe genauso wohl wie ich in seiner, und das lässt mich leicht nervös werden.

„Ist schon in Ordnung, es macht mir nichts aus", beruhige ich ihn trotzdem schnell. „Ethan ist ein bezaubernder Junge, und ich bin froh, dass wir uns begegnet sind." Damit meine ich nicht nur Ethan, sondern auch ihn, und ich wette, er hat die Bedeutung meiner Worte verstanden.

„Ja, das ist er." David nickt nachdenklich. „Und er mag Sie sehr, er hat Sie in den letzten Tagen mehrmals erwähnt und wollte Sie wiedersehen."

Ich muss ziemlich verblüfft wirken, als ich darauf nur sprachlos lächeln kann. David dreht sich mir zu, und ich halte mutig seinen Blick. Seine blauen Augen mustern mich neugierig und wach. Sind sie deswegen hier? Weil Ethan mich wiedersehen wollte? Oder wollte *er* mich auch wiedersehen?

„Ms. Roberts, was machen Sie sonst, wenn Sie nicht als Engel unterwegs sind?", fragt er mich, als ich nach einer Weile doch seinem intensiven Blick ausweiche.

„Bitte, sagen Sie einfach Hope zu mir", murmele ich und spüre, wie ich unter meinem Make-up erröte.

„In Ordnung, Hope. Dann sag du aber auch David zu mir." Er lächelt charmant, und seine Augen funkeln. Der Schatten, der sonst auf seinem attraktiven Gesicht liegt, zieht sich zurück, und David wirkt auf einmal einige Jahre jünger.

„Gut, mach ich", erwidere ich leicht verlegen. „Wenn Sie ... ich meine, du damit meinst, was ich sonst beruflich tue, muss ich dich leider enttäuschen. Zurzeit bin ich hauptberuflich ein Engel, und was danach kommt, weiß ich ehrlich gesagt noch nicht", antworte ich spontan. „Zukunftsgestaltung ist im Augenblick nicht meine Stärke, und das Leben lässt sich eh nicht planen." Entschuldigend zucke ich mit den Schultern und befürchte, er wird mich ab sofort für einen Freak halten. Es gibt kaum Menschen hier in Manhattan, die ohne einen festen Plan und Job durchs Leben gehen.

„Interessant." Seine Augenbrauen wandern nach oben. „Diese Spontaneität würde ich mir selbst gerne erlauben, wenn ich nicht die Verantwortung für meinen Sohn hätte. Ohne ihn würde ich schon längst meinen Job auf den Nagel hängen und mir weniger Gedanken um meine berufliche Zukunft machen. Unterstützt deine Familie dich?"

„Ich bin ziemlich alleine unterwegs", beantworte ich diese Frage und weiche seinem Blick aus.

„Verstehe. Es tut mir leid, wenn ich dir zu nahegetreten bin", entschuldigt er sich gleich, als er wohl merkt, meinen wunden Punkt getroffen zu haben. Auch er muss instinktiv ahnen, dass wir von einem Schlag sind, denn in seinen tiefgründigen Augen schimmert plötzlich so viel Mitgefühl, dass ich mich am liebsten an seine Brust lehnen und losheulen würde.

„Schon gut. Ich glaube, jemand wie du kann das verstehen, ohne dass ich mich weiter erklären muss", sage ich mit belegter Stimme und zwinge mich zu einem Lächeln.

„Du musst mir in der Tat nichts erklären", murmelt er. „Schon vorher, als du dich zu uns gesetzt hast, habe ich vermutet, dass du aus bestimmten Gründen Weihnachten lieber aus dem Weg gehen würdest."

Überrascht blicke ich ihn an und tauche in die Tiefe seiner meeresblauen Augen. Also hat er auch diese unsichtbare Verbindung zwischen uns gespürt! „Ist das so offensichtlich?", raune ich.

„Seit ich mit Ethan alleine bin, habe ich ein Gespür für Menschen entwickelt, die, sagen wir mal, ähnlich wie ich eine unsichtbare Last auf ihren Schultern tragen. Auch Ethan scheint solche Dinge zu spüren, sonst hätte er nicht so schnell die Nähe zu dir gesucht. Dass du zudem für ihn ein Engel bist, verstärkt diese instinktive Anziehungskraft einmal mehr. Ich glaube einfach, einsame und verletzte Herzen erkennen einander."

„Das hast du sehr schön und poetisch beschrieben", sage ich verblüfft und ergriffen zugleich.

„Danke. Weißt du, ich habe früher als Student Gedichte geschrieben." David lächelt mir entschuldigend zu und wirkt dabei sehr jungenhaft.

„Oh, wie schön! Das finde ich faszinierend und ziemlich ungewöhnlich. Ich meine, im positiven Sinne", füge ich hinzu, um Missverständnisse zu vermeiden. „Ich lese nämlich gerne Gedichte, auch wenn das heutzutage nicht besonders angesagt ist. Was hast du denn studiert?" Jetzt bin ich aber wirklich neugierig. Ein gedichteschreibender Geschäftsmann! Das ist schon ziemlich romantisch.

„Ich habe den Bachelor in Literaturwissenschaften und Sport gemacht. Danach habe ich mich dem Willen meines Vaters gebeugt und einen Abschluss in Management und Marketing erworben. Und du?"

„Nicht der Rede wert. Ich habe bloß drei Semester Kunstgeschichte studiert. Danach bin ich jobben gegangen, um mir das Geld für einen Studienaufenthalt in Europa zu verdienen", erkläre ich. „Aber, wie ich schon sagte, das Leben lässt sich nicht immer planen, und es kam etwas dazwischen, das meine komplette Zukunftsplanung umgeschmissen hat."

„Verstehe." David nickt mit ernstem Blick. Aber er ist zu feinfühlig, um mir weitere Fragen zu stellen. Vielleicht ahnt er, dass mir das sonst zu viel wäre und ich aufstehen und gehen würde. Dieses stille Verständnis tut mir gut. Es gibt sonst kaum Menschen in meinem Leben, mit denen ich über mich reden kann, ohne zu viel offenbaren zu müssen, und mich dabei trotzdem verstanden und aufgefangen fühle. David vermittelt mir dieses Gefühl, und das schafft eine Nähe und Vertrautheit, die zwischen zwei so fremden Menschen sonst kaum möglich wäre.

„Hope, würdest du morgen mit mir essen gehen wollen? Oder Kaffee trinken für den Anfang?" Seine spontane Frage überrascht mich nicht wirklich. Ich habe in meinen Tagträumereien sogar gehofft, er würde mir das vorschlagen.

„Ja, warum nicht?", sage ich, ohne lange zu überlegen. „Kaffee und Kuchen für den Anfang?"

„Schön, das freut mich“, entgegnet er sichtbar erleichtert. „Wir können uns gerne auch zu dritt mit Ethan treffen. Aber es wäre mir sehr angenehm, mit dir alleine zu sein. Sorry, jetzt rede ich Unsinn!“ Er lacht verlegen. „Ich hoffe, du weißt, wie ich das meine. Leider bin ich ziemlich aus der Übung, eine reizende junge Frau auf ein Date einzuladen.“ *Ein Date!*

„Mach nichts, ich treffe mich morgen gerne alleine mit dir.“ Schon wieder steigt mir die Röte ins Gesicht, und schnell hole ich mein Handy aus dem Körbchen, um mit ihm Telefonnummern auszutauschen. Meine Hand zittert leicht, als ich seine Kontaktdaten speichere. Ich hatte schon viel zu lange keine Verabredung mit einem Mann und fühle mich aufgeregt wie ein Schulmädchen.

„Bin wieder zurück“, höre ich Ethans Stimmchen neben uns.

„Alles gut bei den Tieren?“, fragt David und hebt seinen Sohn auf seinen Schoß.

„Ja, alles gut. Ich habe ein Rentier gestreichelt“, erzählt Ethan und lächelt stolz. „Sag mal, Daddy, kann uns Hope mal zu Hause besuchen? Ich würde ihr gerne mein Spielzeug zeigen.“ Ethan sieht mich mit schief gelegtem Köpfchen an, und ich würde ihm am liebsten über das hübsche Gesicht streicheln.

„Hm, ja, natürlich! Wenn sie es auch möchte?“ David und ich tauschen überraschte Blicke.

„Danke, ich komme gerne vorbei, und bin wirklich neugierig auf dein Spielzeug“, erwidere ich schließlich. Diese zwei Männer wollen mich also beide wiedersehen. Ich kann gar nicht sagen, auf welchen ich mich mehr freue.

„Gut. Kommst du schon morgen?“ Ethan mustert erst mich, dann seinen Vater erwartungsvoll.

„Ich denke, Hope hat morgen schon was vor. Aber am Samstag vielleicht?“ David schenkt mir ein verschwörerisches Lächeln und lässt seinen Sohn wieder los. Wir stehen auf, und ich schüttle meine Engelsflügel zurecht.

„Samstag muss ich mit einer Freundin shoppen“, erkläre ich entschuldigend. „Wie wär’s mit Sonntag?“

„Sonntag ist auch super. Wir können danach im Central Park einen Spaziergang machen. Es soll ja schneien am Wochenende“, sagt David.

„O ja, das ist noch besser!“, freut sich Ethan und umarmt mich plötzlich. Ich hole tief Luft, als er seine Ärmchen um meine Taille schlingt und vertrauensvoll seinen Kopf an meinen Bauch legt. Spontan streichle ich ihm über die Locken und spüre wieder dieses besondere, ungewohnte Gefühl in meiner Brust. Es ist, als würde dort ein Eisblock anfangen zu schmelzen.

David beobachtet uns aufmerksam, und sein Gesicht erhellt sich um eine Nuance. Vielleicht ist es auch nur das warme Licht des großen Sternlampions, der über seinem Kopf hängt. Ich darf nicht zu sentimental werden, nur weil ich ein Date habe und ein Kleinkind mich gut leiden kann!

„Na, dann sind wir jetzt verabredet.“ David schmunzelt, als Ethan mich wieder loslässt. „Mein Großer, wir müssen los, das Abendessen wartet. Tschüs Hope.“ Er verabschiedet sich von mir mit einem tiefgründigen Blick.

„Tschüüüüs, Hope“, wiederholt Ethan und winkt mir zu.

„Bis bald, Ethan. Tschüs David", erwidere ich und tausche einen letzten Blick mit David, bevor er Ethan an die Hand nimmt und die zwei den Winterwald verlassen. Mit einem Lächeln widme ich mich wieder meinem Job und fühle eine wohltuende Leichtigkeit in mir, die ich seit Ewigkeit nicht erlebt habe.

„Dein Tag schien ja richtig unterhaltsam gewesen zu sein", spricht mich Susie an, während wir uns umziehen.

„Wieso?", frage ich, ohne sie anzusehen.

„Du wirkst fast fröhlich und besser gelaunt als sonst", meint sie. „So, als ob dir die Arbeit wirklich Spaß machen würde."

„Das tut sie auch", entgegne ich knapp und schließe meine Schnürstiefel.

„Hope? Das kannst du dem Weihnachtsmann erzählen! Guck mich an, du verschweigst mir etwas!"

Beste Freundinnen können einfach schrecklich anstrengend sein. Man kann kaum etwas vor ihnen verbergen! Ergeben drehe ich mich zu Susie um und kann mein Grinsen nicht unterdrücken. „Ich habe morgen ein Date."

„Ein Date", wiederholt Susie langsam und vorwurfsvoll. „Wieso weiß ich nichts davon?"

„Ich erzähle es dir doch gerade. Ich habe es selbst erst vor fünfzehn Minuten erfahren."

„Wie jetzt? Du hast vor einer Viertelstunde ein Date ausgemacht? Hat dich etwa einer unseren Elfen oder Zwerge gefragt? Etwa Vince? Der sieht dich immer so lüstern an." Susie mustert mich skeptisch, und die Neugierde steht ihr ins Gesicht geschrieben.

„Du bist bescheuert!" Lachend schüttle ich den Kopf. „Du hast doch selbst festgestellt, dass sich unter unseren lieben Kollegen kein einziger Dating-Kandidat befindet." Gemeinsam verlassen wir die Garderobe und laufen schweigend in Richtung Hinterausgang. Fast spüre ich, wie sich Susies Blicke in meinen Rücken bohren.

„Bedeutet das etwa, dass du mir entweder die ganze Zeit einen Mann in deinem Leben verheimlichst? Oder hast du gerade jemanden kennengelernt und gehst schon mit ihm aus?" Susie wirkt leicht genervt, weil sie mir alle Infos aus der Nase ziehen muss. Als wir die schwere Tür öffnen und nach draußen treten, ist es schon dunkel, und vom dicht verhangenen Himmel rieseln vereinzelte Schneeflocken herab. Die Wettervorhersage könnte diesmal stimmen. Es ist kalt, und ich ziehe mir die Kapuze über den Kopf.

„Weder noch", beantworte ich endlich ihre Frage. „Ist aber halb so wild. Ich habe dir doch erzählt, dass ich einen entzückenden kleinen Jungen getroffen habe, der vor einem Jahr seine Mutter verloren hat. David, ich meine, sein Vater, hat mich heute gefragt, ob ich morgen mit ihm Kaffee trinken mag, das ist alles."

„Wow, du lässt aber auch nichts anbrennen!" Susie bleibt stehen und lächelt immer noch etwas skeptisch. „Und wieso machst du das? Weil der einsame und trauernde Vater dir leidtut, oder weil sein Kind in dir noch unbekannte Muttergefühle weckt?"

„Quatsch! David ist ein attraktiver und interessanter Mann, und wir haben uns heute gut unterhalten. Wir gehen einfach Kaffee trinken, was ist schon dabei. Ich tue das ganz gewiss nicht aus Mitleid. Ich finde ihn sympathisch, und sein Sohn mag mich irgendwie. Er möchte, dass ich ihn zu Hause besuche und mit ihm spazieren gehe."

„Verstehe", meint Susie nicht besonders überzeugt. „Also, es ist keine gute Weihnachtstat, die dir Pluspunkte auf deinem Karma-Konto bringt, sondern du möchtest wirklich mit dem Mann ausgehen und mit seinem Sohn schaukeln?"

„Genauso ist es".

„Wie attraktiv ist dieser David?"

„Ich würde sagen, sehr sogar", gestehe ich leicht verlegen und beschreibe sein Äußeres und seine Art.

„Meine Güte, das klingt wirklich nicht schlecht!" Susies Augen strahlen und sie klopft mir anerkennend auf die Schulter. „Aber die Sache hat einen Haken."

„Welchen denn?", frage ich und ahne schon die Antwort. Mittlerweile haben wir unsere U-Bahn-Station erreicht. Unser gemeinsamer Heimweg endet hier.

„Er ist ein Witwer und alleinerziehender Vater. Das bedeutet, es wird kompliziert." Susie spricht ihre Bedenken wie immer ohne zu zögern aus, und ich seufze schwer.

„Susie, ich habe nicht vor, mit ihm ein Verhältnis anzufangen. Wir gehen nur zusammen aus, mehr nicht."

„Das sagst du jetzt. Aber man merkt dir an, dass der Typ dich beeindruckt hat und wie du dich freust, ihn wiederzusehen. Nach ein, zwei Dates mit ihm und seinem süßen Söhnchen wirst du dich verknallen, und dann kommst du aus der Sache nicht mehr so einfach raus." Sie hat wahrscheinlich recht. Ich verliebe mich zwar nicht so schnell, doch ich spüre eine gewisse Verbindung zwischen mir und David, die ich so noch bei keinem anderen Menschen gefunden habe. Dieses Gefühl, sich auf eine schicksalhafte Art nahe zu sein und sich wortlos zu verstehen, könnte für mich gefährlich werden. Und ja, ich kann mir gut vorstellen, dass jegliche Art von potenzieller Beziehung mit David extrem kompliziert werden könnte.

„Mach dir keine Sorgen, ich werde schon auf mich aufpassen. Ich bin nicht der Typ, der schnell jemanden nahe an sich heran lässt."

„Ich weiß", sagt sie leicht vorwurfsvoll. Sie ahnt sehr wohl, dass ich ihr noch einiges aus meinem Leben verheimliche. Ich dagegen ahne, dass sie deswegen etwas gekränkt ist. Was nur nachvollziehbar ist.

„Susie, es tut mir leid, ich bin ein Mensch, der sehr viel Zeit braucht, um sich jemandem zu öffnen. Das hat nichts mit dir zu tun, es liegt nur an mir. Ich bin noch viel verkorkster, als du es dir vorstellen kannst." Mit einem gezwungenen Lächeln und verkrampft hochgezogenen Schultern stehe ich vor ihr und weiß nicht, was ich noch sagen soll. Es fällt mir verdammt schwer, mich ihr anzuvertrauen, obwohl sie im Augenblick der liebste Mensch in meinem Leben ist.

„Meine Süße, du kannst mir alles erzählen, was dir am Herzen liegt, wenn du dafür bereit bist! Ich bin immer für dich da und hab dich lieb, so wie du bist. Nichts kann das ändern, egal wie verkorkst du auch sein magst." Susie zieht mich einfach in ihre Arme und drückt mich fest. Der krustige, unsichtbare Panzer, der mich vor zu viel Nähe schützt, gibt nach, und ich lasse diese liebevolle körperliche Zuwendung zu. Ich blinzle vor Rührung und halte mich an ihr fest. Sie duftet nach ihrem süßen Weihnachtsparfüm und nach Pralinen, die sie gerade vernascht hat. Es tut gut zu spüren, dass ich nicht alleine bin.

„Ich hab dich auch lieb“, murmele ich leise in ihre roten Locken, die mich in der Nase kitzeln, bevor sie mich wieder loslässt.

„Erhol dich gut, damit du morgen fit bist für das Date!“ Sie zwinkert mir aufmunternd zu.

„Du auch! Dann bis morgen. Tschüs!“

„Ja, bis morgen!“, ruft sie zurück und läuft los. Sie muss sich beeilen, um ihre Bahn zu erwischen, die gerade in die Station einfährt. Wir winken uns zu, bevor sie einsteigt, und ich laufe auf die andere Seite des Gleises, wo auch meine U-Bahn gleich ankommen wird.

Die kurze Fahrt nach Hause vergeht schnell, da ich tief in Gedanken versunken bin. Ich muss überlegen, wo ich mich morgen mit David treffen möchte, denn er überlässt die Wahl mir. Das finde ich sehr taktvoll von ihm, weil ich mich an einem mir vertrauten Ort sicherer und entspannter fühlen werde. Nicht, dass ich Angst vor ihm hätte. Es fällt mir nur nicht leicht, mit einem Mann auszugehen. Seit meiner Trennung vor fast zwei Jahren habe ich niemanden mehr an mich herangelassen, nicht mal für einen harmlosen Flirt. Es war auch besser so. Doch langsam spüre ich, wie mir mein Leben als Nonne lästig wird und ich mich nach etwas Zuwendung sehne. Sei es nur in Form eines guten Gesprächs oder einer warmen Umarmung bei der Begrüßung. Schließlich bin ich auch nur eine Frau.

Kapitel fünf

Den folgenden Tag verbringe ich ungeduldig und sehe viel öfter auf die Uhr als sonst. Die Aufregung wegen meiner Verabredung mit David macht mir langsam zu schaffen. Susie beobachtet mich in der Pause etwas besorgt, doch sie sagt nichts. Ich ärgere mich, dass ich so nervös bin, nur weil ich mit einem Mann einen Kaffee trinken gehe.

Vielleicht bin ich zu lange allen Männern aus dem Weg gegangen und mache jetzt aus dem ersten harmlosen Date gleich eine große Sache. Doch tief in mir weiß ich, dass meine Aufregung noch andere Gründe hat und dass David mir mehr gefällt, als ich mir zugestehen möchte.

Am Nachmittag schreibe ich ihm eine Nachricht und nenne ihm die Fontäne in Bryant Park als Treffpunkt. Ich werde über meinen eigenen Schatten springen und mit ihm durch das Winter Village schlendern. Der relativ kleine, aber idyllische Park gehört zu meinen Lieblingsplätzen in New York, und ich finde ihn einfach bezaubernd, egal zu welcher Jahreszeit.

Der wunderschöne Springbrunnen aus rosa Granit könnte bei diesen Temperaturen zugefroren sein, und ich bin schon gespannt auf den Anblick, der einen jedes Mal zum Staunen bringt. In einem der unzähligen Verkaufshäuschen auf dem Weihnachtsmarkt können wir uns etwas Leckeres zu essen und trinken besorgen.

Auch David findet den Bryant Park toll, schreibt er mir unmittelbar nach meiner Nachricht. Ob er Schlittschuhe für die Eislaufbahn mitbringen soll, fragt er noch mit einem Zwinker-Smiley. Nein, lieber nicht, schreibe ich lächelnd zurück. Ich habe seit fünfzehn Jahren keine Schlittschuhe mehr getragen und verzichte daher lieber auf diesen Spaß. Seine kurzen Zeilen vermitteln mir das Gefühl, dass er sich wirklich auf unser Date freut, und das ist einfach schön.

Pünktlich um fünfzehn Uhr verlasse ich meinen Arbeitsplatz und ziehe mich in der Garderobe in Rekordzeit um. Zuhause will ich noch in Ruhe duschen und Haare waschen, bevor wir uns um achtzehn Uhr treffen. Ich beeile mich mehr als sonst.

Unsere Wohnung in Chelsea habe ich das ganze Wochenende für mich allein, denn Joanna besucht ihre Eltern in der Nähe von Boston. Das passt mir sehr, um mich frei und ungestört zu fühlen.

Nach dem Duschen und Haare trocknen ziehe ich Jeans und einen roten Wollpullover an, dazu braune Schnürstiefel. Vor dem Spiegel betrachte ich sorgfältig mein schmales Gesicht und trage Wimperntusche auf. Ich schminke mich eher selten, und weil ich während der Arbeit täglich eine dicke Schicht Make-up trage, benutze ich es heute nur dezent. Ein mattes Lipgloss in Rot reicht völlig für dieses Date. David wird mich eh schwer erkennen mit meinem braunen, glatten Haar und den vielen Sommersprossen auf der Nase. Er kennt mich als stark geschminkten, blonden Engel, und das bin ich heute definitiv nicht. Umso besser. Er soll mich so mögen, wie ich wirklich bin. Aber vielleicht will er mit mir ausgehen, gerade weil ich ihm in diesem

Kostüm eine hübsche Projektionsfläche biete und ihn die echte Frau dahinter gar nicht interessiert?

Die fiesen Selbstzweifel dämpfen vorübergehend meine Laune, doch ich gebe nicht so schnell auf. Ich muss David und mir selbst erst eine Chance geben, bevor ich zu schnell urteile und nach Ausreden suche, um dieses Date von Anfang an zu sabotieren! Und wenn ich ihm so wie ich bin nicht gefalle, habe ich eh nichts zu verlieren. Wir sind immer noch zwei Fremde und müssen uns nie wieder sehen.

Pünktlich um sechs erscheine ich am Bryant Park, auf dem sich der schönste Weihnachtsmarkt New Yorks befindet. Schon irgendwie schräg, dass gerade ein Grinch wie ich einen Weihnachtsmarkt für das Date aussucht. Vielleicht ist das ein Zeichen, dass ich bereit bin, nach vorne zu blicken und mich meiner Vergangenheit zu stellen.

Trotz der großen Menschenmengen erkenne ich Davids Silhouette bei der Fontäne schon von weitem. Seit gestern Nacht herrschen Minustemperaturen, und das sonst sprudelnde Wasser im Brunnen ist tatsächlich gefroren. Ein großer, dichter Vorhang aus Eiszapfen schmückt die festlich beleuchtete Fontäne. Es erinnert an eine märchenhafte Filmszene und vermittelt einen magischen Eindruck. Es ist schon vollständig dunkel, und die unzähligen Lichter der Wolkenkratzer, die den Park umsäumen, tragen zu dieser besonderen Atmosphäre bei. Die Bäume ringsherum sind mit Lichterketten behangen, und der herrlich geschmückte, riesige Weihnachtsbaum im Hintergrund bildet die Krönung dieses Wintertraums. Große Schneeflocken rieseln vom dunklen Himmel herab und lassen sich von dem frostigen Wind verspielt herumtreiben, was bei den Kindern und Erwachsenen für Entzücken sorgt. Der erste Schneefall in New York ist immer etwas Besonderes, das muss ich schon zugeben.

Mit Schrecken stelle ich fest, dass ich für das erste Date keinen romantischeren Ort hätte aussuchen können! Ob David das nicht als unpassend empfinden wird? Was soll's. Es bleibt mir nichts anderes übrig, als es herauszufinden. Ich stecke meine Hände in den fingerlosen Handschuhen in die Jackentaschen und hole tief Luft. Mutig laufe ich zu ihm, ein Lächeln auf meinem Gesicht. Ein verliebtes Pärchen macht gerade ein Selfie vor dem zugefrorenen Brunnen, und David tritt höflich einen Schritt zurück, um nicht mit auf dem Bild zu sein.

„Hi David", begrüße ich ihn, als ich vor ihm stehen bleibe. Er mustert neugierig mein Gesicht, und ich halte mutig seinem Blick stand.

„Hi Hope", erwidert er, und seine Augen leuchten auf. „Du siehst hübsch aus. Ich habe fast gehofft, du bist eine Brünette."

„Puh! Dann habe ich Glück gehabt und vorher noch rechtzeitig mein blondes Haar braun gefärbt", antworte ich mit gespielter Erleichterung und todernster Stimme.

„Was? Echt?" David hebt verblüfft seine Augenbrauen.

„Quatsch, das war ein Scherz! Mein Haar war immer schon braun." Ich lächle schon etwas entspannter.

„Ah, verstehe." David lacht und blickt mir tief in die Augen. Heute trägt er keinen Anzug, sondern eine dick gefütterte Wildlederjacke, dazu Jeans und teuer wirkende Boots. Sein Erscheinungsbild ist wie immer sehr gepflegt, und sein dichtes Haar wirkt frisch nachgeschnitten. Ist er etwa extra für mich heute noch zum Friseur gegangen?

„Es gefällt mir“, unterbricht er meine Gedanken und sieht sich um. „Ich war schon zwei Jahre nicht mehr hier und habe vergessen, wie toll dieser kleine Park eigentlich ist.“

„Das freut mich.“ Erleichtert atme ich auf. „Ich wusste nämlich nicht, ob es dir gefallen wird und ob dir das hier nicht alles zu … na ja, zu kitschig und zu weihnachtlich ist.“

„Es stimmt, es ist sehr weihnachtlich. Doch egal, wo wir heute unterwegs wären, wir können vor Weihnachten nicht einfach weglaufen.“ Davids Worte klingen bedeutungsvoll und sein Blick wird ernst. Er scheint ganz genau zu spüren, wie viel Überwindung es mich kostet, mich der weihnachtlichen Atmosphäre auszusetzen, obwohl er noch nichts über mich weiß.

„Du hast recht, weglaufen bringt nichts. Vielleicht können wir versuchen, dieser festlichen Zeit trotzdem etwas Spaß und Freude abzugewinnen.“

„Genau das werden wir jetzt gemeinsam tun. Gehen wir erst mal über den Markt und sehen uns die Glashäuschen an?“ David klingt zuversichtlich und fast fröhlich, was mir ein Gefühl der Sicherheit vermittelt.

„Sehr gerne“, antworte ich mutig und ziehe mir die Kapuze über den Kopf. David bietet mir seinen Arm an, um mich bei ihm einzuhaken, und ich nehme das Angebot gerne an. Dieser unschuldige, behutsame Körperkontakt fühlt sich nur natürlich und angebracht an. Es

ist okay, mich dabei wohlzufühlen, gestatte ich mir
selbst, als mein Verstand Einwände erhebt.

Eng beieinander flanieren wir über den Weihnachtsmarkt. David führt mich sicher und geschickt zwischen
all den Menschen hindurch, die gut gelaunt an den vielen kleinen Ständen nach Geschenken stöbern oder mit
ziemlich überteuerten, jedoch verführerisch duftenden
kulinarischen Angeboten ihren Hunger stillen.

„Wie geht's Ethan?", erkundige ich mich nach einer
Weile.

„Ganz gut. Er ist gerade mit seiner Kinderfrau unterwegs und denkt, ich muss noch arbeiten", erwidert David mit einem entschuldigenden Gesichtsausdruck.

„Was arbeitest du eigentlich?", frage ich ohne zu zögern. Dass er gutes Geld verdient, haben mir seine und
Ethans Klamotten schon längst verraten. Doch es interessiert mich wirklich, was er jeden Tag tut, wenn er
sein Zuhause verlässt.

„Nichts wirklich Aufregendes", antwortet er schnell.
„Ich bin im Handel tätig, als Führungskraft. Ein Büro-
job mehr oder weniger."

Plötzlich klingt er so, als ob er ungern über seinen Job
redet. Vielleicht mag er ihn nicht und langweilt sich
dort. Tatsächlich kann ich ihn mir sowohl als Sportleh-
rer an einem College als auch als Literaturprofessor
vorstellen. Er wirkt durchtrainiert und gleichzeitig verträumt und feingeistig. Eine interessante und sehr an-
ziehende Kombination bei einem Mann.

„Erzähl, was du alles gemacht hast, bevor du ein Engel
geworden bist." Mit seiner Aufforderung lenkt er geschickt von sich ab, und ich hole tief Luft.

„Oh, da gibt's nicht viel zu erzählen. Ich habe hier und da geputzt und gekellnert, als ich nach New York gekommen bin", antworte ich. Ich will einfach ehrlich sein und schäme mich nicht für meine Jobs.

„Das sind bestimmt keine leichten Tätigkeiten für eine sensible junge Frau, die so schweres Gepäck mit sich trägt." David bleibt stehen und sieht mich ernst an. Sein durchdringender Blick reicht bis tief in mein Inneres. Er versucht, mich zu lesen, etwas in meinen Augen zu erkennen. Doch das tut er mit viel Fingerspitzengefühl, um mich nicht zu verschrecken.

„Du scheinst einiges über mich zu wissen", murmele ich und blinzle, als mir eine schwere Schneeflocke in die Augen fällt.

„Ich möchte noch viel mehr über dich erfahren, Hope." Das sagt er mit einer Zärtlichkeit in der Stimme, die in mir den Impuls weckt, wegrennen zu wollen. Aber gleichzeitig möchte ich seine Hand nehmen, sie an meine Wange legen und seiner Wärme nachspüren.

„Tu das nicht", flüstere ich nur und blinzle wieder. Diesmal ist es keine Schneeflocke. „Wir werden es beide bedauern. Ich bin nicht gut für dich."

„Ich bin auch nicht gut für dich", sagt David mit belegter Stimme und seufzt tief. „Du und ich, wir sind uns ähnlich, und das macht uns gegenseitig Angst. Aber wir müssen uns gegen diese Angst wehren. Sie verbietet uns bloß, glücklich zu sein. Jedoch schulden wir den Menschen, die wir beide betrauern, gerade das – wieder glücklich zu sein. Also stellen wir uns endlich unserer Angst und versuchen es wenigstens. Du trauerst doch auch um jemanden, oder?" David hebt seine Hand und streichelt mir zögernd über das Gesicht. Ich nicke kurz.

Trotz der Kälte sind seine Finger warm, und ich schließe kurz die Augen, um die zärtliche Berührung ganz auszukosten. Sie erreicht mich in meinem Herzen, dort, wo die Narben immer noch wehtun, und lindert für einen Augenblick meinen Schmerz. Doch ich reiße mich zusammen und öffne meine Augen wieder.

„David, du weißt trotzdem nichts über mich." Mit meiner ganzen Kraft versuche ich, mich gegen dieses wohlige, verführerische Gefühl, das in mir hochsteigt, zu wehren, bevor er mich zu schwach und verletzlich macht.

„Kein Problem. Ich werde schon alles über dich erfahren, was ich wissen muss." David lächelt ermutigend. „Wollen wir nicht für den Anfang etwas essen oder trinken?"

„Das ist immer eine gute Idee." Mein Gesicht verbergend, hake ich mich wieder bei ihm ein und führe ihn zu dem Glashäuschen mit Pancakes und heißer Schokolade. David kauft uns mehrere Sorten Pancakes und zwei große Becher mit einer extra Portion Sahne. Voll beladen verlassen wir den Markt und setzen uns auf eine freie Bank zwischen den Büschen, die auch reichlich mit Lichterketten geschmückt sind. Sie befindet sich am Rande des Parks, sodass wir immer noch ein Teil des Geschehens sind, jedoch auch genug abgeschirmt, um uns ungestört zu fühlen.

Die warmen Pancakes und die heiße Schokolade wärmen uns von innen, und ich spüre die Kälte nicht länger. Wie zwei Kinder lecken wir uns lachend die Fingerspitzen ab, als wir den letzten Pancake verputzen.

„Das war lecker, vielen Dank“, sage ich, als er die Papiertüten samt Servietten in der Mülltonne neben der Sitzbank entsorgt.

„Gern geschehen! Das war aber bloß die erste Runde! Ich habe auch einen Imbiss mit leckeren Pastagerichten gesehen.“ David sieht mich bedeutungsvoll an und wackelt lustig mit den Augenbrauen.

„O nein, mein Bauch ist schon so voll!“ Ich lache und trinke einen Schluck von der noch immer warmen Schokolade. „Aber später vielleicht.“

Zufrieden lehnen wir uns zurück und kommentieren eine Weile das bunte Treiben vor unseren Augen. Das Leben erscheint mir in diesen Minuten so, wie es sein sollte – unkompliziert, angenehm, leicht. Liegt das an dieser seltsamen Vertrautheit, die uns wie eine warme, flauschige Wolldecke umhüllt, oder ist es der Weihnachtszauber, dem wir uns nicht entziehen können?

„Und jetzt erzähl mir bitte, warum es mit deiner Europareise nicht geklappt hat.“ Bei Davids Aufforderung zucke ich leicht zusammen. Seine Stimme klingt auf einmal bestimmt, entschlossen und zuversichtlich. Er greift nach meiner Hand in den fingerlosen Handschuhen und hält sie fest. Mein Herz macht einen schmerzhaften Sprung, und ich beiße mir nervös auf die Lippe. Wieso will er das wissen und uns den Abend kaputtmachen?

„Wenn ich dir alles über mich erzähle, bezweifle ich, dass du länger bei mir sitzen bleibst“, murmele ich schließlich nach einigen Augenblicken. Die frostige Angst, die bei den Erinnerungen an das dunkelste Kapitel meines Lebens durch meine Glieder kriecht, treibt mich beinahe in die Flucht, doch ich bleibe wie erstarrt sitzen.

„Hope, nichts kann so schlimm sein, dass du mich damit vertreiben könntest", sagt David beruhigend und drückt meine Hand fester. *Er hat ja keine Ahnung ...*

Mittlerweile schneit es richtig, und eine feine, puderzuckerähnliche Schicht legt sich wie eine zusätzliche Dekoration auf die Baumkronen und die Dächer der Markthäuschen. Der starke Schneefall dämpft zunehmend den Lärm um uns herum und verwandelt die Umgebung in einen verzauberten, stillen Wintertraum. Damals, vor zwei Jahren, hatten wir zuhause einen noch heftigeren Schneesturm, der für den größten Albtraum meines Lebens sorgte. Damals, als ich ...

Kapitel sechs

„Ich habe vor zwei Jahren meinen kleinen Bruder umgebracht." Diese entsetzlichen Worte, die ich schon so lange nicht ausgesprochen habe, hallen in meinem Kopf nach, und ich krümme mich wie bei einem Schlag in die Magengrube zusammen. Ich merke, wie David scharf die Luft einzieht und sich leicht versteift.

„Erzähl weiter, ich höre dir zu", sagt er dann und lässt meine Hand nicht los.

Meine Erinnerung führt mich durch den dichten Schneeflockenvorhang zurück an den verfluchten Spätnachmittag kurz vor dem Heiligabend. Ich fange an zu erzählen, wie eine Stimme aus dem Off, monoton und gefühllos.

Es war bei uns zuhause in New Jersey. An dem Tag war es schon früh ganz dunkel, denn wir hatten einen Schneesturm. Meine Mom buk den ganzen Tag Plätzchen und Dad half ihr gut gelaunt dabei. Meine Eltern haben mich früh bekommen, sie waren beide erst Anfang zwanzig, als sie geheiratet haben. Doch sie waren glücklich miteinander, und meine Kindheit verlief bilderbuchmäßig. Wir hatten nicht viel Geld, mein Dad arbeitete als Hausmeister in der Highschool und Mom nähte in ihrem kleinen Atelier Gardinen. Trotzdem konnte ich mir keine bessere Familie vorstellen. In unserem Haus wurde viel gelacht, wir unternahmen einiges zusammen und ich wurde grenzenlos geliebt. Als ich sechzehn war, kam Timmy zu uns, mein kleiner Bruder. Das ungeplante Nesthäkchen machte unser Familienglück noch perfekter und ich vergötterte Timmy. Auch als ich nach Jersey City ging, um zu studieren und zu arbeiten, kam ich jedes Wochenende nach Hause, um Zeit mit meiner Familie zu verbringen. Timmy hing sehr an mir, und ich fehlte ihm schrecklich, wenn ich nicht da war.

An diesem Dezemberabend wollten wir beide den Weihnachtsbaum holen. Timmy wartete ungeduldig den ganzen Nachmittag, dass es aufhören würde zu stürmen und zu schneien, denn ich hatte ihm versprochen, gleich mit dem Schmücken anzufangen.

Dad hatte gerade die Ausfahrt freigeschaufelt, und ich nahm Timmy und setzte ihn in Dads alten Pick-up. Der Weihnachtsbaumverkauf war nur drei Straßen entfernt. Mom schüttelte missbilligend den Kopf, weil wir bei diesem Wetter losfahren wollten, doch auch sie wusste, wie sehr sich Timmy auf den Baum freute. Dad rief uns noch hinterher: „Fahr bloß vorsichtig!", und ich winkte ihm gut gelaunt zu. Ein bisschen Schneesturm war doch kein Ding für so eine kurze Strecke.

Timmy drehte das Radio auf, und wir sangen ein Weihnachtslied mit, das gerade gespielt wurde. Es schneite immer noch heftig, und die Sicht wurde stark eingeschränkt. Ich fuhr langsam und fühlte mich sicher, obwohl die Straßen noch nicht vom Schnee befreit waren. An der einzigen Kreuzung im Ort passierte es dann. Die Ampel wurde grün und ich fuhr weiter. Rechts von uns erschien plötzlich ein bedrohlicher Schatten. Wie ein böser Geist. Aber es war zu spät, ich konnte nicht schnell genug bremsen. Ein betrunkener Fahrer mit seinem weißen Transporter fuhr bei Rot einfach weiter und prallte mit voller Wucht in unseren Wagen. Er erwischte Timmy, der hinten in seinem Kindersitz saß.

Durch den heftigen Zusammenstoß erlitt er so starke innere Verletzungen, dass er in meinen Armen verblutete, noch bevor der Rettungswagen kam. Man konnte ihm nicht helfen, er starb einfach vor meinen Augen, egal, wie laut ich schrie, betete und fluchte. Er lag im rotgefärbten Schnee, friedlich wie ein kleiner Engel in seinem hellblauen Schneeanzug. Mein unschuldiger, nicht mal sechsjähriger Bruder, für den ich an diesem Abend die Verantwortung trug, war tot. Ich selbst aber kam mit einer Platzwunde am Kopf davon. Mein verzweifelter Wunsch, statt Timmy sterben zu dürfen, ging nicht in Erfüllung, und ich wachte nie mehr aus diesem entsetzlichen Albtraum auf.

Als Mom und Dad kamen und Timmys leblosen, kleinen Körper erblicken mussten, starb ich innerlich endgültig. Nur meine leere Hülle lebte weiter. Zusehen zu müssen, wie meine Mutter schreiend zusammenbrach und sich mein Vater laut schluchzend an ihr festhielt, brach mir das Herz in noch kleinere Stücke, bis meinen Brustkorb nur noch unzählige, bitterscharfe Splitter füllten.

Doch mein endgültiger Untergang kam, als ich mich Mom und Dad näherte, blind vor Tränen, mit blutverschmiertem Gesicht und wie gelähmten Beinen. Meine Lippen versuchten vergeblich, „es tut mir unendlich leid" zu formen, doch ich brachte außer Schluchzen keinen Ton heraus. Mom und Dad drehten sich zu mir um und blickten mich mit solchem Entsetzen an, dass mir das Blut in den Adern gefror.

„Du bist schuld, dass mein Timmy tot ist", flüsterte meine Mutter entkräftet, doch ihre Worte durchschnitten mich trotzdem wie ein scharfes Schwert.

„Mom ... Dad ... Ich ... Bitte ..." Unfähig, in ganzen Sätzen zu sprechen, streckte ich verzweifelt meine blutverschmierte Hand nach meinen Eltern aus. Es war Timmys Blut.

„Verschwinde einfach und lass uns alleine mit Timmy", sagte mein Vater mit so abweisender und kalter Stimme, dass ich erschrocken zurückwich. Meine Eltern drehten sich einfach weg und ließen mich weiter fallen, in die dunkelsten Tiefen des finsteren Lochs, das mich an diesem Abend verschlang.

Danach brach ich komplett zusammen. Man brachte mich in die Notaufnahme, dann in ein Krankenhaus. Nicht mal zu Timmys Beerdigung ließen sie mich gehen, denn ich war stark suizidgefährdet, wie die Ärzte bald feststellten. Nach ein paar Wochen kam ich in eine psychosomatische Klinik, wo sie mich mit Psychodrogen vollpumpten. Meine Eltern besuchten mich kein einziges mal. Mein damaliger Freund Lenny trennte sich gleich darauf von mir, weil er mit meinem Zustand und meinem Verlust nicht umgehen konnte. Zum Glück war ich zu stark betäubt, um ihm wirklich nachtrauern zu können. Ich war ja halbtot vor Trauer um Timmy, und meine Schuldgefühle zerfraßen meine Seele. Dass meine Eltern mir die Schuld an seinem Tod gaben, machte meine Genesung nicht gerade leichter.

Die Ärzte und Psychotherapeuten in der Klinik gaben sich viel Mühe, und irgendwann hörte ich damit auf, mich jeden Tag aufs Neue zu zerfleischen und zu hassen. Ich akzeptierte es irgendwie, dass ich weiterleben musste, während Timmy tot war und ich nichts daran ändern konnte.

Der verfluchte Fahrer, ein Typ mit zwielichtiger Drogenvergangenheit, wurde sofort festgenommen und verurteilt und sitzt mittlerweile hinter Gittern. Er bekam fünf Jahre dafür, dass er ein unschuldiges Kind tötete. Viel zu wenig, aber immerhin musste er sich für Timmys Tod verantworten.

Vor dem Gesetz war ich also unschuldig. Nur ich konnte mir nicht verzeihen, und auch meine Eltern machten mich weiterhin verantwortlich für seinen Tod. Wenn ich bloß mit ihm zuhause geblieben wäre. Hätte ich nur auf meine Mom gehört, die in der Küche zu mir sagte, bei solchem Schneefall sollten wir nicht fahren. Wäre ich mit Timmy doch eine Minute später losgefahren, sodass wir dem betrunkenen Idioten nicht begegnet wären. Solche Gedanken quälten mich weiter, auch als ich sechs Monate später nach New York zog. Meine Eltern redeten nicht mit mir, doch immer, wenn ich ihr Elend sah, wusste ich, sie geben mir weiter die Schuld dafür, dass unsere Familie zugrunde gegangen ist. Mein Vater wurde innerhalb wenigen Monate ein schlimmer Alkoholiker und meine Mutter fiel in eine schwere Depression und verließ nur selten ihr Bett. Ich konnte das einfach nicht ertragen. Auch für meine Eltern ist es besser, ich lebe nicht länger in ihrer Nähe, sodass sie bei meinem Anblick nicht immer wieder an den schrecklichen Verlust erinnert werden.

Erst in New York, nachdem ich ein paar Monate lang eine Selbsthilfegruppe besuchte, hörte ich auf, mich zu hassen. Ob ich mir verziehen habe, weiß ich nicht, ich spüre dafür zu wenig, hier drinnen ...

Ich lege eine Hand auf mein Herz und sehe David erschrocken an. Ich fühle mich, als wäre ich gerade aus einem schlechten Traum aufgewacht. Erst in diesem Augenblick nehme ich die heißen Tränen wahr, die über meine Wangen rollen. Erstaunlicherweise fühlt es sich gut an, endlich wieder mit jemandem darüber reden zu können, egal wie schrecklich sich meine Worte auch anhören. Auch tut es gut, weinen zu können, ohne sich zusammenreißen zu wollen. Das habe ich schon so lange nicht getan. Und jetzt schütte ich mein Herz bei einem fast fremden Menschen aus und lasse es zu, dass er meinen ganzen beschissenen Schmerz zu sehen bekommt!

David umarmt mich einfach und zieht mich vorsichtig an seine Brust. „Weine ruhig weiter, das ist gut für die Seele. Lass alles raus", murmelt er beschwichtigend und streichelt mir über den Kopf. Ich weine und weine, schluchze in seine dicke Jacke, und mein verkrampfter Körper entspannt sich durch die Wärme und Geborgenheit, die ich in seiner Umarmung erfahre.

Die fröhliche Weihnachtsmusik, die vom Markt zu uns dringt, erreicht wieder meine Ohren. Ich erwache allmählich aus einem tranceähnlichen Zustand, der mir ermöglicht hat, mich so sehr zu öffnen und erneut tief in meine Abgründe zu blicken. Auf wundersamer Weise finde ich mich wieder in der Umarmung eines Mannes, der genau wie ich die qualvolle Trauer und den gnadenlosen Schmerz des Verlustes kennt.

„Ich weiß, wie du dich fühlst", sagt David leise und hält mich wie ein kleines Mädchen an seiner breiten Brust. „Und ich weiß, wie weh das tut."

Wenn jemand anderes das sagen würde, würde ich heftig und unfair reagieren, wie damals, wenn jemand vom Klinikpersonal mir Trost spenden wollte. Nein, du weißt ganz bestimmt nicht, wie ich mich fühle, du hast keine Ahnung, habe ich sie angefahren. Aber David weiß es wirklich. Er ist wie ich, genau wie die lieben Menschen aus der Selbsthilfegruppe, die mich so gut aufgefangen haben.

Dort habe ich einige tragische Geschichten gehört, die mir gezeigt haben, dass ich nicht alleine bin. Es war eine junge, bildhübsche Frau dabei, die ihre Drillinge bei der Geburt verloren hat und kurz danach noch ihren Mann, der diesen Verlust nicht verkraften konnte. Ein Mann in den besten Jahren, CEO einer erfolgreichen Werbeagentur, verlor seine Frau sowie beide Kinder durch einen Hurrikan in der Karibik. Eine ältere Dame, die als Kind aus Kuba nach New York geflüchtet ist, verlor am 11. September ihren Sohn, der als Feuerwehrmann einen heldenhaften Tod starb. Eine zierliche, blonde Frau in meinem Alter, die wie ein sechzehnjähriges Mädchen wirkte, verlor als Kind ihre Eltern bei einem Autounfall und wuchs in einem Heim auf. Ein junger, immer noch sportlich aussehender Mann, der auf dem besten Weg war, Profibasketballer zu werden, verlor seinen Zwillingsbruder durch einen Amokläufer in der Highschool und gab seine vielversprechende Sportkarriere auf, weil er danach starke Panikzustände entwickelte und sich nicht länger in eine Sporthalle traute.

Diese und noch weitere Menschen besuchten die Selbsthilfegruppe seit Jahren, und sie wurde für sie so etwas wie eine Ersatzfamilie. Es fiel mir nicht schwer, meine Geschichte zu erzählen, als ich erfuhr, welche schrecklichen Verluste diese Menschen verkraften mussten. Sie alle haben mehr oder weniger erfolgreich wieder zurück ins Leben gefunden, trotz der tiefen Wunden in ihren Herzen, die niemals vollständig heilen werden. Sie haben mir die Hoffnung auf ein Leben danach geschenkt.

David ist der erste Mensch außerhalb dieser geschützten Gruppe, dem ich erlaube, meine schmerzende Wunde zu sehen, und es ist richtig so.

Kraftlos von den vielen Tränen löse ich mich mit einem tiefen Seufzer aus seiner Umarmung.

„Du bist immer noch da?", frage ich mit einem scheuen Lächeln.

„Ich sagte doch, du kannst mich nicht so schnell vertreiben." Sein Blick ist ernst und voller Mitgefühl. „Ich danke dir für dein Vertrauen. Ich kann mir vorstellen, wie schwer es dir fällt, darüber so ausführlich zu erzählen."

„Ich muss dir danken, dass du mich so weit gebracht und dir alles angehört hast", murmele ich ergriffen. Er bedankt sich bei mir! Statt wegzulaufen und mit einer jungen, fröhlichen Frau über den Weihnachtsmarkt zu spazieren, die frei von seelischem Ballast ist und vor Lebensfreude sprüht! So eine würde ihm viel besser tun als ein Wrack wie ich. Er scheint wirklich ein besonderer Mann zu sein.

„Wie geht es dir jetzt?", fragt David und bietet mir ein großes Stofftaschentuch an.

„Danke, es geht mir ... Nun ja, erheblich besser." Erleichtert putze ich mir die Nase mit dem angenehm duftenden Stoff, der seine Initialen trägt. Es ist sehr stillvoll, solche altmodischen Taschentücher zu benutzen,
und ich kenne kaum Männer, die das tun. Aber David
hat ganz offensichtlich Stil.

„Schade um das schöne Taschentuch. Selbstverständlich wasche ich es zuhause und bügele es ordentlich, bevor ich es dir zurückgebe." Verlegen falte ich das vollgerotzte Stück zusammen und lasse es in meiner Jackentasche verschwinden. Mist, ich besitze nicht einmal ein Bügeleisen!

„Hope, ich finde es schrecklich, das mit deinem kleinen Bruder", sagt David ernst. „Und genau so schrecklich ist die Schuld, mit der du leben musst, obwohl der
Betrunkene Timmy umgebracht hat und nicht du. Das
tut mir unendlich leid. Ich bewundere dich dafür, dass
du aus dieser unbeschreiblich schweren Situation zurück ins Leben gefunden hast. Das heißt, dass du eine
sehr starke junge Frau bist."

„Ich und stark?" Mit einem schweren Seufzer blicke
ich ihn an. „Wenn ich stark wäre, hätte ich nicht so
lange in der Klinik verbringen müssen. Ich war ein gebrochener Mensch und ..."

„Es ist aber kein Zeichen der Schwäche, wenn man in
einer solchen Situation Hilfe benötigt", unterbricht
mich David sanft. „Nicht viele junge Frauen an deiner
Stelle würden diesen Verlust so gut verkraften und mit
den Schuldzuweisungen ihrer Familie klarkommen.
Dazu noch der Zustand, in den deine Eltern reingerutscht sind. Hope, es war ein wahrer Albtraum, der dir
widerfahren ist. Aber du hast es geschafft! Du bist

seelisch wieder gesund und du wirkst nicht wie jemand, der, von Hass und Selbstmitleid erfüllt, freudlos und verbittert durch die Welt läuft. Dafür bewundere ich dich wirklich."

„Du bewunderst mich?" Verlegen lächle ich und senke meinen Blick.

„Ja, das tue ich", erwidert er und atmet laut aus. „Ich selbst hadere immer noch mit Schuldgefühlen, da ich meine Frau nicht retten konnte. Dazu bewege ich mich die ganze Zeit in einer Art Grauzone, statt mein Leben zu genießen. Richtig zu leben. Vielleicht habe ich Cathy nicht glücklich genug gemacht und sie ist deswegen krank geworden. Vielleicht war ich nicht der Richtige für sie. Vielleicht habe ich ihr nicht genug Mut und Zuversicht vermittelt, als sie gegen den Krebs gekämpft hat. Vielleicht war ich nicht stark genug für uns beide und sie hat deswegen zu früh aufgegeben ..."

„David, hör auf damit!" Jetzt unterbreche ich ihn und berühre seinen Unterarm. „Es war ganz bestimmt nicht deine Schuld, dass deine Frau an Krebs erkrankt ist und den Kampf dagegen verloren hat. Solche schrecklichen Krankheiten passieren leider und gehen oft so tragisch aus. Ich kann mir vorstellen, dass du alles Menschenmögliche getan hast, um deiner Frau beizustehen und sie zu unterstützen. Aber es lag nicht in deiner Macht, sie wieder gesund zu machen. Du hast sie über alles geliebt und warst bestimmt der beste Ehemann, den sie sich wünschen konnte." Das meine ich ehrlich. In seinen von Trauer verdunkelten Augen spiegelt sich seine ganze Liebe zu seiner Frau, und er scheint ein Mann zu sein, der durchaus stark und mutig ist.

„Danke", murmelt er. „Ich wünschte, ich könnte eines Tages Frieden mit Cathys Schicksal schließen und aufhören, mich zu zermürben."

„Das wirst du. Es braucht leider Zeit. Auch ich habe es lange nicht geschafft und hadere immer noch mit mir selbst. Aber es ist besser geworden und ich spüre wieder Hoffnung."

„Hoffnung ..." David blickt mich zweideutig an. „Die wünsche ich mir sehr. Die Hoffnung auf meinen Seelenfrieden und auf das Ende der ewigen Trauer, die mir meine Lebensfreude raubt."

„Wir können uns dabei gegenseitig helfen", rutschen mir die viel zu offenherzigen Worte heraus, und ich erschrecke. Er darf mich nicht falsch verstehen, also ergänze ich sofort: „Ich meine, wir besuchen zusammen diesen wunderschönen Weihnachtsmarkt, sind ein Teil des fröhlichen Geschehens, wir verlassen unsere Komfortzone, wo wir uns sonst so schön verstecken können – das ist doch ein ziemliches Hoffnungszeichen, oder?"

„Ja, das ist es, in der Tat."

David lächelt, und in seinen Augen spiegelt sich der goldene Glanz der Lichterketten wider. Er ist wirklich ein ausgesprochen gutaussehender Mann. Es gefällt mir, dass er sein gewelltes Haar nicht zu kurz trägt. Das verleiht seinem sonst ordentlichen und klassischen Stil eine künstlerische Note. Zunehmend wirkt er auf mich wie jemand, der mehr oder weniger in den Anzug und in die Pflichten eines Geschäftsmannes gezwungen wurde.

„Was genau arbeitest du? Ich kann mir dich nur schwer in einem Büro vorstellen, wo du den ganzen Tag einer Sekretärin Briefe diktierst und am Telefon langweilige Geschäftsgespräche führst."

„Meinst du, weil ich erwähnt habe, dass ich früher Gedichte geschrieben und mich für Literatur interessiert habe?"

„Genau." Mit ehrlichem Interesse warte ich auf seine Antwort und betrachte dabei fasziniert den Lichterglanz in seinen Augen.

„Ich arbeite im Handel, nichts Besonderes", antwortet er knapp. „Weißt du, in meiner Jugend war ich ein Träumer." David blickt nachdenklich in die Ferne zu den Wolkenkratzern, deren Silhouetten schon eins mit dem nächtlichen Himmel geworden sind und die jetzt still über die Winterlandschaft wachen. „Doch irgendwann musste ich die Verantwortung für das Familienunternehmen übernehmen und meine Träume aufgeben. Ich konnte meine Eltern und Großeltern nicht enttäuschen, und als Einzelkind hatte ich keine Wahl. Aber es war richtig so. Als armer Poet oder erfolgloser Schriftsteller würde ich meinem Sohn kein gutes Leben bieten können, und mein Vater hätte mich enterbt, wenn ich mich nicht seinem Wunsch gefügt hätte. Ich kann ihn jetzt, wo ich selbst ein Kind habe, besser verstehen. Auch Ethan braucht einen verantwortungsvollen Vater, zu dem er aufsehen kann, und keinen Bohemien, der mit seinem mangelnden Erfolg hadert und seine Enttäuschung in Alkohol ertrinkt." David lächelt bemüht gleichgültig, jedoch fällt es mir schwer zu glauben, dass er seine Entscheidung nie bereut hat.

„Das kann ich gut verstehen. Aber fehlt dir die Kunst nicht manchmal? Oder schreibst du vielleicht heimlich weiter, nur für dich selbst?"

Ich merke sofort, dass meine Fragen einen wunden Punkt getroffen haben. Offensichtlich leidet er immer noch darunter, dass er seinen Lebenstraum aufgegeben hat. Weil er eben ein verantwortungsvoller und pflichtbewusster Mensch ist. David wendet seinen Blick von mir ab und lässt ihn wieder in die Ferne zu den unzähligen Lichtern in den unsichtbaren Wolkenkratzern schweifen. Er schweigt und seine Kiefer mahlen.

„Es tut mir leid, das geht mich nichts an", sage ich entschuldigend und berühre zögernd seinen Oberarm.

„Nein, nein, ist schon gut. Es ist nur logisch, mich das zu fragen, wo du schon weißt, dass ich früher geschrieben habe. Ja, die aktive Beschäftigung mit der Literatur fehlt mir sehr. Und du hast es erraten – ich schreibe ab und zu für mich selbst. Viel zu selten eigentlich." Endlich dreht er sich wieder zu mir und wir sehen uns lange an.

„Möchtest du mir verraten, was du so schreibst, oder ist es ein Geheimnis?", erkundige ich mich vorsichtig.

„Es ist ... es ist noch ein Geheimnis." Seine blauen Augen strahlen plötzlich intensiver, und ich spüre das verborgene Feuer, das in ihm brennt. Der verhinderte Künstler in ihm versteckt sich bloß hinter der Fassade eines praktisch denkenden Geschäftsmannes und wartet darauf, ausbrechen zu dürfen.

„Klar, kein Problem, das kann ich gut nachvollziehen", erwidere ich sofort verständnisvoll. Ich habe ihn schon genug bedrängt. „Es geht mich nichts an."

„Nun, es ist ein Geheimnis, doch ich habe Lust, es dir zu verraten", sagt David mit einem Schmunzeln, das ihn sofort um einige Jahre jünger erscheinen lässt.

Ein blödes „Aha“ ist alles, was ich von mir geben kann, und verlegen und gerührt streiche ich mir die Haare aus dem Gesicht. Jetzt bin ich aber wirklich gespannt.

„Seit einer Weile arbeite ich an einem Roman. An einem Liebesroman, genauer gesagt. Es ist die Geschichte eines Paares, dem nur eine kurze Zeit miteinander gegönnt wird. Keine leichte Kost, sondern dramatisch, tragisch und sehr gefühlvoll. Wie halt das Leben manchmal so ist.“ Auf Davids Gesicht legt sich ein Schatten, und ich merke, wie schwer es ihm fällt, darüber zu reden. „Das Buch ist zur Hälfte fertig, doch ich komme seit einem halben Jahr nicht voran. Die berühmt-berüchtigte Schreibblockade, befürchte ich.“ Er zuckt mit den Schultern und presst seine Lippen zusammen. Es ist wirklich nicht schwer zu erraten, dass er seine eigene Geschichte literarisch aufzuarbeiten versucht. Wahrscheinlich hilft ihm das, mit der Erkrankung und dem Tod seiner Frau besser umzugehen.

„Das tut mir leid“, murmele ich mitfühlend.

„Vielleicht muss ich das Buch gar nicht zu Ende schreiben. Vielleicht war das wirklich nur eine Art Zeitvertrieb oder Selbsttherapie, und niemand außer mir würde es gerne lesen wollen.“ Davids Stimme klingt leicht zynisch. Es ist mehr als offensichtlich, wie sehr ihm seine Schreibblockade zu schaffen macht.

„Ich würde das Buch sehr gerne lesen. Und bestimmt noch ganz viele andere Leser. Geschichten, die aus dem wahren Leben gegriffen wurden, sind immer die besten, weil sie einen ganz tief berühren und mitreißen.“

„Meinst du das wirklich ernst, oder sagst du es nur aus Höflichkeit?“ David wendet sich mir mit einem fragenden Blick zu.

„Ich meine es sehr ernst." Ich räuspere mich leicht nervös. „Und wenn ich es mir erlauben darf – ich vermute, deiner Frau würde es auch gefallen, wenn du eure Geschichte in einem Buch verewigen würdest, egal wie schwer dir das fällt."

David weicht meinem Blick aus, als ich seine Frau erwähne, und ich bedauere meine unbedachten Worte.

„Verzeih mir bitte, ich bin schon wieder zu direkt und zu anmaßend gewesen", entschuldige ich mich hastig.

„Nein, Hope, ganz im Gegenteil." David sieht mich verblüfft an, als ob ihm ein Licht aufgehen würde. „Du hast ja so recht! Catherine würde es wollen, dass ich das Buch zu Ende schreibe, sie hat mich immer ermutigt, in meiner freien Zeit meiner alten Leidenschaft nachzugehen. Ich denke, ich habe einfach nur Angst, über ihren Tod schreiben zu müssen und über das, was danach kam und vielleicht noch kommt. Es ist so einleuchtend! Ich verstecke mich bloß hinter der selbstkreierten Schreibblockade, weil ich mich fürchte, mich meinen Gefühlen und Empfindungen zu stellen. Das ist es! Danke dir, Hope, ich denke, ich verstehe jetzt mein Problem! Ich muss auf jeden Fall versuchen, weiter zu schreiben. Nur so kann ich die Blockade unterbrechen." David neigt sich zu mir und küsst mich überschwänglich auf die Wange. Seine Augen funkeln, und zum ersten Mal, seit ich ihn kenne, wirkt er glücklich. Also habe ich doch nichts falsch gemacht.

„Wow, wenn das so ist, freue ich mich sehr für dich", entgegne ich lächelnd. „Es passiert nicht oft, dass meine unverblümte Art was Gutes bewirkt."

„Und wie sie das tut! Du solltest dir diese Eigenschaft auf jeden Fall bewahren." David legt mir eine Hand auf die Schulter und blickt mir tief in die Augen. „Das macht dich authentisch und charakterstark. Die meisten Frauen, die ich kenne, versuchen sich bloß anzupassen, sie wollen nett und unkompliziert rüberkommen, um anderen Menschen zu gefallen. Alles, nur bloß nicht in Gefahr laufen, sich mal unbeliebt zu machen oder anstrengend zu wirken. Hope, ich mag dich sehr, so wie du bist, denn du bist ehrlich, tiefgründig und unverstellt.“

Seine Komplimente verblüffen mich, und ich erröte wortlos. So etwas Schönes hat bisher kaum jemand zu mir gesagt. Mühsam schlucke ich die verräterischen Tränen herunter.

„Dazu bist du noch klug und hübsch“, murmelt David, und mein Herzschlag setzt kurz aus. Ungläubig und aufgeregt starre ich ihn an, und plötzlich passiert es. Ich spüre seinen warmen Atem auf meinem Gesicht, als er sich näher zu mir beugt und leicht seine Lippen öffnet. David küsst mich zärtlich, und ich erzittere am ganzen Körper. Fast vergesse ich zu atmen und überlasse mich voll und ganz diesem unbeschreiblich schönen Gefühl, das er mit seinem Kuss in mir auslöst.

„Du musst deswegen nicht weinen“, raunt er lächelnd, als sich unsere Lippen voneinander lösen und er eine verräterische Träne des Glücks und der Ergriffenheit bemerkt. Er wischt sie mit seinen Fingerspitzen weg und küsst mich erneut. Diesmal ist unser Kuss intensiver, und ich spüre die Leidenschaft, die durch meine Adern schießt. Ich kann kaum glauben, was gerade passiert. Mein Herz pocht wie verrückt, und die Glücksgefühle, die mich gerade mit der Wucht einer Schneelawine durchfluten, versetzen mich in einen

Zustand, den ich nicht für möglich gehalten habe. Es ist wieder wunderbar, am Leben zu sein und so etwas Berauschendes zu empfinden!

Nach einer kleinen Ewigkeit lösen wir uns voneinander und David zieht mich in eine Umarmung. Er legt seinen Arm fest um mich, und mit dem Kopf an seiner Brust lausche ich seinem aufgeregten Herzschlag. Es schneit weiter und weiter, und die märchenhafte Kulisse verstärkt den Rausch, in dem ich mich gerade befinde. Wir schweigen eine Weile und genießen die Nähe und die Nachwirkungen unserer Küsse. Wenn ich könnte, würde ich die Zeit anhalten und für immer in Davids heilender Umarmung verharren. Ohne störende Gedanken, ohne Erinnerungen, ohne Angst. Nur er und ich, seine Wärme, sein aufregender Duft, seine betörenden Küsse, das Lichtermeer um uns herum und das majestätische Empire State Building, das aus der Ferne wie ein stummer Zeuge auf uns herabsieht.

„Wir wollten noch Pasta essen, nicht wahr?", reißt mich Davids Stimme aus meinem Wachtraum.

„Essen? Warum nicht." Seufzend verlasse ich die Geborgenheit seiner Umarmung und strecke mich. Es ist ganz schön kalt geworden, und wir sitzen schon eine Weile hier. Auf unseren Jacken sammelte sich trotz der schützenden Äste über uns eine dünne Schicht Schnee. Gegenseitig klopfen wir uns ab.

Wie selbstverständlich nimmt David meine Hand, und seine Finger schließen sich fest um meine. Hand in Hand laufen wir zusammen mit den vielen verliebten Pärchen über den Weihnachtsmarkt. Diese Vertrautheit fühlt sich ganz natürlich an. Trotzdem schleichen sich Zweifel in meinen Kopf und beunruhigen mich.

Was machen wir bloß? Wohin führt das? Doch gemeinsam mit David durch die Winterlandschaft zu spazieren, fühlt sich so gut an, dass ich irgendwann aufhöre zu denken. Ich fühle nur noch. Etwas, das mir in den letzten zwei Jahren verloren gegangen ist und das David mir gerade zurückgegeben hat. Ich fühle mich wieder selbst, meine verborgenen Gefühle, meine verdrängten Bedürfnisse, meinen seelischen Hunger. Die innere Taubheit und Gleichgültigkeit fallen von mir ab, und ich bin dabei, mich wieder dem Leben zu öffnen.

Wir essen ein leckeres Pastagericht und als Nachtisch noch Tiramisu, bis wir so satt sind, dass wir uns kaum noch bewegen können. In einem Laden mit deutschen Spezialitäten kauft mir David ein schön verziertes Lebkuchenherz mit der Zuckerschrift „Ich mag dich". Verlegen stecke ich es in meine Handtasche und bin mir sicher, dass ich es nicht aufessen werde. Ich brauche einen bleibenden Beweis dafür, dass ich das alles nicht bloß geträumt habe.

Hand in Hand laufen wir zur Straße, wo mir David ein Taxi bestellt. Er will noch eine Weile zu Fuß gehen, erklärt er mir, ohne genauer zu sagen, wo er und Ethan wohnen. Ich stelle keine Fragen mehr. Als ich mich bei ihm für den wunderschönen Abend bedanken möchte, hält er mich schnell auf:

„Ich bin derjenige, der zu danken hat, nicht du", meint er mit einem so liebenswürdigen Lächeln, dass ich spontan nach ihm greife und ihn küsse.

„Und ich freue mich jetzt schon, dass wir uns am Sonntag wiedersehen", sagt er noch.

„Ich freu mich auch. David, was Ethan betrifft ..."

„Hope, ich weiß, was du meinst. Am besten, wir verhalten uns so, als ob wir uns heute nicht gesehen hätten." Sein Gesicht wird ernst.

„Ich bin absolut deiner Meinung. Wir sollten ihn nicht verwirren", stimme ich ihm zu. Es wird kompliziert sein, hallen mir Susies mahnende Worte durch den Kopf.

„Musst du morgen arbeiten?"

„Nur am Vormittag."

„Hoffentlich wirst du einigermaßen fair bezahlt?"

„Geht so, ich will mich nicht beschweren", antworte ich achselzuckend. „Ich bekomme dreizehn Dollar pro Stunde."

„O Mann, das ist viel zu wenig", murmelt er und schüttelt betroffen den Kopf.

„Hey, alles okay, ich lebe bescheiden und komm gut klar! Es gibt noch viel miesere Stundenlöhne als bei B&C", versichere ich ihm lächelnd, und der wartende Taxifahrer hupt ungeduldig.

„Dann bis Sonntag, Hope", verabschiedet er mich schwer seufzend und küsst mich noch ein letztes Mal, bevor er mich loslässt.

„Bis Sonntag", wiederhole ich und steige ein. David hebt die Hand zum Abschied, als wir losfahren, und ich winke ihm zu. Kurz darauf biegen wir ab und ich verliere ihn aus dem Sichtfeld. Wenn ich nicht so grenzenlos glücklich wäre, würde mich das traurig stimmen, denn ich vermisse ihn jetzt schon. Stattdessen betrachte ich mit einem Dauerlächeln die zugeschneiten Straßen, die Manhattan in eine einzige Filmkulisse verwandeln. Es liegt tatsächlich ein Zauber über der Stadt, und ich nehme daran teil. Wahnsinn! Vielleicht passieren in der Weihnachtszeit wirklich auch kleine Wunder und nicht nur schlimmste Katastrophen. Vielleicht ist es an der Zeit, mein ganzes Denken und Fühlen umzukrempeln und noch mal von vorne anzufangen. Auch von dicksten Narben gezeichnete Herzen können sich wieder öffnen und heilen, wenn wir es zulassen und die Angst überwinden, hat unsere Selbsthilfegruppenleiterin gesagt. Vielleicht sollte ich ihren Worten endlich Vertrauen schenken.

Da ich dieses besondere Leuchten in Davids Augen gesehen habe, ahne ich, dass er ähnlich fühlt wie ich und bereit ist, ein neues Kapitel in seinem Buch zu schreiben. Im übertragenen Sinn, aber auch wortwörtlich.

Kapitel sieben

Am nächsten Tag wache ich mit diesem inneren Lächeln auf, das mich seit gestern Abend dauerhaft begleitet. Das Lebkuchenherz auf meinem Nachttisch erinnert mich daran, dass der zauberhafte Abend nicht bloß ein wunderschöner Traum gewesen ist. Ich beeile mich und mache mich rechtzeitig auf den Weg zur Arbeit. Es schneit nicht länger und auf den Straßen sind kaum noch Spuren des gestrigen Schneefalls zu sehen. Doch laut Wetterbericht soll es heute Abend wieder schneien.

Im Einkaufszentrum wartet schon Susie ungeduldig auf mich und zieht mich sofort in eine einsame Ecke unserer Garderobe.

„Und? Wie war's gestern? Du hättest mich auch ruhig anrufen oder mir eine kurze Nachricht schicken können", sagt sie vorwurfsvoll. „Oder habt ihr etwa …"

„Nein, haben wir nicht", wehre ich lachend ab. „Was du sofort denkst! Es war ein sehr schöner Abend und David hat mich mit dem Taxi nach Hause fahren lassen. Alleine."

„Aha, ein wahrer Gentleman also." Susie lächelt und mustert mich prüfend. „Dein Date hat dir offensichtlich gutgetan, du strahlst wie frisch verliebt."

„Quatsch! Nur, weil wir uns toll verstanden haben und der Abend schön war, muss ich nicht gleich verliebt sein." Trotzdem erröte ich und ärgere mich darüber, als ich meine warmen Wangen spüre.

„Ja, ja, schon klar! Das glaubst du doch selbst nicht!“ Susie hört nicht auf, sich über mich zu amüsieren.

„Komm, ich brauche deine Hilfe beim Schminken“, versuche ich, das Thema zu wechseln, und setze die Perücke auf.

„Wir sind noch nicht fertig! Spätestens nachher, beim Shoppen, erzählst du mir alles.“

„Mach ich.“ Ergeben seufze ich und setze mich vor den Spiegel, um mich in den Engel verwandeln zu lassen. Als wir nach etwa zehn Minuten fertig sind, erscheint Ms. Brody und sieht sich um.

„Ah, Ms. Roberts, kommen Sie bitte kurz, Mr. Brown möchte Sie sprechen“, ruft sie so laut, dass alle Anwesende zusammenzucken und sich zu mir umdrehen.

„Sofort, Ms. Brody“, antworte ich und werfe Susie einen fragenden und hilflosen Blick zu. Das kann nichts Gutes bedeuten, oder?

Draußen im Flur folge ich Ms. Brody, die mich wortlos in das kleine Büro führt, das Mr. Brown für solche Gespräche zur Verfügung gestellt wurde. Die Tür ist offen. Mr. Brown steht am Fenster und dreht sich zu uns um, als er uns eintreten hört. „Hope, wie geht es Ihnen?“, fragt er bemüht freundlich und legt seine Hornbrille ab.

„Ganz gut, danke“, antworte ich verwirrt. Mr. Brown und Small Talk?

„Sind Sie zufrieden mit Ihrer Arbeit?“ Auch diese Frage überrascht mich. Bestimmt wollen sie mir eine Falle stellen.

„Ja, das bin ich“, erwidere ich einigermaßen überzeugend und sehe die beiden misstrauisch an. Was soll dieses Verhör? Hat sich jemand über mich beschwert? Mich heimlich beobachtet, wie ich Pralinen nasche?

„Nun, das freut mich sehr. Denn ich habe gute Neuigkeiten für Sie", sagt Mr. Brown bedeutungsvoll. Ms. Brody nickt zwar zustimmend, verzieht jedoch skeptisch ihre Lippen.

„Tatsächlich?", murmele ich und fühle mich zunehmend unwohl.

„Es ist so", sagt Mr. Brown mit einem aufgesetzten Lächeln, das wieder wie eine Grimasse wirkt. „Sie wurden von der Personalleitung des B&C überraschenderweise zur Mitarbeiterin der Weihnachtssaison gewählt und erhalten eine großzügige Weihnachtsprämie im Wert von zweitausend Dollar. Ms. Brody und ich gratulieren Ihnen dazu." Mr. Brown verkündet die frohe Botschaft mit einem leicht missgünstigen Unterton, und mir verschlägt es die Sprache. Ich und Mitarbeiterin der Weihnachtssaison! Wo sich doch der Weihnachtsmann viel engagierter abrackert und täglich Hunderte von Kindern auf seinen Knien bespaßt! Auch die Zuckerfee trällert und tanzt unermüdlich durch die Menschenmengen und lässt sich von den hektischen Eltern und quengelnden Kleinkindern nicht die Laune verderben. Ich wiederum verrichte meinen unspektakulären Job als Engel zwar gewissenhaft, doch viel mehr ist nicht dabei.

„Mr. Brown, ich bin wirklich fassungslos und kann mich bei Ihnen und Ms. Brody für diese Ehre nur herzlichst bedanken", sage ich schließlich bemüht freundlich und ziehe meine Mundwinkel in der Andeutung eines Lächelns nach oben. „Es war sehr liebenswert von Ihnen, mich dafür vorzuschlagen."

„Nein, nein, Sie müssen dafür nicht mir danken. Ich habe damit gewiss nichts zu tun", erwidert er und macht wieder so ein Gesicht, als ob er gerade einen Magenkrampf hätte. Klar. Wieso sollte Mr. Brown sich für mich einsetzen, wo er doch offensichtlich keine Menschenseele leiden kann, nicht mal seine ergebene Assistentin?

„Verstehe. Wer ist denn dafür verantwortlich?", frage ich unbeirrt.

„Wir als Agentur vermitteln Ihnen nur die Nachricht. Dieser Entschluss kommt aber direkt aus den höheren Etagen von B&C." Mr. Brown sagt das in solch einem ausweichenden Ton, als ob es eine geheime Staatsangelegenheit wäre und deutet dabei, mit dem Kopf nach oben.

„Von ganz oben, genauer gesagt", ergänzt Ms. Brody ihn mit erhobenem Finger und verschränkt dann die Arme vor ihrem mächtigen Busen.

„Von ganz oben", wiederhole ich skeptisch. „Das heißt, von dem Chef und dem Besitzer von B&C?" Ich hebe meine Augenbrauen und erwarte endlich eine vernünftige Antwort.

„Von dem *Boss* persönlich", sagt Mr. Brown etwas leiser und fast schon geheimnisvoll.

„Von dem *Boss* also." Ich nicke nachdenklich. Ich habe natürlich schon Gerüchte über den geheimnisvollen *Boss* gehört, den keiner seiner Angestellten jemals persönlich getroffen hat. Er sitzt angeblich von morgens bis abends in seinem Büro, raucht dicke Zigarren und trägt eine Frisur im Stil von Donald Trump – nur in Blauschwarz gefärbt. Susie hat gesagt, er soll so fettleibig sein, dass er sich deswegen unter seinen Mitarbeitern und Kunden nicht blicken lässt.

„Dann würde ich jetzt gerne zu ihm gehen und mich bei ihm persönlich bedanken", entgegne ich entschlossen.

„Was? Hope, das geht auf keinen Fall", erwidert Mr. Brown empört.

„Wieso nicht? Ich bestehe darauf." Ich lass mich nicht so schnell einschüchtern. Schließlich bin ich die Mitarbeiterin der Weihnachtssaison. „Schließlich bin ich die Mitarbeiterin der Weihnachtssaison", wiederhole ich laut meine Gedanken und richte mich entschlossen auf. „Es gehört sich, mich bei dem Chef, ich meine, dem *Boss*, persönlich zu bedanken."

Mr. Brown blickt hilfesuchend Ms. Brody an, und sie zuckt mit den Schultern. „Wo sie recht hat", meint sie schließlich leicht ironisch. „Wenigstens hat sie gute Manieren. Ob der Boss sie aber empfangen will, ist natürlich eine andere Sache."

„Dann rufen Sie bitte die oberste Etage an und fragen, ob Ms. Roberts kurz vorbeikommen darf." Mr. Brown seufzt ergeben und wirft mir einen feindseligen Blick zu. Wahrscheinlich findet er mein Verhalten zu frech und anmaßend, doch das ist mir egal. Ms. Brody nickt und geht mit schweren Schritten zum Schreibtisch. Mit ihrem ganzen Gewicht wirft sie sich auf den Stuhl, der unter ihrem respekteinflößenden Hinterteil laute Quietschgeräusche vor sich gibt. Sie nimmt das Telefon in die Hand und wählt eine Nummer.

„Ja, hier ist Ms. Brody von der Brown Agency. Mr. Brown fragt, ob Hope Roberts, also die Mitarbeiterin der Saison, persönlich bei dem *Boss* vorbeikommen darf, um sich zu bedanken." Ihre penetrante Stimme klingt auf einmal extrem freundlich und fast schon lieblich, wenn man diese Bezeichnung im Zusammenhang mit ihrem Sprachorgan überhaupt verwenden kann.

„Natürlich, ich warte gerne, Mrs. Morris", höre ich sie sagen, und sie lächelt. Mr. Brown kratzt sich ungeduldig am Kopf. Nach wenigen Sekunden dreht sich Ms. Brody auf dem schwer knarzenden Stuhl um und hört aufmerksam zu. „Sehr schön! Sie macht sich unverzüglich auf den Weg. Haben Sie vielen Dank, Mrs. Morris." Sie legt auf und springt erstaunlich schwungvoll auf ihre Beine.

„So, Ms. Roberts, Sie haben Glück! Der *Boss* erwartet Sie, und wir dürfen ihn nicht warten lassen. Also, schnell los, ich zeige Ihnen den Weg."

„Danke", sage ich nur. Mr. Brown murmelt etwas Unverständliches in seinen Bart und Ms. Brody begibt sich in schnellem Tempo zur Tür. Es ist ganz klar, wie wichtig es für sie sein muss, mich zum Boss führen zu dürfen. Plötzlich wirken sie und Mr. Brown so aufgeregt, als ob ich gleich von dem Präsidenten der USA empfangen werden würde. Zum Glück habe ich nicht diese zweifelhafte Ehre.

Wortlos folge ich ihr und habe keine Ahnung, wo der Boss seine Räumlichkeiten hat. Wahrscheinlich in der obersten Etage. Schweigend laufe ich Ms. Brody hinterher, die mich wie angenommen zum Fahrstuhl führt und dort tatsächlich auf die Nummer drei drückt.

Als wir in der Etage ankommen, wo sich neben der Sportabteilung das Restaurant und Büros der Verwaltung befinden, führt sie mich zu einer Tür mit der

Aufschrift *Betreten verboten*. Dort gibt sie einen kurzen Code ein und macht dabei ein wichtiges Gesicht. Die Tür öffnet sich, und wir laufen weiter.

Am Ende des kurzen, hell beleuchteten Gangs mit mehreren Türen befindet sich ein weiterer Aufzug. Der ist um einiges moderner und fast schon luxuriös, wie in einem Nobelhotel. Mein Herzschlag beschleunigt sich und ich spüre, wie sich mein Magen während der kurzen Fahrt doch aufgeregt zusammenzieht. Auf einmal komme ich mir in meinem Engelkostüm völlig albern vor, doch was soll's. Es ist mein Job, so auszusehen, und ich werde dafür bezahlt. Ms. Brody ruft erneut Mrs. Morris an und sagt nur: „Wir sind da."

Nach wenigen Sekunden öffnet sich die Tür des Fahrstuhls und wir steigen ein. Es gibt nicht mal einen Knopf zu drücken, der Fahrstuhl wird anscheinend von oben gesteuert. Die Fahrt ist sehr kurz, und als sich die Tür wieder öffnet, stockt mir der Atem. Wir befinden uns unter freiem Himmel – oder besser gesagt unter einer riesigen Glaskuppel, die auf dem flachen Dach des Gebäudes prangt. Also befindet sich das Büro des mysteriösen Bosses tatsächlich unter dieser Glaskuppel, die man von einigen Straßen aus erblicken kann! Sofort erinnert mich das Ganze an Star Trek, so spacig wirkt das Glaskonstrukt. Hinter dem Tresen des Empfangs direkt vor uns sitzen zwei hübsche, junge Frauen in teuer wirkenden, weißen Businesskostümen. Die Linke erhebt sich.

„Ms. Brody, vielen Dank, ich übernehme jetzt Ms. Roberts, Sie können wieder gehen", sagt sie freundlich lächelnd und mit zuckersüßer Stimme.

Ms. Brody öffnet den Mund, doch sie schweigt. Die Enttäuschung auf ihrem Gesicht ist unübersehbar, und fast tut sie mir ein bisschen leid. Aber wirklich nur fast. Sie hat anscheinend gehofft, tiefer in das gläserne Reich des Bosses eindringen zu dürfen oder sogar mit mir in seinem Büro zu erscheinen.

„Wie Sie wünschen, Mrs. Morris", murmelt sie schließlich verdrießlich und dreht sich rasch um, ohne mich noch einmal anzusehen.

„Ms. Roberts, würden Sie mir bitte folgen", sagt Mrs. Morris freundlich, und ich nicke bloß. Ich blicke mich die ganze Zeit um. Die Glaskuppel hat die Dimensionen eines mittelgroßen Zirkuszelts, und alle Wände, die hier die Büros voneinander trennen, sind aus Glas, jedoch dicht mit verschiedenen Grünpflanzen bewachsen. Nur in den Toiletten, an denen wir vorbeilaufen, sorgen Milchglaswände für Privatatmosphäre. Schon abgefahren, das Ganze.

Nach wenigen Schritten bleiben wir vor einem weiteren Empfangsbereich stehen. Eine dritte junge Frau sitzt hinter ihrem Schreibtisch und nickt freundlich. Die hohe Glaswand hinter ihr, in der sich eine große Tür befindet, ist durch einen schönen Siebdruck im Art-déco-Stil vor ungewünschten Blicken geschützt und scheint das Büro des Bosses zu sein.

Mrs. Morris klopft an die Glastür und öffnet sie für mich. „*Boss*, Ms. Roberts ist da", kündigt sie mich an und bittet mich herein. Ich spüre, wie mein Magen einen unangenehmen Purzelbaum macht und bleibe wie angewurzelt stehen. Die Tür schließt sich leise hinter mir, und ich starre ungläubig in den halbovalen, lichtdurchfluteten Raum. Die Einrichtung ist spärlich, doch sehr geschmackvoll. Überall stehen riesige Kübel mit hochwachsenden, exotisch anmutenden Pflanzen, die einen frischen und lebendigen Kontrast zu dem kühlen Glas bilden. Auch ein echter Tannenbaum steht in der Mitte des Raumes und ist stilvoll mit weißen Dekorationen sowie Lichterketten geschmückt.

Über meinem Kopf sehe ich nichts als Himmel, und wenn die Sonne durch die Glasdecke scheint, muss das Licht fantastisch sein. Am anderen Ende des Raumes, der fast die Größe eines Basketballfeldes hat, steht ein imposanter Schreibtisch mit einem majestätischen, thronartigen Chefsessel. Ein Mann mit dunklem, gewelltem Haar sitzt mit dem Rücken zu mir darin. Er starrt in die Ferne, wo sich dem Betrachter ein weiter, atemberaubender Blick auf die Stadt bietet. Seine Silhouette mit den breiten Schultern und die Art, wie er seinen Kopf leicht neigt, kommen mir vertraut vor.

„Guten Tag, David." Wie in Trance höre ich meine Stimme. Ich habe keine Zweifel mehr, wer der *Boss* ist, obwohl ich ihn nur von hinten sehe. Die leise Ahnung, die sich von Anfang an in mir ausgebreitet hat, ist spätestens bei dem Anblick der Glaskuppel zu einer festen Vermutung geworden. Dieses luxuriöse Büro sieht wie ein überdimensionales Künstleratelier aus und gleichzeitig wie ein Gefängnis mit gläsernen Wänden. Ein perfekter Platz für einen Mann wie David, der sich verstecken und von der Welt abschirmen will. Auch der unerwartete Weihnachtsbonus ist mir gleich irgendwie verdächtig vorgekommen. Letztlich habe ich es einfach irgendwie gewusst. Trotzdem fühle ich mich von der Begegnung komplett überwältigt.

„Hope!" David dreht sich um und lächelt mich an. „Schön, dich so schnell wiederzusehen!

Er erhebt sich und kommt mir entgegen. Er trägt einen perfekt sitzenden, dunkelblauen Anzug samt Krawatte und sieht wie immer umwerfend attraktiv aus. Das ist also der geheimnisvolle *Boss*.

Träume ich etwa bloß, frage ich mich, während ich auf ihn zulaufe. In der Mitte des Raumes treffen wir uns. David gibt mir ein Küsschen auf die Wange. Sein dezenter Duft schmeichelt meiner Nase. Ich lass mich von ihm zu der Sitzgarnitur links vom Schreibtisch führen und versinke in der weichen, weißen Ledercouch, nachdem ich meine Flügel routiniert und vorsichtig zur Seite geschoben habe. David setzt sich mir gegenüber auf den Sessel, und erst da erwache ich aus meinem seltsamen Zustand.

„Du hast mich an der Nase herumgeführt", entfährt es mir.

„Wieso denkst du das?" David kräuselt seine Stirn und lehnt sich zurück. „Möchtest du was trinken? Ich sag Mrs. Morris Bescheid."

„Nein, danke, ich möchte nichts. David, du warst nicht ehrlich zu mir", sage ich aufgebracht. „Du hast mir nicht erzählt, dass du der *Boss* bist, dem das alles hier gehört." Meine Stimme klingt trotzig und verärgert und ich fühle mich recht bescheuert in meinem dämlichen Engelkostüm.

„Du hast mich aber auch nicht ganz genau ausgefragt, was ich beruflich mache. Daher habe ich dir lediglich erklärt, dass ich ein Geschäftsmann im Handelsbereich bin und ein Familienunternehmen leite." David blickt ernst, und der Schatten auf seinem Gesicht ist wieder da. „Ich habe dir nur nicht gesagt, dass ich der CEO und der Inhaber dieses Einkaufszentrums bin. Das kann man aber nicht als Lüge bezeichnen."

„Trotzdem!" Ich seufze schwer und verspüre dabei einen bitteren Geschmack im Mund. „Ich dachte, du sitzt in einem langweiligen Büro eines kleinen Familienunternehmens und nicht in diesem gläsernen Palast, wo du von allen Menschen nur *der Boss* genannt wirst." Ich sehe mich einmal mehr um und bin erneut beeindruckt von der fantastischen Konstruktion, die er sein Büro nennt.

„Ist das so schlimm?"

„Na ja, du thronst hier oben in deinem Reich wie in einem Science-Fiction-Film", sage ich vorwurfsvoll und zeige auf die gläsernen Wände der Kuppel. „Und dazu bist du reich wie Donald Trump!"

„So reich bin ich auch nicht", wehrt sich David lächelnd. „Im Vergleich zu Mr. Trump bin ich lediglich vermögend. Aber ich erkläre es dir kurz. Dieses Einkaufszentrum stammt von meinem Urgroßvater. Vor dem Zweiten Weltkrieg stand hier nur ein kleiner und bescheidener Gemischtwarenladen, der seine Familie kaum ernähren konnte. Nach dem Krieg übernahm mein Großvater den Laden, baute ihn geschickt aus und öffnete mehrere Filialen, bis mein Vater in den Achtzigern dieses Einkaufszentrum eröffnete und es B&C taufte. In den Neunzigern folgten mehrere Geschäfte im ganzen Land. Es war nur logisch, dass ich als sein einziges Kind das Familienunternehmen übernehme und es leite. Als Dad vor fünf Jahren starb, habe ich es nach meinen Vorstellungen modernisiert und mir meine Räumlichkeiten so ausbauen lassen, dass ich es hier auch aushalten kann. Schließlich hatte ich andere Träume bezüglich meiner beruflichen Laufbahn, wie du weißt." Um Davids Lippen legt sich ein bitterer Zug. Vermutlich denkt er daran, dass er aus Pflichtgefühl seinen Wunsch nach einer Karriere als Schriftsteller und Poet aufgegeben hat.

„Das kann ich irgendwie verstehen", murmele ich schon versöhnlicher. „Du hast dich quasi für das Familiengeschäft aufgeopfert und dir als Ausgleich diesen Traum aus Glas gebaut."

„Na ja, geopfert klingt zu übertrieben", meint David. „Ich habe die Verantwortung übernommen, die ich als Sohn meinem Vater und der Familientradition gegenüber hatte, und das hier hat mir dabei geholfen." David steht auf und geht zu der Glasfront hinter uns. Er blickt in die Ferne. „Ich würde es in einem klassischen Büro nicht aushalten. Ich will den Himmel sehen und keine Betonwände, die meine Gedanken einschränken. Hier fühle ich mich frei und gleichzeitig abgeschirmt von der lauten und oberflächlichen Welt, die unter mir im Einkaufstempel herrscht. Wie du dir denken kannst, bin ich ein einsamer Wolf und kein Salonlöwe, auch wenn man von jemandem wie mir erwarten würde, dass ich mich viel in der High Society bewege. Ich verstecke mich gerne hier oben, in meinem Traum aus Glas, wie du das so schön gesagt hast." David dreht sich wieder um und lächelt mir fast gequält zu. „Gewiss hältst du mich für einen Sonderling. Früher, als Cathy noch lebte, war ich einigermaßen menschenfreundlich, und sie hat mich oft erfolgreich aus meinem Schneckenhaus herausgelockt. Doch nach ihrem Tod wurde mein Bedürfnis nach Einsamkeit und Ruhe stärker. Einzig Ethan sorgt dafür, dass ich weiter mit der Welt verbunden bleibe. Und das Geschäft natürlich, ich trage schließlich große Verantwortung. Man sagt, ich sei ein sehr gewissenhafter und zuverlässiger Mensch, daher mache ich meinen Job ziemlich gut. Mein Vater würde sich nicht beschweren können."

Einem spontanen Impuls folgend stehe ich auf und nähere mich ihm. Als ich ihn erreiche, berühre ich ihn sanft am Unterarm. „Nein, David, ich halte dich nicht für einen Sonderling. Ich kann dich sogar sehr gut verstehen, da ich von derselben Sorte bin."

„Das spüre ich, Hope", murmelt er und nimmt meine Hand. Zusammen blicken wir über das Panorama von Manhattan. Der Blick reicht bis zum East River. Es ist wirklich wunderschön hier oben.

„Wo ist der Schnee?", fällt mir plötzlich ein, als ich zur Kuppel sehe, die seit gestern mit Schnee bedeckt sein müsste.

„Die Kuppel wird mithilfe von Sonnenkollektoren beheizt, sodass Schnee und Eis sofort schmelzen", erklärt mir David. „Auch die Fußbodenheizung wird von der Sonnenenergie betrieben. Komm, ich zeig dir noch was, das könnte dir gefallen." Er nimmt meine Hand und zieht mich zu der Glastür am anderen Ende des ovalen Raumes. Sie führt uns auf eine Außenterrasse, auf der sich ein kleiner Pool befindet. Das Wasser dampft in der Kälte und verrät mir sofort, dass es wohlig warm sein muss.

„Zweiunddreißig Grad und angereichert mit Salz aus dem Atlantik", erklärt mir David, als ich ihn staunend ansehe.

„Schade, dass ich keinen Badeanzug dabei habe", entgegne ich seufzend. „Abgesehen davon, dass ich arbeiten muss."

„Oh, man kann hier wunderbar auch ohne Badeanzug schwimmen", erwidert er und blickt unschuldig. „Wir sind völlig alleine und durch die Kübelpflanzen vor neugierigen Blicken geschützt. Und was deine Arbeitszeiten betrifft – ich bin hier der Boss und kann darüber verhandeln. Also, wenn du Lust zum Schwimmen hast, bist du hier jederzeit willkommen. Mit Badeanzug oder ohne." Er zwinkert mir verschwörerisch zu, ohne dabei anzüglich zu wirken.

„Okay, ich werde darüber nachdenken", antworte ich und gehe wieder hinein, weil mir in meinem hauchdünnen Engelskostüm kalt wird.

David schließt die Terrassentür hinter mir, und erst in diesem Augenblick fällt mir wieder ein, warum ich eigentlich hier bin.

„David, ich muss über was anderes mit dir reden. Eigentlich bin ich ziemlich sauer auf dich", lege ich los, bevor der Mut mich wieder verlässt und ich zu sehr von diesem Luxus eingeschüchtert werde. Er lenkt mich zu sehr ab, und die Vertrautheit, die zwischen uns herrscht, ist für mein Vorhaben eher hinderlich.

„Bitte, ich hör dir zu", erwidert David und zeigt auf den Stuhl vor seinem Schreibtisch. Ich setze mich und warte, bis auch er Platz in seinem riesigen Chefsessel nimmt. Mir wird unangenehm bewusst, dass er wirklich der *Boss* und der Eigentümer der Einkaufszentrumskette ist und nicht bloß der Mann, mit dem ich gestern ein unvergessliches Date hatte. *Nichts wird mehr so sein, wie es gestern war.* Meine Kehle fühlt sich daher plötzlich trocken an, als ich endlich anfange: „Diese Auszeichnung als Mitarbeiterin der Weihnachtssaison – sie kommt doch von dir, oder?"

„Ja", antwortet er schlicht.

„Ich kann sie nicht annehmen", entgegne ich knapp.

„Wieso nicht?" Er zieht verwundert die Augenbrauen hoch.

„Weil sie nicht fair ist. Ich bin gewiss nicht die Beste da unten. Alle meine Kollegen geben sich große Mühe, um den Kindern und ihren Eltern den Shoppingstress etwas zu versüßen. Sie glücklich zu machen, Kinderträume zu beflügeln und dieser verrückten Welt etwas Weihnachtszauber zu verleihen. Daher kann ich dieses Geld nicht annehmen."

„Aber du kannst das Geld gut gebrauchen und du machst deinen Job als Engel sehr gut", protestiert David.

„Darum geht es nicht. Du warst bei deiner Entscheidung nicht objektiv. Du wolltest mir eine Freude machen und du hast mich bevorzugt, weil du mich magst. Weil Ethan mich mag. Ich finde deine großzügige Geste sehr liebenswert und ich danke dir dafür, aber es ist nicht richtig. Ich will kein Mitleid von dir und ich möchte mich dir gegenüber nicht verpflichtet fühlen. Also akzeptiere ich das Bonusgehalt nicht."

„Okay. Ich kann zwar deine Einwände nicht nachvollziehen, besonders was das Mitleid und die Verpflichtung betrifft, doch ich respektiere deine Entscheidung. Du bist wirklich eine besondere junge Frau, und ich habe mich in dir nicht getäuscht. Eigentlich habe ich erwartet, dass du so reagierst." David streicht sich mit den Fingern über seinen gepflegten Bart und wirkt nachdenklich. Was soll das? Wollte er mich etwa testen? Ob ich geldgierig und käuflich bin?

„Wann spätestens wusstest du, dass ich der Boss bin?", fragt er mich.

„Eigentlich habe ich es sofort geahnt, als Ms. Brody und Mr. Brown sagten, dieser Entschluss kommt von ganz oben. Du hast gestern ziemlich verstört und fast beschämt gewirkt, als ich dir erzählt habe, wie viel ich hier verdiene. Ich kann eins und eins zusammenzählen und habe dazu ein gutes Bauchgefühl."

„Ja, das hätte ich wissen müssen. Du bist schlau und feinfühlig dazu. Es tut mir leid, ich habe etwas unbedacht und unbeholfen gehandelt. Aber ich habe einen Vorschlag, wie ich das wiedergutmachen kann." David sieht mich bedeutungsvoll an und lehnt sich mit den Ellbogen auf den luxuriösen Tisch mit seinen goldenen Verzierungen. „Ich werde einfach alle deine Kollegen mit einer Gehalterhöhung und einem Weihnachtsbonus für ihre Arbeit belohnen. Was hältst du davon?"

„Wow, das wäre wirklich großzügig und fair! Die haben es alle verdient!" Vor Begeisterung spüre ich, wie ich unter meiner dicken Make-up-Schicht erröte. Am liebsten würde ich ihn küssen.

„Kein Problem! Ich bedauere es, dass ich selbst nicht schon früher auf diese Idee gekommen bin. Wahrscheinlich müsste ich mich doch öfter inkognito in die unteren Etagen begeben und mir einen Eindruck verschaffen, was die Leute dort wirklich leisten, anstatt mich hier oben zu verkriechen. Ich danke dir dafür, dass du mir dabei geholfen hast."

„Nichts zu danken", murmele ich verlegen. „Meine Kollegen werden sich ganz sicher sehr darüber freuen.

Darum geht es doch in der Weihnachtszeit, oder? Anderen eine Freude zu machen. Schließlich ist sie für den Großteil der Menschen die schönste Zeit des Jahres."

„Da stimme ich dir völlig zu. Auch wenn ich selbst Weihnachten am liebsten überspringen würde, heißt es nicht, dass andere Menschen sich nicht freuen dürfen." David scheint augenblicklich in Erinnerungen zu versinken, und auch vor meinem geistigen Auge steigen Bilder hoch, die ich niemals aus meinem Gedächtnis verbannen werde. Ehe uns beide ein Anflug von Traurigkeit überwältigen kann, reiße ich mich zusammen und flattere mit meinen Engelsflügeln.

„Hey, wir sind beide Profis! Ich gehe jetzt hinunter und sorge mit meinen Pralinen für leuchtende Augen und klebrige Finger bei den Kindern. Du wiederum verkündest die frohe Botschaft bei meinen Kollegen, die heute Abend auf dich anstoßen und sich auf deine Kosten ordentlich besaufen werden. Es ist Christmas time, *Boss*!" Schwungvoll stehe ich auf, mit einem breiten Grinsen, was David immerhin ein Schmunzeln entlockt.

„Hope, du bist eine gute Seele, trotz dieser zugegeben schrecklich kitschigen Verkleidung", lacht er schließlich. „Aber wir machen es wirklich so. Ich begleite dich zu Mr. Brown und teile ihm persönlich meine Entscheidung mit. Nicht nur deine Kollegen aus dem Winterland bekommen eine Gehaltserhöhung, sondern auch die Angestellten im ganzen Einkaufszentrum. Wenn schon Weihnachten, dann richtig."

„Genau! Aber wir gehen lieber nicht gemeinsam zu Mr. Brown und Ms. Brody. Ich möchte nicht, dass irgendjemand auf die Idee kommt ..."

„Das wir uns privat nahestehen?", unterbricht mich David mit einem sanften Klang in der Stimme und erhebt sich von seinem Stuhl.

„Tun wir das?", raune ich, als er näherkommt und nach meinen Händen greift. Mein Herz schlägt schneller, während unsere Blicke ineinander versinken.

„Das tun wir", murmelt er und neigt sich zu mir. Ich spüre seinen frischen Atem, der meine Wangen streift und mir einen süßen Schauer den Rücken entlang jagt. Die Stimme der Vernunft in meinem Kopf versucht mich zu warnen, doch ich kann mich nicht gegen meine Empfindungen wehren. Ich sehe seine Halsschlagader pochen, die mir verrät, dass er genau so aufgeregt ist wie ich und sich von seinen Gefühlen leiten lässt.

„David, nicht", flüstere ich. „Du bist irgendwie auch mein Boss ..."

„Na und? Wir sind beide erwachsen", flüstert er zurück. Eine wilde Sehnsucht zerreißt mich fast, während ich auf seinen Kuss warte. Ich habe keine Kraft, um gegen den gewaltigen Wunsch nach seinen Berührungen anzukämpfen. Ich will mich wieder lebendig fühlen, mich öffnen, glücklich sein! Ich habe doch das Recht darauf, oder? Das Schicksal hat es gewollt, dass ich David kennenlerne, und ich habe sehr wohl gelernt, dass man dem Schicksal nicht ausweichen kann.

David spürt ganz sicher, wie ich bebe, und er zögert nicht länger. Endlich begegnen sich unsere Lippen. Wir küssen uns mit einem Hunger, der den Tiefen unserer gebrochenen Herzen entspringt. Unsere Küsse sind zärtlich und leidenschaftlich zugleich, und David zieht mich fest in seine Umarmung, als ob er mir Stärke und Mut verleihen möchte.

„Hope, meine süße Hope, ich bin so froh, dich gefunden zu haben", murmelt er innig an meiner Stirn, nachdem wir uns irgendwann voneinander lösen, um wieder atmen zu können. Sein Herz hämmert aufgewühlt gegen seine Rippen. Tränen der Glückseligkeit sammeln sich in meinen Augen und lassen die Umgebung verschwimmen, als ich mich überwältigt von meinen Empfindungen an ihm festhalte.

„Bitte, sag jetzt nichts", flehe ich ihn an. „Ich habe Angst, dass alles nur ein Traum ist und ich schon bald daraus erwache. Wir sollten uns nicht in eine Illusion verrennen, nur weil wir beide einen geliebten Menschen verloren haben und uns gegenseitig den Trost spenden."

Unbewusst blicke ich über Davids Schulter zu seinem Schreibtisch, wo ein großes Foto von ihm und seiner Frau steht. Sie lächeln sich verliebt an und halten Baby Ethan in den Armen. Ein Sinnbild des perfekten Glücks und einer unsterblichen Liebe. David gibt doch selbst zu, dass er seinen Verlust noch nicht überwunden hat und er seiner großen Liebe immer noch nachtrauert. Für jemanden wie mich gibt es in seinem Herzen also keinen Platz. Plötzlich überfällt mich eine kalte Welle der Ernüchterung, sodass ich mich aus seiner Umarmung befreie und einen Schritt zurücktrete. Was tue ich hier, unter dieser imposanten Glaskuppel, wo ich nicht hingehöre? Ich arbeite für David, und uns trennen Welten. Nur weil sein Sohn mich mag und mich für einen Engel hält, heißt es nicht, dass wir als Paar eine Zukunft haben. Die Gefühle, die er in mir auslöst, werden mir bloß zum Verhängnis, so wie Susie mir prophezeit hat. Für ihn bin ich bloß eine kleine, angenehme Ablenkung, die ihm und seinem Sohn diese schwere Jahreszeit etwas versüßt und erleichtert. Er wiederum schenkt mir einen gewaltigen Funken Hoffnung, dass in mir noch nicht alles abgestorben ist, dass ich irgendwann zurück ins Leben finden werde. Aber dabei soll es auch bleiben. Alles andere zwischen uns wird einfach nicht stattfinden, weil es zu kompliziert wäre. *Und weil ich zu viel Angst habe, um mich darauf einzulassen.*

„David, wir sollten lieber Abstand voneinander halten. Vernünftig bleiben, du weißt schon. Es passiert alles viel zu schnell, und das fühlt sich nicht richtig an", sage ich bemüht nüchtern, obwohl alles in mir nach Davids Nähe schreit.

„Gut. Wenn du das so siehst", sagt er etwas verwundert. Meine plötzliche Reaktion kann er anscheinend nicht nachvollziehen, denn er betrachtet mich mit einem verwirrten und dazu enttäuschten Blick. „Dann lassen wir es ganz langsam angehen. Aber es bleibt bei unserer Verabredung, oder? Ethan wäre sehr traurig, wenn du nicht kommen würdest, er freut sich nämlich sehr auf deinen Besuch."

Als er mich an Ethan erinnert, vergesse ich sofort meine Ängste und Bedenken. Ich kann diesen süßen kleinen Jungen doch nicht im Stich lassen, nur weil ich Schiss vor meinen Gefühlen für seinen Vater habe!

„Ich werde da sein, so wie ich es ihm versprochen habe", versichere ich ihm. „Nur wir halten uns schön zurück."

„Aber natürlich! Darauf kannst du dich verlassen“, entgegnet er fast schon sarkastisch. Habe ich ihn zu sehr zurückgewiesen? Mache ich alles kaputt, noch bevor es richtig angefangen hat? Hart schlucke ich den Kloß in meinem Hals herunter und fühle mich ziemlich machtlos. David betrachtet mich prüfend, als ob er versucht zu verstehen, was wirklich in mir vorgeht.

„Wir haben aber trotzdem ein kleines Problem“, fällt mir auf einmal ein. „Ethan kennt mich nur als Engel, und wenn ich ohne Verkleidung erscheine, wird er mich sicher nicht erkennen.“

„Stimmt! Daran habe ich nicht gedacht.“ David schüttelt nachdenklich den Kopf und atmet schwer aus. „Ich werde mir was einfallen lassen, überlass das mir.“

„In Ordnung. Dann gehe ich jetzt lieber. Bis dann, David.“

„Bis dann, Hope. Und nochmals danke, dass du mir die Augen geöffnet hast. Ich meine, wegen der Sache mit der Gehaltserhöhung für die Mitarbeiter“, ergänzt er hastig.

„Ah das ... Na klar. Kein Thema. Es war schön, dich wiederzusehen, David.“ David verabschiedet mich mit einem zärtlichen, vielsagenden Lächeln, das mich tief im Herzen berührt. Rasch begebe ich mich zur Tür. Meine Engelsflügel flattern mir hinterher, und ich spüre seinen Blick, der mich die ganze Zeit begleitet. Mein Verstand hat zwar gesiegt, doch dieses Glücksgefühl in meiner Brust wütet weiter und lässt sich nicht vertreiben. Ich mache mir mächtig etwas vor, wenn ich versuche, vernünftig zu sein und emotionale Distanz zwischen mir und David zu bewahren. Mein Herz sendet mir nämlich ganz andere Signale, und ich ahne, ihm geht es nicht anders. Völlig durcheinander von den heftigen Gefühlen, die in mir kämpfen, kehre ich wie eine Schlafwandlerin zurück zu meinem Arbeitsplatz und weiß nicht, ob ich weinen oder lachen soll.

Kapitel acht

Die perplexen Gesichtsausdrücke von Ms. Brody und Mr. Brown sind höchst unterhaltsam, als sie uns in der Mittagspause zusammentrommeln und uns die frohe Botschaft verkünden. Die Kollegen brechen in Jubel aus und Susie fällt mir begeistert um den Hals. Ich freue mich zusammen mit ihr und den anderen und behalte meinen Besuch unter der Glaskuppel für mich. Ms. Brody wirft mir einige Male fragende Blicke zu, aber sie lässt mich in Ruhe. Auch das Thema Mitarbeiterin der Saison scheint sich zum Glück erledigt zu haben, und ich bin dankbar, dass David meinen Wunsch respektiert hat.

Susie fragt mich beiläufig, was die beiden zuvor von mir wollten, und ich denke mir eine banale Erklärung aus. Die wahre Geschichte erzähle ich ihr lieber später. Sie gibt sich damit zufrieden und verlässt eilig die Garderobe, weil sie noch einen wichtigen Arzttermin hat, bevor wir am frühen Abend gemeinsam shoppen gehen wollen.

So kann ich, versunken in meine innere Welt, nach Hause fahren und an David denken. Ich vermisse seine Küsse und die Art, wie er mich oben unter dem Himmel von Manhattan in seinen Armen gehalten hat. Als ob er Angst hätte, ich könnte seinen Händen entgleiten und für immer verschwinden. Dieses Gefühl hat mir eine seltsame Geborgenheit vermittelt, seine Umarmung hatte eine geradezu heilende Wirkung auf mich. Ich sehne mich nach mehr, egal wie stark ich dagegen ankämpfe.

Zuhause dusche ich und ziehe mich um. Gerade, als ich mir einen Tee aufbrühe, klingelt es an der Tür. Ich erwarte niemanden, also kann es nur der Postbote sein, der wieder mal Pakete für die Nachbarn bei uns abstellen will. Aber es ist Susie.

„Hey, waren wir etwa jetzt schon verabredet?", wundere ich mich, als ich sie hereinlasse und sie mir im Vorbeigehen ein Küsschen auf die Wange gibt.

„Nö. Aber ich war früher fertig beim Zahnarzt und dachte, so haben wir noch ausreichend Zeit für ein ungestörtes Schwätzchen. Du schuldest mir noch eine ausführliche Beschreibung von eurem Date gestern Abend." Susie begibt sich gut gelaunt in die Küche. War doch klar, dass sie nicht locker lassen wird, um auch das kleinste Detail aus mir herauszuquetschen.

„Okay. Eine Tasse Gewürztee? Mit Milch?", frage ich sie.

„Ja, gerne! Mit Honig bitte." Susie setzt sich an den Küchentisch und beobachtet mich, während ich die Tassen mit lecker duftendem Tee fülle.

„Hope, du siehst umwerfend aus!", stellt sie überrascht fest. Ihr Tonfall verrät mir sofort, dass das kein simples Kompliment ist, sondern eine erklärungsbedürftige Feststellung.

„Danke", antworte ich, ohne sie anzusehen.

„Ich vermute stark, dass ein gewisser Mann dafür verantwortlich ist."

Schmunzelnd reiche ich ihr ihre Tasse und setze mich auf den alten Holzstuhl, dem ich einen lavendelfarbenen Lackanstrich verpasst habe.

„Ja, wahrscheinlich schon." Was soll ich denn sonst sagen? Natürlich ist David schuld daran, dass ich strahle und mich einfach wohl in meiner Haut fühle. Egal, wie abweisend ich am Ende reagiert habe, ich kann meine Verliebtheit nicht leugnen und noch weniger dagegen ankämpfen. Ich werde Susie nichts mehr verheimlichen. Heute erzähle ich ihr alles.

„Der geheimnisvolle David Bailey steckt also dahinter", sagt Susie und wärmt ihre Hände an der Teetasse.

„So geheimnisvoll ist er auch nicht mehr. Er ist nämlich der Besitzer der Mall. Der *Boss,* genauer gesagt", lüfte ich Davids Geheimnis. „Ich war heute kurz in seinem Büro, oben auf dem Dach." Bedeutungsvoll sehe ich ihr in die Augen und schlürfe vorsichtig den aromatischen und wärmenden Tee.

„Moment mal!" Man sieht buchstäblich, wie es in Susies Kopf arbeitet. Zwischen ihren Augenbrauen bildet sich eine feine Linie. „Meinst du mit dem Boss etwa den *Boss,* dem der ganze Laden gehört und dessen Namen niemand kennt? Der so fettleibig ist, dass er nicht länger unter die Menschen geht? Der, zu dessen Büro nur ein paar auserwählte Mitarbeiter Zutritt haben?"

„Ja, sag ich doch – der *Boss*", wiederhole ich lachend und betone das letzte Wort. „Der übrigens schlank und sportlich gebaut ist."

„Holy Shit! Hope, du hast heute nicht nur mit ihm gesprochen, du hattest sogar ein Date mit ihm?" Susies Augen weiten sich immer mehr. Mit offenem Mund starrt sie mich so an, als ob ich mit Chris Hemsworth ausgegangen wäre.

„So ist es." Ich zucke entschuldigend mit den Schultern und mache ein unschuldiges Gesicht. „Ich habe es auch nicht gewusst, sonst wäre ich ganz bestimmt nicht mit ihm ausgegangen. Erst heute Morgen habe ich erfahren, wer er ist, als ich in seinem Büro war."

„Du bist tatsächlich in seinem Büro gewesen? Hope, noch niemand von den Leuten, die im Einkaufszentrum arbeiten, war jemals in seinem Büro! Der ist quasi Sperrzone für uns. So was wie die Verbotene Stadt in Peking! Oder Mordor! Du weißt schon: *Man kann nicht einfach nach Mordor spazieren!* Susie schüttelt ungläubig den Kopf, und ihre Lippen formen ein stummes *Wow.* Wir lachen gemeinsam los. Ja, ich weiß, meine Geschichte ist unglaublich. Danach erzähle ich ihr von der seltsamen Beförderung, die in mir sofort einen Verdacht ausgelöst hat, und wie ich entschlossen darauf bestanden habe, persönlich mit dem *Boss* zu sprechen. Susie hört mir gespannt zu. Ab und zu entweicht ihr ein überraschter Laut, besonders als ich von der Kuppel und dem Salzwasserpool auf dem Dach erzähle.

„Mensch, Hope, wie cool! Das ist ja der Hammer!" Am Ende meines Berichts springt sie hoch und umarmt mich überschwänglich. „Du und der Boss! Und gerade meine so verschlossene und distanzierte Freundin schaffte es, sich in sein Herz und in seinen Himmelspalast zu schleichen! Ich bin so stolz auf dich!" Sie hüpft regelrecht vor Freude und meint es ehrlich, ohne eine Spur Neid oder Missgunst.

„Hey, langsam! Mach nicht so ein Riesending draus! Ich habe selbst schon genug Bammel wegen der ganzen

Sache", ermahne ich sie lachend, als sie mich loslässt und sich wieder hinsetzt. „Du selbst hast mich vor ihm gewarnt. Und damals wussten wir noch nicht, wer er wirklich ist. Abgesehen davon läuft noch gar nichts zwischen uns. Wir hatten ein Date, aber das war es auch schon. Und es wird sich nicht so schnell wiederholen. Wir werden schön vernünftig bleiben und ich werde mich nicht zu sehr darein steigern, denn die Situation ist sehr ..."

„Kompliziert?", unterbricht mich Susie und seufzt schwer, als ich nicke. Sie steckt sich eine widerspenstige rote Locke hinter das Ohr und betrachtet mich prüfend.

„Wie gesagt, es läuft ja noch nichts zwischen uns. Wir mögen uns und haben uns einige Male geküsst, das ist alles. Heute, als ich bei ihm war, habe ich sogar darauf bestanden, dass wir etwas Distanz halten."

„Aber so glücklich wie du wirkst – das sagt was ganz anderes aus! Du hast dich verknallt, gib es zu!" Susies grüne Augen strahlen wie ihr alberner grüner Weihnachtspullover mit dem Elchgeweih.

„Vielleicht. Ja, du hast recht. Ich habe mich verknallt", gebe ich schweren Herzens zu. Dabei jubelt jede Zelle in mir bei dem Gedanken an David. „Es ist leider nur ziemlich falsches Timing für uns. David trauert noch um seine Frau und ich möchte nicht bloß ein Trostpflaster für ihn sein. Dafür mag ich ihn schon zu sehr."

„Was ist gestern Abend eigentlich passiert, dass ihr euch so nahegekommen seid?" Susie streicht liebevoll über meine Hand. Sie freut sich für mich, doch sie kann ihre Sorge nicht verbergen. Ich lächle ihr zu und spüre, dass das ein günstiger Augenblick ist, um ihr die ganze

Geschichte zu erzählen. Nicht nur von unserem Date, sondern vor allem davon, was ich David gestern gebeichtet habe. *Meine ganze beschissene Geschichte.*

„Susie, ich denke, du solltest endlich alles über mich erfahren“, sage ich entschlossen und hole tief Luft, bevor ich anfange. „Auch, wenn ich dir damit den Abend zerstören werde.“

Als ich mit meiner Erzählung fertig bin und der alte Schmerz mir wieder eiskalt die Brust zusammenschnürt, ist es in der Küche so still, dass ich das leise Ticken der Wanduhr hören kann. Während meiner Erzählung ist mein Blick durch das Fenster zu dem düsteren Himmel gewandert, der – verhangen von schweren, grauen Wolken – neuen Schneefall verkündet. Es fällt mir leichter, darüber zu reden, wenn ich dabei niemandem in die Augen sehen muss. Langsam wende ich mich wieder Susie zu, die regungslos auf ihrem Stuhl sitzt. Dicke Tränen kullern über ihre Wangen, und als wir uns ansehen, erhebt sie sich. Sprachlos umarmen wir uns. Auch mein Gesicht ist augenblicklich tränenüberströmt.

„Meine arme, liebste Hope!“, murmelt Susie, als sie mich an sich drückt. „Es tut mir so schrecklich leid.“

Ich weine in den Armen meiner besten Freundin und spüre ihre ganze Zuneigung und ihr Mitgefühl. Mit zittriger Hand streichelt sie über mein Haar und wiegt mich in den Armen wie ein kleines Mädchen. Susie ist für mich da, als ob sie meine Trauer, meinen Verlust und meine Schuldgefühle nachempfinden kann. Merkwürdigerweise hat es sich gut angefühlt, meine tragische Geschichte zu erzählen und den Schmerz zu-

zulassen. Zusammen mit meinem Tränenfluss lässt er allmählich nach, und ich spüre ihn nicht mehr so heftig wie noch vor wenigen Tagen. Der bleierne, eisige Klumpen in meiner Brust löst sich weiter auf und schmilzt durch die Hilfe zweier Menschen, die mich mit ihrer liebevollen Anwesenheit und Zuneigung auffangen und stützen.

Als ich noch regelmäßig meine Selbsthilfegruppe besucht habe, habe ich dieses Gefühl der Heilung nie so stark erfahren wie jetzt bei David oder Susie. Wahrscheinlich war ich vor wenigen Monaten noch nicht bereit, meine Vergangenheit endlich loszulassen und wirklich zu heilen. Doch jetzt spüre ich, dass das Leben auf mich wartet und es sich lohnt, wieder nach vorne zu blicken.

Anscheinend habe ich diese Zeit des inneren Rückzugs und der Einsamkeit gebraucht, in der ich mich von meinen Schuldgefühlen habe zerfleischen lassen. Dass gerade ein Mann mich dazu bringen würde, mir endlich selbst vergeben zu wollen und mein Herz zu öffnen, hätte ich jedoch nie gedacht. Meine Mom sagte in ihren glücklichen Zeiten oft: Es gibt keine bessere Medizin als die Liebe.

Ach, Mom. Sie war eine fröhliche Frau, die ein großes Urvertrauen in das Leben besessen und sich nie unnötig Sorgen über die Zukunft gemacht hat. Umso schlimmer, dass sie seit fast zwei Jahren in ihrer dicken und düsteren Wolke gefangen ist und nicht mehr herausfindet. Ihr Lebenswille scheint erloschen zu sein. Mein Vater wiederum flüchtet sich lieber in den täglichen Vollsuff, statt ihr zu helfen, sich von ihrer Depression zu befreien und nach vorne zu blicken. Sie hat nichts mehr, das sie zurück ins Leben bringen würde, und mein Vater hat sich selbst und damit auch sie längst aufgegeben. Sie können sich gegenseitig keinen Halt geben, ihre Liebe kann sie nicht länger erreichen.

Ich kann die beiden nicht retten, egal wie weh mir ihr Schicksal tut. Aber ich bin endlich bereit, um mich selbst zu kämpfen und ein Leben zu leben, das ich verdient habe.

Nach einer Weile lösen Susie und ich uns aus der innigen Umarmung.

„Wollen wir uns jetzt in den kollektiven Weihnachtsrausch stürzen und viel Geld für sinnlose Geschenke ausgeben?" Sie wischt sich entschlossen ihre Tränen weg und grinst. Sie stellt keine weiteren Fragen, und dafür bin ich ihr dankbar. Sie ahnt, wie schwer es mir fällt, über Timmy zu sprechen, und dass meine Genesung ein empfindlicher Prozess ist, der mich besonders zerbrechlich macht. Es war genug für heute.

„Machen wir! Schließlich haben wir eine fette Gehaltserhöhung bekommen, und die müssen wir ordentlich feiern", antworte ich. Tatsächlich empfinde ich so etwas wie Vorfreude auf die herrlich geschmückten Geschäfte voller weihnachtlichen Krimskrams, der so viele wunderbare Kindheitserinnerungen in einem weckt. Ein Gefühl, das meine neugewonnene positive Haltung nur bestärkt.

Die nächsten zwei Stunden verbringen wir auf den Straßen rund um den Macy's Herald Square und in dem Einkaufszentrum mit seinem berühmten Santa-Land. Wir stellen mit Genugtuung fest, dass der Lichterglanz und die stimmungsvolle Dekoration in Davids

Einkaufszentrum im Vergleich mit dem großen Konkurrenten Macy's keinesfalls schlechter abschneiden. Weil wir uns plötzlich stark mit unserem Arbeitsplatz identifizieren, entscheiden wir uns am Ende noch für einen kurzen Bummel durch *unser* Kaufhaus. Loyal und nicht ganz unvoreingenommen stellen wir fest, dass die Deko hier noch schöner ist. In der Spielzeugabteilung kaufe ich spontan ein Kinderbuch mit den winterlichen Geschichten von Peter Hase und dazu das süße Plüschhäschen in dem typischen hellblauen Jäckchen, das dazu einen warmen Schal trägt.

Als Susie mich fragend ansieht, erkläre ich ihr, dass das ein Mitbringsel für Ethan sein wird. Das Häschen findet sie so putzig, dass sie grinsend noch eins für sich selbst kauft. Wie ich weiß, sammelt sie Plüschtiere, seit sie fünf Jahre alt ist, und braucht bald ein Extrazimmer dafür. Jetzt weiß ich wenigstens, was ich ihr zu Weihnachten schenken werde: Mopsy, die kleine Schwester von Peter Hase.

Am Abend sind wir so erledigt, dass wir den Besuch des Rockefellers Centers mit dem imposanten Weihnachtsbaum lieber ausfallen lassen. Stattdessen gönnen wir uns ein Abendessen beim Italiener. Wir führen belanglose Gespräche und lachen viel. Meine Beichte am Nachmittag hat bewirkt, dass sich die Freundschaft zwischen uns nur noch vertieft hat, und ich bin dankbar für meine beste Freundin. Nein, ich bin definitiv nicht alleine auf der Welt, und das tut verdammt gut.

Kapitel neun

Ein neuer Schneesturm hat die Stadt über Nacht endgültig in weihnachtliche Stimmung versetzt und zusätzlich dekoriert. Im Central Park, wo David, Ethan und ich uns am Nachmittag bei der Statue der Alice im Wunderland treffen, herrscht trotz der Kälte buntes Treiben. Die größeren Kinder ziehen ihre Schlitten selbst, die kleineren lassen sich von ihren Eltern auf den zugeschneiten Wegen ziehen. Ich erkenne die beiden schon aus der Ferne, und mein Herzschlag beschleunigt sich etwas, als sie durch den Schneeflockenschleier näherkommen. Ethan sitzt stolz auf seinem roten Schlitten und trägt einen dicken Schneeanzug. David, der ihn durch die weiche Schneeschicht zur Alice-Statue zieht, hat wie Ethan gerötete Wangen und trägt eine dicke Daunenjacke. Als sie mich erblicken und David auf mich zeigt, springt Ethan vom Schlitten und läuft mir entgegen. Seine blauen Augen leuchten, als ich ihn auffange und mich mit ihm in meinen Armen um die eigene Achse drehe. Der Junge lacht fröhlich und ich freue mich, ihn so glücklich zu erleben.

„Na, Ethan, erkennst du mich wieder?", frage ich lächelnd, als ich ihn auf den Boden abstelle und mich zu ihm beuge.

„Ja, sicher! Daddy hat mir erklärt, dass du dich heute lieber als Mensch verkleidest. Sonst gucken dich die Leute immer an und wollen deine Flügel anfassen. Das hast du aber nicht gern." Ethan blickt ernst und verständnisvoll, als er mich eine Weile betrachtet.

„Siehst du, Daddy, sie sieht wirklich wie eine hübsche Frau aus!"

„Mmh, ja, das tut sie! Hallo Hope", begrüßt mich David und lächelt mir verschwörerisch zu.

„Hallo David. Ich habe mir halt Mühe gegeben, um ganz normal zu wirken." Ich zucke mit den Schultern und schmunzele. David hat mir vorher eine kurze Nachricht geschickt, sodass ich wusste, wie ich mich Ethan gegenüber verhalten muss. Wir haben dieses kleine Problem ganz gut gelöst, und Ethan gibt sich offenbar völlig zufrieden mit Davids Erklärung. David küsst mich zwar nicht zu Begrüßung, doch ich merke, wie sehr er sich beherrschen muss, um mich vor Ethan nicht zu berühren. Ich lese in seinem Gesicht, dass er sich genauso wie ich nach einem Kuss und einer Umarmung sehnt. Unsere Blicke verschmelzen miteinander, und einen Augenblick lang blende ich die fröhlichen Geräusche um uns herum aus. In meiner Vorstellung stehen wir alleine im Park, der durch den dichten Schneefall weiche und verträumte Konturen bekommt. Wir küssen uns immer wieder, bis unsere Herzen rasen. Ich spüre seinen frischen Duft, die Wärme seiner Lippen …

„Daddy? Hope? Wollen wir weiter?" Ethans Stimme reißt mich aus meinen Tagträumen, und ich senke verlegen den Blick.

„Ah ja, natürlich", sagt David entschuldigend. „Setz dich wieder auf deinen Schlitten, Hope und ich ziehen dich zum Cedar Hill." Ethan jauchzt vor Freude und nimmt sofort Platz.

„Cedar Hill? Ist das nicht noch etwas zu gefährlich für ihn?", frage ich verwundert.

„Ah wo! Ich setze mich natürlich hinter ihn und lenke den Schlitten. Der Hügel ist ja harmlos und nicht so steil wie Pilgrim Hill", vertreibt David meine Sorgen.

Ich kann diesen merkwürdigen Beschützerinstinkt, den Ethan in mir weckt, mittlerweile nachvollziehen. Nach meinem traumatischen Erlebnis ist es sicher nur natürlich, dass ich übervorsichtig und ängstlich reagiere, wenn es um Menschen geht, die mir am Herzen liegen. Und das tut der kleine, süße Spatz, der mich an Timmy erinnert, zweifelsohne, egal wie wenig ich ihn kenne.

David zwinkert mir zu, und wir nehmen die Schlittenschnur vom Boden. Gemeinsam ziehen wir Ethan, der leicht wie ein Vögelchen ist, durch den Schnee und begeben uns zu dem Hügel in der Nähe unseres Treffpunkts. Als er mich nach meinem Arbeitstag fragt und ich mir in Erinnerung rufe, wer er ist, fühle ich mich unwohl. Es ist irgendwie unpassend, dass er mit mir, einer kleinen Zeitangestellten, seine freie Zeit verbringt. David ist ein Millionenerbe, war mit einer reichen Bankierstochter verheiratet und arbeitet in einem Palast aus Glas unter freiem Himmel. Was habe ich schon in seiner Welt zu suchen? Mein Alibi ist jedoch, dass ich völlig ahnungslos war, als sich unsere Wege gekreuzt haben. David hat darauf bestanden, mich wiederzusehen, obwohl er wusste, dass ich bloß eine mittellose Saisonarbeiterin bin, die für wenig Geld in einem albernen Engelskostüm steckt. Gut, Brad Pitt hat seine Karriere auch als Huhn verkleidet begonnen, aber ich habe weder die Ambition noch das Talent, als Schauspielerin berühmt zu werden. Wenn David mit mir ausgehen will, dann muss ich daran glauben, dass er einfach an mir als Person interessiert ist.

Und er scheint wirklich an mir interessiert zu sein. Während der Zeit, die wir mit Ethan auf dem sanften Cedar Hill verbringen, schickt er mir intensive Blicke voll Zärtlichkeit. Als wir zum gefühlt zwanzigsten Mal Ethan helfen, seinen Schlitten wieder den Hügel hinaufzuschleppen, zieht mich David an sich und küsst mich. Ethan stapft vor uns und kann uns nicht sehen, daher genießen wir diesen kurzen, verstohlenen Augenblick, der nur uns gehört. Unsere Lippen und Nasen sind kalt, doch der Kuss wärmt mich innerlich wie eine Tasse heiß dampfende Schokolade.

Mit funkelnden Augen lässt mich David wieder los, und wir holen oben am Hügel zu Ethan auf. Seine Wangen sind gerötet und seine Augen glänzen vor Freude.

„Na, reicht er dir endlich für heute?", erkundigt sich David hoffnungsvoll, als Ethan sich in den weichen Schnee setzt und gähnt.

„Nur noch einmal und dann können wir nach Hause gehen", antwortet er prompt. Er wirft sich rückwärts in den weichen Schnee und macht einen Schneeengel. „Ich kann auch ein Engel sein", lacht er vergnügt und sieht mich an.

„Bengel gewiss, aber kein Engel", sagt David neckisch und legt sich neben seinen Sohn, um seinem Beispiel zu folgen. Spontan ziehe ich mein Handy aus der Jackentasche und mache ein Foto von den beiden. Vater und Sohn lachen so herzlich, dass mir warm in der Brust wird. Sie verdienen es so sehr, eine freudvolle und unbeschwerte Zeit miteinander zu verbringen, ohne des

Schattens der Trauer auf ihren Gesichtern. Fast fühle ich mich fehl am Platz, als ich den beiden zusehe. David zieht Ethan in eine Umarmung und küsst ihn auf die Stirn. Er hält ihn ganz fest, und ich merke, wie seine Augen feucht werden. Obwohl er Ethan die Mutter nicht ersetzen kann, ist er bestimmt der beste Vater, den der kleine Kerl sich nur wünschen kann. Ich drehe mich diskret um, um diesen innigen Augenblick nicht zu stören.

„Hope, komm, wie machen ein Selfie zusammen!" Ich wende mich wieder um, und Ethan hebt sein Köpfchen.

„Ja! Hope, komm zu uns, wir machen ein Foto!", ruft er begeistert. Zögernd nähere ich mich den beiden, und David reicht mir die Hand, um mich zu sich zu ziehen.

„Setz dich zu mir und wir nehmen Ethan in die Mitte." So machen wir es. Meine Hand zittert ein wenig, als ich den Arm ausstrecke, um uns alle drei auf das Foto zu bekommen. Es hat etwas von einem Familienfoto, und ich fühle mich wieder deplatziert. Doch für David und Ethan scheint es selbstverständlich, dass wir eng kuschelnd gemeinsam in die Kamera grinsen.

Danach setzen wir uns zu dritt auf den Schlitten. Ich muss mich von hinten fest an David klammern, da ich kaum Platz habe. Aber wir schaffen es trotzdem. Ethan, der auf Davids Schoß sitzt, juchzt von Vergnügen, als wir so von der steilsten Stelle des Hügels schwer beladen die Abfahrt nach unten wagen. David, der eine fast kindliche Freude dabei empfindet, schafft es nicht, zu lenken, und wir erwischen die Felsplatten, die noch nicht vollständig mit Schnee bedeckt sind. Natürlich rutschen wir auf den Steinen aus und erleben eine kleine Bruchlandung. Uns passiert nichts, und wir lachen laut, als wir uns aus dem Schnee befreien und gegenseitig auf die Beine helfen. Ich merke, dass ich seit vielen Jahren nicht mehr so sorglos gelacht habe und wie mir das gefehlt hat. Dankbar sehe ich David und Ethan an und versuche, mir diesen seltenen, glückserfüllten Augenblick für immer einzuprägen. Es schneit wieder stärker und der kurze Tag verabschiedet sich allmählich.

„Wir sollten langsam gehen, unsere Sachen sind ziemlich nass", meint David und setzt Ethan seine Mütze auf, die er bei unserem kleinen Unfall verloren hat. Ethan, der ziemlich erschöpft wirkt, setzt sich folgsam auf den Schlitten, und wir machen uns auf den Weg. Irgendwann greift David nach meiner Hand und hält sie fest, so wie das viele Elternpaare tun, die ihre Kinder auf Schlitten durch den Park ziehen. Es scheint ihm egal zu sein, dass Ethan diese vertraute Geste beobachten kann, und ich weiß nicht, ob ich mich darüber freuen oder Bedenken haben soll. David wirkt wie ausgewechselt und um einiges jünger. Da ich generell älter wirke als dreiundzwanzig, sieht man uns die zwölf Jahre Altersunterschied nicht an. Trotzdem rutscht mir die Frage einfach heraus.

„Weißt du überhaupt, wie alt ich bin?"

„Natürlich weiß ich das", antwortet David überrascht. „Glaubst du, ich habe deine Personalakte nicht gelesen?" Er lächelt mich verschmitzt an. Klar. Ich habe ihn ja auch gegoogelt. Schließlich wollte ich gleich wissen, wie alt er ist, wie seine Frau ausgesehen hat und Ähnliches. Catherine ist nicht mal dreißig geworden, war sechs Jahre jünger als er und eine Schönheit.

„Ich dachte, du bist mindestens siebenundzwanzig, du wirkst älter, als du bist“, sagt er. „Das meine ich jetzt aber nicht negativ“, korrigiert er sich sofort. „Aber in diesem Alter ist das noch ein Kompliment, und ich hoffe, dass du das auch so verstehst.“

„Keine Angst, ich habe kein Problem damit, dass alle mich für älter halten“, erwidere ich lächelnd.

„Ist mir letztendlich egal, wie alt du bist. Du bist einfach bezaubernd, so wie du bist. Aber ich bin schon froh, dass du keine typische Dreiundzwanzigjährige bist. Sonst würden wir uns nicht so gut verstehen.“

Unsere Blicke treffen sich und sein Händedruck wird stärker. Mein Leben hat mich so gemacht, wie ich bin, und mich und David verbindet ein ähnliches Schicksal. Nur deswegen sind wir uns so schnell so nahegekommen. Ohne meine Lebenserfahrung wäre ich an einem zwölf Jahre älteren Witwer mit einem kleinen Kind wahrscheinlich nicht interessiert. Und er wiederum würde mich ohne seine Vorgeschichte nicht mal bemerken, geschweige denn seine Zeit mit mir verbringen.

Aber das spielt jetzt keine Rolle. Wir laufen durch den romantischen Schneereigen, halten Händchen und wirken wie eine ganz normale Familie. Der süße Junge auf dem Schlitten strahlt vor Freude, während er sein Gesichtchen dem dunkelgrauen Himmel entgegenhält und mit der Zunge die Schneeflocken auffängt. In meiner Brust verspüre ich eine fast schon beängstigende Leichtigkeit, und mich durchdringt ein so berauschendes Gefühl, dass ich am liebsten laut singen würde. Wie früher, wenn ich sehr glücklich war. Zuletzt habe ich gesungen, als in der Dunkelheit eines verhängnisvollen

Schneesturms dieses Monster von Truck meine Stimme für lange Zeit hat verstummen lassen ...

David mustert mich von der Seite, seine Augen funkeln unter der Kapuze. „Geht's dir gut?", fragt er, als ob er meine Gedanken erahnen würde.

„So gut wie schon lange nicht mehr", gestehe ich ohne nachzudenken. Mit David will ich gewiss keine Spielchen treiben und mich zurückhalten.

„Geht mir genauso", erwidert David. „Und Ethan offensichtlich auch. So fröhlich und unbeschwert habe ich ihn schon lange nicht erlebt. Ich danke dir dafür, du bist wirklich ein Engel." Sein Lächeln ist warm und ehrlich, und ich weiß, dass er den letzten Satz nicht scherzhaft gemeint hat. Verlegen senke ich den Blick und schüttele den Kopf.

„Quatsch, du musst mir nicht danken. Ihr würdet auch ohne mich Spaß haben."

„Es ist liebenswert, wie bescheiden du bist", sagt David ernst. „Dann sagen wir es in meiner Geschäftssprache: Es ist eine Win-Win-Situation." Er zwinkert mir zu.

„Aber natürlich, *Boss*", entgegne ich in bemüht respektvollem Ton, worauf David gespielt genervt mit den Augen rollt, bevor wir beide losprusten.

Wir laufen zum Parkausgang an der Fifth Avenue, wo Ethans Fahrt endet und er sich brav vom Schlitten erhebt.

„Möchtest du an Hopes Hand gehen?", fragt David wie nebenbei. Ethan greift nach meiner Hand. Zutraulich schließen sich seine Fingerchen in dem durchnässten Handschuh darum, und wieder wird mir warm ums Herz.

„Und jetzt gehen wir zu uns nach Hause“, erklärt mir Ethan, als wir uns ansehen.

„Ist es noch sehr weit?“, erkundige ich mich.

„Neee, gleich da drüben!“ Er zeigt über die Fifth Avenue auf ein Hochhaus rechts von uns.

„Wow, so nah am Central Park wohnen muss schön sein“, erwidere ich staunend und mehr für mich selbst. Ist doch klar. Ich darf jetzt nicht in meinen Dimensionen denken, sondern in denen eines millionenschweren Unternehmers. Dazu gehört eine Luxuswohnung in der teuersten Gegend.

Ich staune umso mehr, als wir die Fifth Avenue überqueren und vor dem Haus stehenbleiben. Es wirkt ziemlich unauffällig, doch als David den Code eingibt und sich die massive Tür öffnet, erblicke ich einen riesigen Eingangsbereich mit bespiegelten Wänden und üppigen Kronleuchtern wie aus einem Opernhaus. Die Weihnachtsdekoration, mit der die Halle geschmückt ist, ist stilvoll, und der Baum in der Mitte mindestens zehn Meter hoch. Ein Portier in schwarzem Anzug begrüßt uns respektvoll und winkt Ethan zu. Auf dem dunkelblauen Teppich putzen wir uns den Schneematsch von den Füßen, bevor wir den glänzenden Marmorboden betreten. David nimmt den Schlitten in die Hand und läuft durch die Halle zu einer Reihe von Fahrstühlen. Ethan geht langsam hinter uns her, und da ich merke, wie müde er ist, hebe ich ihn hoch. Dankbar schlingt er seine Ärmchen um meinen Hals.

„Ich habe Hunger. Und Durst.“

„Bestimmt bekommst du gleich was“, tröste ich ihn.

„Gleich, mein Schatz, Mrs. Lopez hat schon alles vorbereitet“, versichert ihm David. „Ich sollte immer eine

Kleinigkeit für ihn dabei haben", meint er entschuldigend. „Aber weil wir so nah am Central Park wohnen, vergesse ich immer, dass kleine Kinder sofort essen wollen und nicht erst, wenn man zu Hause ist." Er streichelt Ethan über den Kopf und blickt mich schuldbewusst an.

„Das kann vorkommen. Aber wir sind ja schon da", erwidere ich aufmunternd. Bestimmt ist es nicht leicht für ihn, alles richtigzumachen, seit er für Ethan Vater- und Mutterrolle zugleich übernehmen musste. David schenkt mir ein dankbares Lächeln und führt uns zu einem Fahrstuhl im rechten Flügel. Er gibt wieder ein Code ein und wir steigen ein. Laut Anzeige fahren wir in das sechzehnte Stockwerk, was mich nicht besonders überrascht, denn ich habe schon vermutet, dass David auch privat den Blick von oben auf die Stadt bevorzugt.

Nach einer kurzen Fahrt öffnet sich die Tür. Wir befinden uns direkt in einem Penthouse und hier im Vorraum eines riesigen Wohnzimmers, der als Garderobe dient. David stellt den Schlitten hinter die Tür und ich setze Ethan wieder auf den Boden. Gemeinsam helfen wir ihm aus den Winterstiefeln und dem ziemlich durchnässten Schneeanzug und legen dann auch unsere Jacken und Stiefel ab.

„Wenn du möchtest, kann ich dir Gästehausschuhe geben", meint David, während er in teure Lederslipper schlüpft. „Aber es gibt Fußbodenheizung."

Tatsächlich merke ich schon die angenehme Wärme, die durch meine dicken Wollsocken dringt.

„Oh, ich bleibe lieber so, nur in Socken. Es ist ein sehr schönes Gefühl und ich habe nicht oft die Gelegenheit dazu“, erwidere ich.

„Übrigens, willkommen in unserem Zuhause!“ David macht eine einladende Geste. Zögernd laufe ich ein paar Schritte weiter und blicke mich dabei um. In der Mitte des Raums mit den hohen Decken befindet sich eine breite Wendeltreppe. Bodentiefe Fenster bieten einen atemberaubenden Blick über den Central Park und Manhattan, denn die Wohnung verläuft l-förmig.

„Hier unten ist der Wohnbereich mit der offenen Küche, ein Bad und ein kleines Gästezimmer, das unsere Nanny oft benutzt. Oben befinden sich zwei Bäder, ein Schlafzimmer, Ethans Kinderzimmer und mein Arbeitszimmer. Die Wohnung ist nicht besonders groß, aber wir fanden die Lage extrem attraktiv, und der Dachgarten war letztendlich ausschlaggebend für die Kaufentscheidung“, erklärt mir David und führt mich weiter.

Aha, das Fünf-Zimmer-Penthouse gilt nach den Kriterien eines Millionärs also als nicht besonders groß. Wo ich schon den unteren Bereich auf ungefähr zweihundert Quadratmeter schätze.

Aus der Küche kommt eine rundliche Frau um die fünfzig auf uns zu, die eine Haushälterinnenuniform trägt. Sie begrüßt uns mit einem freundlichen Lächeln.

„Hallo Mrs. Lopez“, erwidert David. „Das ist Ms. Roberts, unser Gast heute. Hope, das ist Mrs. Lopez, die gute Seele des Hauses. Ohne sie würden Ethan und ich hungern müssen und in Bergen von schmutziger Wäsche ersticken.“ David lächelt ihr anerkennend zu, und die Frau errötet sichtbar. Auch ich grüße sie, aber sie macht keine Anstalten, mir die Hand zu geben. Das ist wahrscheinlich so üblich. Ich habe ja keine Ahnung, wie die Verhaltensregeln in solch hohen Kreisen sind und kann nur hoffen, dass ich nicht in irgendwelche Fettnäpfchen trete.

„Ich mache nur meinen Job", sagt die Frau bescheiden und nimmt Ethan an die Hand. „Komm Ethan, wir waschen dir gründlich die Hände, bevor ihr euch an den Tisch setzt." Ethan folgt ihr widerstandlos.

„Ich brauche eine Haushälterin und eine Nanny, sonst wäre ich aufgeschmissen", murmelt David entschuldigend. „Ich bin eh schon den ganzen Tag im Büro, und die freie Zeit nutze ich lieber, um mich mit Ethan zu beschäftigen, statt zu putzen und zu kochen."

„David, du musst dich dafür nicht rechtfertigen." Wahrscheinlich weckt die Tatsache, dass ich eine kleine Angestellte bin und dazu aus einfachen Verhältnissen stamme, Schuldgefühle in ihm, und er schämt sich vor mir für sein luxuriöses Leben.

„Aber bestimmt hältst du mich für einen verwöhnten Schnösel, der sich von vorn bis hinten bedienen lässt", sagt er und zuckt mit den Schultern.

„Nein. Ich halte dich für einen reichen und erfolgreichen Mann mit wenig Zeit, der ein sehr guter Vater ist und pragmatisch denkt", erwidere ich nüchtern. „Jeder würde an deiner Stelle versuchen, sich das Leben zu vereinfachen. Und wie ich dich kenne, bezahlst du deine Haushälterin und die Nanny großzügig und beutest sie nicht aus."

„Danke für dein Verständnis und dafür, dass du so gut über mich denkst", entgegnet David und atmet erleichtert auf.

„Na ja, es ist nichts Verwerfliches dabei, viel Geld zu haben und in so einem tollen Zuhause zu wohnen. Solange man es auf legalen Wegen verdient hat." Ich lächele aufmunternd, weil ich nicht möchte, dass sich David schlecht fühlt, nur weil ich arm bin und er reich.

„Dann habe ich aber Glück, dass ich kein Drogenboss bin." David grinst und tritt näher.

„Auf jeden Fall. Als Drogenboss würdest du nicht viele Chancen bei mir haben."

Er bleibt vor mir stehen, und da wir aus dem Badezimmer leise die Stimmen von Mrs. Lopez und Ethan hören, fühlen wir uns kurz ungestört. Unsere Blicke sprechen dieselbe Sprache, und David verliert keine Zeit. Er nimmt mein Gesicht in seine warmen Hände und küsst mich endlich. Sein Kuss ist anfangs zärtlich und vorsichtig, bis die Leidenschaft uns beide überwältigt. Fordernd schlinge ich meine Arme um ihn und schmiege mich an seinen durchtrainierten Körper. Wilde Sehnsucht erfüllt jede Faser meines Körpers, und ich lasse meine Finger durch sein weiches, volles Haar gleiten. Wir küssen uns intensiv, völlig versunken ineinander, bis David sich rechtzeitig von mir löst und einen Schritt zurücktritt. Ethan und Mrs. Lopez sind fertig mit Händewaschen und Ethan läuft schon fröhlich auf uns zu. Krampfhaft versuche ich, ganz normal zu wirken, obwohl mein Atem immer noch stoßweise geht und mein Blick vernebelt ist. Auch David muss sich zusammenreißen.

„Ethan, ich habe noch ein Geschenk für dich", fällt mir endlich ein, und ich hole schnell meine Tasche aus dem Flur. Ich reiche ihm das wunderschön illustrierte Kinderbuch und das Plüschhäschen. „Als Kind habe ich die Geschichten und Bilder von Peter Hase sehr gemocht, und ich dachte, vielleicht gefallen sie dir auch."

„Oh, das ist aber sehr lieb von dir. Ethan verlangt nach immer neuen Geschichten, aber Bücher von Beatrix Potter haben wir tatsächlich noch nicht. Ethan, wie sagt man?"

„Danke, liebe Hope", sagt Ethan sehr höflich und greift mit leuchtenden Augen nach dem putzigen Plüschtier. „Der ist süß. Er wird heute Nacht in meinem Bett schlafen. Und Daddy liest mir aus dem Buch vor, nicht wahr, Daddy?"

„Aber gerne, mein Großer", versichert ihm David. „Und jetzt wollen wir Hope den Dachgarten zeigen und dein Zimmer, bevor wir in Ruhe essen."

„Ja, aber erst den Weihnachtsbaum!" Ethan klemmt das Häschen unter seinen Arm, und schon zieht er mich an der Hand um die Ecke. Ich erblicke eine mindestens zwei Meter große, üppig geschmückte Tanne, die in einem Meer aus unzähligen Lichterketten erstrahlt. An der Wand befindet sich ein ebenso weihnachtlich geschmückter Kamin. Die Flammen lodern und knistern so einladend, dass ich am liebsten auf den dicken Schafsfellen, die davor ausgebreitet liegen, Platz nehmen würde. Mir fällt auf, dass die ganze Wohnungseinrichtung elegant und doch gemütlich ist und an das Interieur eines englischen Herrenhauses erinnert. Da ich David während der Fahrt in der U-Bahn gegoogelt habe, weiß ich, dass seine verstorbene Frau gebürtige Britin war, was auch Ethans entzückenden, dezent britischen Akzent erklärt. Offensichtlich hat sie die Wohnung ganz nach ihrem Geschmack eingerichtet.

„Ist der nicht schön?“, fragt mich Ethan stolz und deutet auf den Weihnachtsbaum.

„O ja, der Baum ist wunderschön! Hast du ihn mitgeschmückt?“

„Ja, das habe ich. Die unteren Zweige habe ich zusammen mit Lisa geschmückt. Aber oben hat es Daddy gemacht. Er musste eine Leiter nehmen, weil der Baum so hoch ist.“

„Lisa?“ Ich sehe David an. „Unsere Nanny.“

„Das habt ihr wirklich toll gemacht.“ Ich lächle ihn an, als er mir eine Hand auf die Schulter legt und mich zu der langen Fensterfront führt. Wir laufen an einem Flügel vorbei. Dabei entgehen mir nicht die Familienfotos, die darauf angeordnet sind. Auf einem Bild lächelt David zusammen mit seiner Frau, die einen weißen Schleier trägt, in die Kamera – ein Hochzeitsfoto. Auf weiteren Fotos hält sie Ethan als Baby in ihren Armen, oder man sieht sie zu dritt als glückliche Familie. Das ist also Catherine, seine große Liebe. Ich habe ihr Foto zwar schon in Davids Büro und im Internet gesehen, doch jetzt kann ich sie mir in Ruhe anschauen. David bemerkt meinen interessierten Blick und bleibt kurz stehen.

„Das … das ist meine verstorbene Frau“, murmelt er. Seine Hand auf meiner Schulter verkrampft sich leicht und gleitet langsam herab. Ich atme schwer aus.

Er schafft das noch nicht – ihre Bilder zu betrachten und dabei zärtlich eine andere Frau zu berühren. Irgendwie kann ich das nachvollziehen, doch das Gefühl, das er mir damit vermittelt, ist keineswegs angenehm. Er trauert immer noch. Ich bin nur eine willkommene, kurzweilige Ablenkung, die eh keine Chance hat,

Catherines Platz in seinem Leben einzunehmen. Aber das habe ich doch gar nicht vor! Ich habe das alles nicht gewollt, es ist einfach passiert und bedeutet noch nichts. Sofort melden sich die fiesen Stimmchen, die mir gemein zuflüstern und die Laune verderben.

„Sie war sehr hübsch", sage ich bemüht ruhig und sachlich. Das stimmt. Catherine wirkt auf den Fotos wie eine Schauspielerin oder ein Model. Perfekt geschminkt, mit einer glänzenden blonden Mähne, und ihre Sanduhrfigur im Hochzeitskleid ist makellos. Eine Frau wie geschaffen, um sich auf dem Parkett der New Yorker High Society zu bewegen und ein Bilderbuchleben in Luxus und Prunk zu führen. Bevor der hässliche Neidwurm mir das Herz vergiften kann, verbanne ich ihn mit einem einzigen Gedanken: Diese perfekte junge Frau wurde vom Krebs nicht verschont und musste viel zu früh sterben und einen wunderbaren Ehemann samt Kleinkind hinter sich lassen. Ich sollte sie nicht beneiden, sondern tiefstes Mitgefühl für sie haben!

„Ja, das ist … Das war sie", entgegnet David mit bedrückter Stimme. Die Fotos halten glückliche Momente fest und schaffen unvergessliche Erinnerungen, deren Anblick jedoch für einen trauernden Menschen qualvoll sein kann. Ich selbst habe es immer noch nicht geschafft, ein Foto von Timmy aufzustellen. Es würde mich immer aufs Neue schmerzvoll zerreißen. Ich bewahre seine Fotos in einem Album, das ich im Regal zwischen den Büchern vor mir selbst verstecke. Ich kann mir nicht vorstellen, dass es David und Ethan guttut, sich jeden Tag die glücklichen Fotos von Catherine anzusehen, besonders, weil die Wunde noch so frisch ist.

„Ethan, zeigst du mir euren Dachgarten?", frage ich bewusst heiter, als Ethan von hinten nach meiner Hand greift.

„Komm, machen wir schnell, ich habe Hunger", sagt er ungeduldig und läuft zu den Panoramafenstern. Durch den heftigen Schneefall und die Dunkelheit, die sich mittlerweile über die Stadt legt, ist der Blick über den Central Park stark beeinträchtigt. Doch als Ethan mit Davids Hilfe die gläserne Tür öffnet, verschlägt es mir den Atem. Vor mir liegt ein verzauberter Dachgarten mit meterhohen Bäumen und dichten Büschen in riesigen Kübeln, die jetzt voller Schnee sind und mit ihren Lichterketten wie eine Kulisse aus einem Filmstudio wirken. Der Garten ist riesig groß und muss im Sommer noch imposanter wirken, wenn alles grünt und blüht. Zwischen den Pflanzen stehen wunderschöne Statuen aus Marmor und sorgen für eine verwunschene, märchenhafte Atmosphäre.

„Wow, das ist ja ein Traum!", entweicht es mir.

„Der Dachgarten ist das Herzstück dieser Wohnung. Catherine hat sich sofort in ihn verliebt, und daher haben wir die Wohnung gekauft. Sie hat die Gestaltung übernommen und in nur zwei Jahren eine wahre Oase erschaffen. Wir haben noch einen kleinen Pool anbauen lassen, weil es im Sommer sehr heiß hier oben ist." David deutet nach recht, wo ich hinter der Rosenpergola die Umrisse eines mit einer Plane bedeckten Pools entdecke, der groß genug ist, um darin nicht bloß zu planschen, sondern auch schwimmen zu können.

„Dort ist unser Gewächshäuschen und da an der Wand die Grillecke. Im Winter ist der Dachgarten natürlich nicht so attraktiv wie im Sommer, aber Ethan hat auch jetzt seinen Spaß. Morgen bauen wir einen Schneemann, nicht wahr?"

„Jaaa, einen Schneemann!" Ethan springt erwartungsvoll auf der Stelle. Wir stehen unter dem überdachten Eingangsbereich, doch der Wind hier oben ist trotzdem kalt. Die Schneeschicht auf dem Boden und den Ästen ist schon mindestens fünf Zentimeter dick, und wenn es die ganze Nacht so weitergeht, wird der Garten morgen völlig zugeschneit sein.

„Na, dann wünsche ich euch jetzt schon viel Spaß! Ethan, ist dir kalt?", wende ich mich an den Jungen, der weiter hüpft.

„Nein, aber ich habe Hunger", betont er fast schon trotzig, weil wir ihn so lange warten lassen.

„Gehen wir wieder rein, bevor ihr euch noch erkältet oder verhungert." David lacht und ich folge Ethan, der gleich wieder nach drinnen läuft.

„Die restliche Wohnung zeigen wir dir nach dem Essen", meint David und legt mir eine Hand zwischen die Schulterblätter, als er mich einholt.

Gerne lasse ich mich von ihm zu der Essecke vor dem Küchenbereich führen und nehme neben Ethan Platz. Mrs. Lopez verwöhnt uns mit ihren Kochkünsten, und ich vernasche als Nachtisch sogar zwei Stücke von dem köstlichen Apfelkuchen.

Nachher laufen wir die Wendeltreppe hinauf und Ethan zeigt mir als erstes sein Kinderzimmer. Wie versprochen spiele ich eine Weile mit ihm in seinem Indianerzelt, und als er gegen halb sieben müde wird, bringen David und ich ihn in sein Bett. Wir setzen uns auf den weichen Teppich und lesen ihm abwechselnd aus dem Peter-Hase-Buch vor. Ich streichle dabei sein

Händchen, das er nach mir ausgestreckt hat. Ethan wirkt in seinem Bett so klein und zerbrechlich, dass ich ihn am liebsten in den Arm nehmen und fest an mich drücken würde. Allmählich fallen seine Augen zu, und David legt das Buch ab. Liebevoll küsst er sein Söhnchen auf die Pausbacken. Als wir gehen wollen, meldet sich Ethan leise, ohne die Augen zu öffnen.

„Du auch, Hope, einen Gute-Nacht-Kuss." Gerührt gebe ich ihm einen Kuss auf die Stirn, und er lächelt zufrieden.

„Schlaf schön und träum was Süßes", wünsche ich ihm und streichle ihm eine dunkle Locke aus dem Gesicht. David macht das große Licht aus und lässt nur die kleine, mondförmige Nachtlampe und die Lichterketten am Fenster an.

„Die mach ich später aus. Er hat Angst, in völliger Dunkelheit einzuschlafen", erklärt er mir leise, als wir die Kinderzimmertür hinter uns schließen.

„Das kann ich gut nachvollziehen. Sogar ich brauche etwas Licht, sonst kann ich nicht einschlafen", entgegne ich mit einem entschuldigenden Lächeln.

„Alleine einschlafen macht auch nicht besonders viel Spaß, nicht wahr?", meint David mit einem Funkeln in den Augen, das zartes Schmetterlingsflattern in meinem Bauch auslöst.

„Mmh", murmele ich nur und vermeide es, ihm in die Augen zu sehen. War das nur eine harmlose Bemerkung gewesen oder eine konkrete Andeutung? Wir begeben uns zurück zur Wendeltreppe.

Ich spüre seine Blicke hinter mir. Blicke, die mich fast körperlich berühren und das Funkeln zwischen uns nur noch verstärken.

„Wir können jetzt ungestört einen Drink nehmen. Mrs. Lopez ist schon weg“, sagt David, als wir wieder im Wohnbereich ankommen. „Trinken wir Wein oder hast du einen anderen Wunsch?“

„Hast du Gin Tonic?“

„Klar. Nimm schon Platz, ich hole die Drinks.“ David zeigt zu der Polstergarnitur mit typisch englischem Rosenmuster. Ich setze mich mit dem Blick zu den Panoramafenstern. Durch das rege Schneeflockentreiben glitzern die Lichter der Stadt. Solch einen herrlichen Ausblick werde ich nicht so schnell wieder genießen können, und ich lasse diesen Zauber ausgiebig auf mich wirken. Plötzlich ertönt aus unsichtbaren Lautsprechern leise Musik. Ich erkenne die Stimme von Michael Bublé, der einen Weihnachtssong singt.

„Ich hoffe, die Musik ist okay? Ich höre zwar lieber Frank Sinatra und Bing Crosby, aber ich dachte, Michael ist für so ein junges Ding wie du geeigneter“, höre ich Davids Stimme aus der Küche.

„Ich bin aber eine alte Seele, schon vergessen?“, rufe ich zurück. „Nein, die Musik ist voll in Ordnung.“ Schon erstaunlich. Ich hätte nie gedacht, dass David und ich uns mal zusammen Weihnachtsmusik anhören würden. Und dass sich das ganz normal anfühlen würde. Fast sieht es so aus, als würde Weihnachten für uns langsam den Schrecken verlieren und zu dem werden, was es eigentlich ist – lediglich ein besonders feierlicher Abschnitt des Jahres, vor dem man sich nicht verstecken kann.

David kommt zurück und reicht mir mein Glas. Wir stoßen an.

„Der ist aber ziemlich stark", stelle ich fest, als ich das Glas abstelle.

„Tatsächlich? Dann bin ich wahrscheinlich etwas aus der Übung", erklärt David achselzuckend. „Ich trinke abends meistens eine Flasche Bier oder einen Scotch, wenn ich besonders geschafft bin. Longdrinks habe ich schon ewig nicht mehr gemischt."

„Nicht schlimm, es schmeckt trotzdem. Ich vertrage nur nicht so viel."

„So so. Aber du darfst mir nicht unterstellen, dass ich dir absichtlich zu viel Gin reingemischt habe. Ich bin ein ehrenhafter Mann", sagt er etwas belustigt.

„Das bezweifle ich nicht", erwidere ich lächelnd. „Ich würde mich gerne vor den Kamin setzen, dort sieht es so gemütlich aus."

„Klar, warum nicht?" David erhebt sich und reicht mir die Hand, um mich von dem weichen Sofa hochzuziehen. Wir nehmen unsere Gläser und nehmen vor dem Kamin auf den kuscheligen Fellen Platz. Die Wärme, die von den rotgelben Flammen ausgeht, ist angenehm, und ich fühle mich pudelwohl. Der Gin steigt mir zu Kopf und Davids Nähe erledigt den Rest. Ich lehne mich an ihn und er legt einen Arm um mich. Es ist alles perfekt in diesem Augenblick. Der Schneefall draußen, das Knistern des Feuers, leise weihnachtliche Musik im Hintergrund und dieser Mann, der mich immer stärker fasziniert. Michael singt den Refrain von *Cold December Night,* und David und ich sehen uns bedeutungsvoll an. Ja, wir wollen das Gleiche. Ich erkenne es in seinen ozeanblauen Augen, und diesmal wage ich den ersten Schritt. Vielleicht macht mich der Gin Tonic mutig. Oder liegt es an diesem zauberhaften Augenblick, den ich einfach auskosten möchte, bevor er endet? Ich beuge mich vor und küsse ihn einfach. Erst zärtlich und zögernd, dann ungestüm und hemmungslos. David zieht mich auf seinen Schoß und erwidert meine Küsse mit solcher Leidenschaft, dass wir bald nach Luft ringen und uns kurz voneinander lösen müssen.

„Hope, meine süße Hope, was machst du bloß mit mir ...", murmelt er und streicht mein Haar zur Seite, um mich auf den Hals zu küssen. Wortlos neige ich den Kopf nach hinten und spüre, wie seine Lippen eine heiße Spur auf meiner Haut hinterlassen. Ich grabe meine Finger in sein dichtes Haar und lasse mich zusammen mit ihm auf die weichen Felle sinken. Wir küssen uns stürmisch und wild, ziehen uns mit fiebrigen Händen gegenseitig aus, bis wir nackt auf den weißen Schaffellen liegen. Die lodernden Flammen werfen einen warmen Schein auf unsere nackten Körper, die sich nacheinander verzehren und vor Leidenschaft glühen. Davids männliche Schönheit und sein durchtrainierter Körper wecken in mir solche Lust, dass mir schwindlig wird. Noch nie habe ich einen Mann so sehr begehrt wie ihn. Noch nie haben die Zärtlichkeiten eines Mannes so ein heftiges Bedürfnis nach Hingabe und Erfüllung in mir ausgelöst.

Mit seinem forschenden Mund auf meiner erhitzten Haut entfacht David kleine Feuerwerke in meinem überfluteten Unterleib. Überwältigt von diesen lustvollen Empfindungen zittere ich vor Verlangen, stöhne immer wieder leise auf, sehne mich nach mehr. Mein ganzer Körper brennt unter seinen heißen Liebkosungen, die mich in einen bisher unbekannten Sinnesrausch versetzen. Ich öffne einladend meine Schenkel, als seine Hand über meinen Bauch wandert. David erfüllt meine stumme Aufforderung. Bestimmend und gekonnt verwöhnt er mich und führt mich zu einem gewaltigen Höhepunkt, der mich so heftig überkommt, dass mir Tränen in die Augen schießen. O mein Gott! So fühlt sich das also an! Ich bin noch nie mit einem Mann gekommen und komme mir fast schon jungfräulich dabei vor. Aufgelöst ziehe ich ihn zu mir, um ihn zu küssen. Ich möchte von ihm festgehalten werden, bis mein Herzschlag sich etwas beruhigt. In diesem Augenblick gehöre ich ganz ihm. Er hat die dicken Panzer um mein Herz durchbrochen und mich absolute Hingabe gelehrt. Wenn ich nicht schon längst in ihn verknallt wäre, würde ich mich spätestens jetzt unsterblich in ihn verlieben. Mein Verstand hat nichts mehr zu sagen. Mein Herz und mein Körper haben gewonnen, und es ist ein unendlich süßer, beglückender Sieg.

Langsam öffne ich die Augen und blicke in sein geliebtes Gesicht. Seine ganze Leidenschaft spiegelt sich dort. Sie weckt in mir Verlangen nach mehr.

„Komm, ich will dich ganz fühlen", raune ich und umschlinge ihn verführerisch mit meinen Schenkeln. David dringt tief seufzend mit einer einzigen Bewegung in mich ein, und unsere Blicke verschmelzen so wie unsere Körper. Er liebt mich heftig und leidenschaftlich. Immer wieder hält er meinen Blick gefangen, zeigt mir seine ganze Begierde und den Hunger, der sich in seinen wunderschönen Augen spiegelt. Doch ich lese darin auch seinen Schmerz, den er jetzt, bei mir, vergessen will. Während unserer Vereinigung gebe ich ihm alles, was er braucht, so wie er durch den Höhepunkt, den er mir verschafft hat, meine Mauern durchbrochen und mich aus meinem inneren Exil befreit hat. Wir heilen uns gegenseitig, spenden uns Trost, Zuwendung und Hoffnung. Es ist viel mehr als Sex, was da zwischen uns passiert. Wir haben uns gefunden, weil wir uns gebraucht haben. Weil wir uns gegenseitig guttun. Weil unsere Körper all das erzählen, was wir nicht in der Lage sind, zu sagen.

David dreht sich mit mir zusammen auf den Rücken und liebkost meine Brüste, als ich mich über ihn beuge. Mein Becken bewegt sich in seinem Rhythmus und wir sind uns so nah, dass es wehtut. Ich spüre ihn mit jeder Faser meines Körpers, der unter seinen immer schnelleren Bewegungen der nächsten Ekstase entgegenrast. Ich wimmere, als ich so weit bin, und auch David stöhnt hemmungslos an meinem Ohr. Unsere Lust vibriert wie ein Energiestrom, der uns noch mehr aneinander bindet.

Kraftlos lasse ich mich auf ihn sinken und küsse ihn innig. David schlingt seine Arme um mich und hält mich fest. Die Geborgenheit, die er mir vermittelt, ist unbeschreiblich, und ich werde von einer noch nie erlebten Glückseligkeit überflutet.

„David, ich ...“

„Schh, sag jetzt nichts“, unterbricht er mich, wahrscheinlich aus Angst, dass unbeherrschte Gefühle hervorbrechen könnten, die diesen besonderen Moment trüben würden. „Ich bin bei dir und du bist bei mir und es war unbeschreiblich schön. Nur das ist wichtig.“

Wir küssen uns zärtlich. David greift nach der weichen Mohairdecke, die auf dem Sessel neben uns liegt, und zieht sie über uns. Aneinander gekuschelt bleiben

wir auf den Schaffellen liegen, überwältigt von der
wohligen Erschöpfung nach dem Liebesakt. Wir schließen die Augen, und ich lausche seinem beruhigenden
Herzschlag. Nach wenigen Augenblicken schlafe ich
ein, ohne störende Gedanken und überirdisch glücklich. Fast könnte ich sagen, so müsste es sich anfühlen,
wenn die Engel wohlgesinnt und liebevoll ihre Flügel
über einem Menschen ausbreiten.

Kapitel zehn

Nach einer Stunde wachen wir auf und lieben uns wieder. Wir stillen unseren Hunger nacheinander mit solcher Intensität, als ob es kein Morgen geben würde. Unsere Körper sind gierig darauf, sich noch besser miteinander vertraut zu machen, und die Intimität, die zwischen uns entsteht, ist berauschend. Es ist einfach wunderschön. Verschwitzt und außer Atem sinken wir zurück auf die Felle. Staunend und trunken von Glück blicke ich in Davids Augen, noch nicht fähig zu begreifen, welche unbeschreiblichen Gefühle ich durch ihn erfahre.

„Komm, wechseln wir lieber auf die Couch, hier unten wird es mir langsam zu ungemütlich", sagt er, nachdem wir eine Weile wortlos gekuschelt haben. Er küsst mich auf den Bauch und hilft mir auf die Beine. Wohlig erschöpft stehe ich auf und verschwinde erst einmal ins Bad. Mein Gesicht im Spiegel überrascht mich. Ich erblicke eine glücklich wirkende junge Frau mit glänzenden Augen und rosigem Teint, die regelrecht strahlt. Auf einmal fühle ich mich so hübsch und sexy wie noch nie. Mein nackter Körper erscheint mir perfekt so wie er ist, und die wenigen Cellulite-Dellen auf meinem Hintern empfinde ich plötzlich nicht als störend, sondern süß, genauso wie David es tut. Das ist also die Macht der Liebe – endlich liebt und akzeptiert man sich selbst und fühlt sich wohl in seiner Haut. Ich bin leicht euphorisch von der Leichtigkeit in meiner Brust und dem berauschenden Hormoncocktail, der durch meine Venen pumpt.

Wenn ich auf mein noch recht kurzes Leben zurückblicke, kann ich mich nicht erinnern, jemals glücklicher und zufriedener gewesen zu sein als in dieser Nacht.

David hat inzwischen die Couch für uns vorbereitet und Bettwäsche geholt. Ich wundere mich kurz, dass wir nicht einfach in sein Schlafzimmer gehen, doch hier unten, mit dem Blick auf die Glut im Kamin und auf den wunderschönen Weihnachtsbaum, ist es sehr gemütlich.

„Hast du Hunger? Oder Durst?", fragt er mich, nachdem wir uns geküsst haben.

„Etwas Wasser wäre nicht schlecht, nach all dem Flüssigkeitsverlust", erwidere ich und lächle verlegen. David bringt mir eine Flasche Mineralwasser, und ich trinke mit großen Schlucken. Hunger habe ich wirklich nicht, aber umso mehr Appetit auf seine Küsse und Berührungen. Eng aneinander gekuschelt liegen wir schließlich auf der bequemen Couch, und mir fallen langsam die Augen zu.

„Musst du morgen früh aufstehen?", erkundige ich mich verschlafen.

„Nein, ich habe mir freigenommen. Ethan steht normalerweise gegen neun auf, sodass wir in Ruhe ausschlafen können. Mrs. Lopez und die Nanny kommen beide auch um neun."

„Dann muss ich bis dahin auf jeden Fall verschwinden."

„Okay, ich wecke uns dann um halb acht. Wir wollen uns doch ausreichend Zeit für den Morgensex nehmen, oder?“

Als Antwort kichere ich nur zustimmend und schmiege mich enger an seine breite Brust. Etwas Schlaf wäre nicht schlecht, denn es ist schon um zwei, und so viel Liebe macht müde. In Davids Armen schlafe ich schnell ein und fühle mich sicher und geborgen wie zuletzt als kleines Mädchen, das ausnahmsweise im Elternbett übernachten durfte.

Aus Angst, verschlafen zu können und von Ethan oder der Haushälterin erwischt zu werden, wache ich schon gegen sieben auf. Davids warmer Körper neben mir macht mir bewusst, dass die vergangene Nacht kein Traum war. Glücklich und dankbar streichle ich über seinen durchtrainierten Bauch. Diese unschuldige Zärtlichkeit weckt nicht nur ihn, sondern auch sein Verlangen, und er zieht mich gleich auf seinen Schoß. Wir lieben uns leidenschaftlich und fallen selig erschöpft zurück in die Kissen, noch bevor Davids Wecker klingelt. Trotzdem bleibe ich nicht lange liegen, egal, wie schwer es mir fällt, seine Umarmung zu verlassen.

„Ich möchte noch schnell duschen, bevor ich gehe“, sage ich mit einem Seufzer und stehe auf.

„Nimm das Bad hier unten, ich dusche oben. Danach mache ich uns noch einen Kaffee“, erwidert David und streckt sich. Ich präge mir diesen schönen Anblick tief ein und beuge mich zu ihm, um ihn zu küssen. Der Geschmack seiner Lippen macht mich regelrecht süchtig, und ich frage mich ernsthaft, wie ich den restlichen Tag ohne seine Küsse überstehen werde. Und all die Tage und Nächte danach. Nachdenklich sammle ich meine Anziehsachen vom Boden und verschwinde ins Bad. Ich beeile mich und dusche bloß, ohne mein Haar zu waschen. Das kann ich in Ruhe zu Hause machen. Ich möchte mich von David verabschieden, bevor Ethan wach wird. Es ist besser für ihn, wenn er von unserer Liebschaft nichts mitbekommt, bis wir beide genauer wissen, wie es mit uns weitergeht.

Die ersten Bedenken über das, was zwischen mir und David passiert ist, steigen unaufhaltsam in mir hoch. Sie erinnern mich daran, dass nach dieser gemeinsamen Liebesnacht einige Fragen offen bleiben. Man hat nicht zwangsläufig eine Beziehung, nachdem man mit jemandem geschlafen hat, das muss mir schon klar sein. Abgesehen davon, dass mir der Begriff Beziehung im Zusammenhang mit mir und David gleich Bauchschmerzen bereitet. Ein immer noch trauernder Witwer mit einem kleinen Sohn – kann das wirklich gut gehen?

Zurück im Wohnzimmer sehe ich, wie er schwungvoll die Treppe herunterläuft. Sein Haar ist noch nass und er trägt ein enganliegendes T-Shirt zu einer Jeans. Bei seinem attraktiven Anblick geht mein Herz auf, und das Verlangen meldet sich sofort, obwohl wir uns erst vor einer halben Stunde geliebt haben.

Ich komme ihm entgegen und umarme ihn innig. Als ich ihn küssen möchte, versteift er sich etwas und löst sich aus meiner Umarmung.

„Jetzt lieber nicht, falls Ethan aufwacht und uns sieht", murmelt er.

„Okay", erwidere ich und fühle mich unangenehm abgewiesen. So viel Zeit hätten wir schon gehabt, um uns noch einmal richtig zu küssen. Ich bemerke, dass David meinen Blick meidet, und folge ihm entmutigt in die Küche. Er wirkt irgendwie verändert, sein Gesichtsausdruck ist verschlossen. Wortlos beobachte ich, wie er die teure Kaffeemaschine bedient. Auf einmal ist da dieses ungute Gefühl in der Magengrube. Schließlich nehme ich meinen ganzen Mut zusammen.

„David, was ist los? Habe ich was falsch gemacht?" Unfähig, die seltsame Stille zwischen uns länger zu ertragen, suche ich seinen Blick.

„Nein. Du nicht. Es war mein Fehler", murmelt er, jedoch ohne mich anzusehen.

„Was meinst du?" Der Knoten in meinem Magen wird dicker und schwerer.

„Hope, ich mag dich wirklich, und es war sehr schön mit dir." David dreht sich endlich zu mir um und sieht mich an. Er wirkt angespannt und niedergeschlagen, ganz anders als in der Nacht, als wir so glücklich waren. Eine tiefe Furche erscheint zwischen seinen perfekt geschwungenen Augenbrauen und lässt ihn müde erscheinen.

„Aber?", frage ich mit zitternder Stimme.

„Ich bin noch nicht bereit für das", sagt er mit einem schweren Seufzer. „Mit dir gemeinsam frühstücken, mit dir in meinem Schlafzimmer schlafen, dich in Ethans Anwesenheit küssen. Das wäre dann schon, na ja, eine Art Beziehung. Ich kann das aber nicht, es tut mir leid. Es ist alles viel zu schnell passiert." Er senkt seinen Blick, und ein scharfer Zug legt sich um seinen Mund.

„Verstehe. Du willst also mit mir schlafen, aber heimlich und ohne emotionale Bindung“, sage ich bemüht nüchtern und gefasst.

„Ja. Ich meine, nein!“ David kommt näher und fasst mich an den Schultern. „Hope, du bist keine junge Frau, mit der man bloß schläft. Du verdienst es, richtig geliebt zu werden. Aber das kann ich dir leider nicht geben, das ist mir gerade klar geworden. Ich fühle mich nicht frei genug dafür, ich fühle mich immer noch wie …“

„Wie ein verheirateter Mann?“, ergänze ich. In mir sammelt sich plötzlich so viel Bitterkeit, dass mir schlecht wird. „David, denkst du etwa, ich habe nicht bemerkt, dass deine Frau immer noch allgegenwärtig ist und über dein Leben bestimmt? Du bist nicht bereit, dich von ihr zu verabschieden und aufzuhören zu trauern. Die ganze Wohnung sieht so aus, als ob sie gerade auf der Couch gesessen hätte. Man nimmt fast ihr Parfüm in der Luft wahr. Und ich wette, du wolltest mit mir nicht in dein Schlafzimmer gehen, weil du wahrscheinlich immer noch mit ihrem Nachthemd unter dem zweiten Kopfkissen neben dir schläfst.“ Ich spreche schonungslos, fast schroff, und ich merke, wie er bei meinen Worten zusammenzuckt. Vielleicht bin ich unfair und aus mir sprechen bloß meine verletzten und enttäuschten Gefühle. Ich will ihm doch nicht wehtun! Also schweige ich und atme laut aus.

„Hope, du bist grausam direkt. Aber irgendwie hast du recht“, sagt David mit müder Stimme und leidendem Gesichtsausdruck. „Ja, Cathy ist immer noch bei mir, weil ich sie nicht gehen lassen kann. Ich halte fest an der Vergangenheit, ich will nichts in der Wohnung ändern und ich bewahre ihre Sachen weiter im Kleiderschrank. Über dem Bett hängt ein großes Portrait von ihr, und ich wollte nicht, dass du es siehst. Auch würde ich dort mit dir nicht schlafen können, es wäre einfach geschmacklos. Als ich vorhin oben war, um zu duschen und mich umzuziehen, hatte ich plötzlich das Gefühl, fremdgegangen zu sein. Als ob ich Catherine betrogen und verraten hätte. Im Badezimmer habe ich wie jeden Morgen an ihrem Parfümflakon gerochen, um ihren Duft nicht zu vergessen. Und da habe ich erkannt, dass ich noch nicht so weit bin, um mich auf eine neue Frau in meinem Leben einzulassen. Es tut mir so unendlich leid, Hope, ich wollte dich nicht verletzen. Aber ich habe dich vor mir gewarnt."

Seine Augen sind voll Schmerz und Reue, und er wirkt wieder älter als er ist. Ich kann in ihm kaum noch den Mann erkennen, mit dem ich so eine leidenschaftliche und intime Nacht verbracht habe, der mir so nah war, der alles von mir bekommen hat. Wie konnte ich mich so täuschen? All das zwischen uns hat sich doch so echt, so wunderbar angefühlt.

Ich hätte es doch wissen müssen, dass das mit uns nicht gutgehen wird. Ich hätte auf Susie hören sollen. Ich hätte mich nicht so schnell verlieben dürfen. Meine Brust zieht sich zusammen und ich bemerke dort einen überwältigenden Schmerz, der mein Herz packt und all das Glück der vergangenen Stunden zu zerstören droht.

„David, mir tut es auch leid. Nicht nur für uns, sondern vor allem für dich. Heute Nacht, da dachte ich, du bist tatsächlich bereit, ein neues Leben zu beginnen, wieder glücklich zu werden und dein Herz zu öffnen. Aber ich habe mich geirrt, und das tut weh."

In diesem Augenblick klingelt es an der Wohnungstür, und David schüttelt genervt den Kopf.

„Ich erwarte niemanden so früh und dann noch hier oben, an der Wohnungstür. Ich sehe schnell nach." Mit düsterem Gesichtsausdruck begibt er sich zur Tür und öffnet sie schwungvoll.

„Mutter! Waren wir etwa verabredet?", sagt er ohne Gruß zu der Frau, die aus dem Fahrstuhl tritt.

„Guten Morgen! Nein, wir waren nicht verabredet, aber ich darf wohl unangekündigt vorbeikommen und meinen Enkelsohn aus dem Bett holen, oder? Du weißt doch, ich bin neuerdings immer so früh wach, und da bin ich einfach zu euch gefahren."

David dreht sich wieder um und sieht mich mit einem Achselzucken an. Erst dann erblickt mich seine Mutter und bleibt überrascht stehen.

„Oh, du hast Besuch! Schon so früh am Morgen?" Die sehr gepflegte und teuer angezogene Frau Ende fünfzig mustert mich skeptisch von oben bis unten. Bestimmt entgeht ihr nicht, dass ich nur einfache Jeans und einen Wollpullover trage und mein Haar unfrisiert über meine Schulter hängt. Auch bin ich im Unterschied zu ihr nicht geschminkt und trage keinen kostbaren Schmuck.

„Mutter, das ist Hope. Hope Roberts. Hope, das ist meine Mutter, Mrs. Jane Bailey." David stellt uns ungeschickt vor. Seine Mutter macht keine Anstalten, mir die Hand zu geben. Ihr verwunderter Blick verrät mir, dass sie gerade versucht, mich einzuordnen. Bin ich eine neue Hausangestellte? Etwa Ethans neues Kindermädchen? David wirkt wie ertappt, fast wie ein Schuljunge, der während der Abwesenheit seiner Eltern ein Mädchen mit nach Hause gebracht hat.

„Guten Tag, Mrs. Bailey, es freut mich, Sie kennenzulernen", sage ich höflich und versuche, selbstbewusst und freundlich zu klingen.

„Guten Tag", erwidert sie knapp und tritt ein paar Schritte näher. „Und Sie sind?"

„Ich … Ich bin eine …"

„Ms. Roberts ist eine Bekannte. Sie wollte gerade gehen", unterbricht mich David und vermeidet es, mir in die Augen zu sehen. *Eine Bekannte also.*

„Richtig, ich wollte gerade gehen, nachdem ich geduscht habe. Für das Frühstück war es mir noch zu früh, und es ist besser, ich bin weg, bevor Ethan aufwacht." Ich wundere mich selbst über meine Worte, mit denen ich Davids Mutter unverblümt verrate, dass ich die Nacht hier, mit David, verbracht habe. Doch warum sollte sie das nicht wissen? Bin ich nicht gut genug, um bei ihrem Sohn zu übernachten? David passt meine mutige Offenheit keinesfalls, er presst nur missbilligend die Lippen zusammen.

„Ah!" Die Frau wirkt verdutzt, aber sie reißt sich schnell wieder zusammen und blickt David scharf an. „Nun, da mir die Natur eurer Bekanntschaft jetzt unmissverständlich klar wird, gehe ich zu Ethan. Dein Übernachtungsbesuch kann sich in der Zeit von dir verabschieden", sagt sie kalt und bestimmend, ohne mich anzublicken.

„Mutter, du verstehst das nicht. Und es geht dich nichts an." David klingt gereizt, sein Kiefer mahlt.

„Doch, mein Lieber, ich verstehe es wohl“, erwidert sie weiterhin kühl, doch mit einem gezwungenen Lächeln. „Du bist schließlich ein Mann und hast wieder ... gewisse Bedürfnisse. Die sind jetzt erfüllt, und es besteht kein Anlass, dass Catherines Sohn dieser Person in eurem Zuhause begegnen müsste.“

Unglaublich! Die arrogante und herablassende Frau spricht in meiner Anwesenheit so, als ob ich eine Prostituierte wäre! Ihre spitzen Worte treffen mich und ich blicke hilfesuchend zu David.

„Du bist unfair, Mutter“, ist alles, was er herausbringt, und er ballt seine Fäuste. Mutter und Sohn sehen sich ähnlich; beide haben klare, dunkelblaue Augen und eine markante Mundpartie. Mrs. Bailey ist immer noch schön, doch auf eine strenge, fast einschüchternde Art. Offensichtlich ist sie eine starke und dominante Persönlichkeit und hat großen Einfluss auf ihren Sohn.

„Ah David, sieh dich doch um“, sagt sie plötzlich mit freundlicher Stimme. „Diese wunderschöne Wohnung! Überall findest du Spuren von Cathy und ihrem Stil, Geschmack und Klasse. So eine wunderbare Frau kann niemand ersetzen, sie war und bleibt etwas Besonderes, auch nach ihrem Tod. Du solltest lieber nicht versuchen, nach einem Ersatz für sie zu suchen, denn du wirst nur enttäuscht werden. Und sich mit wenig zufriedenzugeben, wäre für einen Mann wie dich nur unwürdig und lächerlich. Abgesehen davon trauerst du immer noch und bist keineswegs so weit, um eine andere Frau ernsthaft zu daten.“ Ohne auf seine Antwort zu warten, dreht sie sich um und begibt sich zur Treppe. Wir bleiben alleine zurück. David atmet laut aus. Er wirkt niedergeschlagen und völlig angespannt.

„Es tut mir leid für diesen Auftritt", sagt er leise. „Meine Mutter ist ... na ja, ziemlich kompliziert. Dazu hat sie Catherine über alles geliebt. Sie war gerade einfach nur überrascht, dass ich eine Frau, von der sie nichts weiß, nach Hause gebracht habe."

„David, du musst mir nichts erklären", unterbreche ich ihn entschlossen, doch ich zittere innerlich. „Spätestens nach dieser kleinen Konfrontation mit deiner Mutter ist mir klar geworden, dass ich nicht in dein Leben gehöre. Nicht nur, weil ich für dich nicht gut genug bin. Ich will nicht die ganze Zeit gegen deine verstorbene Frau ankämpfen und mich von ihren unsichtbaren Blicken verfolgt fühlen. Auch deine Mutter wird es mir nicht gerade leicht machen, ihr Auftritt gerade hat schon alles gesagt. Unser Timing war leider völlig unpassend. Leb wohl, David. Es ist am besten für uns beide, wenn wir uns nicht mehr sehen. Ich werde kündigen, sodass wir uns nicht zufällig über den Weg laufen müssen. Grüß Ethan lieb von mir."

Der Schmerz frisst sich immer tiefer in mich hinein, während ich zu der Garderobe gehe, um meine Jacke und die Stiefel anzuziehen. David folgt mir nicht. Wie versteinert steht er in der Küche und sieht mir bloß nach, unfähig, seine unsichtbaren Ketten zu sprengen und sich in das Leben zu stürzen, gemeinsam mit mir. Er ist einfach noch nicht so weit, er kann nicht um mich kämpfen. So einfach ist das und ich muss es akzeptieren, egal wie sehr es wehtut. Ich hätte es wissen müssen, dass David und ich so kurz nach Catherines Tod keine Chance haben werden. Aber mein dummes, verliebtes Herz wollte nicht auf meinen Verstand hören. Ich hasse David nicht dafür, dass er mir gerade das

Herz gebrochen hat, denn ich kann ihn sogar verstehen. Und wie soll ich einen Mann hassen, den ich so sehr liebe? Ja, ich liebe David, wird mir plötzlich klar, und diese Erkenntnis verstärkt meinen Schmerz. Das Schicksal hat sich einen richtig schlechten Scherz mit mir erlaubt, als er mir einen Mann über den Weg schickte, der meine Gefühle nicht erwidern kann. Meine naive, sentimentale Hoffnung auf Liebesglück mit David zerplatzt nun wie eine überdimensionale Seifenblase und lässt mich unsanft auf dem harten Boden der Realität landen.

Tränenüberströmt steige ich in den Fahrstuhl, der zum Glück ohne den Code nach unten fährt. Gehetzt laufe ich mit schnellen Schritten durch den menschenleeren Eingangsbereich und sehe den Portier, der mich höflich begrüßt, nicht mal an. Ich will nur noch weg, nach Hause, um mich in meinem Bett zu verkriechen und mir die Decke über den Kopf zu ziehen. Die Welt ist doch nicht schön und freundlich, wie ich vor wenigen Tagen zu glauben wagte.

Wie naiv war ich nur! Es gibt sehr wohl Menschen, die ihr ganzes Leben unglücklich und einsam verbringen müssen, weil das Schicksal für sie nur schlechte Karten übrighat. David war bloß ein kurzer Lichtblick, unecht und vergänglich wie der ganze Weihnachtsglanz, der mich zu dieser Dummheit verführt hat. In unserer Einsamkeit und Sehnsucht nach Erlösung sind wir beide einer wunderschönen, doch unechten Illusion verfallen. David hat in mir nur eine Art irdischen Engel gesehen, der ihm etwas Trost und Hoffnung spenden konnte, und ich wiederum habe mich zu sehr in meine Rolle hineingesteigert.

Aber ich bin kein Engel, und meine Flügel wurden längst gebrochen.

Kapitel elf

Zuhause werfe ich mich sofort auf mein Bett und weine mich lange in den Schlaf. Gegen Mittag wache ich mit einem fiesen Knoten im Magen auf, und schon wieder fühle ich mich unbeschreiblich einsam. Diesmal ist wirklich alles meine Schuld. Ich war zu unvorsichtig und zu geblendet. Habe ich ernsthaft geglaubt, ich könnte mit einem Mann wie David glücklich werden? Nach dieser kurzen Zeit, die wir miteinander verbracht haben? Habe ich ihn etwa für den Prinzen auf dem weißen Ross gehalten, der mich von meinem tristen Dasein erlösen und für immer und ewig lieben würde?

Ich verliere doch alles, was ich am meisten liebe. Meinen kleinen Bruder, meine Familie, meinen Freund Lenny, mein Zuhause. Und jetzt David. Weil er noch nicht bereit ist, die Vergangenheit hinter sich zu lassen. Egal, wie sehr ich ihn liebe und ihn glücklich machen möchte, ich kann ihn nicht dazu bewegen, nach vorne zu blicken. Und das muss ich akzeptieren. Denn das kann nur er selbst tun, wenn er so weit ist. Auch mir konnte niemand helfen, als ich mich noch geweigert habe, an eine Zukunft zu glauben. Wieso haben wir uns zu früh getroffen? Wieso musste mir das Schicksal wieder einen bösen Streich spielen?

Unter der Bettdecke zittere ich plötzlich. Aber nicht vor Kälte. Ich spüre die Panik, die in mir hochkriecht und versucht, mich zu lähmen.

Nach dieser schmerzhaften Enttäuschung droht mir offensichtlich ein Rückfall, ich erkenne die Anzeichen dafür nur zu gut. Meine mühsam zurückgewonnene, noch zarte Hoffnung und Lebensfreude laufen in Gefahr, erneut erstickt zu werden. Tief in mir schlummert noch immer Dunkelheit und wartet nur darauf, mich in einem schwachen Augenblick zu überwältigen.

Das darf ich nicht zulassen. Ich will nicht dorthin zurück, wo ich mich noch vor einem halben Jahr befunden habe. Denn dann war alles umsonst und ich habe komplett versagt. Was haben meine Freunde und Leidgenossen aus der Gruppe zu mir gesagt, als ich mich von ihnen verabschiedet habe? *Erlaube dem Schmerz und der Hoffnungslosigkeit niemals, über die Liebe und die Dankbarkeit in deinem Herzen zu siegen.* Schöne Worte, ohne Zweifel. Nur helfen sie mir in diesem Augenblick nicht wirklich.

Ich brauche meine Gruppe wieder! Zum Glück ist heute Montag und das wöchentliche Treffen findet um achtzehn Uhr statt. Vorher schreibe ich meine Kündigung und schicke sie an Ms. Brody. Da ich davon ausgehe, meinen Weihnachtsbonus trotzdem zu erhalten, muss ich mir für den restlichen Monat keine Sorgen ums Geld machen. Wie ich David kenne, wird er persönlich dafür sorgen, dass Mr. Brown mich für diese unerwartete Kündigung nicht bestrafen wird. Aber Geld ist mir in diesem Augenblick gleichgültig. Ich finde schon irgendwie den nächsten blöden Job, um über die Runden zu kommen. Viel wichtiger ist, stark zu bleiben und nicht zurück in das dunkle Loch zu fallen, aus dem ich gerade so mühsam herausgekrochen bin.

Am Nachmittag zwinge ich mich etwas zu essen und mich umzuziehen. Da wir uns in der Gruppe im wahrsten Sinne des Wortes eh ungeschminkt zeigen, gebe ich mir keine Mühe, mein äußeres Erscheinungsbild mit Make-up aufzuwerten. Ich sehe grässlich aus mit meinem strähnigen Haar, rot umrandeten, geschwollenen Augen und düsterem Blick, zeigt mir das Spiegelbild. Aber wenn kümmert es. Meine Leidgenossen aus der Gruppe haben mich in noch schlimmeren Zuständen erlebt.

Mein Handy summt kurz. Ich merke, wie ein winziger Anflug von Hoffnung in mir hochsteigt, als ich auf das Display blicke. Nein, die Nachricht ist nicht von David. Sondern von Mom! Verblüfft hole ich Luft. Wann habe ich zuletzt eine Nachricht von ihr erhalten? War es im Frühling? Jedenfalls habe ich eine Ewigkeit lang nichts von meinen Eltern gehört. Ich habe zuletzt Dad vor Monaten eine kurze Nachricht zu seinem Geburtstag geschrieben und den beiden mitgeteilt, dass ich mich in New York befinde und neu anfange. Sie haben mir nicht geantwortet und mir damit gezeigt, dass sie in ihrem Groll, ihrer Verbitterung und der Trauer keine Fortschritte gemacht haben. Offenbar vermissen sie mich auch nicht, daher habe ich meine Versöhnungsversuche endgültig aufgegeben.

Trotzdem lese ich aufgeregt ihre etwas längere Nachricht:

Liebste Hope,

ich hoffe, dir geht es gut und du kommst zurecht in New York. Auch wenn du es nicht glauben wirst – dein Dad und ich denken jeden Tag an dich und du fehlst uns schrecklich. Wir haben einen schlimmen Fehler ge- macht, als wir dich von zuhause vertrieben und dir die Schuld für das, was passiert ist, gegeben haben. Wir ha- ben als Eltern einfach versagt, weil unser Schmerz uns stumpf und herzlos gemacht hat. Doch das ist keine Entschuldigung, und wir bereuen unser Verhalten mehr, als ich es beschreiben kann.

Nun, das Leben bestraft uns erbarmungslos für unsere Ungerechtigkeit, und wir hatten, seit du weg bist, kei- nen einzigen glücklichen Augenblick mehr.

Um nicht allzu lang zu werden: Deinem Vater geht es sehr schlecht. Genauer gesagt liegt er im Sterben. Er hat Bauchspeicheldrüsenkrebs im Endstadium und höchs- tens noch ein, zwei Monate, wenn überhaupt. Eine Che- motherapie hat er abgelehnt, denn sie würde sein Lei- den höchstens um wenige Monate verlängern, eine Heilung ist aber ausgeschlossen. Dadurch, dass er seit über einem Jahr Alkoholiker ist, hat er nicht auf seine Gesundheit geachtet und ist auch nicht zum Arzt ge- gangen, als er die ersten Symptome entwickelte. Ich wiederum war ihm in meinem Zustand auch keine Hilfe – ich habe durch meine Depression nicht mitbe- kommen, dass es ihm so schlecht ging. Die Diagnose vor einem Monat hat uns wachgerüttelt und die Augen geöffnet. Doch für ihn und für mich ist es zu spät. Aber einen Wunsch haben wir beide noch. Dadurch, dass wir unseren Fehler erkannt haben, wünschen wir uns

nichts Sehnlicheres, als dich zu sehen und um Verge-
bung zu bitten. Dad möchte dich bei sich haben, um in
Ruhe gehen zu können, und auch ich brauche dich, um
das alles durchstehen zu können.
Uns ist bewusst, dass du vielleicht nie mehr mit uns
sprechen willst, denn wir haben dich im Stich gelassen,
als du uns am meisten gebraucht hast. Also werden wir
es verstehen, wenn du auf diese Nachricht nicht ant-
wortest und Dads letzten Wunsch nicht erfüllen möch-
test.
Egal wie du dich entscheidest, wir lieben dich von gan-
zem Herzen. Wir würden alles geben, um einiges in der
Vergangenheit rückgängig machen zu können.

In Liebe
deine Mom und Dad

Tränenüberströmt sinke ich auf den Stuhl, und das Handy gleitet mir langsam aus der Hand. Wenn man denkt, das Leben zeigt sich wieder mal von seiner hässlichsten Seite, setzt es noch einen drauf und versetzt dir einen so brutalen Stoß, dass du am liebsten laut schreien möchtest. Doch ich fühle mich wie erstarrt, kein Laut kommt aus meinem Mund. Die Fragen *Warum?* und *Wieso immer ich?* hallen laut in meinem Kopf und suchen vergeblich nach einer Antwort. Wie viel muss ich denn noch ertragen? Wie viel kann ich denn noch ertragen?

Ich liebe meine Eltern und habe nie aufgehört, sie zu lieben. Nicht mal, als sie mir das Herz gebrochen und mir ihre Liebe entzogen haben. Ich habe versucht, sie zu verstehen und ihnen längst vergeben. Wenn sie mich früher zu sich bestellt hätten oder mir ein Zeichen gegeben hätten, dass sie sich bei mir entschuldigen möchten und dass es ihnen leidtut, würde ich alles stehen und liegen lassen und nach Hause rennen. Doch es kam nichts. Ich habe lernen müssen, alleine zu leben, ohne Familie, ohne Liebe, ohne Wurzeln.

Früher bin ich Daddys Girl gewesen, seine Prinzessin, sein Sonnenschein. Er überhäufte mich mit seiner Liebe und Fürsorge und war immer für mich da, ohne über mich bestimmen zu wollen. Obwohl er selbst ein einfacher Mann ist, unterstützte er meine Träume von Europa und den schönen Meisterwerken der Kunst, die ich studieren wollte. Als ich in der Highschool ganz schlimmen Liebeskummer hatte, nahm er mich mit zum Angeln und wir schwiegen zusammen am Fluss. Zwischendurch strich er mir über den Kopf, wie früher, als ich noch klein war, und murmelte etwas wie: „Der Bursche soll mir lieber nicht über den Weg laufen!". Mit wenigen Worten und Gesten zeigte er mir, wie er mit mir litt und dass er wusste, wie wenig er in diesem Augenblick für mich tun konnte, außer bei mir zu sein.

Trotz seiner etwas schweigsamen Art war er stets gut gelaunt, witzig und liebevoll. Sonntags, wenn er an seinem Truck schraubte oder unseren kleinen Garten pflegte, hörte er Popsongs aus den früheren Achtzigern, den Soundtrack seiner Jugend. Er sang mit, leicht schief, doch mit umso mehr Inbrunst. Meine Mom kam dann öfter aus der Küche, wo sie für uns etwas Leckeres backte, und mein Vater schnappte sie sich gleich. Lachend tanzten sie eine Weile und sahen jung und glücklich aus. Meine Mom ist damals schlank und fröhlich gewesen und Dad hat am Abend bloß ein oder zwei gut gekühlte Bierchen getrunken.

Wie können sich einst so glückliche und gesunde Menschen in so kurzer Zeit so stark verändern? Nach Timmys Tod hat Mom, bedingt durch ihre schwere Depression, innerhalb weniger Monate dreißig Kilos zugenommen, und mein Dad hat schon morgens nach dem Aufstehen eine neue Flasche Wodka geöffnet. Zwei strahlende und lebensfrohe Menschen verwandelten sich in zwei groteske Karikaturen ihrer selbst und gaben sich allmählich auf. Jeder für sich siechte vor sich hin und wandte sich vom Leben ab. Mom lag vollgepumpt mit Psychodrogen von morgens bis abends im Bett und starrte passiv auf den Fernseher, Dad wiederum gab sich die Kante und verbrachte seinen Tag im Alkoholsumpf. Das Haus, das einst mein Zuhause war, verwandelte sich in einen leeren, düsteren Ort, der drohte, alle glücklichen Erinnerungen zu verschlingen. Anfangs gab ich mir noch die Schuld an dem Zustand und dem Verfall meiner Eltern. Wenn Timmy noch da gewesen wäre, wäre das alles nicht passiert. Und wenn ich nicht gewesen wäre, würde Timmy noch leben.

Doch in einem langen, qualvollen Prozess habe ich gelernt, mich von dieser entsetzlichen Schuld zu befreien und mich nicht länger für meine Eltern verantwortlich zu fühlen. Was aber keinesfalls meinen Schmerz darüber gemindert hat. So gerne würde ich ihnen helfen, sie von ihrem Leid befreien. Nur musste ich ironischerweise erst begreifen, dass einem nur geholfen werden kann, wenn man es auch selbst will. Ich habe irgendwann meine Hand ausgestreckt und die angebotene

Hilfe angenommen. Meine Eltern waren dazu nicht bereit. Trotzdem habe ich nie die Hoffnung aufgegeben. Tag für Tag habe ich auf eine Nachricht gewartet, in der sie mir mitteilen, dass Dad einen Entzug macht und Mom in eine Klinik geht, wo ihr wirklich geholfen wird, statt sie nur ruhigzustellen.

Und jetzt ist es zu spät. Mein Dad wird sterben, und wenn er geht, wird Mom keinen Grund mehr sehen, um weiterleben zu wollen.

Wie in einem Dämmerzustand fahre ich zu der Grundschule in der Lower East Side, wo sich die Gruppe trifft. Es ist drei Monate her, dass ich zuletzt bei einem Treffen war. Ich wollte mir beweisen, dass ich es schaffe, halbwegs normal durchs Leben zu gehen, ohne mich dabei auf die Selbsthilfegruppe zu stützen. Offensichtlich habe ich mich zu früh gefreut, und der Rückfall erwischt mich jetzt mit voller Wucht. In der U-Bahn kämpfe ich mit Beklemmungsgefühlen in der Brust und atme angestrengt, als ob ich schnell laufen und nicht sitzen würde. Es gab Zeiten, während der ich nicht in der Lage war, mein Zimmer zu verlassen, ohne in schlimmste Panik auszubrechen und Atemnot sowie Herzrasen zu bekommen. Ich will nicht dorthin zurück, denn die grässlichen Erinnerungen an diese Zeit sind noch zu frisch. Wenn jemand mir helfen kann, jetzt stark zu bleiben, ist es meine Gruppe. Mit großer Mühe konzentriere ich mich auf meinen Atem und denke dabei an einen kleinen, fröhlich plätschernden Bach, umsäumt von einer sonnigen Blumenwiese. Ein warmer Sommerwind streift sanft über mein Gesicht, und ich spüre das erfrischend kühle Wasser, als ich in

Gedanken die Füße in den kristallklaren Bach eintauche. Diese suggestiven Bilder helfen mir, einigermaßen ruhig und entspannt zu bleiben, während die Angst versucht, die Kontrolle über mich zu gewinnen. Nein, ich lasse es nicht zu, dass sie mich noch einmal überwältigt und zu ihrer willenlosen Sklavin macht! Ich werde gegen sie ankämpfen.

Endlich kann ich aus der U-Bahn aussteigen und laufe mit schnellen Schritten zu der Schule einige Blocks weiter. Die Luft ist eiskalt und brennt in meiner Lunge, während ich tief ein- und ausatme. Es ist schon dunkel auf den Straßen, und ich begegne einer kleinen Gruppe junger Männer, die mir mit schwarzen Kapuzen ziemlich düster vorkommen. Angelehnt an die Hauswand rauchen sie Joints und hören laute Rapmusik. Es ist schon zu spät, die Straßenseite zu wechseln, damit würde ich ihre Aufmerksamkeit nur noch mehr auf mich lenken. Der Größte von ihnen, wahrscheinlich der Anführer, spricht mich blöd an, während ich vorbeilaufe und meine Handtasche enger an mich drücke. Doch die Typen machen mir keine Angst. Die Bedrohung tief in mir erscheint mir viel gefährlicher. Ich beschleunige nur mein Tempo und blicke mutig nach vorne, ohne mich von den anzüglichen Kommentaren einschüchtern zu lassen. Zum Glück verfolgen sie mich nicht und ich atme erleichtert aus.

Frances, die Gruppenleiterin, lächelt mir überrascht zu, als ich im Klassenzimmer erscheine. Sie und ein paar andere Mitglieder rücken gerade die Stühle in einen Kreis.

„Hallo Hope! Willkommen zurück, es ist schön, dich wiederzusehen!" Frances begrüßt mich fröhlich, aber ihr Blick ist besorgt. Ist doch klar, dass ich nicht vorbeikomme, um hallo zu sagen. Mein Erscheinen bedeutet, dass es mir wieder schlecht geht und ich auf die Hilfe der Gruppe angewiesen bin. Was kein Zeichen der Schwäche ist, sondern gesunder Selbsterhaltungstrieb, wie sie uns immer wieder erklärt hat.

Ich setze mich in den Kreis, und die Runde geht bald los. Es sind neun Mitglieder da. Die meisten kenne ich, aber es sind auch drei neue Gesichter dabei. Wir begrüßen uns der Reihe nach und erzählen etwas über uns. Als ich dran bin, räuspere ich mich und spüre, wie sich mein Puls beschleunigt.

„Hi, ich bin Hope, und es geht mir gerade ziemlich schlecht. Ich habe Liebeskummer, dazu habe ich erfahren, dass mein Vater im Sterben liegt. Ich hatte mittelstarke Angstzustände, als ich hierher unterwegs war. Ich befürchte, dass ich einen Rückfall erleiden werde, nachdem es mir drei Monate richtig gut ging und ich keine einzige Panikattacke hatte."

Alle hören aufmerksam und mitfühlend zu, und ich atme erleichtert auf. So, jetzt ist es raus. Ich höre mir noch die kurzen Vorstellungen der anderen an, dann übernimmt Frances die Leitung. Sie fragt, wer ausführlich von sich erzählen möchte, und wie von einer fremden Macht gesteuert hebe ich sofort die Hand.

„Hope, bitte, erzähle uns mehr von dir und was dich gerade so stark bedrückt, dass du unsere Hilfe benötigst", fordert mich Frances mit ihrer ruhigen Stimme auf. Ich sammle mich kurz und spiele dabei nervös mit der Kordel meines dicken Kapuzenpullovers. Beinahe spüre ich die vielen wohlgesinnten Blicke, die auf mir ruhen, und weiß, dass diese Menschen für mich da sind und mich auffangen werden.

„Also, für diejenigen unter euch, die mich nicht kennen …" Mein Herz klopft aufgeregt. „Vor zwei Jahren ist mein kleiner Bruder durch einen Autounfall ums Leben gekommen, und ich war die Fahrerin. Es war nicht meine Schuld, doch damals machte ich mich für Timmys Tod verantwortlich. Auch meine Eltern gaben mir die Schuld und wir haben den Kontakt abgebrochen. Ich litt an schweren Depressionen, Panikattacken und Angststörungen, und erst, als ich diese Gruppe gefunden hatte, konnte ich mir selbst verzeihen, neu anfangen und wieder ohne Angst unter Menschen gehen. Gerade, als ich dachte, ich bin über den Berg und kann langsam ein normales Leben führen, verliebte ich mich viel zu schnell in einen Mann. Ich sah wieder Hoffnung und einen Sinn in meinem Leben und dachte, endlich werde ich glücklich und alles wird gut. Aber es sollte nicht so werden. Der Mann, David heißt er, trauert noch um seine verstorbene Frau und ist nicht bereit für eine neue Beziehung. Das heißt, er will mich doch nicht, und ich habe mich in etwas verrannt, das nicht sein durfte. Heute haben wir uns getrennt, und auch heute habe ich von meiner Mom erfahren, dass mein krebskranker Dad im Sterben liegt. Er will mich sehen und mich um Vergebung bitten, bevor es zu spät ist. Meiner Mom geht es auch schlecht, und ich befürchte, dass sie sich nach Dads Tod endgültig aufgeben wird. Das alles hat mich völlig aus der Bahn geworfen, und ich spüre die alten Symptome. Also, körperlich und psychisch, nur nicht so krass wie damals. Ich habe einfach Angst, wieder dahin zu kommen, wo ich mal war, und ich weiß nicht, wie ich mit all diesen Sachen umgehen soll." An dieser Stelle höre ich auf und sehe zu Boden, um die Tränen zu verbergen, die mir über die Wangen rollen. Frances erhebt sich sofort und reicht mir die Box mit den Taschen-tüchern. Dankbar greife ich zu und putze mir die Nase. Sie setzt sich wieder und lächelt mir vorher noch zuversichtlich zu. Vor zehn Jahren hat sie ihr wenige Wochen altes Baby durch plötzlichen Kindstod verloren und litt jahrelang an Depressionen und extremen Schuldgefühlen. Sie weiß um Schicksale wie meines. „Hope, als erstes – ich finde es sehr mutig und stark von dir, dass du dich sofort entschieden hast, Hilfe zu suchen, als du gemerkt hast, wie diese Ereignisse dich überfordern", sagt sie fast anerkennend. „Das heißt auch, dass dein Leben dir wieder wichtig ist und du für dich kämpfen willst. Was sehr positiv und ein Zeichen deiner Genesung ist. Rückfälle kann jeder erleben, sie sind normal und verständlich. Natürlich jagen sie uns Angst ein, weil wir glauben, es geht alles wieder von vorne los und wir haben keine Chance, es zu verhindern. Wer von uns hat schon Rückfälle erlebt?", fragt sie schließlich in die Runde und hebt die Hand. Manche folgen ihrem Beispiel – fast alle melden sich mit „Ich!" und „O ja!" und lächeln mir aufmunternd zu.

„Siehst du?", sagt Frances auch lächelnd. „Du bist nicht die Einzige, der das passiert, Hope. Du machst gerade einiges durch, und diese problematischen und unglücklichen Begebenheiten triggern deine alten Symptome, was nur verständlich ist. Aber du kannst damit umgehen, wenn du diese Probleme genauer betrachtest. Nun, ich will aber nicht die ganze Zeit als Einzige reden. Wer möchte dazu was sagen?" Frances blickt sich um. Jacob, der ehemalige Basketballspieler, meldet sich.

„Es tut mir leid, dass dein Dad sterben wird", sagt er mit seiner leisen Stimme, die nicht ganz zu seiner immer noch athletischen Erscheinung passt. „Mein Dad ist vor wenigen Monaten an einem Herzinfarkt gestorben. Ich hatte keine Chance, mich von ihm zu verabschieden. Auch für ihn war es zu spät, mir endlich in die Augen zu sehen und mir das zu sagen, was ich seit Jahren so gerne von ihm hören wollte. Nämlich, dass es okay ist, dass ich überlebt habe. Ich habe lange Zeit geglaubt, es wäre ihm lieber, der Amokläufer hätte mich erschossen und nicht meinen Bruder Scott. Immer, wenn mein Dad mich anblickte, sah ich Vorwurf und Bedauern in seinen Augen, weil ich lebte und Scott tot war. Aber ich habe mich nicht getraut, ihn darauf anzusprechen. Ich hatte zu viel Schiss vor seiner Antwort und vor der Wahrheit. Doch jetzt ist es zu spät, und ich werde nie erfahren, ob meine Vermutungen stimmten oder bloß ein Produkt meiner Schuldgefühle waren. Du hast jetzt aber die Chance, dich mit deinem Vater auszusprechen, und ihr alle könnt euren Seelenfrieden finden, bevor er stirbt. Natürlich ist es tragisch, dass er todkrank ist, aber es scheint nicht zu spät für eure Versöhnung zu sein. Versuch daher, etwas Positives in dieser schlimmen Tatsache zu finden."

Stumm nicke ich, und ein bestätigendes Murmeln geht durch die Runde. Jacobs Worte sind einleuchtend, und er hat recht. Mein Dad will sich mit mir versöhnen und die kurze Zeit, die ihm noch verbleibt, mit mir verbringen.

„Danke Jacob“, murmele ich und lächle ihn kurz an. „So gesehen hat die ganze Sache wirklich was Positives und ist auch eine Chance für uns als Familie. Ich habe nur Angst, dass alte Wunden wieder aufreißen, wenn wir darüber reden. Und ich habe Angst, meine Eltern in ihrem desolaten Zustand zu erleben und stark für sie sein zu müssen. Denn ich weiß nicht, ob ich stark sein kann …“

„Doch, Hope, du kannst stark sein. Du *bist* stark“, sagt Frances. „Sieh mal, wo du vor zwei Jahren gewesen bist und wie weit du gekommen bist, völlig alleine und auf dich selbst gestellt.“

Na ja, weit gekommen ist etwas übertrieben, aber Frances ist hoffnungslos positiv. Ich habe es geschafft, ohne Medikamente zu funktionieren, zur Arbeit zu gehen, alleine zu leben. Ich habe sogar eine neue Freundschaft geschlossen. Das sind alles kleine, bescheidene Schritte im Vergleich zu den ehrgeizigen Zielen, die andere Menschen in meinem Alter verfolgen und auch verwirklichen. Aber ich darf mich mit niemandem vergleichen. Denn das würde bedeuten, dass ich gescheitert und bloß eine Versagerin bin. Nein, vor solchen Gedanken muss ich mich hüten, weil sie mir die Motivation und den Antrieb rauben.

Als nächstes meldet sich eine junge Frau zu Wort. Sie muss Anfang dreißig sein und ich habe sie noch nie gesehen. Sie trägt ihr blondes Haar raspelkurz und hat ihre großen, grüngrauen Augen stark mit Eyeliner betont.

„Hi, Hope", sagt sie zögernd, fast schüchtern. „Ich heiße Melanie und besuche diese Gruppe seit zwei Monaten. Mein Verlobter hat mich vor fünf Monaten wegen eines Mannes verlassen und ich habe einen Selbstmordversuch unternommen, weil ich mit dieser Enttäuschung und dem Schock nicht klargekommen bin. Als er zu mir sagte, er liebt seit zwei Jahren einen Mann und kann nicht länger mit dieser Lüge leben, brach für mich die Welt zusammen. Ich wurde stark depressiv und hatte keinen Lebenswillen mehr. Daher habe ich versucht, mir die Pulsadern aufzuschneiden, aber meine Nachbarin fand mich zum Glück rechtzeitig. Nach mehreren Wochen im Krankenhaus habe ich diese Gruppe entdeckt. Ich habe endlich verstanden, dass man sein Glück und Selbstwertgefühl nicht von dem Menschen abhängig machen darf, den man liebt. Ich habe immer noch Liebeskummer, doch er hat mich nicht länger unter Kontrolle. Traurig sein und jemanden zu vermissen ist okay, aber wegen eines Menschen, der dich nicht lieben kann, sein Leben aufzugeben, ist einfach falsch. Wenn dieser Mann noch nicht bereit ist, eine neue Frau zu lieben, dann ist es nicht deine Schuld, und du kannst froh sein, dass du ihn los bist. Denn so bist du frei für jemand anderen, der dich wirklich will und dir guttut. Lass dir nicht einreden, dass du seine Liebe nicht verdient oder irgendetwas falsch gemacht hast. So wie ich es getan habe. Versuche ihn einfach loszulassen und gehe weiter. Du willst bestimmt kein Platzhalter in seinem Leben sein oder ein Trostpflaster für die Frau, um die er immer noch trauert, oder?" Melanie sieht mich herausfordernd, doch verständnisvoll an.

„Nein, das will ich nicht. Deswegen wollte ich auch nicht bloß seine Geliebte bleiben. Dafür bin ich mir zu schade", antworte ich ehrlich.

„Das ist doch wunderbar!", ruft Frances begeistert. „Mit dieser Erkenntnis bist du schon auf dem besten Weg, deinen Liebeskummer zu überwinden und David loszulassen. Du kümmerst dich um dich und nimmst dich ernst. Mit dieser Einstellung wirst du das Scheitern deiner Liebe bestimmt bald überwinden und an innerer Stärke gewinnen."

„Ich hoffe, ihr habt recht." Ich lächle zaghaft und beobachte interessiert Melanie. Das muss wirklich ein entsetzlicher Schock für sie gewesen sein, wenn sie sich sogar das Leben nehmen wollte. Ich darf mich nicht so sehr da reinsteigern. Schließlich war David nur eine kurze, jedoch unvergessliche Episode. Zum Glück war er wenigstens ehrlich zu mir und hat mich nicht so lange im Dunkeln tappen lassen. „Melanie, auch dir vielen Dank für deine aufbauende Worte. Ich denke, die schwere Aufgabe, die in meinem Elternhaus auf mich wartet, wird mir helfen, mich von meinem Liebeskummer abzulenken und den Rückfall schnell zu überwinden."

„Davon sind wir alle fest überzeugt", erwidert Frances.

Es melden sich noch ein paar Gruppenmitglieder zu Wort. Jedes spendet mir auf seine ganz individuelle Art Trost und neuen Mut

Nach einer kurzen Teepause höre ich noch zwei Mitgliedern zu, die wie ich Zuspruch und Stärkung brauchen. Es ist schön, wie viel Kraft und Hoffnung diese Gruppe spenden kann. Ich bekomme viel Bestätigung für mein Vorhaben, nach Hause zu fahren und mich mit meiner Vergangenheit zu konfrontieren. Tief in meinem Herzen weiß ich, dass ich es schaffen werde. Genauso, wie ich es schaffen werde, David loszulassen und nicht mehr wegen dieser Liebe, die nicht sein sollte, zu leiden. Ja, ich werde ihn vermissen. Und ich werde Ethan vermissen. Aber unsere Wege sind zu verschieden, um sie gemeinsam gehen zu können.

Wir alle verabschieden uns mit einer Umarmung voneinander und wünschen uns gegenseitig Glück. Ich verlasse diese lieben Menschen deutlich gestärkt und ermutigt und weiß, was ich zu tun habe.

Auf der Fahrt nach Hause bin ich ruhig und fast schon entspannt, obwohl mir die immer wieder hochkommenden Erinnerungen an David wehtun. Und das wird noch eine Weile so sein. Aber ich habe Schlimmeres überlebt und es warten wichtigere Dinge auf mich!

Als ich aussteige, schneit es wieder. Menschen mit strahlenden Gesichtern und vollen Einkaufstüten laufen an mir vorbei. Familien mit Kindern bleiben vor festlich geschmückten Schaufenstern stehen und bestaunen die Dekorationen. Fast wehmütig laufe unbeirrt weiter. Ich habe mich zu früh auf ein Weihnachtswunder gefreut, und mein unangemessener Traum von einem Fest der Liebe ist noch schneller geschmolzen als die zarten Schneeflocken auf meinem Gesicht. Dazu verspricht mir das, was in meinem Elternhaus auf mich wartet, gewiss keine Aussichten auf frohe und unbeschwerte Weihnachten, sondern droht mit einer neuen Tragödie.

Kapitel zwölf

Joanna klingt nicht gerade begeistert, als ich sie noch am selben Abend mit meinen Plänen konfrontiere: Ich werde aus der Wohnung ausziehen. Ich will so schnell wie möglich aus New York verschwinden und nach Oakland zu meinen Eltern fahren. Bei Dads Zustand zählt jeder Tag, und hier in der City hält mich nichts mehr. Ich vermute, mein Besuch im Elternhaus wird viel länger dauern als ein paar Wochen, denn wenn Dad stirbt, kann ich Mom nicht alleine lassen. Daher möchte ich mein Zimmer hier nicht behalten. Ich will keine halben Sachen mehr. Im Augenblick brauche ich die Stadt nicht länger und wünsche mir einen klaren Abschluss.

Mit schlechtem Gewissen entschuldige ich mich bei meiner Mitbewohnerin, dass ich so kurzfristig und ohne eine Ankündigung gehe. Doch Joanna zeigt Verständnis, als ich ihr erkläre, dass mein Vater todkrank ist. Bei der Wohnsituation in der Stadt wird sie bestimmt schnell einen Ersatz für mich finden, und sie hat für den Dezember schon meinen Anteil der Miete erhalten.

Ich bin erleichtert, nachdem ich mit ihr alles geklärt habe. Jetzt muss ich nur noch mit Susie sprechen. Ohne weiter darüber nachzudenken, rufe ich sie an.

„Hey, du bist noch wach?", meldet sie sich sofort. „So spät ist es auch wieder nicht", erwidere ich. „Ich muss heute noch was Wichtiges mit dir besprechen."

„Allerdings! Schließlich hattest du gestern ein Date mit dem heißen Boss. Ich wollte dich schon anrufen, weil ich so neugierig bin, aber ich hab den ganzen Tag geduldig gewartet, ob du dich endlich meldest. Du hättest mir wenigstens sagen können, dass du heute nicht zur Arbeit kommst. Das war schon doof von dir. Aber egal. Erzähl jetzt bitte, ich will alles wissen.“

„Es tut mir leid, ich habe völlig vergessen, dir Bescheid zu sagen.“ Mist! Arme Susie, ich kann mir vorstellen, wie sie den ganzen Tag gegrübelte und sich gefragt hat, wo ich bleibe. Wenigstens klingt sie nicht sauer. In ihrer Neugier fällt ihr wahrscheinlich auch nicht auf, wie bedrückt ich bin. Laut atme ich aus und spüre wieder diesen dumpfen Schmerz in meiner Brust, als ich an meine erste und letzte Nacht mit David denke. „Ach Susie, es ist nicht so, wie du wahrscheinlich denkst“, sage ich schließlich und schlucke die Tränen hinunter. „Mensch, Hope, du klingst nicht gerade positiv! Was ist denn passiert?“ Nein, sie ist nicht sauer, sondern besorgt. Sie ist einfach ein Schatz.

Ohne lange zu zögern liefere ich ihr eine Kurzfassung von meinem Date mit David und dem Entschluss, zu dem wir am Morgen danach gekommen sind.

„O Mann, das tut mir so schrecklich leid! Der Typ ist wirklich ein Arsch!“ Ihre Empörung ist deutlich zu hören. „Erst macht er sich an dich heran, verdreht dir den Kopf, verbringt eine heiße Liebesnacht mit dir, und dann fällt ihm ein, dass er eigentlich gar nicht bereit für eine neue Frau in seinem Leben ist. Männer machen es sich immer so leicht, weil sie stets nur an sich denken! Klar, als der Boss kann er sich so ein Spielchen mit einer kleinen Angestellten erlauben. Hauptsache, er hat etwas Ablenkung bekommen. Aber wie es dir danach geht, das interessiert ihn natürlich nicht. Mann, das macht mich so wütend! Am liebsten würde ich morgen in sein gläsernes Büro marschieren und ihm ordentlich den Kopf waschen! Aber ich brauche den verdammten Job ..." Ich kann mir gut vorstellen, wie ihre grünen Augen funkeln.

„Susie, du wirst auf keinen Fall mit ihm sprechen. Das würde eh nichts bringen. Ich denke, David ist kein Arsch, dafür ist er zu feinfühlig. Er war sich einfach noch nicht sicher und weiß nicht, was er wirklich will. Das ist normal, wenn man noch in der Trauerphase steckt und an der Vergangenheit festhält. Es war halt mein Pech, weil ich mich zu schnell in ihn verliebt habe. Aber wenigstens war er ehrlich und hat sofort Klartext mit mir gesprochen, bevor es für mich noch schlimmer werden konnte. Sei ihm nicht böse, er ist ein ganz toller Mann, nur unser Timing war leider falsch. Und überhaupt, wir passen nicht zusammen, da wir in völlig verschiedenen Welten leben."

„Oje, du verteidigst ihn noch, statt ihn zu verfluchen! Du hast echt ein gutes Herz, meine Süße. Ich wünsche dir, dass du bald jemanden findest, der dich wirklich liebt und glücklich macht. Es muss aber nicht ein Millionär sein, die meinen es meistens nie ernst mit einfachen Mädchen wie uns. Wie geht es dir überhaupt?" „Nicht besonders gut", antworte ich ehrlich. „Neben meinem Liebeskummer habe ich noch ganz andere Probleme." Ich erzähle Susie von Moms Nachricht, von meinem Besuch bei der Selbsthilfegruppe und am Ende von meinem Entschluss, sofort zu meinen Eltern zu fahren.

„Gott, das ist ja alles ziemlich schrecklich", sagt Susie betroffen, als ich fertig bin. „Das alles auf einmal! Meine arme Hope, du hast es aber wirklich nicht leicht. Es tut mir so leid für dich und für deinen Dad. Ich kann es gut verstehen, dass du New York verlassen möchtest, und ich werde dich furchtbar vermissen. Aber wenn du jetzt nicht zu deinen Eltern fährst und dein Dad stirbt, ohne sich vorher mit dir aussprechen zu können, dann wirst du es dein Leben lang bereuen. Und eine Versöhnung ist das schönste Weihnachtsgeschenk, das du deinem Dad und deiner Mom machen kannst. Dir wird es auch guttun, deinen Seelenfrieden zu finden und deine kaputte Beziehung zu deinen Eltern wieder in Ordnung zu bringen. Das muss doch die ganze Zeit furchtbar an dir nagen, dieses schlimme Gefühl, dass du ganz alleine durchs Leben gehst, obwohl du noch beide Eltern hast. Ich würde dich jetzt so gerne ganz fest drücken!"

„Susie, du bist so lieb! Auch ich werde dich furchtbar vermissen. Aber New Jersey ist doch nicht weit und wir werden uns bestimmt bald wiedersehen. Aber ganz ehrlich – was denkst du, werde ich das alles schaffen?"

Ich kämpfe die ganze Zeit mit den Tränen und Selbstzweifeln, die wieder in mir hochsteigen. Habe ich überhaupt die Kraft für die Aufgabe, die auf mich wartet? Oder wird mich die Vergangenheit gnadenlos aufholen und mich wieder in dem schwarzen Loch versinken lassen?

„Doch, meine Liebe, du wirst das schaffen! Du bist viel stärker, als du denkst! Wenn mir all das passiert wäre, würde ich wahrscheinlich ein ewiges Opfer bleiben. Du aber hast es geschafft und dich nicht aufgegeben. Du bist ein wunderbarer Mensch, und ich schätze mich glücklich, dich getroffen zu haben und deine Freundin zu werden.“ Ich höre an Susies Stimme, dass auch sie mit den Tränen kämpft, und wünschte, wir könnten uns jetzt in den Arm nehmen.

„Susie, du bist die allerbeste Freundin, die man sich nur wünschen kann. Ich bin so froh, dass wir uns gefunden haben!“, sage ich ergriffen. Wir sammeln uns beide eine Weile. Danach besprechen wir noch ein paar praktische Sachen. Seit meinen Krankenhausaufenthalten habe ich gelernt, minimalistisch zu leben und mit leichtem Gepäck zu reisen. Hier in der Wohnung habe ich außer meinen Klamotten und Kosmetikartikeln nicht viel, was ich mitnehmen kann. Einige Bücher, Haushaltsartikel und Kleinkram sowie einen schönen, alten Plüschsessel, den ich im Sommer auf einem Flohmarkt in Brooklyn gekauft habe. Diese Sachen kann ich bei Susie lassen, bis ich weiß, wie und wo mein Leben weitergehen wird. Nach dem Telefonat bin ich zwar müde, doch ich ahne, dass ich nicht gleich einschlafen werde. Daher packe ich meinen Koffer und meine Reisetasche. Um den Rest der Sachen wird sich Susie kümmern und sie abholen. Spätestens in diesem Augenblick bin ich froh, dass ich so wenig besitze und daher so schnell abreisen kann.

Am nächsten Morgen verabschiede ich mich von Joanna, die zur Arbeit muss. Ich gebe ihr noch Susies Telefonnummer, aber ich hinterlasse keine Adresse bei ihr, wo sie mich erreichen kann. Ich erwarte eh keine Post oder Ähnliches, und es gibt niemanden in New York, der mich vermissen wird. Während ich meinen Gewürztee mit Milch trinke, suche ich im Internet nach Busverbindungen. Sofort finde ich einen Bus nach

Oakland, der in zwei Stunden abfährt. Ich schreibe Susie noch, dass ich gleich weg bin und ich mich am Abend bei ihr melde. Es fällt mir nicht schwer, Abschied von der Wohnung zu nehmen. Wenn man geliebte Menschen loslassen musste, hängt man nicht mehr so stark an Sachen und Gegenständen.

Eine Stunde später ziehe ich meine Winterjacke an und hole mein Gepäck aus dem Zimmer. Es klingelt an der Wohnungstür. Wer könnte das bloß sein? Vielleicht ein Nachbar oder Postbote? Als ich öffne, steht Susie vor der Tür und grinst.

„Susie! Was machst du hier? Du musst doch arbeiten", sage ich überrascht, und meine Augen füllen sich mit Tränen.

„Dachtest du wirklich, ich lasse dich wegziehen, ohne mich von dir zu verabschieden?", murmelt Susie gerührt, und schon fallen wir uns um den Hals. „Ich habe dem alten Grinch geschrieben, dass ich starke Halsschmerzen habe und nicht das ganze Team anstecken möchte. Er hat keine Einwände gehabt, und ich kann heute zuhause bleiben."

„Du darfst wegen mir nicht lügen", sage ich mit dem Gesicht in ihren roten Locken.

„Das war nur eine kleine Notlüge. Und meine beste Freundin zum Bahnhof zu begleiten ist wichtiger als im albernen Elfenkostüm gelangweilte Bengel zu bespaßen."

„Wobei dein Elfenkostüm ziemlich sexy ist und alle Väter glücklich macht."

„Du bist doof. Der schönste Weihnachtsengel im ganzen Kaufhaus wird uns sehr fehlen. Aber deine Eltern haben jetzt seine tröstende Anwesenheit nötiger."

„Ich hab dich lieb, Susie.“
„Ich dich auch, Hope.“

Fünf Minuten später verlassen wir die Wohnung und ich werfe den Schlüssel in den Briefkasten. Draußen wartet schon ein Taxi auf uns, denn ich habe keine Lust, den schweren Koffer durch den Schnee zu ziehen. Wir fahren zum Port Authority Bus Terminal, und die sonst so quirlige und gesprächige Susie ist ziemlich schweigsam. Es fällt ihr nicht leicht, mich weggehen zu sehen. Wir hatten bald zusammenziehen und uns einen richtigen Job suchen wollen. Und schon wieder hat das Schicksal andere Pläne für mich und trennt mich von Menschen, die ich in mein Herz gelassen habe.

Die Fahrt dauert nicht länger als eine Viertelstunde. Am Terminal bezahle ich den Fahrer, der uns gut gelaunt frohe Weihnachten wünscht. Susie verzieht leicht genervt den Mund, als wir den Gruß höflich erwidern.

Wir finden meinen Bus, und mein Magen zieht sich schmerzhaft zusammen. Ich will uns den Abschied nicht noch schwerer machen und bleibe stehen, um Susie zu umarmen. „Du solltest jetzt gehen, ich will nicht, dass du mir hinterhersiehst und ich dir zuwinken und danach die ganze Fahrt heulen muss“, sage ich mit einem bemühten Lächeln.

„Wie du meinst. Melde dich, wenn du ankommst und überhaupt. Ich bin für dich da, wenn auch nur aus der Entfernung. Es wird schon alles gutgehen.“ Susies Stimme zittert, nicht nur wegen der Kälte. Wir halten uns lange fest, bevor ich sie loslasse.

„So, und jetzt husch husch! Und wehe, du drehst dich um!" Susie streckt mir die Zunge raus. „Ja, ja, bin schon weg!"

„Und mach keine Dummheiten im Kaufhaus!"

„Los, hau ab, dein Bus fährt gleich los!" Bevor mich die Tränen in Susies Augen zum Heulen bringen, wendet sie sich von mir ab. Ich laufe zum Bus und wette, Susie dreht sich doch um, um mich noch einmal zu sehen. Doch ich möchte nicht, dass sie mein tränenüberströmtes Gesicht bemerkt.

Die zweistündige Fahrt nach Oakland verläuft ziemlich ungemütlich. Ich sitze zwar alleine in der Mitte des Busses und sehe aus dem Fenster in die winterliche Landschaft, doch die Fahrerin hört die ganze Zeit laut Weihnachtsmusik. Dadurch fällt es mir schwer, die Erinnerungen an David aus meinen Gedanken zu verbannen. Unsere Begegnung im Winterland erscheint mir fast unwirklich, genauso wie unser erstes Date im verschneiten Bryant Park. Die Bilder unserer Liebesnacht, die eine der schönsten Nächte meines ganzen Lebens war, schmerzen und brennen so sehr, dass mir erneut Tränen in die Augen steigen. Wie sehr ich mir wünsche, eines Tages ohne Kummer auf diese wenigen Augenblicke des Glücks zurückblicken zu können!

Als im Bus laut *O Holy Night* ertönt, halte ich es nicht länger aus und ich nehme meinen ganzen Mut zusammen.

„Können Sie bitte die Musik etwas leiser machen?", rufe ich der Fahrerin zu. Ein paar Mitreisende drehen sich um und mustern mich verwundert, doch die Fahrerin kommt mir entgegen. Ich stecke mir meine

Ohrstöpsel in die Ohren und höre die restliche Fahrt Freya Ridings und Birdy. Aus der Handtasche ziehe ich meinen Zeichenblock und lasse den Stift über das Papier gleiten. Ich skizziere ein markantes Männergesicht mit strahlenden, hellen Augen. Oft zeichne ich, ohne mich wirklich darauf zu konzentrieren. Das Zeichnen, mein altes Hobby aus der Kindheit und der Jugend, hilft mir stets, meine Gedanken zur Ruhe zu bringen und mich von meinen Problemen abzulenken. Mein Kunstlehrer in der Highschool hat mehrmals gesagt, ich hätte Talent und sollte was daraus machen. Aber das hat sich irgendwie nicht ergeben, und ich fand meine Zeichnungen eh nie gut genug, um sie der Welt zeigen zu wollen. Die haben für mich eher eine therapeutische Bedeutung, obwohl ich einige meiner Fantasygestalten durchaus interessant und schön finde.

Davids Gesicht, das vor mir immer deutlichere Konturen annimmt, tut mir nicht gut, und ich blättere schnell um. Lieber zeichne ich etwas Neutrales. Einen Engel mit weiblichen Zügen, wie sich nach einigen Strichen herausstellt. Ich mache weiter und mein Gedankenkarussell kommt allmählich zur Ruhe. Der traurig schöne Engel mit den großen Flügeln strahlt Frieden und Hoffnung aus, und mit etwas leichterem Herzen klappe ich den Zeichenblock zu.

Als wir Oakland erreichen, steigen leichte Beklemmungsgefühle in mir hoch, doch ich beruhige mich gleich. Es ist völlig normal, wenn ich so reagiere, schließlich habe ich Oakland in einem Zustand verlassen, den ich nicht mal meinem schlimmsten Feind wünschen würde. Ich stelle mich soeben meiner Vergangenheit, um freier für die Zukunft zu sein, und bin jetzt viel stärker, als ich jemals war. Du schaffst das!, hallen die Stimmen der lieben Menschen aus der Selbsthilfegruppe in meinem Kopf und geben mir Kraft und Zuversicht. Ja, ich werde es schaffen.

Am Bahnhof nehme ich mir ein Taxi und fahre noch zehn, fünfzehn Minuten zu der Wohnsiedlung am Rande der Stadt. Der Schneefall war hier noch heftiger als in New York, und die mit unzähligen Lichterketten geschmückten Einfamilienhäuser bilden eine schön-kitschige weihnachtliche Kulisse. Nur das Haus und der kleine Vorgarten meiner Eltern strahlen nicht im Lichterglanz wie einst, als mein Dad noch für festliche Dekoration gesorgt hat. Im Vergleich zu den Nachbars-gebäuden wirkt mein altes Heim düster und trostlos. Häuser haben so was wie eine Seele, und man erkennt ziemlich schnell an ihrer Ausstrahlung, welche Stim-mung unter den Bewohnern herrscht. Unser Haus war mal voll Liebe und Freude und wirkte fröhlich und ge-mütlich. Davon ist nichts mehr zu übrig, und mein Herz zieht sich zusammen.

Entschlossen steige ich aus. Der Fahrer hilft mir mit dem Gepäck. Der Nachbarshund bellt nur kurz, als er mich bemerkt, und beachtet mich dann nicht länger. Mit zittriger Hand öffne ich das Gartentor und ziehe meinen Koffer durch den zugeschneiten Weg zu der Veranda. Nachdem ich das Gepäck abgestellt habe, klingele ich zögernd. Mein Herz klopft wild, und ich fühle mich plötzlich ganz fremd und verloren. Nach ewig langen Minuten höre ich, wie sich schlurfende Schritte nähern. Dann öffnet meine Mom die Tür.

Kapitel dreizehn

Ihre schläfrig wirkenden, leeren Augen weiten sich überrascht, als sie mich erkennt, und so etwas wie ein Lächeln erhellt kurz ihr ausdrucksloses Gesicht.

„Hope, du bist doch gekommen", sagt sie mit kraftloser Stimme.

„Hallo Mom", erwidere ich und versuche nicht zu zeigen, wie erschrocken ich bei ihrem Anblick bin. Ihr einst so hübsches Gesicht ist aufgedunsen, ihr dunkelblondes Haar hängt ihr unordentlich über die Schultern und sie ist doppelt so dick, wie ich sie in Erinnerung habe.

„Gut siehst du aus, mein Mädchen. Komm doch rein, es ist kalt. Ich kann's nicht glauben, dass du wirklich gekommen bist ..." Sie reißt die Tür auf und ich folge ihr in den Hausflur, wo ich den Koffer und die Reisetasche abstelle. Meine Mutter greift vorsichtig nach mir und drückt mich kurz. Sie riecht wie ein Zimmer, das lange nicht gelüftet wurde, und ihr ausgeleiertes Sweatshirt muss gewaschen werden. Früher sah sie immer aus wie aus dem Ei gepellt. Sie so verwahrlost zu sehen, bricht mir das Herz. Auch überfällt mich augenblicklich tiefste Traurigkeit, als ich plötzlich vor meiner Mutter stehe, die mich in meiner schwärzesten Stunde weggestoßen und mir ihre Liebe entzogen hat. Am liebsten würde ich mich umdrehen und wegrennen, doch mein Pflichtgefühl zwingt mich zu bleiben.

„Dein Vater ist gerade wach, er wird sich unglaublich freuen, dich zu sehen", murmelt sie und zeigt nach oben, wo unter anderem das Schlafzimmer liegt.

„Ich geh gleich zu ihm, ich wasche mir nur die Hände", entgegne ich und ziehe meine Jacke aus. In dem kleinen Gästebad drehe ich den Wasserhahn auf, während Mom vor der Tür wartet und mich beobachtet, als ob sie immer noch nicht glauben kann, dass ich hier bin.

„So, jetzt geh ich zu ihm." Ich versuche zu lächeln und suche vergeblich das einstige Strahlen in ihren Augen, das erloschen zu sein scheint. Mom folgt mir schwer atmend, als ich die Treppe nach oben laufe. Füllig wie sie ist, schafft sie den Weg nur mühsam und stützt sich mit der Hand am Treppengeländer ab wie eine alte Frau.

Ich warte nicht auf sie, sondern klopfe gleich an die halb geöffnete Tür. Ohne auf eine Antwort zu warten, trete ich ein und hole tief Luft, als ich meinen Dad sehe. Bei seinem Anblick bricht mein Herz erneut. Mit geschlossenen Augen liegt er im Bett. Unter der Decke zeichnet sich seine abgemagerte Gestalt ab. Seine einst grauen Haare sind fast gänzlich weiß geworden, sein Gesicht ist bleich und eingefallen. Er wirkt um Jahre gealtert und ich muss meine ganze Kraft zusammennehmen, um nicht loszuheulen. Im Zimmer riecht es nach Medikamenten und Krankheit; die Fenster sind halb abgedunkelt. Mom hat endlich die Treppen geschafft und bleibt keuchend neben mir stehen.

„Schau mal, Terence, unsere Hope ist gekommen", sagt sie zu meinem Dad, der langsam die Augen öffnet. Sein leerer Blick findet mich und bleibt an mir hängen.

„Hope", murmelt er, und seine dunkelbraunen Augen füllen sich mit Tränen. Ich setze mich auf den Stuhl neben dem Bett und berühre vorsichtig seinen dünnen Oberarm. Er wirkt so zerbrechlich, dass ich mich nicht traue, ihn zu umarmen.

„Dad, wie geht es dir?" Ich weiß, wie blöd meine Frage klingt, doch ich bin zu durcheinander, um etwas Passenderes zu sagen.

„Jetzt, wo du hier bist, geht es mir gleich besser", antwortet er mit schwacher Stimme und versucht zu lächeln.

„Hast du Schmerzen?", frage ich, als ich den Zugang für den Tropf auf seiner anderen Hand bemerke.

„Das geht schon."

„Eine Schwester kommt zweimal am Tag vorbei und gibt ihm nach Bedarf Schmerzmittel", meldet sich Mom.

„Hope, du siehst gut aus. So erwachsen und stark", sagt mein Dad und greift nach meiner Hand, um sie ganz sanft zu halten. Ich schlucke laut und verziehe meine Mundwinkel zu einem Lächeln. Mom lässt sich schwer in den Sessel fallen, der neben dem Fenster steht, und wirkt so erschöpft, als ob sie mindestens in den sechsten Stock gelaufen wäre.

„Ich habe nicht viel Zeit, deswegen will ich nicht warten. Laurie hat dir schon alles geschrieben, aber ich möchte es dir selbst sagen." Man merkt, wie sehr das Sprechen ihn ermüdet.

„Dad, ist gut, streng dich nicht an."

„Nein, meine Kleine, lass mich ausreden", wehrt er entschlossen ab. Ich drücke seine Hand fester, als sie leicht zu zittern beginnt. „Ich will, dass du weißt, wie furchtbar leid es uns beiden tut. Wir haben einen schlimmen Fehler begangen, ja, eine Sünde. Wir haben dich, unser eigenes Kind, verstoßen, dir die Schuld gegeben und dich ganz alleingelassen, wo du uns am meisten gebraucht hast. In unserer Trauer haben wir als Eltern nicht nur versagt, sondern unverzeihlich gehandelt, und dafür wurden wir auch bestraft. Bevor ich sterbe, möchte ich dich um Verzeihung bitten, sodass ich nicht mit dieser schweren Schuld ins Grab muss. Liebste Hope, bitte, vergib mir und deiner Mutter, dass wir dich so ungerecht und herzlos behandelt haben." Dicke Tränen laufen über seine hohlen Wangen, und auch ich kann mich nicht länger zurückhalten. Tränenüberströmt streichle ich ihm zärtlich über das Gesicht, so, wie er es früher bei mir gemacht hat.

„Daddy, ich habe euch doch schon längst vergeben", sage ich aufgewühlt. „Ihr wusstet damals nicht, wie ihr mit eurer Trauer um Timmy umgehen sollt. Euer Schmerz war so groß, dass ihr meinen Anblick nicht ertragen konntet, denn ich habe euch jede Sekunde an Timmy und seinen Tod erinnert. Nur deswegen habt ihr so gehandelt, ihr konntet einfach nicht anders. Ich nehme euch das nicht länger übel. Wir sind immer noch eine Familie. Nur das zählt."

Mein Dad weint still weiter. Mom steht mühsam auf und legt mir eine Hand auf die Schulter. Auch über ihr Gesicht laufen Tränen, und sie wirkt zum ersten Mal wieder anwesend.

„Du bist so ein guter Mensch. Wir haben dich nicht verdient", murmelt sie. „Jeder andere würde uns verfluchen und nichts mehr von uns wissen wollen. Aber

Gott hat uns für unsere Dummheit und Herzlosigkeit bestraft, und es ist richtig so."

„Mom, nicht doch!", erwidere ich und küsse ihre Hand. „Wir müssen nicht länger darüber reden. Ich bin jetzt hier und habe euch vergeben. Wir alle haben in den vergangenen zwei Jahren einiges durchgemacht. Aber es wird alles wieder gut."

Mein Vater und meine Mutter sehen sich an, und die große Erleichterung in ihren Blicken berührt mich zutiefst. Offensichtlich haben sie sich all die Zeit selbst bestraft, statt schon viel früher auf mich zuzukommen und um Verzeihung zu bitten. Aber dafür waren sie nicht stark genug. Trotzdem liebe ich sie. Wer sagt, dass Eltern heldenhaft und gerecht sein müssen? Sie sind auch nur Menschen, und manche Menschen sind halt schwächer als andere. Ich muss jetzt Kraft haben für die beiden und stark sein wie noch nie in meinem Leben. Also wische ich mir energisch die Tränen aus dem Gesicht.

„Es ist schon alles wieder gut, jetzt wo du hier bist und uns verziehen hast", sagt Dad nach einer Weile und krümmt sich leicht zusammen. Er hat Schmerzen, das sieht man ihm an. Ich wende mich an Mom.

„Können wir nichts machen?"

„Schwester Rachel kommt heute Abend und spritzt ihm seine Schmerzmittel. Sonst haben wir noch Tropfen hier, wenn es ihm sehr schlecht geht."

„Verstehe. Ich rede mit der Schwester, wenn sie da ist, wegen der Dosierung. "

Mom sieht mich nur hilflos an. Mir wird klar, dass sie mit Dads Zustand maßlos überfordert ist.

„Und ich will auch mit Dads Ärzten reden, so schnell wie möglich", füge ich noch hinzu.

„Da gibt's nichts zu reden", sagt Dad. „Abgesehen davon sind sie zu teuer. Wir haben schon eine Hypothek auf das Haus aufgenommen, um die Behandlungen zu bezahlen."

Das klingt nicht gut und bedeutet, jemand muss dafür sorgen, dass Geld hereinkommt. Also suche ich mir am besten einen Job.

„Mom, Dad, ich bringe meine Sachen in mein altes Zimmer, und dann mach ich uns was zu essen."

Zum ersten Mal, seit ich hier bin, erstrahlen ihre beiden Gesichter.

„Das heißt, du bleibst für eine Weile?", fragt Mom vorsichtig.

„Na klar, was denkt ihr denn. Ich habe nicht vor, so schnell wieder wegzufahren", entgegne ich und zwinkere meinem Dad zuversichtlich zu.

Eine halbe Stunde später sitze ich mit Mom in der Küche und lasse mir alle Details über Dads Krankheit erzählen. Der behandelnde Arzt, der ihn nach Hause entlassen hat, gibt ihm höchstens noch einige Wochen, weil der Krebs überall gestreut hat. Außer ihm Morphin zu verschreiben, konnte er nichts mehr für ihn tun. Ich bin also noch rechtzeitig gekommen. Nach Weihnachten hätte es schon zu spät sein können.

Wir reden noch über Moms Zustand, und sie zeigt mir ihre Medikamente. Alles hartes Zeug. Seit meinem Aufenthalt im Krankenhaus kenne ich mich damit bestens aus. Sie schluckt regelmäßig einen Cocktail aus Antidepressiva, Beruhigungsmitteln und Schlaftabletten.

Kein Wunder, dass sie so apathisch und benommen wirkt. Das hat ihr der Hausarzt verschrieben, aber eine Therapie hat sie nie gemacht. Dazu hat ihr die Motivation gefehlt, und als Dad anfing zu trinken, hat sich alles nur verschlimmert, denn es gab niemanden, der sie unterstützte.

Entschuldigend senkt sie ihren müden Blick. Ich streichle ihre Hand. „Mom, wir bekommen das gemeinsam hin! Wir suchen dir einen Arzt, der dich nicht bloß mit Medikamenten nach Hause schickt. Du machst eine Therapie und wirst sehen, spätestens im Frühling geht es dir wieder gut." In jedes Wort lege ich meine volle Überzeugungskraft. Nicht nur für sie, sondern auch für mich selbst, denn die Verantwortung, die plötzlich auf mir lastet, macht mir Angst, und ich zweifle an meiner Stärke. Doch ich habe keine andere Wahl, als mich dieser gewaltigen Herausforderung zu stellen. Ich kann meine Eltern nicht im Stich lassen, jetzt, wo sie mich so sehr brauchen. Ein klitzekleiner Teil von mir flüstert mir boshaft zu, dass ich sie fallen lassen soll, so wie sie es bei mir getan haben, um mich lieber um mich selbst und um mein Leben zu kümmern. Aber ich schenke ihm kein Gehör, denn ich will nicht die Fehler meiner Eltern wiederholen.

Während ich Spaghetti alla carbonara koche, blicke ich durch das Fenster in den zugeschneiten Garten. Die Fichte am Zaun wirkt ohne Lichterketten unter der dicken Schneeschicht kahl und traurig. Ich vermisse die märchenhaften Leuchtfiguren, die Dad immer im Vorgarten aufgestellt hat. Wenn das sein letztes Weihnachten sein sollte, werde ich dafür sorgen, dass er es schön haben wird. Morgen besorge ich einen Weihnachtsbaum und schmücke die Fichte mit der Lichterkette. Außerdem werde ich versuchen, meine Mom zu animieren, Plätzchen zu backen und das Haus zu schmücken. Bestimmt wird ihr diese Beschäftigung guttun, auch wenn dabei zwangsläufig traurige Erinnerungen an die glücklichen Zeiten als Familie hochkommen werden. Denn das wird das erste Weihnachtsfest sein, das wir zu dritt ohne Timmy feiern. Timmy wäre traurig und enttäuscht, wenn er das wissen würde. Er liebte Weihnachten über alles.

Ja, ich werde dafür sorgen, dass wir wunderschöne Festtage verbringen werden. Für Dad und für Timmy. Aber auch für Mom und mich selbst. Es gibt kaum etwas Heilenderes für gebrochene Herzen als das Fest der Liebe im Kreise von geliebten Menschen.

Wenn in der Weihnachtszeit wirklich Engel herumschwirren und gute Taten tun, dann wünsche ich mir, sie würden auch in unserem Haus vorbeisehen und mir helfen. Als Kind habe ich noch fest an Engel und Weihnachtswunder geglaubt. Es bleibt mir kaum etwas anderes übrig, als zu versuchen, diesen Glauben wiederzubeleben und zu hoffen. Schließlich heiße ich Hope ...

Die nächsten Tage vergehen wie im Flug. Ich kümmere mich um Dad, der seit meiner Ankunft lebendiger und stärker wirkt. Auch Mom wacht allmählich aus ihrer Lethargie auf, stellt sich tatsächlich in die Küche und backt unsere Lieblingsplätzchen. Wir holen die Kartons mit Weihnachtsschmuck aus dem Keller und ich fahre zum Markt, um einen schönen Weihnachtsbaum zu holen. Als ich mich in Dads Pick-up setze, überfällt mich Panik, und die grauenhafte Erinnerung an diesen verfluchten Abend schnüren mir die Kehle zu. Doch ich schaffe es, die aufsteigende Panikattacke zu unterbrechen und fahre entschlossen los. Es tut gut, als ich die Situation unter Kontrolle bekomme und mich stark und mutig fühle. „Du machst das sehr gut!“, lobe ich mich halblaut. Ich fahre an der Stelle vorbei, wo Timmy starb, und halte kurz an. Die Bilder, die vor meinen Augen aufsteigen, tun höllisch weh, und ich kralle meine Finger in das Lenkrad. Wie ich in der Selbsthilfegruppe gelernt habe, denke ich an all die Liebe, die ich immer für Timmy empfinden werde und die stärker ist als Trauer und Kummer. Ich denke an sein fröhliches Lachen, an seine leuchtenden Augen, an seine klare Stimme, mit der er leicht schräg Weihnachtslieder sang, und plötzlich lächle ich durch die Tränen. Er würde nicht wollen, dass wir weiter um ihn trauern. Er würde sich wünschen, dass wir fröhlich und glücklich sind, wie früher. Dass wir uns lieb haben und eine schöne Zeit miteinander verbringen.

„Ich besorge uns den schönsten Baum, Timmy“, flüstere ich und gebe Gas. Ich hole gleich zwei Tannenbäume – einen großen für das Wohnzimmer und einen kleinen im Kübel für Dads Zimmer, sodass er die ganze Zeit darauf blicken kann.

Auf dem Rückweg besorge ich noch Lebensmittel aus dem Supermarkt und finde auf der Kleinanzeigentafel einen Zettel, der mein Interesse weckt: Die Jugendbibliothek in der Nachbarschaft sucht eine Aushilfe für vier Stunden täglich. Das würde ich neben meinen Verpflichtungen zu Hause schaffen. Ich werde gleich morgen anrufen, hoffentlich ist die Stelle noch frei, denn wir brauchen etwas Geld.

Zusammen mit Mom schmücke ich am Abend beide Bäume, und ich stelle die Leuchtfiguren im Garten auf. Nur die Lichterkette für die Fichte muss bis morgen warten. Im Haus duftet es herrlich nach frischgebackenen Plätzchen, und Mom lächelt. Ihre Augen haben etwas von ihrem einstigen Glanz, und Dad hatte heute viel weniger Schmerzen.

Abends falle ich erschöpft ins Bett und kann kaum noch denken vor Müdigkeit. Als ich die Augen schließe, fällt mir ein, dass ich den ganzen Tag über kaum Gelegenheit hatte, an David zu denken. Erst jetzt, wo ich zur Ruhe komme, übermannt mich die Traurigkeit, und heiße Tränen brennen in meinen Augen. Denkt er auch an mich? Hat er versucht, mich anzurufen? Ich habe im Bus hierher seine Nummer blockiert und bereue es nicht. Egal, was er mir noch zu sagen hätte, es würde an unserer Situation nichts ändern. Ich brauche jetzt meinen Seelenfrieden und meine ganze Kraft und habe Wichtigeres zu tun, als ihm nachzutrauern.

Kapitel vierzehn

Es ist spät am Heiligabend, und wir sitzen zu dritt im festlich geschmückten Wohnzimmer. Das heißt, Mom und ich haben Platz in den Sesseln neben dem Kamin genommen und Dad liegt auf dem Sofa. Zusammen mit Schwester Rachel habe ich es gestern geschafft, ihn aus dem Schlafzimmer nach unten zu bringen. Abgemagert wie er ist, hat er sich leicht wie ein Kind angefühlt, als er auf uns beide gestützt langsam die Treppe nach unten gestiegen ist. Auf dem Sofa hat Mom ihm ein provisorisches Krankenbett errichtet, sodass er während der Feiertage die ganze Zeit dabei sein kann. Der Glanz in seinen Augen und etwas Farbe in seinem sonst so fahlen Gesicht zeugen davon, wie gut ihm diese kleine, für ihn so bedeutende Veränderung tut. Da er seit einigen Tagen weniger Schmerzmittel benötigt, ist er wacher als sonst und kann mehrere Minuten sprechen, ohne vor Erschöpfung gleich ein Nickerchen machen zu müssen.

Sein Arzt, mit dem ich am Nachmittag telefoniert und dem ich begeistert davon berichtet habe, hat mich sofort zurück auf den harten Boden der Tatsachen geholt. Ja, meinem Vater geht es besser, weil meine Rückkehr und unsere Versöhnung den verlorengegangenen Lebenswillen in ihm wecken. Doch diese Verbesserung seines Zustands ist keineswegs ein Zeichen der Genesung.

Als er meine Enttäuschung bemerkt hat, hat er mir etwas mit auf den Weg gegeben, bevor wir uns frohe Weihnachten gewünscht haben: Dadurch, dass ich Dad ein schönes Weihnachtsfest ermögliche, wird er glücklich und in Frieden mit sich selbst gehen können. Die Versöhnung wird zwar seinen Körper nicht von der Krankheit heilen, doch sie war sehr wichtig für sein Seelenheil.

Obwohl ich katholisch erzogen wurde, bin ich nicht länger gläubig. Trotzdem finde ich diesen Gedanken sehr tröstlich. Dads entspanntes, fast glücklich wirkendes Gesicht kommt mir wie ein kleines Wunder vor, genauso Moms plötzlicher Energieschub, mit dem sie das festliche Abendessen zubereitet. Ihr Gesicht ist sogar dezent geschminkt und ihr frisch gewaschenes Haar zu einem Dutt zusammengebunden. Das heimelig beleuchtete Haus atmet wieder Hoffnung, Lebensfreude und vor allem Liebe aus. Es duftet nach Zimt, Vanilleplätzchen und nach Tannenbaum. Diese Mischung ist der Duft meiner glücklichen Kindheit, und ich fühle mich endlich wieder zuhause. Aus der Musikanlage klingt leise Weihnachtsmusik und zaubert eine besinnliche Stimmung, die uns für eine Weile all das Leid und den Kummer vergessen lässt.

In diesen harmonischen, gesegneten Augenblicken fällt es mir schwer zu akzeptieren, dass Dad schon sehr bald gehen wird. Er wirkt gar nicht mehr sterbenskrank. Doch ich bin vernünftig genug, um zu wissen, dass nicht alles wieder gut sein wird. Wir alle wissen das, und dennoch versuchen wir, diese unschätzbaren Stunden voll auszukosten und sie zu genießen, so lange sie noch dauern.

Dad, der an diesem besonderen Abend sogar Appetit hat, lobt Moms Kochkünste und ihre Marzipanplätzchen. Mom strahlt ihn an und wirkt um Jahre jünger. Ich beobachte meine Eltern, wie sie in diesen schönen Augenblicken wieder zueinanderfinden und sich gegenseitig liebevoll wahrnehmen, etwas, was sie zuvor schon längst aufgegeben hatten. Um meine Ergriffenheit zu verbergen, verschwinde ich in die Küche und mache den Abwasch.

Ich kann meinem Dad nicht helfen, doch es ist noch nicht zu spät, um meine Mom zu retten. Am besten, ich fange damit jetzt schon an und nicht erst, wenn Dad uns verlassen hat.

Im Internet habe ich Telefonnummern gefunden, um mir Hilfe für Mom zu holen. Ich muss mich auf Beratungs- und Hilfsangebote beschränken, die entweder auf Spendenbasis arbeiten oder für Menschen ohne eine ordentliche Versicherung bezahlbar sind. Wenn ich genug Geld hätte, würde ich sie in ein gutes Sanatorium schicken, doch von dieser Idee muss ich mich sofort verabschieden. Wie Mom mir gestanden hat, haben sie im vergangenen Jahr fast ausschließlich von den Ersparnissen gelebt, die sie im Laufe der Ehe und nach dem Tod von Dads Eltern und deren Erbschaft gesammelt haben. Dad hat seine Arbeit durch sein Alkoholproblem längst verloren und Mom hatte nicht länger die Kraft und den Antrieb, weiter für ihre Stammkundinnen zu nähen. Doch die hübsche Summe Geld ist mittlerweile stark geschrumpft und wird gerade noch für Dads Bestattung und die ersten Monate danach reichen. Dads Krankenhauskosten und Schwester Rachel haben ein kleines Vermögen gekostet.

Wieder schlucke ich bitter und fühle mich schuldig, da ich keinen lukrativen Job habe, um meiner Mutter eine gute Therapie und eine abgesicherte Zukunft zu ermöglichen. Dafür tue ich das, was ich kann, und muss mich davor hüten, erneut Schuldgefühle zu entwickeln.

Es fällt mir schwer, von all den Sorgen und Problemen Abstand zu nehmen und den Heiligabend zu genießen. Aber ich schaffe es, vor meinen Eltern ein fröhliches und sorgloses Gesicht zu machen. Nichts soll den beiden die Stimmung trüben, denn sie wieder so glücklich zu sehen, ist das schönste Geschenk, das sie mir machen können – auch, wenn ihr Glück nicht von Dauer sein und uns die bittere Realität schon bald einholen wird. Aber heute ist Weihnachten, und wir alle wollen über die Feiertage so tun, als ob wir eine ganz normale Familie wären.

Dad ist gegen zehn Uhr sichtbar erschöpft, und zusammen mit Mom mache ich ihn fertig fürs Bett. Auch Mom wirkt geschafft.

Eine halbe Stunde später verabschiede ich mich von den beiden und ziehe mich zurück in mein Zimmer. Ich bin hundemüde und gleichzeitig aufgeregt. Nie hätte ich gedacht, dass ich in diesem Leben noch einmal Weihnachten mit meinen Eltern feiern werde. Aber man darf die Hoffnung niemals ganz aufgeben.

In meinem Postfach entdecke ich eine Mail der Bibliothek, wo ich mich für die Stelle beworben habe. Sie möchten mich gleich nach Weihnachten kennenlernen. Ich bestätige den vorgeschlagenen Termin in vier Tagen. Vielleicht habe ich etwas Glück und sie entscheiden sich für mich.

Ich bin zu erschöpft, um mit Susie zu telefonieren, daher schreibe ich ihr nur kurz und berichte von dem wunderschönen Abend, den wir zusammen verbracht haben.

Endlich darf ich die bisher unterdrückten Gedanken an David zulassen. Wie verbringt er Weihnachten? Vermisst er mich etwa? Und was sagt er zu Ethan, wenn er nach mir fragt? Bedauert er vielleicht, dass er mich so schnell aus seinem Leben vertrieben hat? Alles Fragen ohne Antworten. Nein, diese Gedanken sind sinnlos und führen nirgendwohin. Energisch greife ich zu den Kopfhörern, um mich mit Musik vom schlafraubenden Grübeln abzulenken.

Am nächsten Morgen mache ich Frühstück für alle und Dad sitzt mit vielen Kissen auf dem Sofa. Mom hat ihm vorher im Badezimmer beim Waschen und Rasieren geholfen. Das hat sie vor meinem Besuch nicht immer geschafft, weil sie oft noch erschöpft in ihrem Bett lag, wenn Schwester Rachel gekommen ist und Dads Pflege übernommen hat.

Da Mom in Absprache mit ihrem Hausarzt vor einigen Tagen ihre Medikamentendosis reduziert hat, kommt sie besser aus dem Bett und wirkt schon weniger träge und teilnahmslos.

Draußen schneit es leicht. Der Blick aus dem Wohnzimmerfenster ermöglicht Dad die Teilnahme an der winterlichen Idylle, die im Garten und auf der Straße herrscht. Er wirkt entspannt und zufrieden, obwohl die Schmerzen heute wieder stärker sind.

Weihnachten hat uns eine trügerische Normalität beschert und wir alle sind dankbar und froh für jeden Augenblick, den wir gemeinsam verbringen dürfen.

Am Abend ruft mich endlich Susie an. Als mein Smartphone klingelt, laufe ich nach oben in mein Zimmer, um mit ihr in Ruhe zu facetimen. Ich setze mich auf mein Bett und melde mich gut gelaunt: „Hey Susie, frohe Weihnachten!"

„Frohe Weihnachten, Hope! Ist alles in Ordnung bei euch? Du wirkst fröhlich."

„Ja, Dad geht es seiner Situation entsprechend ziemlich gut und Mom wirkt belebt und munter."

„Das freut mich so sehr! Das heißt, ihr habt eine schöne Zeit miteinander?"

„Auf jeden Fall! Viel besser, als ich es mir vorstellen konnte. Und bei dir in Buffalo?"

„Ah, ganz okay. Heute hatten wir die ganze Sippe beim Mittagessen. Ich hab seit heute früh mit meiner Mom und meiner Schwester in der Küche gestanden." Susie gähnt und streicht sich ihre rote Lockenpracht aus dem Gesicht.

„Das ist der Nachteil, wenn man so eine große Familie hat wie du", sage ich. „Ist aber bestimmt auch schön, oder?"

„Doch, schon. Besonders meine vier Neffen und Nichten sind süß, und ich freue mich immer sehr auf Großtante Lydia. Die ist so herrlich schrullig und lustig. Aber es gibt auch Verwandte, die ich nervig finde und nicht unbedingt vermissen würde." Susie grinst und zuckt entschuldigend mit der Schulter.

„Das kann ich mir gut vorstellen." Ich hatte nie eine große Familie. Moms Eltern sind gestorben, als ich noch klein war, und Dads habe ich nur einmal im Jahr gesehen, meistens zu Weihnachten. Sie haben in Florida gelebt und sind vor einigen Jahren gestorben. Dad hat noch einen Bruder, der in Newark wohnt, aber auch ihn und seine Familie habe ich höchstens einmal im Jahr gesehen, als ich noch zu Hause gewohnt habe.

„Wie sind eigentlich deine Pläne? Wie lange bleibst du in Oakland?", fragt Susie, die nebenbei einen Lebkuchen nascht.

„Das weiß ich noch nicht so richtig", antworte ich mit einem Seufzer. „Auf jeden Fall so lange wie nötig. Übermorgen habe ich sogar ein Vorstellungsgespräch, weil ich dringend einen Job brauche, um etwas Geld zu verdienen. Wegen der Krankheit haben meine Eltern fast alle Ersparnisse aufgebraucht und sind auf meine Unterstützung angewiesen."

„O Mann, das tut mir leid. Du hast jetzt wirklich einiges zu stemmen." Susie betrachtet mich besorgt mit ihren großen Augen.

„Das schaffe ich schon. Ich habe ja auch keine andere Wahl", entgegne ich entschlossen.

„Meine tapfere Hope! Ich wünschte, ich könnte dir helfen!"

„Danke, meine Liebe. Aber du hilfst mir schon, indem du für mich da bist", beruhige ich sie. „Ich werde dich brauchen, wenn Dad ..."

„Keine Sorge, ich lass dich nicht alleine", versichert mir Susie ernst. „Sag mal, hast du nach der Kündigung wenigstens deinen Bonus bekommen?"

„Ja, habe ich. Und das komplette Gehalt für Dezember. David hat anscheinend dafür gesorgt. Mr. Brown würde mir freiwillig das Geld ganz bestimmt nicht einfach so überweisen."

„Wenigstens etwas."

„Normalerweise würde ich es nicht annehmen, aber in dieser Situation musste ich meine Skrupel einfach vergessen."

„Hope, mach dir deswegen keine Gedanken! Die paar Hundert Dollar sind für einen Millionär wie David nicht der Rede wert. Übrigens, hat er vielleicht versucht, dich anzurufen?"

„Ich weiß es nicht, ich habe ihn vorsichtshalber blockiert."

„Hm, ist wahrscheinlich besser so. Er würde dich nur verrückt machen. Du hast jetzt Wichtigeres zu tun statt einem doofen Millionär nachzutrauern."

„Er ist nicht doof, nur ..."

„Unentschlossen, sonderbar und ein Psycho."

„Ah Susie, deine Loyalität mir gegenüber ist bewundernswert." Ich muss lächeln, und auch Susie grinst.

„Ist doch wahr! Egal, wie heiß, attraktiv und reich er ist, er hat kein Recht, dir den Kopf zu verdrehen und dich dann abzuservieren. Er sollte sich vorher überlegen, was er eigentlich will."

„Das ist in so einem Fall nicht ganz einfach", entgegne ich ruhig.

„Mag sein. Ich weiß, ich darf nicht über etwas urteilen, das ich nicht kenne. Bisher bin ich mit Verlusten von geliebten Menschen verschont geblieben, daher habe ich keinen blassen Schimmer, wie es ist, um jemanden zu trauern."

„Schon gut. Diese Erfahrung muss irgendwann jeder Mensch machen, manche halt früher, manche später."

„Hope, sag es mir – wie geht es dir wirklich?“ Susie blickt mich ernst an.

„Was David betrifft ... es tut immer noch sehr weh. Ich habe mich so richtig in ihn verliebt. So etwas braucht halt Zeit, um zu heilen. Aber ich bin gut abgelenkt und komme tagsüber kaum dazu, an ihn zu denken“, gestehe ich. „Was meinen Dad und Mom betrifft ... Nun ja, es ist irgendwie seltsam.“ Lächelnd blicke ich aus dem Fenster, in die weiße, stille Nacht. Im warmen, goldenen Schimmer der unzähligen Lämpchen, die die alte Fichte im Garten schmücken, tanzen dichte Schneeflocken verträumt durch die kalte Luft. Das ganze Haus duftet immer noch herrlich nach weihnachtlichen Gewürzen, und ich fühle mich wohl.

„Wie meinst du das, seltsam?“, fragt Susie nach.

„Wir sind alle irgendwie gut drauf, trotz Dads bevorstehendem Tod und Moms Depression. Wir reden viel miteinander, wir lachen gemeinsam, spielen Brettspiele, wie einst, als Timmy noch gelebt und ich zu Hause gewohnt habe. Ich denke, wir alle sind unglaublich erleichtert, dass zwischen uns wieder alles in Ordnung ist, dass wir uns von diesem bösen Schatten der Vergangenheit gelöst haben. Wir können sogar über Timmy reden, und das ist so befreiend. An seinem Todestag letzte Woche sind zwar Tränen geflossen, doch es war gleichzeitig auch schön. Wir haben uns danach seinen Lieblingsweihnachtsfilm angesehen, *Kevin allein zu Hause.* Timmy würde sich darüber freuen, uns endlich ohne Vorwürfe, Schuldgefühle und Zerwürfnisse zu sehen. Unsere Versöhnung war unser letztes gemeinsames Geschenk an ihn, und ich weiß, dass er es mitbekommen hat, egal wo er jetzt auch sein mag. Es herrscht so viel Liebe und Zuneigung um uns herum, dass mir Dads bevorstehender Tod nicht länger Angst macht. Wir sind einfach glücklich und lieben uns, und nur das zählt. Es ist wie ein kleines Weihnachtswunder." Ich hole tief Luft. Susie, die mir die ganze Zeit aufmerksam zugehört hat, seufzt laut, und ihre großen Augen fühlen sich mit Tränen.

„Das ist so unfassbar schön und traurig zugleich, ich muss jetzt einfach heulen", murmelt sie ergriffen. „Ja, mir kommt es auch wie ein Weihnachtswunder vor. Vielleicht war es kein Zufall, dass du den Job als Weihnachtsengel bekommen hast. Vielleicht war das ein Zeichen, eine Art Vorbereitung auf das, was du jetzt erlebst. Es mag albern sein, aber ich glaube an solche Dinge. Vorsehung, Schicksal, Wunder und so."

„Vielleicht." Ich zucke mit den Schultern. „Hauptsache, Dad wird in Frieden und mit leichtem Herzen von uns gehen können. Aber bis dahin genießen wir noch jeden Augenblick, der uns geschenkt wird. Das ist das sonderbarste und gleichzeitig wunderbarste Weihnachten, das ich jemals erlebt habe, und ich bin so dankbar dafür." Auch mir laufen Tränen über das Gesicht, und ich wünsche mir, Susie jetzt ganz fest umarmen zu können.

„Meine Süße, ich freue mich für euch alle und wünsche euch vom Herzen alles erdenklich Gute. Und vor allem ganz viel Kraft für alles, was noch auf euch zukommt! Ihr seid eine ganz besondere Familie, und ich wette, einige Weihnachtsengel stehen euch zur Seite."

„Danke, meine liebste Susie. Ich hoffe das auch. Aber ein spezieller Engel ist auf jeden Fall bei mir, auch wenn er getarnt im Elfenkostüm herumläuft." Durch den Tränenschleier lächle ich ihr zu.

„Du bist so albern! Ich hab dich lieb!"

„Ich dich auch! Frohe Weihnachten!"

„Frohe Weihnachten, Hope! Und pass gut auf dich auf!"

Kapitel fünfzehn

Zehn Monate später

Der sonnige Spätoktobertag ist erstaunlich warm. Ich laufe von der Bibliothek mit der Jacke in der Hand nach Hause. Die Ahornbäume, die den Weg säumen, prahlen mit ihren gelb und dunkelorange gefärbten Blättern und rascheln stimmungsvoll unter meinen Füßen. Manchmal kann ich kaum glauben, dass ich seit zehn Monaten hier in Oakland wohne. Mein Leben in New York erscheint mir weit weg und die Begegnung mit David wie ein flüchtiger Traum, der mich in vielen schlaflosen Nächten immer noch wach hält.

Die Erinnerungen an die schillernde Metropole sind in den vergangenen Monaten allmählich verblasst und kommen mir unecht vor. Das Leben in Oakland ist nicht nur viel ruhiger und beschaulicher. Es sind vor allem die bedeutungsvollen Vorkommnisse und Begebenheiten, die mein Leben seit meiner Rückkehr bestimmen und neu gestalten.

Dad ist friedlich, glücklich und fast schmerzlos am Neujahrsabend gestorben. Ich denke, er wollte nicht warten, bis Mom und ich die Weihnachtsdekoration weggeräumt hätten und der einmalige Weihnachtszauber, den wir erlebt haben, allmählich schwinden würde.

Auch Mom sagt, er ist gegangen, als es am schönsten war. Wir beide haben in der Küche gerade den Abwasch nach dem Abendessen gemacht und Dad nur kurz alleine in seinem Bett gelassen. Er wirkte sehr wach, trotz der verstärkten Dosis seiner Schmerzmittel. Vor dem Schlafengehen wollte ich ihm wie jeden Abend kurz vorlesen und ahnte nicht, dass es so weit war. Zusammen mit Mom fand ich ihn. Er wirkte, als wäre er gerade eingeschlafen, mit einem seligen und entspannten Lächeln auf dem Gesicht.

Mein Dad hat zwar den Kampf gegen den Krebs verloren, aber dafür hat er seinen Frieden gefunden und ist in Liebe und ohne Bedauern von uns gegangen. Natürlich war das für mich und meine Mom viel zu früh, doch wann ist schon der richtige Zeitpunkt, um zu sterben?

Mom zeigte nach seinem Tod ungeahnte Stärke und riss sich erstaunlich zusammen. Als ob es eine Art Schocktherapie für sie wäre, die sie endgültig aus ihrer Resignation und Lethargie geweckt hat. Sie half mir, mich um all die Formalitäten zu kümmern, die nach dem Tod auf die Angehörigen zukommen, und wir gaben uns gegenseitig Trost und Kraft.

Erst zwei Tage nach Dads Beerdigung brach sie zusammen und versank wieder gänzlich in ihrer inneren Welt. Doch ich organisierte und bereitete alles vor und fuhr mit ihr in ein kleines Krankenhaus, wo sie endlich in guten Händen war und mit ihrer Therapie beginnen konnte.

Seit sechs Monaten ist sie wieder zuhause und besucht noch einmal wöchentlich ihre Therapeutin in einem christlichen Gemeindezentrum, die auf Spendenbasis arbeitet. Es geht ihr gut, psychisch und körperlich. Sie hat über zwanzig Kilo abgenommen und arbeitet wieder vormittags in ihrem kleinen Nähatelier. Seit fünf Monaten benötigt sie keine Beruhigungsmittel mehr, nur noch eine geringe Dosis ihres Antidepressivums. Man sieht ihr deutlich an, dass sie ihre verlorengegangene Lebensfreude zurückgewonnen hat.

Ich arbeite nachmittags in der kleinen Bibliothek. Zusammen mit Dads Rente kommen wir, sparsam wie wir sind, ganz gut über die Runden. Im August haben wir uns sogar eine Woche Urlaub in einer Pension am Strand außerhalb von Atlantic City gegönnt.

Im Frühling, als langsam eine Art Normalität in mein Leben eingekehrt ist, habe ich sogar Kontakt mit zwei alten Schulfreundinnen aufgenommen und mir ein bescheidenes soziales Leben aufgebaut. Susie hat mich zweimal für einige Tage besucht, und wir facetimen regelmäßig.

Alles in allem sollte ich mich über mein Leben nicht beschweren. Meine Panikattacken und Angstzustände scheinen endgültig Vergangenheit zu sein und ich fühle mich stärker und selbstsicher als vor Timmys Tod.

„Hi Mom!", rufe ich fröhlich in den Garten, wo sie die verblühten Rosenknospen von den Büschen schneidet.

„Hi Darling", grüßt sie zurück, und ein Lächeln erstrahlt auf ihrem dezent geschminkten Gesicht. Sie achtet auf ihr Äußeres und passt wieder in ihre hübschen, selbstgenähten Kleider. Ihr Anblick erfüllt mich mit Dankbarkeit, und ich laufe zu ihr, um ihr ein Küsschen auf die Wange zu geben.

„Mom, du siehst gut aus! Du hast keine Ahnung, wie glücklich ich bin, dich wieder lächelnd und munter zu sehen", murmele ich ergriffen.

„Ach Schätzchen, ohne dich würde ich jetzt wahrscheinlich Dad und Timmy auf dem Friedhof Gesellschaft leisten. Du hast mich wieder zurück ins Leben geholt, und dafür müsste ich dir jeden Tag danken." Auch Moms Augen glänzen vor Rührung, als wir uns fest umarmen.

„Du musst mir nicht danken. Das war selbstverständlich, dafür bin ich doch da", sage ich leise, und wir lassen uns wieder los.

„O nein, das war nicht selbstverständlich." Mom blickt mir ernst in die Augen und streichelt mir liebevoll über die Wange. „Nicht jeder Mensch würde so handeln wie du. Du hättest meine Nachricht damals einfach ignorieren und uns alleine lassen können. Wir hätten es dir nicht mal übelgenommen. Du hast ein Herz aus Gold, meine Hope, und bist die beste Tochter, die man sich wünschen kann."

„Schon gut, Mom", unterbreche ich sie verlegen. „Was gibt es zum Abendessen? Ich habe nämlich Mordshunger!"

„Nudelauflauf mit Rote-Bete-Salat."

„Mmh, lecker! Du verwöhnst mich zu sehr mit meinen Lieblingsgerichten, ich habe im Gegensatz zu dir schon wieder zugenommen." Lachend lege ich Mom die Hand um ihre wieder schlanke Taille, und wir gehen gemeinsam in das Haus.

„Wie war es in der Bibliothek?", erkundigt sie sich, als ich mich später satt und zufrieden auf dem Stuhl zurücklehne.

„Ganz okay", antworte ich gut gelaunt. „Es ist immer schön zu sehen, dass es noch Kinder gibt, die gerne richtige Bücher lesen. Sie sind zwar in der Minderheit, aber immerhin."

„Hope, ich finde es toll, dass du dort arbeitest, aber ist es wirklich das, was du auch in Zukunft machen willst? Dazu ist es nur ein Halbtagsjob, und dein Gehalt reicht gerade für das Notwendigste." Mom mustert mich prüfend. „Ich möchte nicht, dass du meinetwegen hier in Oakland hängenbleibst und dich für mich aufopferst. Du solltest dein eigenes Leben führen, wieder in New York wohnen, wo du viel mehr Möglichkeiten und Chancen hast. Mir geht es gut, und ich werde auch alleine klarkommen."

„Mom, ich bin zufrieden hier und du brauchst mich. Ich will gar nicht zurück nach New York", erwidere ich trotzig und fühle mich plötzlich unwohl. Ich weiß, dass Mom irgendwie recht hat, aber ich bin noch nicht so weit, um Zukunftspläne zu schmieden.

„Könnte es sein, dass du von New York weggelaufen bist? Gibt es dort etwas oder jemanden, vor dem du dich hier in Oakland verstecken willst?" Moms Frage, mit der sie ins Schwarze trifft, verblüfft mich, und ich senke meinen Blick.

„Ich freue mich zwar sehr, dich hier bei mir zu haben, aber du bist erwachsen, und ich spüre, dass du nicht wirklich glücklich bist."

„Wer ist denn schon glücklich?", winke ich gleich ab und verziehe meinen Mund. „Ich habe keine großen Erwartungen diesbezüglich."

„Du darfst so was nicht sagen, dafür bist du noch zu jung. Das ganze Leben liegt noch vor dir. Oakland war schon vor vier Jahren zu klein und eng für dich. Was ist denn in New York passiert? Möchtest du darüber reden?"

Unangenehm berührt rutsche ich auf meinem Stuhl herum. Am liebsten würde ich das Thema wechseln oder das Gespräch beenden. Doch Moms sanfter Blick ruht weiter auf meinem Gesicht; sie macht sich Gedanken oder sogar Sorgen um mich. Nach allem, was wir durchgemacht haben, wäre es ungerecht, mich vor ihr weiterhin zu verschließen.

„Ja, du hast recht mit deiner Vermutung. In New York gab es tatsächlich jemanden, vor dem ich mehr oder weniger weggelaufen bin. Wenn ich jetzt zurückkehre, würde ich wieder an ihn denken müssen, und das möchte ich vermeiden", gestehe ich.

„Also steckt doch ein Mann dahinter", murmelt Mom und seufzt laut. „Schätzchen, erzähl mir bloß nicht, du denkst hier nicht an ihn! Ich merke doch, wie du oft in Gedanken versunken durch das Haus geisterst oder traurig in die Ferne blickst. Anfangs dachte ich noch, es ist wegen Dad. Aber ich bin nicht nur deine Mutter, sondern auch eine Frau, und ich spüre es, wenn mein Mädchen Liebeskummer hat. Was hat der Mistkerl denn verbrochen, dass du ihn immer noch nicht vergessen kannst und dich lieber hier versteckst?"

„Er ist kein Mistkerl", sage ich wehmütig und spüre, wie die Sehnsucht nach David augenblicklich in mir hochsteigt und mich schwach und verletzlich macht. Warum kann ich ihn nicht einfach vergessen und aufhören, mich nach ihm zu sehnen?

„Dann erzähl mir von ihm. Bei einem Glas Rotwein am Kamin." Mom lächelt mir aufmunternd zu und greift nach der Flasche, um uns Wein einzuschenken.

Ergeben nehme ich die Gläser in die Hand und folge ihr ins Wohnzimmer, wo wir es uns in den Sesseln vor dem Kamin bequem machen. Obwohl es draußen nicht wirklich kalt ist, genießen wir seit einer Woche abends die Behaglichkeit und Gemütlichkeit des Kaminfeuers.

„So, und jetzt will ich alles wissen über den Mann, dem du heimlich immer noch nachtrauerst." Mom prostet mir zu und lehnt sich in dem Sessel zurück, wo Dad früher immer seine Zeitung gelesen hat. Auf dem Kaminsims hinter ihr stehen Familienbilder. Neben Timmys und Dads Fotos hat sie am Morgen liebevoll jeweils eine betörend duftende Rosenblüte aus dem Garten platziert.

Wir haben jetzt nur noch uns. In der ersten Zeit nach Dads Tod waren unsere Rollen vertauscht: Ich kümmerte mich um sie und bemutterte sie oft, als sie im Krankenhaus noch hilflos und von ihrer Krankheit gezeichnet neben sich stand. Jetzt darf ich endlich auch mal schwach sein und bei ihr Trost und Zuspruch suchen, wie eine Tochter es so tut. Ich erzähle ihr also die kurze Geschichte meiner unerfüllten Liebe zu David und wische mir schnell die Tränen weg, die mich am Ende überwältigen. Es tut mir gut, über David und unsere wunderbaren Momente reden zu können, aber es schmerzt immer noch, als ich an den unschönen Abschied denke, der mir jetzt wie ein Albtraum vorkommt.

Meine Mom streckt ihre Hand nach mir aus und hält meine fest.

„Das ist eine so schöne, bittersüße Liebesgeschichte. Wie aus einem Roman, weißt du das?", sagt sie schniefend und zieht zwei Taschentücher aus dem Päckchen, das auf dem Tisch liegt. Wir putzen uns erst unsere Nasen und lächeln uns dann an.

„Mir kommt die Begegnung mit David manchmal auch wie ein Traum vor. Aber der Liebeskummer, den ich immer noch habe, macht mir deutlich, dass sie sehr wohl real war.“

„Habt ihr noch Kontakt? Hat er sich bei dir gemeldet, seitdem du hier bist?“, fragt Mom und nimmt einen kräftigen Schluck aus ihrem Glas.

„Nein. Ich habe seine Nummer sofort blockiert, und er wusste nicht, dass ich gleich danach verreist bin.“

„Aber er könnte doch herausfinden, wo du in New York gewohnt hast, und deine Mitbewohnerin ausfragen.“

„Das schon, aber Joanna kennt eure genaue Adresse nicht, und ich habe sie ausdrücklich gebeten, niemandem zu erzählen, wo ich mich befinde, falls sich jemand nach mir erkundigt.“

„Warum eigentlich?“

„Weil ich Angst hatte, schwach zu werden, wenn er sich bei mir meldet. Ich wusste, ich würde stark sein müssen, wenn ich bei euch bin.“

„O Schätzchen, das tut mir so leid! Du hast dich wegen uns entschieden, so knallhart konsequent zu handeln! Wenn ich dir nicht geschrieben hätte, wärst du in New York geblieben und ihr hättet euch vielleicht versöhnt und nach einer Lösung gesucht.“ Mom sieht bekümmert und niedergeschlagen aus. Sie nimmt sich meine unglückliche Liebesgeschichte eindeutig zu Herzen.

„Mom, du darfst nicht so denken! Es war richtig, dass ich nach Oakland gekommen bin. David war einfach noch nicht bereit für eine Beziehung. Vielleicht wäre er niemals eine richtige Beziehung mit mir eingegangen. Ich passe nicht in seine Welt und kann mich mit seiner Frau nicht messen."

„Hope, du bist eine ganz besondere junge Frau, und der Mann, dem das nicht klar ist, ist ein Idiot, der dich nicht verdient hat! Dein David hat bestimmt nicht erkannt, was er in dir gefunden hat, weil ihr nur so wenig Zeit miteinander verbracht habt. Wenn er dich länger gekannt hätte, würde er bestimmt anders fühlen und er hätte dir nicht das Herz gebrochen. Hätte ich dir doch damals nicht geschrieben."

„So ein Quatsch! Es war das einzig Richtige, weil ich so bei Dad sein konnte! Das war doch sein einziger, letzter Wunsch, und ich würde mir niemals verzeihen, wenn ich nicht bei ihm gewesen wäre, als er gehen musste. Mach dir bitte keine Vorwürfe und denke nicht daran, was vielleicht geworden wäre, wenn ich in New York geblieben wäre. Es war uns einfach nicht bestimmt, zusammen zu sein. Punkt." Ich rede entschlossen und überzeugt, weil ich sehe, wie schlecht sich Mom bei dem Gedanken fühlt, dass Dad und sie indirekt mein Liebesglück verhindert hätten.

„Aber du musst mir etwas versprechen." Ihr Blick wird fordernd.

„Was denn?" Ich schlucke laut, nichts Gutes ahnend.

„Du musst wieder Kontakt mit ihm aufnehmen und euch noch eine Chance geben. Du liebst ihn immer noch und wirst keine Ruhe finden, ehe du dich nicht mit ihm ausgesprochen hast." Mom steht auf und küsst mich auf den Kopf. „Ich meine es ernst. Man soll unabgeschlossene Liebesgeschichten nicht einfach so stehenlassen und sich vor ihnen verstecken. Dafür ist das

Leben zu kurz. Und so lange man an der Vergangenheit festhält, ohne Klarheit zu haben, ist man nicht offen für die Zukunft. Also hör auf deine Mutter und schreib ihm. Du hast nichts zu verlieren."

„Du meinst das wirklich ernst?" Ich seufze ergeben.

„Ja, verdammt ernst."

„Aber vielleicht habe ich mich damals nur in etwas verrannt, was gar nicht da war", platzen die alten Zweifel aus mir heraus. „Vielleicht hat es mir der kleine Ethan angetan, weil er mich irgendwie an Timmy erinnert hat, und David war nur eine schöne, aber unrealistische Projektionsfläche. Alles war doch viel zu kompliziert, um echte Liebe werden zu können."

„Hope, Liebe ist meistens kompliziert. Und sie passiert einfach, egal wie unpassend oder unrealistisch sie auch aussehen mag. Das ist doch das Schöne und Magische an der Liebe – du kannst sie nie so planen, wie du sie gerne hättest. Und sie ist immer mit Risiken verbunden, egal wie sehr wir uns nach der absoluten Sicherheit sehnen."

„Sprichst du aus eigener Erfahrung?" Etwas verblüfft über Moms Worte sehe ich sie prüfend an.

„Wer weiß. Als deine Mutter habe ich das Recht, kleine Geheimnisse für mich zu behalten." Sie macht ein unschuldiges Gesicht, und ich ahne plötzlich, dass sie sich mit Liebesangelegenheiten besser auskennt, als ich es bisher angenommen habe.

„Okay ... Du bist dir sicher, ich sollte mich bei David melden?"

„Absolut. Warte nicht so lange, bis es zu spät ist."

„Gut, ich denke darüber nach." Ergeben in mein Schicksal leere ich mein Glas und reiche es Mom, die sich mit einem verschwörerischen Lächeln in die Küche begibt und mich alleine lässt. Aber ich muss ihr recht geben. Die Geschichte zwischen mir und David fühlt sich nicht abgeschlossen und geklärt an. Sonst würde ich nicht jeden Tag an ihn denken müssen. Vor einigen Monaten habe ich aufgehört, nach ihm zu googeln, weil mir seine Bilder nur wehgetan haben und weil ich Angst hatte, eventuell Berichte über eine neue Frau in seinem Leben zu finden. Doch es ist an der Zeit, mich meinen Ängsten zu stellen. Schwungvoll stehe ich auf und gehe in mein Zimmer, wo mein Laptop auf dem Tisch steht.

Kapitel sechzehn

Meine Hände zittern leicht, als ich *David Bailey* in die Suchmaschine eingebe. Staunend hole ich Luft, als die Bilder und Links auftauchen. Es gibt tatsächlich Neuigkeiten. Auf den ersten Blick wirkt er auf den Fotos keinesfalls wie ein CEO und Geschäftsmann. David sieht blendend aus mit seinem gewellten Haar, das er noch länger trägt und das ihn wie ein Model oder Künstler aussehen lässt. Gespannt und mit klopfendem Herzen öffne ich den Link der New York Times mit dem Titel *David Bailey: Ein Bestsellerautor unter der Glaskuppel* und beginne zu lesen:

David Bailey, der Millionenerbe und CEO der Konsumtempelkette B&C, entpuppte sich als begnadeter Schriftsteller, der mit seinem Debütroman Finding Hope *die Büchercharts stürmt. Sein Buch ist ein zeitgenössischer Liebesroman mit autobiografischem Hintergrund und einigen Fantasy-Elementen; intelligent, feinsinnig, authentisch und von lyrischer, schlichter Schönheit. Der Geschäftsmann, der seit dem Krebstod seiner Frau vor zwei Jahren völlig zurückgezogen lebt, verarbeitete in seinem Roman den schweren Verlust. Denn Jack Lindon, der Protagonist, trägt mehr als offensichtlich seine Züge. Die Romanfigur trauert seiner bei einem Autounfall verstorbenen Verlobten nach und streift nachdenklich durch das weihnachtliche New York. Dort begegnet er einem Engel in Frauen-*

gestalt, der in ihm wieder Lebensmut und Hoffnung weckt. Er nennt den Engel Hope *und verliebt sich in ihn. Diese Engelsfigur dient dem Autor als Metapher für das Leben und den Willen für einen Neuanfang, den Jack allerdings alleine wagen muss. Denn der Engel verlässt ihn genauso plötzlich, wie er erschienen ist, und der Protagonist bleibt alleine mit seiner Sehnsucht nach Erlösung und Hoffnung. Das alles mag auf den ersten Blick kitschig klingen, ist aber weit davon entfernt. Dafür lässt der Autor zu schonungslos in Abgründe blicken und beschreibt authentisch und ergreifend die Leere und den Schmerz, die dem Verlust einer geliebten Person folgen. Die zarte, märchenhafte Liebesgeschichte, die sich zwischen Jack und dem weiblichen Engel der Hoffnung anbahnt, ist wunderschön, symbolträchtig und poetisch melancholisch. Man wünscht dem Protagonisten vom ganzen Herzen, dass er am Ende seine Hoffnung, Hope, doch noch findet. Der Autor, der Anfang Oktober sein Publikum an drei Abenden in New York begeisterte, befindet sich mit seinem Buch auf einer ausverkauften Tournee entlang der Ostküste. Im Januar folgen Lesungen in Kalifornien. Auch Europa wartet schon sehnlich auf den Autor, der dort im Frühjahr einige Länder bereisen wird.*

Dem Text folgen die aktuellen Termine mit Davids Lesungen bis Weihnachten. In New York gibt es noch einen einzigen, am zweiten November im angesagten Buchladen *Letterhouse* in Brooklyn, und es gibt tatsächlich noch Tickets zu kaufen! Ohne zu zögern sichere ich mir eine Eintrittskarte, denn Davids Lesungen sind dem Zeitungsartikel nach normalerweise ausverkauft.

Erst dann sinke ich auf mein Bett und versuche völlig aufgewühlt, meine Gedanken zu sortieren. David hat es also geschafft! Er hat nicht nur sein Buch zu Ende geschrieben, sondern auch einen Verleger gefunden und eine Blitzkarriere als Schriftsteller gestartet. Ich freue mich aufrichtig für ihn, dass er seine Schreibblockade überwunden und endlich seinen langjährigen Wunsch verwirklicht hat. Die Tatsache, dass er die Engelsfigur im Buch nach mir benannt hat, versetzt mich in einen fast euphorischen Zustand. Habe ich ihn etwa so sehr berührt und beeinflusst?

Anscheinend hat er sich nach unserer ersten und letzten Liebesnacht in die Arbeit gestürzt, denn sein Roman ist Ende August erschienen und wurde schon nach wenigen Wochen ein Bestseller. Ich muss das Buch unbedingt lesen, am besten sofort. Ich bestelle das Taschenbuch und lasse es mir in die Bibliothek liefern. Doch ich kann nicht so lange warten. Meine Neugier und Aufregung darüber, dass ich ihn so offensichtlich inspiriert habe, sind einfach zu groß. Also kaufe ich noch das E-Book und lade es auf meinen Laptop.

Das wird ohne Zweifel eine lange Nacht werden. Ich ziehe meinen Pyjama an und gehe noch einmal in die Küche, wo ich Mom höre. Vor dem Schlafen kocht sie sich immer einen Lavendeltee. Als ich auftauche, mustert sie mich neugierig.

„Und? Hast du schon was unternommen?“

„Ja, in der Tat“, antworte ich zurückhaltend. „Aber ich erzähle dir alles morgen beim Frühstück, in Ordnung?“

„In Ordnung.“

„Ich geh schon ins Bett, muss dringend noch ein Buch lesen", erkläre ich und gebe ihr ein Küsschen auf die Wange. „Gute Nacht, Mom."

„Na dann, viel Spaß. Gute Nacht, Hope."

Schnell hole ich mir noch ein paar Zitronencookies aus dem Regal, denn ich knabbere gerne Süßes beim Lesen. Im Augenblick möchte ich Mom noch nichts von Davids überraschender Karriere und seinem Roman erzählen. Erst will ich wissen, was er über mich geschrieben hat.

Im Bett mache ich es mir mit vielen kleinen Kissen gemütlich und stelle das Tellerchen mit den Keksen in Reichweite. Mit dem Laptop auf dem Schoß öffne ich die Buchdatei. Das Cover ist schlicht, in Blautönen gehalten und ohne sonstige Schnörkel. Schon damit macht es dem Leser deutlich, dass es sich bei der Geschichte um keine übliche Schnulze handelt.

Es ist kurz nach zehn, als ich anfange zu lesen. Kurz darauf höre ich Moms Schritte auf der Treppe, als sie sich in ihr Schlafzimmer begibt, und muss kurz lächeln. Sie summt leise einen Popsong vor sich hin, und ihre Schritte klingen ganz anders als damals, vor zehn Monaten. Sie sind nicht mehr schwerfällig, schleifend und langsam. Mom ist seit Monaten wieder richtig fit, schlank und leichtfüßig wie ein junges Mädchen. Dad würde sich freuen, wenn er sie so sehen könnte.

Das Haus wird still, und endlich widme ich mich ungestört dem Buch.

Es ist vier Uhr morgens, als ich den Laptop zuklappe. Meine Augen brennen vor Müdigkeit, aber auch vor Tränen, die ich beim Lesen vergossen habe. Ich habe die

Geschichte in einem Stück durchgelesen. Sie hat mich auf Anhieb verzaubert, begeistert und mitgenommen. David hat tatsächlich den Tod seiner Frau verarbeitet und auf literarische Art Trauerarbeit geleistet. Der zweite Teil des Romans, der von seiner Begegnung mit dem Engel der Hoffnung handelt, berührte mich tief im Herzen, dort, wo ich immer noch unserer unerfüllten Liebe nachtrauere. Obwohl das Buch in einer sehr symbolträchtigen Sprache geschrieben ist, erkenne ich viele verdeckte Details unserer kurzen Geschichte. Allmählich wird mir klar, dass sich David damals wirklich in mich verliebt hat und ich ihm geholfen habe, zurück ins Leben zu finden. Doch es war noch zu früh für ihn, und das erkennt auch Jack am Ende des Romans, als der Engel ihn verlässt und er seine letzte Botschaft im Wind hört: *Wenn du mich wiedersehen willst, musst du erst Platz in deinem Herzen schaffen. Einen Schmetterling kannst du nicht in ein Glas sperren, denn er wird dort eingehen und seinen Glanz verlieren. Du musst ihm einen blühenden Garten bieten, wo er sich frei in seiner ganzen Schönheit entfalten kann.* Jack versteht allmählich die Bedeutung dieser Worte und macht sich im winterlichen New York auf die Suche nach dem allegorischen blühenden Garten in seinem Herzen, um den Engel Hope wiederzusehen.

Das Buch endet unklar und melancholisch, doch hoffnungsvoll und voller Sehnsucht. Ich wette, jede Leserin wünscht sich, dass Jack seinen Engel wiederfindet und ihre Liebe eine zweite Chance bekommt.

Doch was heißt das für mich? Sehnt sich David tatsächlich nach mir, oder spricht er bloß symbolisch von Liebe und Hoffnung, die für ihn in der Gestalt des

Engels Hope verkörpert werden? Um das rauszufinden, muss ich mit ihm sprechen. So einfach ist das. In wenigen Tagen sehe ich ihn ja bei seiner Lesung in New York, und dort werde ich endlich Klarheit bekommen.

In vier Stunden klingelt mein Wecker, also versuche ich, ein wenig zu schlafen, obwohl ich ziemlich aufgedreht bin. Wie oft inspiriert man schon einen Bestsellerautor zu einer Figur in seinem Roman? Schon deswegen war unsere Begegnung was Besonderes. Und wenn ich Davids Geschichte richtig interpretiere, hat er sehr wohl Gefühle für mich gehabt. Vielleicht ist es noch nicht zu spät für uns ...

Der kurze Schlaf ist unruhig und wird von seltsamen Träumen begleitet. Ich wache gerädert auf, als der Wecker viel zu früh klingelt.

„Da hat aber jemand heute Nacht zu lange gelesen", meldet sich Mom, als ich mich nach einer knappen Begrüßung schweigend an den Tisch setze und appetitlos Erdnussbutter auf meinen Toast schmiere.

„Das stimmt", antworte ich gähnend und trinke meine Kaffeetasse halb leer.

„Und? Willst du mir nicht erzählen, welches Buch dich die ganze Nacht wachgehalten hat? Bei mir hat das zuletzt *Fifty Shades of Grey* geschafft." Mom schmunzelt gutgelaunt und ich verdrehe die Augen.

„Du hast das tatsächlich gelesen?"

„Na klar! Alle verheirateten Frauen in meinem Alter haben es damals gelesen, um neuen Schwung in ihr Eheleben zu bringen."

„Verschone mich bitte mit weiteren Kommentaren“, unterbreche ich sie schnell und halte mir lächelnd meine Ohren zu. „Du bist schließlich meine Mutter.“

„Schon gut. Es macht halt Spaß, dich in Verlegenheit zu bringen.“ Mom kichert belustigt. „Aber was hast du denn gelesen?“

„Den Erstlingsroman von David. Er hat es tatsächlich geschafft, ein Buch zu schreiben, und es ist sogar ein Bestseller geworden. Seine Lesungen sind ausverkauft und die gesamte Buchszene redet über ihn und seinen Roman.“

„Das ist ja ein Ding! Ich dachte, er sei Geschäftsmann und kein Künstler?“ Mom runzelt ihre Stirn.

„Er wollte immer schon lieber Künstler sein, aber aus Pflichtgefühl hat er die Firma seines Vaters übernommen und mit dem Schreiben aufgehört“, erkläre ich. „Aber als wir uns getroffen haben, habe ich versucht, ihn zu ermutigen, weiterzumachen. Ich habe gleich gemerkt, dass sein Job ihn nicht glücklich macht.“

„Das ist doch wunderbar, wenn du ihn so positiv beeinflussen konntest. Ist das Buch gut?“

„Es ist wunderschön! Ziemlich autobiografisch. Er verarbeitet auf sehr berührende und poetische Art den Tod seiner Frau. Aber er schreibt auch über uns; eine Figur im Buch trägt indirekt meine Züge und sogar meinen Namen.“

„Nein, wirklich? Hope, das ist ja unglaublich!“ Mom lächelt. „Das bedeutet, dass er dich auch geliebt hat.“

„Meinst du?“

„Aber natürlich! Warum sollte er sonst über dich schreiben? Wow, das muss gefeiert werden! Meine Tochter taucht in einem Bestsellerbuch auf!“ Meine

Mom ist ganz aus dem Häuschen, und ich ahne schon, was als nächstes kommt. „Darf ich das Buch auch lesen?“

„Das kann ich dir wohl nicht verbieten“, erwidere ich mit einem ergebenen Seufzer. Zum Glück hat David die einzige Liebesnacht im Buch nicht allzu ausführlich beschrieben. Aber ich habe trotzdem einiges wiedererkannt, und die alte Sehnsucht in mir ist bei den Erinnerungen schmerzlich aufgeflammt.

„Ich werde dich ganz bestimmt nicht fragen, was wahr ist und was nur seiner Fantasie entsprungen“, versichert mir Mom schnell.

„Danke“, murmele ich erleichtert.

„Jetzt, wo du das Buch gelesen hast, weißt du bestimmt schon, wie du weiter vorgehst, oder? Man merkt dir deutlich an, wie aufgewühlt du bist.“ Mom legt mir eine Hand auf den Oberarm und blickt mir tief in die Augen. Sie spürt meine Angst und meine Zweifel nur gut. Was, wenn ich mich in etwas reinsteigere, was gar nicht da ist? Was, wenn David gar kein Bedürfnis hat, mich wiederzusehen? Mit etwas Anstrengung würde er mich schon ausfindig machen; New Jersey liegt nicht in Australien. Wie wird er reagieren, wenn ich plötzlich vor ihm stehe? Wird er sich freuen, oder wird ihm die Begegnung unangenehm sein und es wird nur peinliche Stille zwischen uns herrschen?

Aber all das werde ich nicht wissen, wenn ich es nicht einfach tue.

„Ich fahre am Wochenende nach New York und besuche seine Lesung. Danach spreche ich mit ihm, aber alles andere steht in den Sternen“, antworte ich schließlich.

„Sehr gut." Mom nickt und zieht ihre Hand wieder weg. „Seine erste Reaktion, wenn er dich sieht, wird dir verraten, ob er noch Gefühle für dich hat. Es ist besser so, als wenn du ihn vorher kontaktieren würdest. Männer muss man manchmal einfach vor vollendete Tatsachen stellen, ohne viel Wenn und Aber." Sie lächelt mir zuversichtlich zu und steht auf. „Ich muss mich beeilen, ich habe einen Friseurtermin.".

„Schon wieder? Du warst doch erst vor einer Woche Haare färben", wundere ich mich.

„Na ja, ich lass mir die Spitzen nachschneiden, sodass ich mir am Samstag die Haare schön machen kann."

„Gehst du etwa aus?" Jetzt staune ich wirklich.

Sie nickt verlegen, als ob ihr das peinlich wäre. „Marissa und ich wollten wieder mal tanzen gehen, und im Gemeindesaal gibt es eine Achtzigerjahre-Tanzparty." Marissa ist eine geschiedene Nachbarin in ihrem Alter, die sich in den beiden Jahren nach Timmys Tod oft um meine Eltern gekümmert hat. Sie ist für sie einkaufen gegangen oder stand auch mal mit einem frisch gekochten Mittagessen vor der Tür. Ihr Sohn Stevie hat den Rasen gemäht und meinen Dad hin und wieder zum Arzt gefahren. Meine Mom hat diese herzliche Nachbarshilfe erst nach ihrer Genesung so richtig wertschätzen können und sich in den letzten Monaten mit Marissa eng angefreundet.

„Das ist doch eine super Idee! Die Achtziger sind ja deine und Dads Zeit gewesen. Er würde sich bestimmt freuen, wenn du mal wieder so richtig abtanzen kannst."

„Meinst du das ernst?"

„Klar! Mom, du hast es verdient, wieder Spaß und Freude zu haben, und Dad wäre der Erste, der dich dazu ermutigen würde." Offenbar fühlt sich für sie irgendetwas falsch an, wenn sie ihr Leben ohne Dad genießen möchte, und das will ich ihr gleich ausreden.

„Na gut, wenn du das so siehst." Die Vorfreude auf ihrem Gesicht ist nicht zu übersehen.

„Ich hoffe nur, dass es genug Männer in eurem Alter geben wird, sodass ihr nicht die ganze Zeit miteinander tanzen müsst", sage ich schmunzelnd.

„Och, ich denke schon. Marissa war schon einmal auf so einer Party und hat mit einigen netten Männern getanzt."

„Umso besser! Schade, dass ich dir beim Stylen nicht behilflich sein kann, ich werde am Freitag nach New York fahren und bei Susie übernachten."

„Dann haben wir beide ein ereignisreiches Wochenende vor uns."

„Sieht so aus. Nur wird der Spaßfaktor bei deinem bestimmt größer sein als bei meinem", sage ich nachdenklich.

„Sei nicht so pessimistisch, meine Süße! Du weißt doch nicht, wie David reagieren wird, wenn du bei der Lesung erscheinst. Nur Mut! Male dir nicht das Schlimmste aus. Und vergiss nicht – Liebe ist zwar ein Geschenk, aber sie fällt auch nicht einfach so vom Himmel. Man muss oft um sie kämpfen. Und du bist eine Kämpferin, meine kleine Hope." Moms Augen bekommen einen feuchten Glanz, und ich umarme sie spontan.

„Ich hab dich lieb, Mom", murmele ich gerührt.

„Und ich dich erst", erwidert sie halblaut und hält mich fest in ihren Armen.

Kapitel siebzehn

Susie betrachtet mich sorgfältig, als ich mich fertig angezogen und geschminkt vor dem Spiegel im Flur hin und her drehe.

„Bist du sicher, dass ich so gehen kann?", frage ich unsicher.

„Du siehst top aus, vertraue mir!", sagt sie überzeugt und zieht eine Strähne aus meinem kunstvoll geflochtenen Haar. Die romantisch-elegante Frisur ist ein Meisterwerk, so wie das Make-up und das Outfit. Ich wollte eigentlich schwarze Jeans und einen bequemen Pullover anziehen, doch Susie hat laut protestiert und ein schwarzes Strickkleid mit Puffärmeln aus ihrem Schrank geholt, das für meine Verhältnisse etwas zu eng und zu kurz ist. Aber letztlich habe ich nachgegeben.

Mittlerweile finde ich mich so gestylt gar nicht schlecht, nur etwas ungewöhnlich. Smokey Eyes und rotes Lipgloss in Kombination mit einem ziemlich sexy Kleid lassen mich älter und cooler wirken, und das ist genau das, was Susie bezwecken wollte. David soll schließlich gleich bemerken, welch eine tolle, attraktive junge Frau er in die Flucht getrieben hat, meinte sie.

Ich hoffe stark, dass sie recht hat, und ich lasse mich ergeben mit einem betörenden Parfüm besprühen. „Ich darf aber nicht zu aufdringlich riechen", sage ich, als ich den süßlichen Duft einatme.

„Keine Angst, bis du mit David redest, wird es sich schon längst verflüchtigt haben“, beruhigt sie mich und greift nach meiner Hand. „Hope, versuch dich zu entspannen. Du siehst zwar blendend aus, aber du wirkst furchtbar nervös. Das kann ich teilweise verstehen, aber steigere dich nicht zu sehr in deine Befürchtungen oder negative Erwartungen rein. Du denkst viel zu viel. Betrachte es simpler – du besuchst eine ausverkaufte Lesung in einem angesagten Laden, du wirst einem Bestsellerautor zuhören, der aus seinem Buch lesen und am Ende Fragen beantworten wird, es werden viele interessante Menschen anwesend und es wird ein unterhaltsamer und anregender Abend sein. Danach gehst du zu David, stellst dich deiner Vergangenheit und blickst ihm mutig in die Augen. Alles andere steht nicht in deiner Macht, also mach dich nicht unnötig fertig.“

„Wenn du das sagst, klingt es so einfach“, erwidere ich seufzend.

„Versuch, es nicht so todernst zu nehmen, das wird den Erwartungsdruck mildern.“

„Ich bin leider aber jemand, der immer alles sehr ernst nimmt.“ Entschuldigend zucke ich die Schultern.

„Ich weiß, und das macht dich zu einem tiefgründigen und kostbaren Menschen“, sagt Susie in liebevollem Ton. „Aber heute Abend solltest du in erster Linie Spaß haben und deinen heimlichen Ruhm genießen. Schließlich bist du die Muse eines Bestsellerautors und indirekt Protagonistin eines Romans, über den die ganze Stadt redet. Wie viele Frauen können das schon von sich behaupten? Auch wenn ihr euch heute zum letzten Mal sehen solltet – er hat dafür gesorgt, dass du ihn niemals vergessen wirst."

„Ja, du hast recht, ich müsste mich glücklich schätzen, dass ich einen Mann in so kurzer Zeit zu einem so schönen Buch inspiriert habe, egal wie weh er mir getan hat. Die erste Hälfte ist zwar seiner Frau gewidmet, aber ohne die Begegnung mit mir hätte er seinen Roman vielleicht nie zu Ende geschrieben. Als Mann hat er mich auf jeden Fall enttäuscht und verletzt, aber ich schätze ihn als Schriftsteller sehr. Und ich bin stolz darauf, dass in seiner Hope einiges von mir steckt."

„Richtig so! Ohne dich hätte er das Buch niemals schreiben können!" Susies Augen blitzen begeistert auf. „Er hat dir sehr viel zu verdanken und kann nur froh sein, dass du bei seiner Lesung erscheinst. So, und jetzt musst du los, es ist schon sechs. Genieße den Abend und sei selbstbewusst, wenn du mit ihm sprichst."

„Danke Susie. Für alles."

„Nicht dafür! Dann bis später. Schlüssel hast du, es kann nämlich sein, dass ich sehr spät zurück bin. Vielleicht übernachte ich gar nicht zu Hause." Susie grinst selbstzufrieden.

„Also läuft da was zwischen dir und Diego?", frage ich neugierig. Diego ist ihr Arbeitskollege in dem schicken Coffeeshop, wo sie seit dem Sommer arbeitet.

„Noch nicht, aber das kann sich ändern", sagt sie sichtlich aufgeregt. „Wir waren letztes Wochenende im Kino und haben uns geküsst, als er mich nach Hause begleitet hat. Wer weiß, was heute nach dem Abendessen passiert. Er ist etwas schüchtern, was ihn aber umso liebenswerter macht. Ich will nichts überstürzen, da ich das Gefühl habe, es ist uns beiden ernst. Wir wollen es lieber langsam angehen.“

„Oh, das ist total süß, ihr scheint richtig verliebt zu sein! Auf jeden Fall wünsche ich dir viel Glück mit ihm. Vielleicht ist er ja der Richtige.“

„Wer weiß! Es wäre schon schön, endlich mal eine glückliche Beziehung zu führen, die länger als wenige Wochen dauert.“ Susie blickt mich ernst an. „Ich denke, das würde uns beiden guttun, nicht wahr? Mal langfristig mit einem Mann glücklich zu werden?“

„Ja, vielleicht“, stimme ich ihr nachdenklich zu. Die Beziehung mit Lenny hat knapp zehn Monate gedauert, und vor ihm hatte ich keinen festen Freund, nur unbedeutende Dates mit Jungs aus der Schule. Lenny hat mich im Stich gelassen, als ich ihn am meisten brauchte, und meine Enttäuschung darüber war stärker als das Bedauern, dass es zwischen uns aus und vorbei war.

Es muss schön sein, jemanden an der Seite zu haben, auf den man sich verlassen kann und der für einen da ist, wenn das Leben schwierig wird.

Wir verabschieden uns und ich begebe mich zu der U-Bahn, die mich nach Brooklyn bringen wird. Gestern hatten wir Halloween, und der erste Novembertag war sonnig und mild. Doch jetzt am Abend ist es kalt geworden, und ich bin froh, meinen rostroten Wollmantel angezogen zu haben. Die Stadt, die ich vor fast einem Jahr verlassen habe, empfinde ich als laut, unfreundlich und abweisend. Habe ich mich etwa schon an das ruhige Leben in Oakland gewöhnt? Es hat mir jedenfalls gutgetan, in den letzten Monaten von der Hektik und dem raschen Tempo der City verschont zu bleiben.

Doch ich muss wirklich langsam überlegen, wie es weitergeht mit mir und ob New York für mich nicht besser wäre als die Unaufgeregtheit und Beschaulichkeit der Provinz. Susie, die alleine in ihrer Zweizimmerwohnung lebt, seit ihre Tante zu ihrem Verlobten gezogen ist, würde mich sofort als Mitbewohnerin aufnehmen. Und sie hat erwähnt, dass in ihrem Coffeeshop immer wieder Aushilfskräfte gesucht und gar nicht schlecht bezahlt werden.

Jetzt, wo es Mom so viel besser geht und sie wieder Aufträge für ihre Näharbeiten aufnimmt, braucht sie mich nicht mehr so sehr. Der Job in der Bibliothek war nur als Übergangslösung gedacht. Zwar mag ich ihn, aber auf die Dauer ist er doch nicht das Richtige für mich. Ja, es wird Zeit, mich mit mir selbst auseinanderzusetzen und über die Zukunft nachzudenken.

Aber erst muss ich sehen, was David und ich uns noch zu sagen haben, sodass ich unter dieses Kapitel meines Lebens einen Schlussstrich ziehen kann.

Der Buchladen, der sich nahe der Brooklyn Bridge befindet, war früher ein Möbelgeschäft. Die Inhaberin hat aus der Haupthalle einen Veranstaltungsraum gemacht, der neben dem gemütlichen Café etwa hundert Sitzplätze für das Publikum bietet. Davids Lesung ist wie erwartet ausverkauft, und man hat zusätzlich Stühle in den Raum gestellt, um der großen Nachfrage entgegenzukommen. Da ich früh genug bin, kann ich noch zwischen wenigen freien Plätzen wählen und entscheide mich für einen Stuhl am Fenster in einer der hinteren Reihen. Es würde meine Nervosität nur noch steigern, wenn ich mich vorne hinsetzen würde, wo

David mich von seiner kleinen Bühne aus sofort entdecken könnte.

Das Publikum ist altersmäßig bunt gemischt, obwohl junge Frauen in Mehrzahl sind. Auch einige Journalisten mit ihren Kameras sind da, und mehrere Gesichter in der ersten Reihe kommen mir bekannt vor. Es sind Leute vom Fernsehen. Eine ziemlich bekannte, bildhübsche Schauspielerin ist auch dabei. Wie ich heute Morgen gelesen habe, gehören mehrere Prominente zu Davids Fans, und man spekuliert schon über eine Verfilmung der Geschichte. Das Buch steht seit Wochen an der Spitze der Bestsellerlisten und wird gerade in mehrere Sprachen übersetzt.

Ich habe meine Taschenbuchausgabe dabei, so wie viele andere Besucher, die wahrscheinlich sehnlichst darauf warten, sie signieren zu lassen.

Der Raum mit den hohen Decken und der durchgehenden Fensterfront ist stimmungsvoll beleuchtet, aus den Boxen klingt leise Kammermusik. Von drei jungen Kellnerinnen wird Wein und Orangensaft ausgeschenkt, und ich greife spontan zu einem Glas Rotwein. Er ist schwer, und ich trinke langsam.

Die mit dunkelblauem Plüsch bezogenen Stühle sind bequem. Ich lehne mich erwartungsvoll zurück, als die Lichter gedimmt werden. Nur die kleine Bühne bleibt ausgeleuchtet. Die Buchladenbesitzerin Camilla, eine klug wirkende Frau Ende dreißig, nimmt das Mikrofon in die Hand und begrüßt uns freundlich. Nach den üblichen Worten kündigt sie David an, der daraufhin ins Licht tritt. Begeisterter Applaus empfängt ihn, und er bedankt sich bei seinen Fans mit einem zurückhaltenden Lächeln und einer kleinen Verbeugung. Er sieht blendend aus. Mit klopfendem Herzen folge ich jeder seiner Bewegungen. Die Gastgeberin bietet ihm den großen Ledersessel an, und er nimmt lässig Platz. Er trägt einen maßgeschneiderten, grauen Tweedanzug, eine dunkelrote Weste und statt Krawatte ein Seidenhalstuch im selben Farbton. In diesem Outfit und mit seinem längeren, nach hinten gestylten Haar wirkt er wie ein englischer Dandy oder ein Werbemodel für einen Hochglanzmagazin.

Ein schöner Mann und dazu ein gefeierter Schriftsteller – natürlich ist er ein Magnet für Frauen. Die Damen aus dem Publikum klatschen nicht nur begeistert, sondern jubeln ihm wie einem Rockstar zu. Sie sehen in ihm hauptsächlich einen sexy, blendend aussehenden und erfolgreichen Autor, doch das, was sich hinter seiner äußerst attraktiven Fassade versteckt, bleibt ihnen verborgen. Ich wiederum kenne David, wie er wirklich ist – sensibel, feinfühlig, melancholisch, tiefgründig, leidenschaftlich, liebevoll. In diesen Mann habe ich mich verliebt, als ich kaum etwas von ihm wusste. Ich habe instinktiv eine Art Seelenverwandtschaft gespürt, die uns zueinander geführt hat. Er berührte auf Anhieb empfindsamste Seiten in meinem Innersten, die harmonisch und im Einklang mit seinen waren. Seine attraktive Erscheinung hat dabei gewiss auch eine Rolle gespielt, doch sie allein hätte nicht bewirkt, dass ich mich so schnell verliebe. Er war für mich definitiv ein ganz besonderer Mann, und es ist kein Wunder, wenn ich ihn nicht vergessen kann.

David betrachtet sein Publikum und nickt freundlich, als er offensichtlich bekannte Gesichter entdeckt. Endlich nimmt er das Mikro in die Hand und blättert in der

Taschenbuchausgabe seines Romans. Es wird augenblicklich still im Saal. Die Zuhörer hängen buchstäblich an seinen sanft geschwungenen Lippen, als er zu lesen beginnt.

Er liest mit seiner angenehmen Baritonstimme, nicht zu schnell, nicht zu langsam, und zieht uns in seinen Bann. Entgegen meiner Erwartung hat er nicht die Anfangskapitel ausgesucht, sondern Textpassagen aus verschiedenen Buchabschnitten. Anscheinend geht er davon aus, dass die Anwesenden den Roman eh schon gelesen haben.

Die Stellen sind tieftraurig, berührend, aber auch humorvoll und hoffnungsvoll. An manchen bekomme ich feuchte Augen. Besonders am Ende, wo er erkennt, dass Hope endgültig weg ist, kann ich die Tränen nicht länger zurückhalten. Zwischen den Zeilen spüre ich deutlich sein Bedauern darüber, dass er mich nicht aufhalten konnte, und erkenne seine Zerrissenheit zwischen der nicht abgeschlossenen Trauer und seinem Wunsch nach neuem Glück und neuer Liebe. Jetzt, wo ich diese Worte aus seinem Mund höre, glaube ich nur noch fester daran, dass er mich geliebt hat und ich für ihn viel mehr war als bloß eine süße, harmlose Ablenkung oder gar ein Fehler. In seiner Geschichte beschreibt er unmissverständlich, wie er unter Hopes Verschwinden leidet, wie sehr er sich nach ihr sehnt.

Wenn David nach unserer Trennung wie ich an Liebeskummer litt, ist daraus wenigstens etwas Gutes entstanden. Ein wunderschöner Liebesroman, der jetzt so viele Menschen berührt und erfreut. Schon dafür hat sich unsere kurze Liebesgeschichte gelohnt, denn sie wurde auf eine wunderbare Weise verewigt und unsterblich gemacht.

Dankbar und ergriffen klatsche ich mit, als am Ende ein heftiger Applaus ausbricht. David steht auf und vorbeugt sich galant vor seinem begeisterten Publikum. Camilla bedankt sich herzlich bei ihm und bittet ihn, wieder Platz zu nehmen. Die Zuhörer können ihm jetzt Fragen stellen, und Camillas Assistent hält ein Mikrofon für das Publikum bereit. Viele Hände werden in die Luft gestreckt, und der junge Mann geht der Reihe nach mit dem Mikro zu den Zuhörern, die sich zu Wort gemeldet haben.

Die Fragen sind ziemlich typisch: Wie ist er zum Schreiben gekommen, wo findet er seine Inspiration, hat er besondere Schreibrituale, welche Schauspieler könnte er sich gut als Besetzung für Jack und Hope vorstellen, wenn das Buch verfilmt wird und so weiter.

David beantwortet die Fragen souverän und eher knapp und man merkt, dass er nicht bereit ist, zu viel Privates preiszugeben. Als eine junge Zuhörerin ihn fragt, ob es schon eine neue Frau in seinem Leben gibt, winkt er ab, und Camilla mischt sich kurz ein und bittet höflich um weniger intime Fragen.

Auch die Journalistin eines bekannten Magazins meldet sich und möchte wissen, wie David seine Karriere als Schriftsteller mit seiner Position als CEO im Imperium B&C vereinbaren würde. Camilla blickt David fragend an, doch er nickt nur und hebt sein Mikro: „Ich habe neulich beschlossen, meine Verantwortung in der Firma treuen Mitarbeitern zu übertragen und mich als Geschäftsmann zurückzuziehen, um mich in Ruhe ganz meiner schriftstellerischen Tätigkeit widmen zu können. Ich will nur noch tun, was mich glücklich macht. Mein Leben als CEO war nicht ansatzweise so befriedigend und erfüllend wie mein Leben als Autor, und ich genieße dankbar den Luxus, die Prioritäten für mich setzen zu können."

Leises, überraschtes Gemurmel geht durch das Publikum. Ein Millionenerbe und erfolgreicher Geschäftsmann entscheidet sich, lieber ein Autor zu sein, entzieht sich seiner Verantwortung für das Familienimperium und gibt seine Macht ab! Das wird morgen bestimmt in einigen Zeitschriften zu lesen sein.

Zufrieden lächle ich vor mich hin und freue mich von Herzen für David, da er sich endlich seinen großen Wunsch erfüllen und sein Leben so leben kann, wie er es für richtig hält. Das ist eine mutige, beneidenswerte und ehrliche Entscheidung, die viel Selbstreflektion und Selbstvertrauen benötigt. Viel zu viele Menschen werden sich in ihrem ganzen Leben niemals trauen, der Stimme ihres Herzens zu folgen und einen authentischen, selbstbestimmten Weg zu gehen. Diese Entscheidung macht David in meinen Augen nur noch liebenswerter und bewundernswerter, als er schon ist.

Ein Journalist der *New York Post* stellt ihm die nächste Frage:

„Schreiben Sie schon an einem neuen Roman? Oder ist vielleicht eine Fortsetzung von *Finding Hope* geplant?"

David holt tief Luft und lässt seinen Blick durch das Publikum schweifen. Unmittelbar mache ich mich auf meinem Stuhl klein und mein Herz klopft mir vor Aufregung bis zum Hals. Trotzdem spüre ich, wie Davids Blick kurz an mir haften bleibt, und mir wird bewusst, dass er mich spätestens in diesem Augenblick bemerkt hat.

„Ich habe einige Ideen für neue Romane. Aber ob es eine Fortsetzung von *Finding Hope* geben wird, hängt von einigen Umständen ab, die ich noch abwarten muss."

Seine bedeutungsschwere Antwort und sein Blick bringen mein armes Herz zum Rasen. Ich atme langsam durch, um mich zu beruhigen.

Camilla kündigt noch die letzte Frage an. Wie fremdgesteuert schnellt meine Hand in die Höhe. *Was tue ich denn da?* Ehe ich michs versehen kann, hält mir der junge Mann schon das Mikro vor die Nase, und ich habe keine Chance mehr auf einen Rückzieher.

Mit vor Aufregung belegter Stimme höre ich mich wie in Trance fragen: „Wenn es eine Fortsetzung von *Finding Hope* geben wird, wie würden Sie dann das Buch nennen?"

David lächelt mysteriös und steht auf. Sein Blick ist trotz der Entfernung durchdringend und intensiv, und die heftige Sehnsucht, die er in mir weckt, droht mich zu zerreißen.

„Ich würde das Buch *Keeping Hope* nennen. Denn Jack hat Hopes Botschaft endlich verstanden und würde sie niemals mehr gehenlassen, wenn sie zu ihm zurückkehrt. Ich hoffe, meine Antwort war aufschlussreich."

Der junge Mann mit dem Mikro verlässt mich. Wie in einem Film bekomme ich mit, wie Camilla sich noch mal bei David bedankt. Das Publikum jubelt David mit Standing Ovations zu, und auch ich stehe auf. Die Zeit, die vielleicht nur wenige Sekunden dauert, mir jedoch wie eine kleine Ewigkeit erscheint, sehen David und ich uns an, unfähig die Blicke voneinander abzuwenden. Immer wieder höre ich Davids bedeutungsvolle Antwort in meinem Kopf nachhallen. Mein Herz zerspringt fast vor Glück, als es die geheime Botschaft erkennt und versteht.

Getrieben von der Sehnsucht, die regelrecht in mir wütet, verlasse ich meinen Platz und gehe nach vorne, zu der Menschenmenge, die sich vor der Bühne in der Schlange sammelt und auf Davids Signierung wartet. David spricht kurz mit Camilla und deutet dabei diskret auf mich. Sie nickt und winkt ihren Assistenten zu sich.

Wenige Augenblicke später erscheint der junge Mann bei mir und spricht mich leise an: „Miss Roberts, folgen Sie mir bitte, ich bringe Sie in einen Raum, wo sie nachher ungestört mit Mr. Bailey sprechen können." Wortlos folge ich ihm hinter die Bühne. Dort befindet sich eine Art Garderobe für die Künstler, gemütlich eingerichtet mit einer Sitzecke und einem großen Tisch mit Getränken und kleinen Snacks.

„Bitte, bedienen Sie sich, während Sie warten", sagt er, bevor er sich zurückzieht und die Tür hinter sich schließt. Ich nehme mir tatsächlich ein Glas Mineralwasser, denn der Rotwein hat mich durstig gemacht und mir ist vor Aufregung schlecht. Wieder und wieder gehen mir Davids Worte durch den Kopf. Ich hoffe inbrünstig, ich habe sie richtig verstanden und interpretiere nicht bloß etwas herein, das ich gerne gehört hätte. Mein Smartphone vibriert und ich blicke darauf. Es ist Susie, die fragt, wie es so läuft. *Vielversprechend,* schreibe ich nur kurz zurück und bedaure augenblicklich meinen Optimismus. Eine neue Enttäuschung ist das Letzte, was ich gebrauchen könnte.

Nach einigen Minuten höre ich, wie Camilla dem Publikum mit großem Bedauern mitteilt, dass David Bailey leider noch eine wichtige Besprechung hat und daher die Signierstunde abbrechen muss. Kurz darauf betritt er den Raum und mustert mich, während er die Tür hinter sich schließt. Wir sehen uns lange an und ich versuche mich zu sammeln. Denn meine Hände schwitzen und mein Herz klopft wie verrückt.

„Hope! Du hast keine Ahnung, wie glücklich ich bin, dich wiederzusehen." David Stimme klingt aufgeregt, und seine Augen funkeln in seinem gebräunten Gesicht mit dem Fünf-Tage-Bart. Sein intensiver Blick berührt meine Seele, und ich schlucke einen dicken Kloß herunter.

„Hallo David", ist alles, was ich sagen kann, ohne vor Nervosität und Ergriffenheit zu stottern.

Er nähert sich mir, und ehe ich reagieren kann, schließt er mich in seine Arme. Sein vertrauter, nie vergessener Duft treibt mir Tränen in die Augen. Zögernd erwidere ich seine Umarmung. David küsst mich auf den Kopf und hält mich so sehr fest, als ob er Angst hätte, ich würde ihm sonst weglaufen. In diesen starken Armen fühle ich mich zu Hause, wie angekommen nach einer langen, anstrengenden Reise, die alles von mir abverlangt hat.

„Hope, meine süße Hope, wenn du wüsstest, wie sehr du mir gefehlt hast", murmelt er in mein Haar und streichelt mir über den Rücken.

„Du mir auch", erwidere ich halblaut und hebe meinen Kopf, um ihn anzusehen. Seine wunderschönen

Augen glänzen feucht, während er mir mit dem Daumen eine Träne von der Wange wischt. Zögernd lassen wir uns los, und er nimmt mein Gesicht in seine warmen Hände, behutsam und langsam, als er meine Zerbrechlichkeit spürt. Er küsst mich mit so viel Zärtlichkeit, dass sich mein Herz vor Liebe und Zuneigung weitet.

„David, tu das nicht", flüstere ich aufgewühlt. „Es war zu hart für mich, ohne dich leben zu müssen, und ich will nicht wieder zurück …"

„Hab keine Angst, diesmal werde ich dich nicht gehen lassen, mein Engel."

Es ist mir egal, ob mein Make-up verschmiert ist und wie ich verheult aussehe. Solange er mich so ansieht wie jetzt, mit so viel Liebe und Zärtlichkeit, spielt alles andere keine Rolle. Wir küssen uns wieder, und ich koste ausgehungert den berauschenden Geschmack seiner Lippen. Die Erinnerungen an unsere kurze, gemeinsame Zeit überwältigen mich. Die Leidenschaft für diesen Mann entflammt neu in mir, als ob unsere einzige Liebesnacht erst wenige Tage zurückliegen würde.

„Warum hast du nicht nach mir gesucht, wenn ich dir so gefehlt habe?", frage ich, als ich mich von ihm löse. David atmet schwer aus und legt seine Hände auf meine Schulter. Eine tiefe Falte zeichnet sich zwischen seinen dunklen Brauen ab, als er mir schuldbewusst in die Augen blickt.

„Weil ich erst für dich frei werden wollte. Weil ich erst erkennen musste, was du in mir ausgelöst hast. Wie du mich zurück ins Leben geholt hast. Als wir uns getroffen haben, war ich noch völlig verloren und

konnte die Chance nicht ergreifen, die ich durch dich
bekommen habe. Erst, als ich dich so dumm und igno-
rant von mir gestoßen habe, habe ich verstanden, was
ich getan habe, welch einen unverzeihlichen Fehler ich
begangen habe. Aber ich musste danach erst das Buch
schreiben, um mich endgültig von der Vergangenheit
zu befreien und für eine Zukunft mit dir öffnen zu können. Du verdienst so viel mehr als einen Mann, der
noch in der Vergangenheit lebt und sein Herz vor dir
verschließt. Ich wollte aber, dass du alles von mir bekommst, was ich zu geben habe, nicht nur einige zerstörte Bruchstücke, so wie damals. Alles andere wäre
nicht fair, denn ich habe geahnt, wie viel du für mich
empfindest. Wir waren beide so zerbrechlich und voller Trauer, als wir uns begegnet sind, und das hat uns
sofort verbunden. Nur ... du warst mir einen großen
Schritt voraus, du warst stärker als ich. Du warst bereit,
dich für ein Leben nach der Dunkelheit zu öffnen, du
wolltest das Tränental, in dem wir gefangen waren,
hinter dir lassen und glücklich werden. Ich habe die Lebensfreude in dir gespürt, wie sie nur wartete, wieder
entfacht und gefeiert zu werden, aber das hat mir Angst
und Schuldgefühle eingejagt. Mir ist klargeworden,
dass ich mich endlich von meiner Frau verabschieden
und sie loslassen muss, um in meinem Leben einen
Platz für dich zu schaffen, der dir gebührt und wo du
dich wohlfühlen würdest. Deswegen habe ich nicht
nach dir gesucht, egal, wie sehr ich unter Liebeskummer litt. Doch dieser Schmerz hat mir auch gezeigt,
dass ich wieder lebe. Dass du etwas in mir bewegt hast,
das mich aus meiner Starre wachgerüttelt hat. Tief in
mir habe ich geahnt, dass wir uns wiedersehen werden,

wenn du mich immer noch liebst. Eigentlich habe ich jeden Tag darauf gewartet, ein Zeichen von dir zu erhalten, besonders, als mein Buch so erfolgreich wurde. Wenn du mich nicht jetzt aufgesucht hättest, hätte ich noch vor Weihnachten angefangen, selbst nach dir zu suchen. Schließlich muss ich herausfinden, ob Jack und Hope eine neue Chance bekommen oder ihre Geschichte endgültig aus und vorbei ist." David lächelt zärtlich und streicht mir eine Locke hinter das Ohr.

„Ich verstehe", sage ich ergriffen und lächle auch. „Wenn du mich fragst, vermute ich stark, dass die Geschichte von Jack und Hope noch längst nicht vorbei ist, jetzt, wo Jack einiges über sich selbst gelernt hat. *Wenn du mich wiedersehen willst, musst du erst ausreichend Platz für mich in deinem Herzen schaffen. Einen bunten Schmetterling kannst du nicht in ein Glas einsperren, denn er wird dort eingehen und seine zarten Flügel werden brechen. Du musst ihm einen blühenden Garten bieten, wo er sich frei und sicher in seiner ganzen Schönheit entfalten kann.*"

„Du hast es tatsächlich auswendig gelernt", murmelt David überrascht. „Die Kernbotschaft meines Romans."

„Na ja, wer könnte sie besser verstehen als ich?" Etwas verlegen beiße ich mir auf die Lippe.

„Wahrscheinlich habe ich auf den ganzen dreihundertacht Seiten versucht, dir eine klare Botschaft zu hinterlassen, falls du das Buch lesen würdest."

„Dafür hast du aber einen ziemlich hohen Aufwand betrieben. Diese drei Sätze hätten auch gereicht. Du hättest sie mir als Nachricht schicken oder persönlich sagen können", meine ich scherzhaft.

„So bin ich halt.“ David zuckt entschuldigend mit den Schultern. „Das wäre mir zu einfach. Die simpelsten Lösungen sind nicht immer die besten.“

„Dann betrachten wir diesen Aufwand mal positiv – du hast damit eine Menge Menschen glücklich gemacht und lebst endlich deinen großen Traum.“

„Wenn ich nur einen bestimmten Menschen glücklich machen könnte ... Das ist mein größter Traum“, murmelt David mit belegter Stimme. Es gibt so viel Unausgesprochenes zwischen uns, so viele Gefühle, die gelebt werden wollen. All das lesen wir in der Tiefe unserer Blicke, wo sich unsere Liebe spiegelt und schon so lange wartet, von uns endlich gelebt zu werden.

Wir küssen uns innig, beide überwältigt von der Sehnsucht zueinander, die nicht mehr zurückzuhalten ist. In diesem Augenblick klopft es an der Tür und Camilla steckt ihren Kopf herein.

„Es tut mir leid, dass ich stören muss. Ich habe die enttäuschten Leserinnen mit vorsignierten Exemplaren vertröstet, aber es wäre gut, wenn du den Buchladen durch die hintere Tür verlässt. Wenn dich jemand jetzt noch hier erwischt, werden sie sehr sauer sein, dass du sie hängen lassen hast.“ Auch Camilla kann ihren Missmut über Davids rasches Verschwinden von der Bühne nicht verbergen, und ich fühle mich schuldig.

David lächelt ihr beschwichtigend zu. „Ich haue gleich ab. Mach dir keinen Kopf um das Publikum, sie werden es schon verkraften, dass ich nicht immer zu Verfügung stehe. Schließlich darf ich als Schriftsteller auch mal kapriziös und egozentrisch sein, nicht wahr?“

Camilla seufzt ergeben und blickt mich erst dann misstrauisch an.

„Ah, sorry, ich habe euch noch nicht miteinander bekannt gemacht. Camilla, das ist Ms. Roberts, eine ganz besondere Freundin.“

Wir reichen uns die Hände, und Camilla mustert mich immer noch skeptisch. „Hallo Ms. Roberts“, sagt sie reserviert.

„Hallo Ms. Stein, es freut mich, Sie kennenzulernen. Sagen Sie bitte Hope zu mir“, erwidere ich und ernte dafür Davids kritischen Blick. Mist! Wie blöd von mir! Die Frau ist nicht dumm, um meinen Namen als reinen Zufall zu werten, und David traut ihr offensichtlich Diskretion nicht zu.

„Ihr Laden ist wirklich so wunderbar wie sein Ruf“, sage ich rasch und übertrieben freundlich.

„Danke! Schön, dass Sie auch gekommen sind“, entgegnet sie übertrieben herzlich, und ihre grauen Augen blitzen interessiert auf. In diesem Augenblick fühle ich mich äußerst unwohl. Nicht, weil meine verheulte und aufgewühlte Erscheinung gewiss nichts Engelhaftes und Überirdisches hat. Ich vermute stark, dass David sein kleines Geheimnis lieber noch für sich behalten hätte.

„Wir verschwinden jetzt lieber schnell von hier“, ergreift David das Wort und verhindert damit, dass Camilla anfängt, uns auszufragen. „Ich will vermeiden, dass du den Frust und Ärger meiner Leser zu spüren bekommst“, sagt er verschwörerisch und berührt kurz ihren nackten Unterarm. Damit schafft er es tatsächlich, dass sie keine weiteren Fragen stellt und sogar leicht errötet.

„Ja, es ist wirklich am besten, ihr verschwindet jetzt. Kommt, ich führe euch zum Notausgang.“

David zieht schnell seinen Wollmantel an und nimmt seine Aktentasche. Wir folgen Camilla, die uns durch die andere Tür aus der Garderobe führt. Durch einen langen Flur erreichen wir schließlich den Hinterausgang, wo sich David höflich und äußerst freundlich von Camilla verabschiedet:

„Meine Liebe, der Abend war toll! Du bist ein echter Schatz! Deine Organisationskünste und mitreißende Moderation waren hochprofessionell, und es ist kein Wunder, dass meine Kollegen sich alle darum reißen, bei dir lesen zu dürfen."

Camilla errötet wieder bei so viel Lob und lächelt verlegen.

„Ach, das habe ich doch gerne gemacht! Es war mir eine Ehre, dich bei uns haben zu dürfen, und ich hoffe, es war nicht das letzte Mal."

„Gewiss nicht! Melde dich einfach bei meinem Agenten für einen weiteren Termin im neuen Jahr."

„Mach ich! Ich wünsche euch noch einen schönen Abend. Ihr geht jetzt bestimmt noch essen, oder?"

„Danke, das wünschen wir dir auch." David schiebt mich sanft durch die Tür, um Camilla zu entfliehen, der die Neugier buchstäblich ins Gesicht geschrieben ist. Ich murmele noch „Auf Wiedersehen", und schon schließt sich die schwere Metalltür hinter uns.

Wir sehen uns an und prusten los.

„Das war jetzt aber knapp", sagt David immer noch lachend.

„O ja, sie würde sich am liebsten auf mich stürzen und mich direkt fragen, ob ich etwa die Hope aus dem Buch bin."

„Ich nehme an, es wäre dir unangenehm, wenn du damit konfrontiert würdest?" David wird wieder ernst.

„Auf jeden Fall. Das wäre mir zu privat", erwidere ich leise. Vor allem, so lange ich nicht weiß, ob es einen zweiten Teil geben wird. David streichelt mir kurz über die Wange und nickt verständnisvoll.

„Ich rufe uns ein Taxi, und dann fahren wir irgendwohin essen. Es ist nur blöd, dass man mich mittlerweile so gut wie überall in der Stadt erkennt und ich mich nicht länger entspannt in Lokalen bewegen kann. Um irgendwo ein Separee aufzutreiben, ist es zu spät, da muss man rechtzeitig anrufen und reservieren." David fährt sich nachdenklich durch das Haar.

„Hm, ich hätte da eine Idee! Es ist zwar kein Restaurant, aber es gibt dort sehr gute Sandwiches und Crêpes. Vielleicht kann uns meine Freundin, die dort als Kellnerin arbeitet, ein ruhiges Plätzchen anbieten."

„Das klingt doch gut! Dann fahren wir dorthin." David stellt sich an den Straßenrand, um das erste freie Taxi anzuhalten. Wir haben Glück: Nach nur drei Minuten sitzen wir in einem Auto und fahren nach Manhattan. Ich schreibe Susie, die vor ihrem Date noch bis zehn Uhr arbeitet, dass wir auf dem Weg zu ihr sind und uns einen abgelegenen Tisch wünschen, wenn das machbar wäre. Sie schreibt unmittelbar zurück, dass sie tut, was sie kann, und hängt drei Smileys mit verliebten Augen an.

„Wie geht es Ethan?", frage ich, als ich das Handy schmunzelnd zurück in meine Handtasche packe.

„Ganz gut. Er hat jetzt eine neue Babysitterin, mit der er sehr gut klarkommt, und hat angefangen, Cello zu spielen. Auf seinen Wunsch. Er hat im Fernsehen ein kleines, chinesisches Mädchen spielen sehen und wollte es plötzlich selbst lernen. Ich habe ihm sofort ein passendes Cello besorgt und eine gute Lehrerin dazu. Er übt jeden Tag fünfzehn Minuten und hat angeblich Talent." David lächelt stolz.

„Das freut mich zu hören! Cello ist ein schönes Instrument."

„Ja, finde ich auch. Wenn er sich für Geige oder Trompete entschieden hätte, wäre ich weniger begeistert." Er lacht kurz auf. „Er hat dich sehr vermisst" sagt er nach einer Weile bedeutungsvoll.

„Was hast du zu ihm gesagt, als ich weg war?" Ich beiße mir auf die Lippe, als ich an den süßen Jungen denke, der mir so schnell ans Herz gewachsen war.

„Eine Notlüge. Ich sagte, du musstest dringend Menschen in anderen Ländern helfen und bist schnell abgereist."

„O Mann, er denkt immer noch, ich sei ein Engel?" Ich blicke ihn vorwurfsvoll an.

„Ich wusste einfach nicht, wie ich es ihm erklären sollte, er ist noch so klein", murmelt er entschuldigend.

„Klar, das kann ich nachvollziehen. Aber jetzt hat er mich bestimmt schon vergessen und denkt nicht länger an mich."

„Da wäre ich mir nicht so sicher", sagt David bedeutungsvoll. „Er wünscht sich zu Weihnachten, dass du vorbeikommst und noch einmal mit ihm spielst."

Sprachlos atme ich tief ein und aus. David tastet vorsichtig nach meiner Hand und hält sie fest. „Aber ich habe ihm gesagt, dass dieser Wunsch nicht einfach zu erfüllen ist und er nicht enttäuscht sein darf, wenn es nicht klappt."

„Immerhin“, raune ich.

„Bis dahin haben wir aber noch etwas Zeit, also denk jetzt bitte nicht darüber nach.“

„Okay.“

„Hope, ich würde gerne wissen, wie es dir in den letzten Monaten ergangen ist, wo du gewesen bist, was du gemacht hast, einfach alles.“ David drückt meine Hand.

„Das ist eine lange Geschichte“, sage ich und ziehe meine Augenbrauen hoch.

„Gut, dann warte ich, bis wir in dem Café sind.“

„Ja, ist besser so.“ Ich lehne meinen Kopf an seine Schulter und atme seinen Duft ein, der mir ein Gefühl der Geborgenheit vermittelt. David legt einen Arm um mich und drückt mich sanft an sich. So könnte ich bis in die frühen Morgenstunden mit ihm durch die Stadt fahren. Wir benötigen keine weiteren Worte, um uns zu verständigen. Unsere kleinen Gesten sagen mehr als genug, und die innere Verbundenheit zwischen uns ist wieder da, diesmal noch viel stärker.

Kapitel achtzehn

Nach einer knappen halben Stunde halten wir vor dem Café, in dem Susie arbeitet. Sie erwartet uns bereits am Eingang und strahlt, als ich sie mit David bekannt mache.

„Hallo Mr. Bailey, es freut mich sehr, Sie kennenzulernen. Als ich noch für Sie gearbeitet habe, hat sich die Chance leider nicht ergeben", begrüßt Susie ihn auf ihre lockere, entspannte Art.

„Hallo Susie, bitte nenn mich einfach David", sagt er gleich und lächelt etwas steif. Ich verkneife mir mein Schmunzeln. Wahrscheinlich ist es die Autorität der besten Freundin, die jeden Mann anfangs einschüchtert und jetzt auch David Unbehagen verursacht. Männer wissen doch sehr gut, dass wir Frauen der besten Freundin meistens alles über unsere Beziehungen erzählen und gemeinsam ablästern.

„Gerne. Na dann! Ich habe für euch Turteltäubchen einen Tisch oben auf der Galerie vorbereitet, wo ihr ganz allein sein könnt, denn wir renovieren dort oben gerade. Der Chef hatte nichts dagegen, als ich erwähnte, wer unser geheimer Gast sein wird. Ich hoffe, das ganze Malerzubehör und Planen, die herumliegen, werden euch nicht zu sehr stören."

„Nein, überhaupt nicht!", erwidert David gleich. „Hauptsache, wir können uns in Ruhe unterhalten und eure Sandwiches probieren."

„Danke Susie, du bist ein Schatz“, sage ich zu ihr, als sie uns ein Zeichen gibt, ihr zu folgen.

„Er ist verdammt heiß“, flüstert sie mir ins Ohr und kichert wie ein Schulmädchen los. Auch ich kann mein Kichern nicht unterdrücken. Als ich zu David sehe, merke ich, wie er schmunzelt. Vermutlich ahnt er, dass wir über ihn reden. Immerhin wirkt er schon entspannter. Susie leitet uns durch den ziemlich vollen Laden zu der Treppe, die zur abgesperrten Galerie führt. Inmitten von all dem Malerzeug hat sie einen Tisch für zwei aufgebaut und zündet gleich die Kerze im Glas an.

„So, was darf ich euch bringen?“, fragt sie, als wir uns setzen und unsere Mäntel ablegen.

„Ich hätte gerne eine heiße Schokolade mit einem ordentlichen Schuss Baileys“, sage ich lächelnd und sehe David frech an. Er grinst bloß und wirft Susie einen entschuldigenden Blick zu.

„Und ich nehme zum Aufwärmen einen Ingwertee und ein Guinness dazu, wenn wir schon bei irischen Getränken sind. Was kannst du uns empfehlen für den kleinen Hunger?“

„Zum Beispiel Buttertoast mit französischem Käse, Lachs und kleinem Salat und danach selbstgemachten Apfelstrudel mit Schlagsahne.“

„Mmh, das klingt lecker“, erwidere ich, als mein Magen sich mit einem lauten Knurren meldet. Zuhause konnte ich kaum etwas essen, so aufgeregt war ich.

„Ja, das klingt sehr vielversprechend. Aber für mich bitte den Apfelstrudel ohne Schlagsahne.“

„Wird erledigt! Dann bis gleich!“ Susie dreht sich flink um und läuft die Treppe hinunter. David und ich lehnen uns entspannt in den gepolsterten Stühlen zurück und lächeln uns an. Die Geräuschkulisse, die zu uns hochdringt, ist eine angenehme Mischung aus Stimmen und leiser Jazzmusik, wie bestellt für David, der ja ein Jazzfan ist. Die Beleuchtung hier oben ist spärlich, sodass die Stimmung umso intimer ist.

Nach wenigen Minuten erscheint Susie und serviert uns die Getränke. Diskret verlässt sie uns gleich, wofür ich ihr einen dankbaren Blick zuwerfe.

„So, und jetzt erzähl mir bitte, wie dein Leben verlaufen ist, seit ich den größten Fehler meines Lebens gemacht habe", fordert mich David auf.

Ich trinke von der leckeren Schokolade und schließe kurz meine Augen. In Gedanken versetze ich mich zurück an jenen verschneiten Dezembertag vor fast einem Jahr, als sich unsere Wege so abrupt getrennt haben, und fange an zu erzählen. Ich berichte ihm von Moms unerwarteter Nachricht über Dads Zustand, von meinem Besuch in der Selbsthilfegruppe, von dem Entschluss, zu meinen Eltern zu fahren und meine Zelte in New York abzubrechen. David hört mir aufmerksam zu, und eine tiefe Linie bildet sich zwischen seinen dichten Augenbrauen. Sein Blick hält mich die ganze Zeit gefangen. Spätestens, als ich von Dad und seinem Tod erzähle, verschwimmt plötzlich alles vor meinen Augen. Mühsam blinzle ich die Tränen weg. David greift nach meiner Hand, um sie fest zu drücken. Auf seinem ernsten Gesicht spiegelt sich deutliches Mitgefühl. „Es tut mir so leid." Er reicht mir das Stofftaschentuch aus seiner Westentasche.

„Nicht schon wieder!" Ich lächle durch den Tränenschleier, während ich mir die Nase putze. „Ich hab immer noch dein Taschentuch, das du mir im Bryant Park geliehen hast. Damals war ich nicht schnell genug, um es dir gewaschen und gebügelt zurückzugeben."

„Aber diesmal wirst du dafür genug Zeit haben", versichert mir David bedeutungsvoll und streichelt mit dem Daumen über meinen Handrücken. Wie ich diese kleine Zärtlichkeit mittlerweile liebe! Ich erzähle weiter. Von Moms Zusammenbruch nach Dads Beerdigung, von ihrem Aufenthalt im Krankenhaus, wo sich die Ärzte so wunderbar um sie gekümmert haben, von meinen täglichen Besuchen bei ihr, von der bescheidenen, doch befriedigenden Arbeit in der Bibliothek, die mir eine feste Routine und Sicherheit gab, die ich in dieser schweren Zeit so dringend gebraucht habe. Auf Davids Gesicht spiegeln sich Freude und Erleichterung, als ich von Moms Genesung berichte und wie sie im Frühling aus ihrer Dunkelheit und Trägheit aufgewacht ist und ihre verlorengegangene Lebensfreude wiedergefunden hat. Meinen Liebeskummer erwähne ich nicht direkt, doch er kann das Unausgesprochene zwischen meinen Worten erahnen.

Ich rede weiter, vom vergangenen Sommer, als ich mit meiner Mom Ferien am Strand gemacht habe und unser Leben einen einigermaßen normalen Lauf genommen hat. Doch dann kam der Herbst und mit ihm meine Fragen und Zweifel, die erst ganz leise waren und dann immer lauter wurden. Ich verschweige ihm auch nicht, dass ich Mom von ihm erzählt habe. Wie mir durch ihre Hilfe endlich klar geworden ist, dass ich dieses Kapitel meiner Vergangenheit niemals beendet habe und nie über ihn hinweggekommen bin.

David presst die Lippen zusammen. Sein ernster Blick zeigt mir deutlich, wie leid es ihm tut, mir so viel

Kummer bereitet zu haben. Jetzt bin ich diejenige, die nach seiner Hand greift und sie beschwichtigend streichelt. Er versteift sich und weicht meinem Blick aus.

„Mein Liebster, es ist alles gut, mach dir keine Vorwürfe“, sage ich ernst. „Nicht nur du musstest mit deiner Vergangenheit Frieden schließen. Auch ich hatte einiges mit mir selbst zu klären. Ich hatte damals zu viel Angst vor der Liebe und vor einem neuen Verlust. Durch die Versöhnung mit meinen Eltern habe ich wieder daran glauben können, dass ich es verdiene, geliebt zu werden, dass ich wertvoll bin und ein Recht darauf habe, glücklich zu sein. Daher war alles richtig so, wie es gekommen ist, und sehe die letzten elf Monate mittlerweile keineswegs als verlorene Zeit für uns.“

„Hope, bist du sicher, dass du erst dreiundzwanzig Jahre alt bist?“ David lächelt mich mit einer Mischung aus Bewunderung und Erstaunen an. „Du klingst manchmal so weise und erfahren wie eine alte Frau, die ein bewegtes Leben hinter sich hat.“

„Mittlerweile bin ich vierundzwanzig.“ Verlegen erwidere ich sein Lächeln. „Weißt du, ich bin bloß ein einsames Mädchen, das gerne traurige Popmusik mit tiefgründigen Lyrics hört und dramatische Liebesromane ohne Happy End liest, und das sich oft furchtbar alt und gelangweilt fühlt, wenn es mit Gleichaltrigen redet“, entgegne ich halbernst.

„Hoffentlich bin ich dir nicht zu jung und zu unerfahren.“ David macht ein gespielt besorgtes Gesicht.

„Nein, keineswegs. In dir wohnt auch eine alte Seele, daher passt es.“

In diesem Augenblick erscheint Susie und stellt die Teller mit dem köstlich duftenden Toast und Salat auf dem Tisch.

„Guten Appetit. Lasst euch von mir nicht stören, bin schon weg", sagt sie gleich, als sie merkt, dass David und ich verstummen.

„Danke Susie", murmele ich und lächle sie kurz an. Sie zwinkert mir zu und entfernt sich diskret. „Sie ist einer der wenigen gleichaltrigen Menschen, mit denen ich gut klarkomme", erkläre ich David. „Aber ich betrachte sie irgendwie als meine kleine Schwester, obwohl sie ein halbes Jahr älter ist als ich. Guten Appetit übrigens. Ich habe plötzlich ziemlichen Hunger", gebe ich entschuldigend zu und lege mir eine Hand auf den Bauch.

„Dann lass es dir schmecken, das sieht wirklich sehr lecker aus." David schnuppert genüsslich an dem Buttertoast, der so gut schmeckt, wie er duftet.

Wir essen eine Weile schweigend. Davids Handy vibriert, doch er geht nicht ran, nachdem er, eine Entschuldigung murmelnd, den Anrufer überprüft.

„Nicht so wichtig, nur mein Agent", kommentiert er kurz, als ich ihn fragend mustere. „Ich würde nur rangehen, wenn mich Ethans Kindermädchen anruft. Der Agent und das Berufliche können getrost bis morgen früh warten, jetzt habe ich Feierabend und andere Prioritäten." Damit zeigt er mir deutlich, wie wichtig ich ihm bin, und ich lächle ihn dankbar an.

Wir sind bald fertig mit dem Toast, und schon bringt uns Susie den dampfenden Apfelstrudel, der verführerisch nach Vanille und Zimt duftet.

„Ich sehe, es hat euch geschmeckt", kommentiert sie zufrieden unsere leeren Teller. „Dann genießt jetzt noch die Spezialität des Hauses. Ich lasse euch dann endgültig alleine, meine Schicht endet ja gleich." „Danke Susie. Wenn es so ist, würde ich gerne sofort bezahlen", erwidert David und zieht sein Portemonnaie aus der Jackentasche. Er gibt Susie ein großzügiges Trinkgeld und wünscht ihr noch einen angenehmen Abend. Wir beide umarmen uns kurz und ich raune ihr ins Ohr: "Viel Spaß mit deinem Diego. Und mach bloß keine Dummheiten!"

„Danke! Ich doch nicht." Susie guckt unschuldig, bevor sie frech grinst.

Sie wünscht uns auch noch einen schönen Abend, und schon läuft sie die Treppe hinunter.

Der Apfelstrudel ist wirklich ein Traum, und obwohl ich eigentlich schon satt bin, esse ich noch das letzte Krümelchen auf. Auch David lobt den Koch, obwohl er wahrscheinlich normalerweise nur in ausgewählten Restaurants speist.

„Möchtest du noch etwas?", erkundigt er sich höflich.

„Bloß nicht! Danke, aber ich platze gleich, der Apfelstrudel mit Schlagsahne war echt der Hammer", wehre ich mich lachend. Wir prosten uns mit dem Bier und meiner restlichen Schokolade zu. Da ist wirklich ein ordentlicher Schuss Baileys drin. Ich wette, Susie hat ihn absichtlich etwas großzügiger dosiert, um mich aufzulockern. Das kleine Biest! Ich merke tatsächlich, dass ich leicht beschwipst bin. Solange ich in ganzen Sätzen reden und geradeaus laufen kann, ist aber noch alles im grünen Bereich.

„Hope, erzähl, wie sehen jetzt deine Pläne aus? Ich meine, für die Zukunft?“

Davids Frage bringt mich leicht durcheinander. Mit gesenktem Blick rutsche ich auf dem Stuhl hin und her. „Ganz ehrlich? Einen konkreten Plan habe ich noch nicht. Ich überlege, eventuell zurück nach New York zu ziehen. Aber was genau ich hier machen will, weiß ich noch nicht. Diese Überlegungen kommen ziemlich plötzlich, und es gibt einige Faktoren, die bei meiner Entscheidung eine Rolle spielen werden.“

Etwas unbeholfen blicke ich ihn wieder an und spiele mit dem Ring an meinem Mittelfinger.

„Ich wünschte, ich wäre so ein Faktor. Und du kommst zurück aus deiner Einöde.“ Zwar klingt es wie ein Scherz, doch ich sehe ihm an, dass er es ernst meint.

„Es lässt sich schon nach dem heutigen Abend mit hoher Wahrscheinlichkeit sagen, dass deine Rolle bei diesen Überlegungen nicht unerheblich sein wird“, antworte ich schmunzelnd. David atmet erleichtert aus und holt wieder sein iPhone aus der Tasche.

„Übrigens, Ethan und ich sind im Sommer umgezogen.“

„Im Ernst? Wohin denn?“, wundere ich mich.

„Im Frühjahr habe ich in East Atlantic Beach ein Haus direkt an den Dünen gekauft. Die Wohnung in Manhattan behalte ich, aber unser Zuhause ist jetzt dort, am Strand. Hier, sieh selbst.“ David scrollt auf seinem iPhone, um mir Fotos zu zeigen.

„Wow, das ist ja wunderschön“, staune ich. Das Haus ist eine moderne Villa im typischen Long-Island-Stil, mit umzäuntem Grundstück sowie einem kleinen Pool im üppigen Garten, und hat einen direkten Zugang zu dem herrlichen Dünenstrand. Auf einem Foto planscht Ethan sichtbar vergnügt im Pool, auf einem anderen zeigt er sich stolz und braungebrannt auf seinem Minisurfbrett am Strand.

„Ethan scheint glücklich zu sein in seinem neuen Zuhause."

„Ja, das ist er. Er liebt den Atlantik, das Wellenrauschen. Die Freiheit, die er dort genießen kann, tut ihm sehr gut", antwortet David und lehnt sich entspannt zurück. „Aber auch mir tun die Ruhe und die Abgeschiedenheit gut. Ich kann ungestört auf der Terrasse schreiben und auf die Wellen sehen und bekomme morgens beim Joggen am Strand wunderbar den Kopf frei. Wenn ich Sehnsucht nach der Stadt bekomme oder dort was zu erledigen habe, brauche ich mit dem Auto bloß eine halbe Stunde. Einfach perfekt. Abgesehen davon, dass der Umzug für mich einen großen Schritt nach vorne bedeutet hat und ich ganz neu anfangen konnte."

„David, du hast keine Ahnung, wie sehr ich mich für dich und Ethan freue! Das Haus und die Lage sind einfach traumhaft, und ich kann mir vorstellen, wie gut euch diese Veränderung tut", sage ich begeistert.

„Ja, das tut sie auf jeden Fall. Das Haus ist zwar noch nicht komplett eingerichtet und drei Zimmer stehen leer, aber ich fühle mich sehr wohl dort." David blickt mich bedeutungsvoll an. „Hope, wenn du nicht unbedingt in der Stadt wohnen willst ... Ich möchte dir gerne anbieten, zu uns ins Haus zu ziehen. Du kannst zwei Zimmer nur für dich haben, sie nach deinem Geschmack einrichten und dich dort völlig frei fühlen."

Etwas perplex über dieses unerwartete Angebot sehe ich ihn eine Weile nur an, und meine Gedanken rasen durch meinen Kopf.

„Du möchtest mit mir zusammenleben?“

„Ja. Nein. Ich meine, für den Anfang könntest du als Gast bei uns wohnen, bis wir sehen, wie es mit uns beiden weitergeht. Ich möchte dich nicht unter Druck setzen, und du sollst dich zu nichts verpflichtet fühlen. Aber ich kann mir vorstellen, dass dir unser Haus und die Ozeannähe auch guttun werden. Und ja, später, wenn es mit uns klappt, möchte ich mit dir zusammenleben.“

„David, ich weiß nicht, was ich sagen soll, ich bin total überwältigt von deinem Angebot“, erwidere ich ehrlich. „Klar, die Vorstellung, dort bei euch zu wohnen, ist extrem verführerisch. Aber ich habe Angst, dass wir ...“

„Dass wir etwas überstürzen?“, beendet David den Satz für mich, und ich nicke bloß. „Wir sollten diesmal keine Angst haben. Die Angst gehört der Vergangenheit. Wir wollen frei davon in die Zukunft blicken. Du ziehst bei uns ein und bezahlst mir anfangs symbolische Miete für deine zwei Zimmer. Sagen wir mal, zehn Dollar im Monat, bis du dir sicher bist, ob du mich für immer haben willst.“ Davis Augen funkeln leidenschaftlich, als er mich von seinem Plan überzeugen möchte, und ich lasse mich von seiner Begeisterung anstecken.

„Gut, einverstanden! Ich ziehe bei euch ein“, entgegne ich mit klopfendem Herzen. Mein Bauchgefühl ist viel stärker als die Vernunftsstimme, die verzweifelt versucht, irgendwelche Einwände zu finden, um mich von dieser unüberlegten Entscheidung abzubringen.

„Hope, das wirst du nicht bereuen! Du kannst dir nicht vorstellen, wie glücklich du mich damit machst." David steht sichtbar aufgewühlt auf, beugt sich zu mir und umarmt mich. Er wirkt so überschwänglich und glücklich, dass mein Herz noch aufgeregter in meiner Brust hüpft. Auch ich stehe auf und schlinge meine Arme um ihn. *Mein Zuhause ist bei ihm*, denke ich plötzlich und seufze tief. David lockert die Umarmung etwas, um mir ins Gesicht sehen zu können, als ob er Zweifel daran hätte, dass ich es wirklich ernst meine. Wir küssen uns, und ich spüre, wie auch sein Herz aufgeregt klopft.

„Bleib heute Nacht bei mir, in Manhattan", murmelt er. „Das Kindermädchen ist bis morgen Vormittag bei Ethan, und wir könnten die Nacht und den Morgen ungestört verbringen."

„In Ordnung", entgegne ich leise und küsse seine warmen Lippen erneut, die meine Sehnsucht unerträglich steigern. Die Vorstellung, mit David eine Liebesnacht zu verbringen, ist noch verlockender als die Aussicht auf noch viele folgende Nächte in seinem Strandhaus am Atlantik. Mein ganzer Körper ist in Aufruhr und verzehrt sich nach Davids leidenschaftlichen Zärtlichkeiten, die ich so lange entbehren musste.

„Ich wünsche mir, dass diese Nacht niemals enden würde. Ich möchte keine einzige Sekunde länger ohne dich verbringen", flüstere ich.

„Meine liebste Hope ... Wenn ich es könnte, würde ich dich die ganze Nacht bis zum Sonnenaufgang lieben, ohne dich dabei nur einen Augenblick lang loszulassen." Davids glühender Blick verspricht mir so viel

Leidenschaft, dass ein Schwarm Schmetterlinge in meinem Bauch losflattert.

„Es wird auch in Ordnung sein, wenn wir zwischendurch eng umarmt ein paar Minuten Schlaf finden werden." Ich kichere leise, und das Glück, das meine Brust weitet, ist unbeschreiblich.

„Dann wollen wir keine Zeit mehr verlieren." David hilft mir in meinen Mantel und wir verlassen das volle Café. Hand in Hand laufen wir zur Straße, wo er das erste freie Taxi anhält. Die ganze Fahrt über halten wir uns an den Händen und schweigen, versunken in die quälend süße Vorfreude und Erwartung. Wir können es kaum erwarten, unserer neu entfachten Liebe freien Lauf zu lassen und uns der leidenschaftlichen Sehnsucht hinzugeben.

In der Wohnung angekommen, legen wir unsere Mäntel und Schuhe ab. Ich sehe mich verstohlen um, während ich David ins Wohnzimmer folge. Obwohl ich nur Augen für ihn habe, entgehen mir kleine, jedoch bedeutende Veränderungen nicht. Mehrere Accessoires und Bilder sind verschwunden, und die Wohnung wirkt nicht mehr so, als wäre vor Kurzem die Herrin des Hauses umhergestreift. David führt mich zielstrebig nach oben, und ich halte die Luft an, als er die Tür öffnet. Doch das Schlafzimmer mit Kommode und Spiegel wirkt neutral, und ich entdecke nichts, das mich an seine Exfrau erinnert. Auch hier hat David aufgeräumt und sich von Gegenständen verabschiedet, die ihn jeden Tag an seinen Verlust erinnert haben. Ich wette, auch das große Bett ist neu, und vermutlich hat noch keine andere Frau hier übernachtet. Das wünsche ich mir jedenfalls. Mein Herz wird leicht, als mir bewusst wird, dass David es mit dem Neuanfang wirklich ernst meint. So fällt es mir nicht schwer, alles andere auszublenden und sich nur uns, im Hier und Jetzt, zu widmen.

„Ich habe es irgendwie geahnt oder wenigstens gehofft, dass du eines Tages wieder hier auftauchst. Und da wollte ich, dass du dich wohlfühlst, mir vertraust und gleich erkennst, wie ernst ich es mit dem Neubeginn meine."

„Daran habe ich keine Zweifel mehr, mein Liebster. Ich vertraue dir völlig, und es gibt keinen Ort auf diesem Planeten, wo ich mich wohler und sicherer fühle als in deinen Armen", erwidere ich ergriffen. David zieht mich in seine Umarmung und küsst mich leidenschaftlich. Unsere Hände entledigen sich gegenseitig der Kleidung, ungeduldig und fiebrig, als ob wir nur eine Minute zur Verfügung hätten. Nackt und eng umschlungen sinken wir auf das Bett. Mit geschlossenen Augen überlasse ich mich Davids warmen Lippen, die von meinem Hals bis zu meiner Brust gleiten und wohlige Gänsehaut auf meinem ganzen Körper erzeugen. Seine Liebkosungen sind brennend heiß und gleichzeitig unendlich zärtlich.

Ich zerfließe regelrecht unter seinem Mund und seinen Fingern. Seine Berührungen lassen alle meine Zellen vibrieren, und mein Körper drängt sich unaufhaltsam der Ekstase entgegen. David versucht, mich zu beschwichtigen und meinen Höhepunkt hinauszuzögern, doch mein flehendes Wimmern treibt ihn nur noch mehr an. Mit einem halb erstickten Schrei löse ich mich in tausende Teile auf, und jedes ist grenzenlos glücklich und befriedigt. Erst dann versinkt David in meinem noch bebenden Körper, der sich nach ihm verzehrt und ihn in die Tiefe meiner widererwachten Weiblichkeit zieht. Fordernd blicken wir uns in die Augen, wo sich unsere Liebe und Leidenschaft so heftig spiegeln, dass ich heiße Tränen wegblinzeln muss. Wir lieben uns mit einer Intensität, mit der sich Menschen nach einer langen Krankheit manchmal wieder ins Leben stürzen, um alles Versäumte nachzuholen. Wir verschmelzen miteinander und werden eins im Rhythmus unserer Körper, die sich im absoluten Einklang befinden. Jetzt verstehe ich, was es wirklich bedeutet, Liebe zu machen, mit jeder Faser des Wesens, so, als ob man nur dafür geboren wurde, um dem geliebten Menschen alles zu geben und von ihm alles zu empfangen.

Als David später selig erschöpft in meinen Armen liegt und ich über seinen erhitzten, feuchten Rücken streichle, fühle ich mich so ganz und heil wie noch nie. Diese Erfahrung ist das Intensivste und Beglückendste, was ich jemals in meinem Leben erlebt habe. Sie ist so besonders und überwältigend, dass sie gleichzeitig erschreckend ist. Jetzt gibt es kein Zurück mehr. Mein Herz ist so weit geöffnet, dass ich mich nicht länger schützen kann, und ich bin David und unserer Liebe völlig ausgeliefert. Als ob er meine Gedanken lesen würde, dreht er sich auf den Rücken und zieht mich an seine Brust. Es legt seinen Arm so fest um mich, dass ich erleichtert seufze und beruhigt meine Augen schließe. Nein, diesmal wird alles gut werden. Ich spüre es deutlich. Er liebt mich und mein Herz ist bei ihm sicher.

Kapitel neunzehn

Die Nacht vergeht viel zu schnell. Wir lieben uns noch mal langsam und zärtlich, als wir gegen drei Uhr morgens aufwachen, und schlafen danach weiter, bis Davids Handy klingelt und uns aus dem Schlaf reißt. Es ist neun Uhr, und mein Körper fühlt sich auf eine wunderbare Art schwer an.

„Ist es wichtig?", meldet sich David verschlafen und leicht genervt. „Ja, ich habe noch geschlafen, es war eine lange Nacht."

Er blickt mich an und flüstert mir zu: „Es ist mein Agent." Mit einem Kuss verlässt er das Bett und läuft in sein Arbeitszimmer. Ich kann das Gespräch nicht hören, nur den Klang seiner aufgeregten Stimme. Auch ich stehe auf und dusche in dem luxuriösen Bad. Fertig angezogen mache ich gerade mein Haar, als David zurückkommt und mich von hinten umarmt.

„Es tut mir leid wegen der Störung", murmelt er und küsst meinen Hals. „Aber mein Agent hatte gute Neuigkeiten und konnte nicht noch ein Stündchen oder zwei warten."

„Kein Problem. Als Freundin eines berühmten Schriftstellers werde ich mich dran gewöhnen müssen." Ich lächle und drehe mich zu ihm um. „Und, möchtest du mir die guten Neuigkeiten verraten?"

„Klar. Mein Verlag hat sich gerade gemeldet und sich nach den Rechten für *Keeping Hope* erkundigt. Anscheinend hat gestern Abend jemand meine Anspielung auf Band zwei sofort an die richtigen Stellen weitergeleitet.“

„Das ist doch toll, ich freue mich! Heißt das, du schreibst wirklich eine Fortsetzung des Romans?“

„Offensichtlich, jetzt wo die Hoffnung zurück zu mir gefunden hat.“ David greift nach meiner Hand und küsst sie innig. Mir wird warm ums Herz. Eine unschuldige Freude breitet sich bei dem Gedanken in mir aus, so etwas wie Davids Muse zu sein.

„Der Verlagschef persönlich hat meinen Agenten angerufen und ihm zu wissen gegeben, dass sie bereit sind, jede Summe zu zahlen, die er nennen wird. Hauptsache, sie bekommen *Keeping Hope*. Meine Süße, du bist eine stark gefragte Frau.“ David lächelt bestens gelaunt, und ich schlinge ihm die Arme um den Hals.

„Das ist so aufregend, ich bin ganz aus dem Häuschen! Das heißt jetzt, du wirst so schnell wie möglich ein neues Buch schreiben müssen, oder?“

„Natürlich wollen sie das Buch am besten schon morgen haben, aber ich lass mich nicht unter Druck setzen und werde mir die Zeit nehmen, die ich brauche. Dazu muss ich mich auch noch um meine wunderhübsche Muse kümmern und sie zufriedenstellen, sodass sie mich nicht wieder verlässt.“

„Du musst keine Angst haben, ich kann mich auch wunderbar alleine beschäftigen oder mit Ethan spielen. Vergiss nicht, ich bin eine Einzelgängerin“, sage ich schmunzelnd. „Im Ernst, ich werde dir auf jeden Fall genug Raum geben, damit unsere Beziehung dich keinesfalls am Arbeiten hindern wird.“

„Hope, unsere Beziehung wird meine Inspiration sein! Du wirst mich ganz bestimmt nicht hindern oder stören. Hör auf, so zu denken. Du weißt doch, wie sehr ich mich danach sehne, Zeit mit dir zu verbringen. Ich bin nicht auf das große Geld angewiesen, also kann ich ruhig die Regeln bestimmen. Der Verlag will was von mir und nicht umgekehrt. Das unterscheidet mich von den meisten Autoren." David grinst entwaffnend. Seine Haltung Geld gegenüber gefällt mir. Er protzt nicht mit seinem Reichtum, er denkt auch nicht, dass er mit seinen Millionen alles und jeden kaufen kann. Er betrachtet Geld als eine nützliche und angenehme Sache und gönnt sich damit die eine oder andere Freiheit, von der andere Menschen nur träumen können. Wenn er ein oberflächlicher, arroganter Millionär wäre, der andere Menschen herablassend behandelt und sich Frauen gegenüber wie ein Arschloch benimmt, hätte ich mich niemals in ihn verliebt, egal wie blendend er auch aussieht.

„Ich hoffe, du hast heute Zeit, bevor du morgen zurückfährst?", erkundigt er sich und streicht über meinen Arm.

„Die nehme ich mir. Ursprünglich wollte ich den Tag mit Susie verbringen, aber ich vermute, sie ist selbst beschäftigt, sonst hätte sie sich schon bei mir gemeldet. Und sie wird verstehen, dass ich lieber bei dir bleiben möchte. Hast du was Besonderes vor?"

„Ich dachte, wir fahren nach dem Frühstück nach Atlantic Beach, zu Ethan. Er wird sich sehr freuen, dich wiederzusehen. Und du kannst dich in Ruhe im Haus umsehen, um eine Inspiration zu bekommen, wie du deine Zimmer einrichten möchtest."

„Das klingt doch gut! Ich kann es auch kaum erwarten, Ethan wiederzusehen. Und ich gebe zu, ich bin natürlich neugierig auf das Haus." Augenblicklich steigt in mir Aufregung hoch, als ich an die großen Veränderungen denke, die mir vorstehen.

„Dann wollen wir keine Zeit verlieren! Ich dusche schnell und dann essen wir eine Kleinigkeit."

„Ich mache gerne das Frühstück, während du duschst", schlage ich vor.

„Wenn es dir nichts ausmacht", erwidert er leicht verlegen. „Meine Haushälterin hat heute frei, daher müssen wir alleine klarkommen."

„Mein Liebster, ich bin sehr wohl in der Lage, selbst Rührei zu machen und Toast in den Toaster zu stecken."

„Ja, das weiß ich doch. Ich möchte nur nicht, dass du dich zu irgendwas verpflichtet fühlst oder ..."

„Geh einfach duschen und zerbrich dir dein hübsches Köpfchen nicht länger", unterbreche ich ihn schmunzelnd. Ich gebe ihm einen Kuss und verlasse das Schlafzimmer, bevor die Lust auf ihn mich von meinen Absichten abbringt.

In der Küche finde ich mich schnell zurecht und bereite uns Kaffee und Rühreier mit Toast. Aus dem riesigen Kühlschrank hole ich verschiede Sorten Beeren und Orangensaft und stelle alles auf den Küchentisch.

„Danke, das sieht gut aus", bedankt sich David, als er frisch duftend in der Küche erscheint und sich etwas verlegen zu mir setzt. Offensichtlich ist es für ihn ungewohnt, dass die Frau, die er liebt, selbst das Frühstück zubereitet.

„Ich werde in Zukunft noch öfter in der Küche stehen und uns was Leckeres kochen. Daran wirst du dich gewöhnen müssen. Und deine Haushälterin auch", sage ich lächelnd, doch bestimmt.

„Das kann ich mir gut vorstellen. Aber ich bin bereit, mein Leben umzukrempeln und neu zu gestalten, und ich wünsche mir, dass du dich jederzeit wohlfühlst. Wenn du öfter selbst kochen möchtest, dann werden wir das meiner Haushälterin in Atlantic Beach erklären. Solange du nicht von mir verlangst, dass ich am Herd stehe ... ich kann nämlich gerade mal ein Spiegelei machen." David lacht entschuldigend. Das kann ich ihm wirklich nicht übel nehmen. So, wie er aufgewachsen ist, hat es sicher nicht zu seiner Erziehung gehört, kochen zu lernen oder den Haushalt zu führen. Anscheinend hat auch seine Frau nie selbst gekocht. Die Vorstellung, dass stets andere Menschen meine Mahlzeiten zubereiten, ist nicht besonders verlockend. Ich koche ab und zu wirklich gerne, und auch backen war früher eine meiner Leidenschaften, am besten zusammen mit Mom.

„Dann haben wir das geklärt. Du kannst dich jetzt schon auf meine Weihnachtsplätzchen freuen, und ich kann mir gut vorstellen, dass Ethan mir dabei gerne assistieren wird", sage ich, während ich ihm Kaffee eingieße.

David schenkt mir einen sanften, verliebten Blick, und ich beuge mich über den Tisch, um ihn zu küssen. Wir widmen uns unserem Frühstück, und ich merke, wie hungrig ich eigentlich bin.

„Deinem gesunden Appetit zufolge hast du heute Nacht viele Kalorien verbrannt." David schmunzelt hinter seiner Kaffeetasse. Ich grinse selbstzufrieden bei seiner Andeutung. Plötzlich fällt mir etwas ein, und das Grinsen vergeht mir augenblicklich.

„David, was wird deine Mutter sagen, wenn sie von uns erfährt?", frage ich besorgt.

„Mach dir wegen meiner Mutter keine Gedanken. Ich werde mit ihr reden und ihr klarmachen, dass sie entweder akzeptiert, dass du die neue Frau in meinem Leben bist, oder ich unseren Kontakt auf ein Minimum reduzieren werde."

„Aber du kannst wegen mir nicht mit deiner Mutter brechen!", protestiere ich leicht entsetzt.

„Doch, das kann ich. Es steht ihr nicht zu, sich in mein Liebesleben einzumischen, also ist sie entweder nett zu dir oder sie wird uns nicht so schnell wiedersehen."

„Ich hoffe, sie wird es schaffen, mich nett zu finden. Schon wegen Ethan", murmele ich entmutigt.

„Ja, da hast du recht." David seufzt schwer. „Ich kann Ethan seine Oma nicht wegnehmen, nur weil sie meine Freundin ablehnt. Aber ich möchte, dass sie dich mag und akzeptiert, weil ich dich liebe und mit dir zusammen sein möchte. Und vor allem, weil du eine wunderbare, einzigartige Person bist. Wir müssen ihr nur etwas Zeit geben, um all das zu erkennen. Meine Mutter ist kein schlechter Mensch, nur etwas kompliziert." David sieht mir tief in die Augen, und ich halte seinem Blick stand. Es ist ihm ernst, obwohl wir beide wissen, wie schwierig es werden wird. Ich gehöre nicht zu den Frauen, die sich eine Dame aus höheren Kreisen wie seine Mutter als potenzielle Schwiegertochter wünschen würde. Kein reiches Elternhaus, keine Bildung, keine Position in der Gesellschaft. Und dazu noch meine Vergangenheit. Am besten mache ich mir wirklich keine Gedanken um sie, sonst verliere ich noch meinen Mut und meine Entschlossenheit.

„David, da ist noch etwas, was mir ein ungutes Gefühl verursacht." Ich rede lieber jetzt darüber, wo es noch nicht zu spät ist. David blickt mich liebevoll an und streichelt mit den Fingern meine Wange. Zärtlich und sanft, eine Geste, die mich tief in meinem Herzen berührt.

„Sag es ruhig, ich höre."

„Falls es mit uns beiden nicht klappen sollte, als Liebespaar ... Dann muss ich wieder ausziehen und der große Aufwand war umsonst und ..."

„Schh! Hope, sieh mich an!" David nimmt mein Gesicht in seine Hände. „Als erstes glaube ich fest daran, dass es mit uns klappen wird. Wenn es aber wirklich anders kommen sollte, verspreche ich dir, dass du keinerlei Unannehmlichkeiten haben wirst. Ich werde persönlich dafür sorgen, dass du in New York eine adäquate Wohnung bekommst. Alles ist gut. Hab Vertrauen." David klingt überzeugend, und ich atme seufzend aus.

„Gut, dann versuche ich, diese Bedenken loszuwerden. Aber ich bleibe trotzdem eine Art Untermieterin, bis wir ganz sicher sind, ob wir das Leben miteinander verbringen wollen."

„Abgemacht! Und jetzt hör bitte auf zu grübeln." David küsst mich. Seine zunehmend leidenschaftlichen Küsse schaffen es, mich mit seiner Zuversicht anzustecken.

Eine halbe Stunde später sitzen wir in seinem nachtblauen Tesla und fahren nach Atlantic Beach. Der Tag ist trüb und windig, doch während der Fahrt steigen in mir eine fast kindliche Vorfreude und Begeisterung auf. Jedes Mal, wenn ich an die Küste fahre, ist es für mich etwas Besonderes, wie ein Feiertag, denn ich liebe den Ozean über alles. Nach einer guten halben Stunde erreichen wir die Atlantic Beach Bridge. Nur noch eine Viertelstunde, erklärt mir David, und meine Aufregung steigert sich mit jeder Minute. Ich freue mich auf Ethan, und noch mehr bin ich gespannt auf mein neues Zuhause, das auf mich wartet. David biegt bald von der Hauptstraße in eine kleine Seitenstraße ab und fährt durch eine ruhige Siedlung mit schönen Häusern mit typischen Holzfassaden. Je mehr wir uns den Dünen am Ende der Straße nähern, desto größer und luxuriöser werden die Häuser. Er bleibt vor dem letzten Gebäude stehen, das sich hinter einer hohen Mauer versteckt. Unmittelbar vor uns befindet sich eine Holztreppe, die über die mächtige Düne zum Strand führt.

„So, da sind wir." David nickt in Richtung der weißen Mauern. „Willkommen in East Atlantic Beach", sagt er feierlich, bevor er sich zu mir beugt und mich küsst.

„Danke", antworte ich mit vor Aufregung hoher Stimme. Wir steigen aus. Gierig atme ich die frische, salzige Luft ein und lächle bei dem Geräusch der Brandung. Schon als kleines Mädchen habe ich davon geträumt, eines Tages in einem Haus am Strand zu wohnen. Aber diesen Traum habe ich als erwachsene Frau aufgegeben, denn er erschien mir zu unrealistisch und albern. Nur reiche Menschen können sich ein Haus am Strand leisten, und ich gehöre nicht dazu. Daher habe ich aufgehört zu träumen.

„Komm, ich zeige dir den Ozean, bevor wir reingehen." David, der wohl ahnt, wie ich mich gerade fühle, greift nach meiner Hand und führt mich zu der Holztreppe. Dankbar halte ich mich an ihm fest. Der starke Wind bläst mir die Haare ins Gesicht. Wir steigen die Stufen hinab. Der Anblick, der sich mir eröffnet, verschlägt mir den Atem. Jenseits der majestätischen Dünen liegt der endlose weiße Strand. Meterhohe, tosende Wellen rollen aufgewühlt an das einsame Ufer. Der Ozean begrüßt mich nicht verträumt blau und einladend schimmernd im Sonnenlicht, sondern anthrazitgrau und gewaltig. Trotzdem ist es wunderschön, und ich könnte den Anblick stundenlang genießen.

„Es ist ... einfach traumhaft", murmele ich staunend und völlig überwältigt von der Aussicht, von der ich weiß, dass sie mich in der Zukunft immer wieder aufs Neue begeistern wird.

Überwältigt fühle ich mich an diesem Tag noch einige Male. Das Haus ist wunderschön und lichtdurchflutet, was an den bodentiefen Fenstern im Erdgeschoss liegt. Die Mischung aus viel Glas und Holz macht es elegant, doch auch sehr gemütlich. Als ich mir von David meine Jacke abnehmen lasse, kommt Ethan angerannt, um seinen Dad zu begrüßen. Bei meinem Anblick bleibt er stehen, und seine Augen weiten sich vor Überraschung. Einen Augenblick lang starrt er mich ungläubig an, und dann stürzt er sich überschwänglich auf mich: „Hope! Ich wusste, dass du wiederkommst!", ruft er vor Freude. Ich gehe vor ihm in die Hocke und umarme ihn fest. Er ist gewachsen und trägt sein Haar etwas kürzer.

„Ethan! Ich freue mich so sehr, dich zu sehen“, murmele ich gerührt. Ethan hält sich an mir fest, und ich spüre, wie aufgeregt sein kleines Herz klopft.

„Wie hast du uns gefunden?“, staunt er, als er mich loslässt. „Hat dir meine Mami im Himmel erzählt, wo wir jetzt wohnen?“

Die Frage lässt mich stutzen, und ich blicke David hilfesuchend an.

„Nein, Ethan. Hope und ich haben uns selbst gefunden“, sagt er ruhig und geht neben mir in die Hocke. „Ich habe dir schon erzählt, dass Hope lieber ein Mensch sein wollte, und so bleibt sie für immer hier. Nicht nur das – sie wird sogar bei uns einziehen. Natürlich nur, wenn dir das auch gefällt.“

„Jaaa, das gefällt mir sehr!“, ruft Ethan begeistert und hüpft fröhlich. „Hope wohnt jetzt bei uns! Du kannst dir gleich dein Zimmer aussuchen, am besten neben meinem.“

„Danke Ethan, das ist sehr lieb von dir.“ Lächelnd richte ich mich zusammen mit David wieder auf.

„Sie wird die zwei Zimmer neben meinem Schlafzimmer bekommen, weil die am schönsten sind“, sagt David entschlossen und zwinkert mir zu.

„Na gut. Aber du wirst mit mir spielen und mir vorlesen, nicht wahr?“

„Aber natürlich, ganz oft sogar“, versichere ich ihm. David legt mir seine Hand auf die Schulter und küsst mich auf die Wange.

„Ethan, wir möchten dir noch was sagen. Hope und ich lieben uns und sind ein Paar. Du weißt, was das bedeutet?“

Ich schlucke nervös und warte gespannt auf seine Reaktion. Ethan blickt fasziniert und überrascht erst seinen Vater, dann mich an und überlegt kurz.

„Na klar weiß ich das! Das heißt, ihr werdet jetzt ganz viel knutschen und nackt zusammen in einem Bett schlafen und so?"

„Hm, ja, so ungefähr", erwidert David und sieht mich belustigt an.

„Das will ich aber nicht! Nur Mami durfte das!", sagt Ethan nach kurzer Überlegung bockig und stemmt seine Hände in die Hüften. David und ich tauschen einen besorgten Blick, und ich beiße mir auf die Lippe. Das war doch zu erwarten! Ethan hat mich gern als Spielkameradin und eine Art Familienfreundin, aber warum sollte er mich als Daddys Neue mögen und akzeptieren?

„Ethan, ich erkläre dir alles", versucht David, ihn zu beschwichtigen, und greift nach ihm. Doch Ethan weicht ihm aus und schüttelt heftig den Kopf.

„Ich will nicht, dass Hope bei dir im Bett schläft! Du bist mit Mami verheiratet, auch wenn sie jetzt ein Engel ist. Sie wäre traurig, dass du sie nicht mehr magst. Du bist blöd und Hope auch! Ich hasse euch!" schreit er uns plötzlich mit Tränen in den Augen an und tritt zurück. Er rennt die Treppen hoch, ohne mich noch einmal anzusehen.

„Ethan, warte!", ruft David verzweifelt und will ihm folgen. Doch ich halte ihn auf.

„Nein, David, lass ihn bitte", sage ich und versuche, meine Tränen zurückzuhalten. „Ich kann Ethan nur gut verstehen. Wir haben ihn völlig überrumpelt, und es ist nur klar, dass er so sauer und enttäuscht reagiert.

Und vor allem verletzt. Er hat Angst, dass ich dich ihm wegnehme und die Erinnerungen an seine Mutter verdränge. Das war ein schlechter Plan, wir hätten es wissen müssen, welch ein Schock das für Ethan sein wird." Ein Anflug von Verzweiflung übermannt mich, und ich setze mich auf die Treppe.

„Vermutlich hast du recht", erwidert David und nimmt neben mir Platz. „In meinem selbstsüchtigen Wunsch, dich die ganze Zeit bei mir haben zu dürfen, habe ich nicht genug an Ethan gedacht."

„Unter diesen Umständen ist jetzt wohl besser, ich ziehe nicht zu euch", sage ich trocken und spüre, wie sich meine Brust zusammenzieht. Ich habe mich viel zu früh gefreut …

„Nein, Hope, du bleibst hier!", unterbricht mich David entschlossen. „Ich werde mit Ethan reden, und er wird sich mit der Zeit daran gewöhnen, dass du meine neue Freundin bist. Schließlich habe ich als sein Vater auch ein Recht darauf, wieder glücklich zu sein. Oder irre ich mich?" David blickt mich fragend an und eine tiefe Furche bildet sich zwischen seinen dunklen Augenbrauen.

„Natürlich hast du ein Recht, wieder glücklich zu werden", versichere ich ihm. David legt seinen Kopf an meine Schulter und hält meine Hand fest. „Nur … wir dürfen unser Glück nicht auf dem Unglück anderer aufbauen."

„Aber du nimmst Ethan nichts weg. Er wird durch dich und unser gemeinsames Leben nur gewinnen", meint er.

„Versuch das einem fast Fünfjährigen zu erklären, der deine Liebe zu mir als Verrat an seiner verstorbenen Mutter empfindet", murmele ich und küsse ihn auf das dichte, nach Strandspaziergang duftende Haar. „Aber vielleicht sollte ich mit ihm reden", fällt mir plötzlich ein, und David erhebt überrascht seinen Kopf.

„Du? In Ordnung. Ist vielleicht keine schlechte Idee."

„Dann mach ich das am besten gleich. Wo ist sein Zimmer?"

„Zweite Tür links auf dem Gang. Ich wünsche dir viel Glück."

„Danke, das kann ich gebrauchen." Nach einem Kuss erhebe ich mich und laufe die Treppe hinauf.

„Hope?", hält mich Davids Stimme auf, und ich blicke zurück.

„Ich liebe dich. Und das kann nicht mal mein Sohn ändern."

„Ich liebe dich auch", entgegne ich und versuche, zuversichtlich zu lächeln.

Oben bleibe ich vor Ethans Zimmer stehen und mein Herz pocht aufgeregt, als ich an die Tür klopfe.

„Daddy, geh weg!", höre ich Ethans Stimme, die mir verrät, dass er immer noch weint.

„Ich bin's, Hope. Darf ich reinkommen und mit dir reden?"

„Na gut, aber nur kurz", lautet seine Antwort nach einigen Augenblicken. Ich trete ein. Er sitzt in der weich gepolsterten Fensternische und hält seinen Dalmatinerhund fest in seinen Armen. Er starrt in die Ferne, auf den Ozean, und sein hübsches Gesichtchen ist tränenüberströmt. Mein Herz zieht sich bei dem Anblick noch schmerzhafter zusammen. Armer, kleiner Junge. Mutterlos hat er es schon schwer genug. Auf einmal fühle ich mich schuldig und verantwortungslos.

Trotzdem laufe ich weiter und gehe in die Hocke, als ich die Fensterbank erreiche.

„Ethan, es tut mir sehr leid, dass du wegen mir so viel Kummer hast", sage ich reuevoll. „Es war ein Fehler, dass ich hierhergekommen bin. Aber ich liebe deinen Vater, und er liebt mich, und wir würden gerne zusammen sein. Daher hat er mir angeboten, hier bei euch zu wohnen. Ich möchte, dass du etwas weißt – dein Daddy hat deine Mami sehr, sehr geliebt, und er wird sie niemals vergessen, so wie du. Aber da sie jetzt ein Engel im Himmel ist, wird sie leider nie mehr zurückkommen. Somit ist er auch nicht länger mit ihr verheiratet. Daddy hat zwar dich, aber er fühlt sich trotzdem einsam und wünscht sich, wieder glücklich zu sein. Ich würde ihn sehr gerne glücklich machen und dafür sorgen, dass er nicht länger einsam ist. Auch möchte ich mich gerne um dich kümmern, weil ich dich sehr mag. Aber ich will ganz bestimmt nicht deine neue Mami werden. Deine Mami bleibt für immer deine Mami, und keine Frau wird jemals ihren Platz einnehmen können. Du musst keine Angst haben, dass ich dir deinen Daddy wegnehmen werde. Das würde ich niemals tun. Und wenn du es nicht willst, werde ich nicht zu euch ziehen, sondern nur ab und zu zu Besuch kommen. Was hältst du davon?"

Mein Herz klopft weiter aufgeregt, während ich hoffnungsvoll in Ethans verheultes Gesichtchen blicke und auf seine Antwort warte. Es zerreißt mir das Herz, ihn wegen mir weinen zu sehen, und ich fühle mich elendig dabei.

„Du … du bist gar kein echter Engel und warst noch nie im Himmel, nicht wahr?", fragt er mich unverblümt und mit einer Reife in den Augen, die mich verblüfft.

„Nein", antworte ich ehrlich. „Ich habe den Weihnachtsengel nur gespielt, um Kinder wie dich glücklich zu machen."

„Aber meine Mami ist im Himmel, oder?"

„Ja, das ist sie", entgegne ich schnell und zuversichtlich. Diesen Glauben darf er nicht verlieren. Nicht, so lange er noch so klein ist.

„Und von dort kommt man nie wieder zurück?"

„Ich befürchte nicht."

„Weil es im Himmel so schön ist, ist sie dort bestimmt nicht traurig."

„Ich glaube, es geht ihr dort sogar sehr gut", sage ich und sehe Ethan nur noch verschwommen.

„Aber mein Daddy ist traurig. Und ich auch."

Ich kann mich nicht länger beherrschen. Erschüttert strecke ich meine Arme nach Ethan aus und er lässt sich von mir umarmen. Der kleine Junge schluchzt wild an meiner Brust und klammert sich an mir fest, nachdem er seinen Plüschhund fallengelassen hat.

„Ethan, mein Schätzchen, weine nicht", murmele ich ergriffen und küsse ihn auf seinen Lockenkopf. „Es wird alles gut! Dein Daddy liebt dich über alles, und ich habe dich jetzt schon ganz doll lieb", versichere ich ihm. Ich wiege ihn sanft in meinen Armen, und allmählich hört sein Schluchzen auf. Er seufzt noch einige Male laut, bis er wieder ruhig wird und wir unsere Umarmung lockern.

„Deine Nase läuft." Lächelnd hole ich ein Taschentuch aus meiner Hosentasche und trockne ihm das nasse

Gesicht ab. Am Ende schnaubt er noch kräftig und ich ziehe scherzhaft an seinem Näschen. Endlich lacht er wieder, und ein schwerer Stein fällt mir vom Herzen.

„Was sagen wir jetzt zu deinem Daddy? Soll ich wieder gehen und euch am nächsten Wochenende besuchen? Oder soll ich lieber eine Weile gar nicht zu euch kommen?" Ich stelle behutsam diese Fragen, und es wird mir mulmig dabei. Doch ich bin fest entschlossen, seine Entscheidung zu akzeptieren. Das Letzte, was ich mir wünsche ist, dass dieser zauberhafte kleine Junge wegen mir leidet und sich nicht wohl im eigenen Zuhause fühlt.

„Du kannst bleiben", sagt er mit ernstem Blick. „Ich will nicht, dass Daddy noch mehr traurig ist, wenn du auch weg bist."

„Ach, Ethan, du bist so ein wunderbarer Junge", murmele ich aufgelöst und streiche ihm über das Gesicht.

„Ich werde nicht in Daddys Bett schlafen, okay?"

„Okay. Und ich muss nicht Mami zu dir sagen?"

„Nein! Auf keinen Fall! Ich bleibe für dich Hope. Wie eine große Schwester." Lächelnd denke ich kurz an Timmy und wie man mich manchmal auf dem Spielplatz für seine recht junge Mutter gehalten hat.

„Große Schwester! Pah! Dafür bist du zu alt!", erwidert er und lacht amüsiert.

„Das werden wir noch sehen!" Gespielt empört greife ich nach ihm und kitzele ihn heftig. Ethan wehrt sich laut lachend, und gemeinsam landen wir auf dem Boden. Ich kitzele ihn weiter und bekomme nicht genug von seinem genüsslichen Lachen. In der geöffneten Tür erscheint plötzlich David und betrachtet uns staunend.

„Daddy!", ruft Ethan, als er ihn erblickt. Ich lasse ihn los und er springt hoch. Er läuft auf seinen Vater zu und wirft sich in seine Arme. David hebt ihn hoch und küsst ihn auf die errötete Wange. Ich lächle ihm zuversichtlich zu, als er mir einen fragenden Blick zuwirft.

„Alles in Ordnung bei euch?", fragt David vorsichtig.

„Ja! Hope darf bleiben. Aber sie schläft nicht in deinem Bett", verkündet Ethan und blickt seinen Vater prüfend an.

„Hm ... Okay, das klingt doch gut. Ich habe dich so lieb, mein Kleiner", murmelt er gerührt und küsst ihn noch einmal, bevor er ihn auf den Boden abstellt.

„Ich weiß. Ich habe dich auch ganz doll lieb", erwidert Ethan.

Unten an der Tür klingelt es. „Ich mach auf! Es ist Cindy, meine neue Nanny", ruft Ethan und schon rennt er aus dem Zimmer.

„Wie hast du das geschafft?", fragt David, als wir alleine bleiben und uns tief in die Augen blicken.

„Keine Ahnung. Ich war nur ehrlich zu ihm und habe ihm versichert, dass ich dich ihm nicht wegnehme und nicht seine neue Mami werden will", antworte ich. „Ethan möchte, dass du nicht länger traurig bist, und daher ist er einverstanden, dass ich bei euch bleibe. Er ist ein wunderbarer kleiner Junge, der ganz viel Liebe und Sicherheit braucht."

„Und die wird er auch weiterhin bekommen", murmelt David mit feuchtem Glanz in seinen schönen Augen.

„David, ich werde alles tun, um nicht nur dich, sondern auch ihn glücklich zu machen. Das verspreche ich dir", sage ich und strecke meine Hand nach ihm aus. Er ist mit wenigen Schritten bei mir und küsst mich innig, bevor er mich in seine Arme schließt.

„Das heißt, ich werde mich nachts heimlich in dein Schlafzimmer schleichen müssen?", fragt er scherzhaft, um unsere Ergriffenheit zu verstecken.

„So sieht es aus. Ist doch irgendwie romantisch und aufregend, oder?"

„Mmh. Wir können uns wie zwei verliebte Teenager verhalten, das hat was."

„Im Ernst, David, wenn Ethan mich ablehnt und ihr mich hier nicht haben wollt, würde ich bei euch nicht einziehen."

„Das weiß ich", murmelt er und küsst mich noch mal. „Du kannst dir nicht vorstellen, wie glücklich ich bin, dass Ethan und du euch ausgesprochen habt und er sich beruhigt hat. Ich danke dir dafür."

„Nichts zu danken. Ich hab Ethan doch sehr gerne."

„Daddy! Hope! Kommt ihr?", hören wir Ethan von unten rufen.

„Dann wollen wir mal." David nimmt meine Hand und gemeinsam laufen wir hinunter.

Ein Mädchen um die achtzehn steht mit Ethan im Wohnzimmer und begrüßt uns.

„Hallo Cindy, das ist Hope Roberts, meine Freundin. Hope, das ist Cindy, unser Kindermädchen", stellt uns David gegenseitig vor. Cindy ist hübsch, hat langes, dunkelblondes Haar und trägt einen enganliegenden Pullover sowie Leggings – trotz ihrer molligen Figur. Offensichtlich eine selbstbewusste junge Frau, die sich mag, so wie sie ist. Sie ist mir auf Anhieb sympathisch.

„Hallo Cindy", begrüße ich sie und wir schütteln uns die Hände.

„Hallo Ms. Roberts“, erwidert sie freundlich und lächelt dabei.

„Ms. Roberts wird demnächst bei uns einziehen“, erklärt ihr David.

„Oh, wie schön!“

„Ja, das ist schön! So kann Hope mit mir spielen und du hast mehr Zeit fürs Schutieren“, kommentiert Ethan, der neben Cindy steht.

„Du meinst studieren“, korrigiert ihn Cindy.

„Keine Angst, Sie werden bestimmt nicht so schnell arbeitslos“, beruhigt sie David gleich und schmunzelt. „Hope ist schließlich nicht nur zum Spielen da.“

„Ethan und ich wollten gerade am Strand spazieren gehen. Ist das in Ordnung?“, fragt Cindy.

„Natürlich, nur zu. In der Zeit kann ich Hope unser Zuhause zeigen und danach essen wir zusammen“, erklärt ihr David.

„Bis später!“, verabschiedet sich Ethan und lässt sich von Cindy helfen, eine dicke Jacke sowie Stiefel anzuziehen. Nach wenigen Minuten sind sie weg, und David dreht sich wieder zu mir um.

„Ich befürchte, an dieses ständige Gewusel wirst du dich gewöhnen müssen“, meint er und lächelt entschuldigend.

„Kein Problem, ich kenne das noch von meinem kleinen Bruder“, antworte ich gut gelaunt und horche in mich hinein. Wow! Ich kann frei über Timmy sprechen, ohne sofort von Traurigkeit überflutet zu werden! Es ist ein gutes Gefühl und ein Zeichen dafür, dass die Wunden in meinem Herzen endgültig heilen. Ich werde Timmy niemals vergessen, doch ich möchte mich an ihn so erinnern, wie er es mögen würde – freudig, ohne

Schuldgefühle und dankbar für die schöne Zeit, die wir miteinander hatten.

„Aber natürlich, Timmy war ja in Ethans Alter." Auch David spricht ganz selbstverständlich und normal über meinen kleinen Bruder, so wie es sein muss, und umarmt mich noch wortlos.

„So, und jetzt zeige ich dir in Ruhe deine Zimmer und das Bad. Die kannst du dir nach Lust und Laune einrichten, von mir aus rosa und pink und mit vielen Plüschkissen, wenn es dir gefällt." David lächelt belustigt.

„Sehr gerne! Aber merk es dir bitte – ich bin kein Schulmädchen mehr, und dazu mag ich lieber Hellblau statt Rosa. Und Plüschkissen sind auch nicht mein Geschmack", sage ich gespielt schnippisch und stemme meine Hände in die Hüften.

„Gut! Dann von mir aus skandinavische Designermöbel, ist mir auch recht."

„Wenn schon, dann lieber englischen Countrystyle, das ist eher meine Richtung."

„Mist! Das wird mich noch mehr kosten!" David grinst frech und bringt mich kurz in Verlegenheit.

„Nein, keine Sorge, ich werde nichts Teures kaufen", stammele ich und spüre, wie ich erröte.

„Ich bestehe aber darauf! Du sollst dir wunderschöne, teure Sachen kaufen und meine Kreditkarte ordentlich belasten. Du wirst mich sehr glücklich machen, wenn du dich in deinem Reich wohlfühlst. Weißt du, ich bin ein sehr egoistischer Mensch und denke letztendlich nur an meinen Spaß. Also bitte ich dich darum, viel Geld auszugeben und mir meine kleine Freude zu gönnen." David sagt es zwar scherzhaft, aber ich merke: Es ist ihm ernst. Ich seufze tief und versuche, ihn zu verstehen, egal wie absurd und verrückt es mir auch vorkommt. Schließlich nicke ich versöhnlich.

„Also gut. Ich kaufe oder bestelle mir Möbelstücke und Accessoires, die mir gefallen, egal wie teuer sie auch sein mögen. Hauptsache, ich mache dich damit glücklich. Habe ich das richtig verstanden?"

„Hm, nicht ganz. Du musst auch glücklich sein und an den Sachen Gefallen haben. Es reicht nicht, wenn sie nur teuer sind. Das ausgegebene Geld muss eine nachhaltige Freude erzeugen, erst dann bringt es den gewünschten Effekt."

„Mann, ihr reichen Leute seid echt verschroben!" Kopfschüttelnd lache ich. „Aber langsam verstehe ich, was du meinst. Ich glaube, ich werde tatsächlich viel Spaß damit haben, mir die Einrichtung auszusuchen, denn ich habe schon einige Ideen."

„Das freut mich! Tob dich richtig aus, meine Liebe! Dafür ist mein Geld da. Und jetzt komm, ich zeige dir das Haus und deine Zimmer." David küsst mich auf meine vor Aufregung glühende Wange, bevor er mich durch mein zukünftiges Zuhause führt.

Kapitel zwanzig

Ich fahre überschwänglich vor Glück nach Hause, doch es ist mir auch etwas mulmig dabei. Das Gespräch mit Mom, das mir bevorsteht, wird nicht einfach sein. Auch wenn ich weiß, wie sehr sie sich für mich freuen und mir alles Glück der Welt wünschen wird, werde ich sie noch in diesem Monat verlassen und ein neues Leben mit David beginnen. Trotzdem wird es für uns beide nicht leicht werden, einander loszulassen.

Mom holt mich am Bahnhof ab und wir umarmen uns herzlich.

„Du siehst so glücklich aus, meine Süße“, sagt sie, als sie mich prüfend ansieht. „Ich finde es fast überflüssig zu fragen, ob alles gut gelaufen ist.“

„Mom, es ist nicht nur gut gelaufen“, erwidere ich lächelnd und spüre, wie meine Wangen glühen. „David und ich sind zusammen, diesmal so richtig.“

„Mein Baby, ich freue mich so sehr für dich!“, ruft sie aufgeregt und drückt mich noch mal. „Nach alldem, was du durchgemacht hast, hast du es endlich verdient, glücklich zu sein. Und jetzt fahren wir nach Hause, wo du mir in aller Ruhe alles erzählen wirst.“

Fünfzehn Minuten später sitzen wir im Wohnzimmer und trinken heißen Gewürztee, um uns aufzuwärmen. Der November hat die goldenen und warmen Oktobertage in die Vergessenheit gedrängt, denn es ist kalt und dunkel geworden, und die Luft hat laut Mom heute nach Schnee gerochen.

Mühsam versuche ich, meine Aufregung zu verbergen, als ich in ihr strahlendes Gesicht blicke, wo Neugier geschrieben steht. Ausführlich erzähle ich von der spannenden Lesung und unserem anschließenden Gespräch, in dem wir endlich alles aus dem Weg geräumt haben, was zwischen uns stand und unsere Beziehung verhinderte. Unsere Liebesnacht erwähne ich natürlich nicht, es reicht schon, dass ich mit glühenden Ohren erzähle, bei David und nicht bei Susie übernachtet zu haben. Zum Glück verkneift sich Mom Kommentare diesbezüglich. Doch der schwierigste Teil des Gesprächs steht mir noch bevor, und kann ihn nicht länger hinauszögern.

„Mom, da ist noch etwas, das ich mit dir besprechen muss. Ich weiß nur nicht, wie ich anfangen soll." Ich weiche ihrem wachen Blick aus. Mein Magen zieht sich leicht zusammen.

„Nur zu, mein Liebes. Du weißt doch, du kannst mit mir über alles reden. Ich sehe doch, dass es noch etwas gibt, das dich belastet, obwohl du so glücklich bist. Also, raus mit der Sprache, ich höre dir zu." Mom lächelt aufmunternd, und ich räuspere mich nervös.

„Ich werde mich kurzfassen. David ist von Manhattan nach Atlantic Beach umgezogen und hat mich gestern gefragt, ob ich bei ihm einziehen möchte. Erst mal als eine Art Mitbewohnerin oder Untermieterin, bis wir ganz sicher sind, dass wir langfristig zusammenleben wollen. Und ich habe ohne lange zu zögern ja gesagt." So, jetzt ist es raus! Erleichtert atme ich aus und sehe meine Mom erwartungsvoll an. Es ist mir ganz bange dabei. Kann ich ihr das wirklich antun? Es ist nicht mal ein Jahr her, seit Dad gestorben ist. Sie hat ihre Depression zwar im Griff, doch ich weiß nur zu gut, wie schnell man einen Rückfall erleiden kann.

Mom betrachtet mich eine Weile überrascht und ohne eine Spur von Entsetzen oder Angst. Nach wenigen Augenblicken, die mir wie Minuten erscheinen, lächelt sie mich auf ihre sanftmütige Art an. „Ich finde, das sind großartige Neuigkeiten, und ich freue mich wahnsinnig für dich. Dass David dir so schnell so ein Angebot macht, spricht dafür, wie sehr er dich liebt und mit dir zusammen sein möchte. Aber ohne dich zu bedrängen oder dich unter Druck zu setzen. Der Mann gefällt mir immer mehr. Und für dich ist es auch höchste Zeit, dass du wieder anfängst, dein eigenes Leben zu leben, und endlich aus Oakland verschwindest.“

„Mom, heißt das, du bist mir nicht böse?“ Schon etwas entspannter lehne ich mich zurück.

„Quatsch! Warum sollte ich böse sein? Du hast jetzt fast ein Jahr hier in diesem Kaff verbracht, du hast dich erst für Dad und dann für mich aufgeopfert und kaum noch dein Leben gelebt. Dafür bin ich dir unendlich dankbar. Du bist die beste Tochter, die man sich nur wünschen kann. Aber ich wäre selbstsüchtig und eine schlechte Mutter, wenn ich dich weiter an mich binden würde, statt dich loszulassen.“

„Aber wie wirst du ohne mich klarkommen? Du brauchst mich doch. Ich fühle mich so selbstsüchtig und undankbar, wenn ich dich jetzt verlasse und wegziehe.“ Unbeholfen stehe ich auf und laufe aufgeregt durch das Zimmer.

„Hope, bleib endlich stehen und sieh mich an“, verlangt meine Mom mit ernster Stimme. „Ich komme jetzt wunderbar klar, auch ohne dich. Natürlich werde ich dich vermissen, doch du ziehst nicht nach Australien. Wir können uns regelmäßig sehen und telefonieren." Mom sagt es ohne eine Spur von Enttäuschung oder Besorgnis. Ja, sie meint es wirklich ernst.

„Mom, ich … ich hab dich so lieb", ist alles, was ich noch sagen kann. Gerührt laufe ich zu ihr, um sie zu umarmen.

„Schon gut, mein Mädchen, schon gut. Auch ich habe dich unendlich lieb. Aber bitte, mach dir keinen Kopf um mich. Versprich mir bitte, dass du jetzt an dich denkst." Prüfend blickt sie mich an, und ich nicke, während ich meine Tränen herunterschlucke.

„Okay. Ich verspreche es dir. Und wir werden uns ganz oft besuchen und täglich telefonieren, einverstanden?"

„Natürlich werden wir das tun. So, und jetzt sag mir, wann du umziehst?"

„Am besten sofort", sage ich mit gesenktem Blick. „Das ist doch vernünftig, so kannst du dich bis Weihnachten dort schon richtig zuhause fühlen."

„Wir feiern aber Weihnachten zusammen!"

„Das machen wir, Schätzchen. Und jetzt fangen wir am besten gleich an zu packen. Da du in ein so großes Haus umziehst, kannst du noch die restlichen Sachen aus den Keller mitnehmen, du weißt schon, Kindheitserinnerung und so."

Auf einmal wird mir ganz flau im Magen, denn jetzt ist es todernst. Ich ziehe tatsächlich weg von hier, diesmal für immer! In Moms schönen Augen spiegelt sich Zuversicht, aber auch eine Traurigkeit, die mich stark berührt. Ist das die Traurigkeit einer Mutter, die ihr einziges Kind loslassen muss? Entschlossen wische ich mir die Tränen weg und lächle bemüht fröhlich. „Ja, so machen wir es. Ich würde gerne eine Kiste mit meinem alten Spielzeug mitnehmen, um es Ethan zu zeigen, aber auch für mich, als Erinnerung an die Kindheit. In dem Haus werde ich schließlich zwei riesengroße Zimmer nur für mich haben und daher Platz genug für alles."

Nach zwei Tagen ist es schon so weit. Es gibt nicht viel, was ich in mein neues Zuhause mitnehmen kann. Zwei Kartons voll mit Kindheitserinnerungen und einige Bücher, meine CD-Sammlung und dazu eine nostalgische Tischlampe mit Rosenmuster, die einst Moms Großmutter gehört hat. All das lasse ich an Davids Adresse liefern.

Mom wirkt extrem tapfer, als sie mich zum Bahnhof fährt. Gut, sie hat jetzt eine beste Freundin, die ihr täglich Gesellschaft leistet. Aber ich bin ihre einzige Familie. Sie musste mir heilig versprechen, dass sie uns oft besuchen kommt und sich täglich bei mir meldet. Als wir den Bahnhof erreichen, möchte ich nicht, dass sie zusammen mit mir auf den Zug wartet, weil mir so der Abschied nur noch schwerer fallen würde.

„Mom, es ist besser, wenn du jetzt gehst", sage ich tapfer und entschlossen. „Pass gut auf dich auf und versprich mir, dass du dich bei mir meldest, wenn es dir nicht gut geht. Ich hab dich sehr, sehr lieb, und du wirst mir fehlen." Schnell umarme ich sie, um meine Rührung zu verbergen.

Sie drückt mich fest an sich und murmelt ergriffen: „Ich hab dich auch sehr lieb. Natürlich werde ich mich bei dir melden, wenn es mir nicht gut gehen sollte. Auch sonst melde ich mich regelmäßig bei dir. Und du versprichst mir, dass du nicht die ganze Zeit an mich denkst, sondern dein neues Leben mit David und Ethan geniest. Damit machst du mich am glücklichsten." Unsere vor Tränen glänzenden Augen sagen noch all das, was wir nicht in Worte fassen können, weil wir dann beide losheulen würden. Schweren Herzens lasse ich sie los und greife nach meinem Koffer. Meine Mom schenkt mir ein letztes Lächeln, bevor sie sich umdreht und zurück zu ihrem Pick-up geht. Ich kann nicht anders: Einige Sekunden lang blicke ich ihr hinterher, voll Wehmut und Melancholie bei der Erkenntnis, dass gerade ein neuer Lebensabschnitt beginnt und ich mein altes Zuhause diesmal nun endgültig verlasse.

Mein Zug fährt ein, und lächelnd wische ich mir die letzten Tränen weg. Genug geweint! Die erwartungsvollen Gedanken an David und das neue Leben, das in Atlantic Beach auf mich wartet, vertreiben meine Schwermut und versüßen mir den Abschied von Mom.

Kapitel einundzwanzig

„Hope, ich würde gerne noch kurz etwas mit dir besprechen, bevor ich meiner Mutter Bescheid sage." David dreht sich auf seinem Stuhl nachdenklich zu mir um, als ich sein Arbeitszimmer betrete. Gespannt setze ich mich mit einer Pobacke auf die Stuhllehne.

„Hat sie doch Bedenken, ob ich nur mit Hilfe meiner Mom das Festmenü für Thanksgiving hinbekomme?", frage ich lächelnd.

„Natürlich nicht! Du hast sie neulich mit deinem Sonntagsessen völlig begeistert. Besonders deine Sachertorte hat es ihr angetan. Sie hat einfach himmlisch geschmeckt."

Ich kann meine unschuldige Freude bei Davids Worten nicht verbergen. Von seiner Mutter dafür Anerkennung zu bekommen, war keinesfalls selbstverständlich. Sie speist in auserwählten Restaurants und lässt sich von Spitzenköchen verwöhnen. Doch mein Curry hat ihr wirklich geschmeckt und von der Sachertorte, die Ethan sich gewünscht hat, hat sie sogar zwei Stücke gegessen. Überhaupt gibt sie mir zunehmend das Gefühl, mich zu mögen, und hat mich als Davids Lebensgefährtin akzeptiert. *Lebensgefährtin.* Ein großes Wort. Doch David und ich haben schon nach ein, zwei Wochen gemeinsamen Wohnens in diesem herrlichen Haus festgestellt, dass wir wunderbar miteinander harmonieren und uns ein Leben getrennt voneinander nicht länger vorstellen können. Alle meine Bedenken über den Einzug sind längst verflogen, und ich genieße jeden Tag und jede Nacht, die ich an Davids Seite verbringen darf.

„Danke, mein Liebster. Ich habe diese Torte noch nie gebacken, aber Ethan hat sie neulich in einem Film gesehen und wollte sie unbedingt probieren. Zum Glück ist sie mir offensichtlich gut gelungen. Aber was wolltest du denn mit mir besprechen?"

David lehnt sich zurück und reibt sich die Augen. Er hat seit dem Frühstück geschrieben und wirkt etwas müde, aber zufrieden. Mit der Fortsetzung seines Erfolgsromans kommt er sehr gut voran, was auch mich mit stiller Freude erfüllt.

„Weißt du, ich habe einen Onkel. Er ist der jüngere Bruder meiner Mutter, den ich seit dreißig Jahren nicht gesehen habe. Ehrlich gesagt habe ich viele Jahre nicht an ihn gedacht, und ich erinnere mich kaum noch an ihn. Meine Eltern haben so gut wie nie über ihn gesprochen. Ich wusste nur, dass er das schwarze Schaf der Familie war und als junger Student auf die schiefe Bahn geraten ist. Er wurde drogensüchtig und hat gedealt, sodass ihn mein Großvater enterbt und aus dem Haus geschmissen hat. Onkel Jeff verschwand ins Ausland, Mexiko glaube ich, wo er wahrscheinlich weiter von Drogengeschäften lebt. Man hat einfach nicht länger über ihn gesprochen, so, als ob er nicht existierte oder tot wäre. Daher habe ich meine Mutter nie auf ihn angesprochen. Nun, er ist jetzt plötzlich aufgetaucht und hat sich bei meiner Mutter gemeldet. Die letzte zwei Jahre hat er im Gefängnis verbracht, wo er trocken und clean geworden ist. Im Knast hat er wohl zu Gott gefunden und hat sein Leben laut meiner Mutter endlich im Griff. Zuerst dachte sie, er melde sich bei ihr, weil er Geld braucht. Aber er will keinen Cent von ihr, er möchte bloß eine zweite Chance bekommen und uns allen zeigen, dass er es mit seinem neuen Leben ernst meint. Er wohnt in Queens, wo er als Hausmeister arbeitet und in einem Kirchenchor singt. Meine Mom war anfangs skeptisch, als er sie kontaktiert hat, doch laut ihr scheint er wirklich ein anderer Mensch zu sein. Onkel Jeff wünscht sich sehnlichst, mich und Ethan kennenzulernen, und würde gerne bei unserem Thanksgiving vorbeischauen. Wäre das für dich in Ordnung? Er ist auch für mich ein Fremder, aber wenn meine Mom sich für ihn einsetzt, dann scheint er wirklich mittlerweile ein ganz netter Mensch zu sein – unabhängig von seiner Vergangenheit. Und als mein Onkel gehört er zur Familie. Was meinst du? Wenn dir seine Anwesenheit an Thanksgiving nicht passt, kannst du es ruhig sagen. Du musst ja schließlich schon den ganzen Abend mit meiner Mom auskommen." David schmunzelt. Bei seinem erwartungsvollen Blick könnte ich ihm keinen Wunsch ausschlagen. Mit den Fingern fahre ich durch sein leicht gewelltes Haar und kämme es ihm nach hinten. Er sieht wie ein romantischer Dichter aus dem neunzehnten Jahrhundert aus, und ich liebe ihn abgöttisch.

„Natürlich darf dein Onkel zu uns kommen", entgegne ich. „Er hat anscheinend aus den Fehlern seiner Vergangenheit gelernt und seine Strafe abgesessen. Warum sollten wir ihm die zweite Chance verweigern? Sag deiner Mutter ruhig, dass ich nichts dagegen habe. Und für eine Person mehr zu kochen macht ja für mich kaum einen Unterschied."

„Danke, du bist ein Engel." David führt meine Hand zu seinem Mund und küsst sie zärtlich.

„Gewiss nicht", wehre ich mich verlegen und gerührt zugleich, wie immer, wenn er mich Engel nennt. Denn dieser Engelrolle, die ich vor einem Jahr gespielt habe, verdanke ich alles, was mich jeden einzelnen Augenblick so unermesslich glücklich macht. Sonst wäre ich David nie begegnet und er hätte sein wunderschönes Buch nie geschrieben.

„Heute Abend führe ich dich aus, in ein kleines, aber feines Fischrestaurant, das mir neulich empfohlen wurde", murmelt er, als er aufsteht. Mit einem vielversprechenden Blick drängt er sich zwischen meine Schenkel. „Nur wir beide." Er küsst mich leidenschaftlich, und seine Hände wandern forschend über meinen Körper.

„Das klingt gut", flüstere ich und schmiege mich an seinen harten Körper.

„Ich denke, wir gönnen uns den Nachtisch jetzt schon, gleich hier auf meinem Schreibtisch ..." David zieht mir entschlossen den Pullover aus und drückt mich nach hinten auf die kühle Tischplatte aus edlem Mahagoni. Ethan ist mit dem Kindermädchen am Strand, Drachensteigen, und wir erwarten sie erst in einer halben Stunde zurück.

„Warum nicht?" Mit einem glückseligen Seufzer schließe ich meine Augen und überlasse mich Davids gierigem Mund, der eine heiße Spur auf meine nackte Haut zeichnet.

Es ist so weit. Das Haus leuchtet und strahlt regelrecht in den warmen Orangetönen der Thanksgiving-

Dekoration, bei der Ethan und ich gewiss nicht gegeizt haben. Zugegeben, bei der Außendekoration hatten wir Hilfe. Gianni, unser Gärtner, hat die herbstlichen Girlanden und Lichterketten an den Hauswänden angebracht. Zu Ethans großer Freude hat er sogar ein paar gruselige Halloweenkürbisse geschnitzt, die mit Kerzen bestückt den Hauseingang und die Terrasse schmücken.

Mom, die vor drei Tagen aus New Jersey angereist ist, ist wie erwartet eine große Hilfe beim Festtagsmenü, und wir teilen uns die Aufgaben auf. Zu meiner Erleichterung übernimmt sie den gefüllten Truthahn, die Cranberrysauce und den Apfelkuchen. Ich bereite die Kürbissuppe, das Süßkartoffelpüree, glasierte Karotten, Kürbisbrötchen und Cranberryeis zu.

David, der ab und zu den Kopf in die Küche steckt, kann seine Faszination nicht verbergen. Sowohl seine Mutter als auch seine verstorbene Frau haben nicht selbst gekocht, sondern für die Festtage entweder Profiköche engagiert oder das Essen von einem Spitzenrestaurant liefern lassen. Das weckt in mir und Mom eine ordentliche Portion Ehrgeiz, und wir geben uns größte Mühe.

Ich bin überglücklich, dass sich David und Mom auf Anhieb verstanden haben. Mittlerweile plaudern sie völlig entspannt und ungezwungen miteinander, als ob sie sich seit Monaten und nicht erst seit Tagen kennen würden. Auch Ethan hat Mom sofort akzeptiert und fragte sie schon am ersten Abend, als wir ihm gemeinsam eine Gute-Nacht-Geschichte vorgelesen haben, ob er sie Oma nennen darf. „Sehr gerne", hat Mom locker reagiert, „aber wir fragen erst deinen Dad, ob ihm das recht ist." David hatte natürlich keine Einwände. Er findet es sehr schön, dass Ethans so schnell einen neuen Menschen in sein Herz geschlossen hat. Catherines Eltern sind seit drei Jahren tot und Davids Vater starb, als Catherine mit Ethan schwanger war. Somit ist sein Familienkreis recht klein.

„Siehst du? Du tust uns allen gut, nicht nur mir. Ethan himmelt dich eh schon an und jetzt hat er dank dir noch eine neue Oma bekommen, die ihn offensichtlich auch gut leiden kann", sagt David bestens gelaunt. Er folgt mir ins Badezimmer, um endlich seine Chance zu ergreifen und mich ungestört küssen zu können. Seit gestern Abend bin ich nur noch mit dem Festtagsmenü beschäftigt, und er fühlt sich vernachlässigt.

„Sie kann Ethan nicht nur gut leiden, er hat sie regelrecht um den Finger gewickelt und völlig verzaubert", erwidere ich lächelnd und entferne entschlossen seine Hände von meinen Brüsten. Ich küsse ihn, bevor ich ihn aus dem Badezimmer schiebe und die Tür hinter ihm schließe. Es ist ein herrliches Gefühl, dass er mich so schnell vermisst und sich immer wieder heimlich Küsse und Zärtlichkeiten stiehlt.

„Ich hab dich auch lieb", rufe ich ihm gutgelaunt hinterher und setze mich schnell auf die Klobrille. Ich habe die Kürbisbrötchen im Ofen und sie dürfen nicht mal eine Minute länger als geplant drinbleiben, sonst werden sie kross statt schön butterweich.

Meine Mom kümmert sich gerade um den Truthahn, und Erinnerungen steigen unaufhaltsam in mir hoch. Dad hat ihr beim Truthahn immer assistiert, und Timmy und ich haben bei Kleinigkeiten geholfen, bis uns Mom irgendwann rausgeschickt hat zum Spielen.

Diesmal ist es Ethan, der fröhlich aufgeregt in der Küche herumwuselt und begeistert schmatzend die Schüssel mit dem Kuchenteig auslecken darf. Mom lacht gelassen, als sie ihn dabei beobachtet, und verwuschelt ihm liebevoll die dunklen Locken. Der Tränenglanz in ihren Augen entgeht mir nicht, und ich weiß, dass sie gerade an Timmy und Dad denken muss. Schnell drehe ich mich um, um meine eigene Rührung zu verbergen, und das Gefühl in mir ist bittersüß. Mom tut dieses unerwartete, neue Familienleben zweifelsohne gut.

Der schreckliche Verlust, den wir alle erlitten haben, wird niemals verschwinden. Doch da wir unsere Herzen dem Leben geöffnet haben, sind wir anderen Menschen begegnet, die uns ihre Liebe und Zuneigung schenken. Etwas, was mir noch vor einem Jahr wie ein unvorstellbares Wunder vorgekommen wäre.

Drei Stunden später sitzen wir im festlich dekorierten Esszimmer, und ich überprüfe zum letzten Mal den perfekt gedeckten Tisch. Zusammen mit Ethan zünde ich die Kerzen in silbernen Kerzenständern und orangefarbenen Kristallgläsern an. Es ist fast siebzehn Uhr und draußen schon ganz dunkel. Ein Sturm tobt über Atlantic Beach, und der Wind pfeift laut im Schornstein. Als ich mich zuvor in meinem Zimmer umgezogen habe, habe ich vom Balkon aus kurz auf den aufgewühlten Ozean geblickt und das schaurig-schöne Naturschauspiel genossen. Die vom Sturm aufgepeitschten Wellen rollten wütend auf den Strand und die Brandung erzeugte ein tosendes Geräusch. Es regnete heftig – bei dem Wetter würde man nicht mal einen Hund vor die

Tür setzen. Apropos Hund: David und ich haben vorgestern bei unserem Morgenspaziergang am Strand beschlossen, Ethan zu Weihnachten ein Hundebaby zu schenken. Als Spielkamerad und Aufpasser, und bei dem riesigen Haus und Garten gehört ein Hund irgendwie dazu. Seitdem schmunzeln wir verschwörerisch, wenn Ethan gefühlte zehnmal am Tag fragt, was der Weihnachtsmann ihm diesmal bringen wird.

Aber bevor ich mir wegen des Weihnachtsfestes den Kopf zerbreche, muss ich erst Thanksgiving über die Bühne bringen.

Jane, wie ich Davids Mutter mittlerweile nennen darf, klingelt pünktlich um siebzehn Uhr, und der Butler Steve, den wir für den Abend gemietet haben, geht an die Tür. Gespannt warten wir zu viert im Wohnzimmer. Mom ist sichtlich nervös, denn das wird ihre erste Begegnung mit Jane sein, und sie möchte einen guten Eindruck auf die ziemlich komplizierte Frau machen. Sie trägt ein wollweißes, schlichtes Kleid, das ihre perfekte Figur betont, auf die sie wieder stolz sein kann. Ermutigend drücke ich ihre Hand und überprüfe noch einmal, ob mein lockerer Dutt noch sitzt. Ich trage einen eleganten, dunkelroten Jumpsuit mit weiten Beinen und Fledermausärmeln und dazu eine Goldkette mit Granatsteinen, die mir David zu meinem Einzug geschenkt hat. Ethan, der mittlerweile ein großer Peter-Hase-Fan geworden ist, trägt zu seiner Jeans ein hellblaues Sweatshirt mit den Figuren aus dem beliebten Kinderbuch und sieht putzig aus. David wiederum hat seinen neuen Tweedanzug gewählt, den er sich maßgeschneidert aus London hat liefern lassen. Der petrolblaue Wollstoff mit Fischgrätmuster lässt seine Augen noch mehr erstrahlen, und er sieht einfach fantastisch aus. Werde ich mich jemals daran gewöhnen, dass mein Partner überdurchschnittlich attraktiv ist und ich mir dabei bloß mäßig hübsch vorkomme? Egal. David betrachtet mich, als ob ich wunderschön und makellos wie ein Supermodel wäre.

Der leckere Duft nach Apfelkuchen durchzieht das Haus und verbreitet zusammen mit unzähligen Kerzen eine wohlige, behagliche Stimmung.

„Es wird schon schiefgehen", flüstere ich meiner Mom zu, bevor ich ihre Hand loslasse und David ein zuversichtliches Lächeln schenke. Er zwinkert mir zu und streichelt noch kurz meine Wange, die vor Aufregung wahrscheinlich glüht.

„Dann wollen wir unsere Gäste empfangen", sagt er locker und läuft mit Ethan los. Aus dem Flur hören wir Janes Stimme, und schon öffnet der Butler die Tür.

„Mrs. Bailey ist angekommen", sagt er höflich und macht Platz für Davids Mutter. Jane trägt einen pinkfarbenen Hosenanzug und sieht wie immer wie aus dem Ei gepellt aus. Ihr blondes Haar hat sie kunstvoll hochgesteckt und ihr Make-up ist perfekt.

„Guten Abend, ihr drei", begrüßt sie uns gutgelaunt und beugt sich zu Ethan, der gleich zu ihr läuft. Sie hebt ihn hoch und küsst ihn auf die Wange. David tritt näher, und auch er bekommt ein Küsschen von ihr. Nur ich stehe etwas abseits und weiß nicht so richtig, wie ich sie begrüßen soll.

„Guten Abend, Jane, schön, dass du da bist", sage ich, als sie mit Ethan auf dem Arm vor mir stehen bleibt.

„Hallo Hope", erwidert sie und neigt sich zu mir, um mich zu umarmen. Verblüfft lasse ich mich von ihr drücken. Damit habe ich nicht gerechnet. Umso mehr freut mich diese herzliche Geste, mit der sie mir zeigt, dass sie mich endgültig als Davids Freundin akzeptiert hat. Während der letzten Wochen hat sie ihre ablehnende Haltung mir gegenüber allmählich verändert und mir eine Chance gegeben. Als sie eingesehen hat, dass David und ich uns wirklich lieben und ich nicht nur hinter seinem Geld her bin, hat sie ihre kühle Distanz abgelegt, und ich denke, mittlerweile mag sie mich schon ziemlich.

David lächelt zufrieden und stellt meine Mom vor. Die beiden Frauen reichen sich die Hände, und die Freundlichkeit, mit der Jane meine Mom begrüßt, scheint echt zu sein. Die Menschen haben es allgemein nicht schwer, meine Mutter zu mögen, denn sie ist eine ausgesprochen sympathische und liebenswerte Person. Ich habe trotzdem damit gerechnet, dass Jane sie kühl und distanziert empfängt, wie sie es anfangs mit ihr noch fremden Menschen gerne tut. Umso erleichterter fühle ich mich, als ich sie so entspannt und freundlich erlebe.

„Wo bleibt denn Onkel Jeff?", fragt plötzlich David verwundert.

„Ah ja, Jeff hat es sich kurzfristig anders überlegt und wird später kommen. Er wollte nicht am Abendessen mit der Familie teilnehmen, dafür ist er zu bescheiden. Gegen sieben wird er hier sein, um kurz hallo zu sagen."

„Das klingt gar nicht nach dem Onkel Jeff, von dem du mir früher erzählt hast", meint David.

„Stimmt. Er hat sich stark verändert, aber im positiven Sinne“, sagt Jane und stellt Ethan wieder auf den Boden ab. „Für manche Menschen scheint eine Gefängnisstrafe ausschlaggebend zu sein, um in ein neues, besseres Leben zu starten. Jeff hat sich von seinen Lastern befreit und seinen Glauben gefunden, der ihm Kraft und Hoffnung gibt, wie er selbst sagt. Er ist ein guter Kerl, und es ist ihm sehr wichtig, dass er uns allen zeigt, wie ernst er seinen Wandel meint.“

„Dann bin ich aber gespannt, ihn kennenzulernen. Ich habe kaum Erinnerungen an ihn, ist schon ewig her. Alles, was mir wirklich über ihn bekannt ist, habe ich von dir und Dad erfahren, als ich noch jünger war.“

„Ich weiß. Deswegen finde ich es schön, dass du bereit bist, ihm eine Chance zu geben. Schließlich sind wir eine Familie.“ Jane lächelt David zu und wendet sich wieder an Ethan, der sie ungeduldig an der Hand zieht.

„Oma Jane, komm jetzt, das Essen ist fertig. Hope und Oma Laurie haben so viele leckeren Sachen gekocht und gebacken. Und du musst dir erst meine Kürbisköpfe ansehen, die sind echt gruselig.“

„Da mache ich gern, Schätzchen. Es duftet herrlich, und mein Magen knurrt schon heftig, hörst du es?“ Ethan nickt, und die beiden laufen lachend auf die Terrasse, um sich die Kürbisköpfe anzuschauen. Mom und ich tauschen einen erleichterten Blick aus. Es läuft alles bestens und das Fest kann beginnen! David gibt mir einen heimlichen Klaps auf den Hintern und grinst zufrieden. Schmunzelnd begebe ich mich in die Küche, um dem Küchenmädchen Tanya Bescheid zu geben, dass es die Suppe servieren kann.

„Ich bin jetzt pappsatt“, stöhnt Ethan, nachdem er das leere Schälchen mit Eis von sich geschoben hat. „Und ein bisschen schlecht ist mir auch.“

„Ach Schätzchen, wir haben doch alle gesagt, die zweite Portion Eis wird dir nicht guttun“, sagt Jane, die neben ihm sitzt, und streichelt ihm besorgt den Lockenkopf.

„Du hast aber auch zwei genommen“, erwidert er nachdenklich und zieht eine süße Schnute.

„Ja, ich weiß, und es kann gut sein, dass ich auch Bauchschmerzen bekomme, weil ich meinen Appetit nicht zügeln konnte. Aber Hope und Oma Laurie haben so fantastisch gekocht und gebacken, da konnte keiner widerstehen.“ Jane zuckt entschuldigend mit den Schultern, und meine Mom strahlt. Das ist für sie ein großes Kompliment und für mich ein Zeichen, dass Jane sie wirklich akzeptiert hat.

David schenkt mir einen zufriedenen Blick und lehnt sich im Stuhl entspannt zurück. Er prostet mir mit seinem Glas Cider zu, und ich erwidere die Geste. Ich habe nicht so viel essen können wie die anderen und habe noch Platz übrig für das Stückchen Apfelkuchen, das auf meinem Teller liegt.

„Ethan, ich koche dir gleich eine Tasse Kamillentee, das hilft bei Bauchschmerzen“, sagt meine Mom und steht auf.

„Ja, Kamillentee hilft, auch Peter Hase bekommt das von seiner Mama, wenn er von zu viel Naschen Bauchweh hat.“ Ethan erinnert sich an die Geschichte, die er neulich so oft vorgelesen bekommt, und reibt sich mit der Hand sein Bäuchlein.

„Wenn wir jetzt alle satt und zufrieden sind, können wir es uns auch gemütlich machen." David zeigt zur Polsterecke vor dem Kamin und steht auf. Wir folgen ihm, und ich setze mich mit Ethan auf dem Schoß neben David. Jane nimmt den Sessel und lässt sich von Steve noch ein Glas Cider geben. Sie scheint leicht beschwipst zu sein und daher lockerer und lustiger als sonst. Das heißt, ich sollte lieber immer dafür sorgen, dass sie satt ist und ein volles Glas hat. Bei diesen Gedanken muss ich ein Kichern unterdrücken und nehme auch noch ein Glas. Mom kommt mit einer Tasse duftendem Kamillentee aus der Küche und reicht sie mir. Zusammen mit Ethan pusten wir eine Weile, bevor er den Tee schlückchenweise trinken kann. Nach wenigen Schlucken meint er, sein Bauchweh sei schon *viiiel besser.* Zufrieden macht er es sich auf meinem Schoß gemütlich und wirkt schläfrig. Es ist kurz vor sieben und langsam Zeit für ihn, ins Bett zu gehen.

„Bin gespannt, ob Jeff pünktlich kommt", sagt Jane, als sie auf ihre teure *Ballon Blue de Cartier* schaut. Wir sitzen eine Weile still und lauschen dem behaglichen Kaminfeuer. Der Butler hat auf Davids Anweisungen die Musik angemacht, und leise Mozartklänge runden die Atmosphäre ab. Draußen tobt der Sturm und sorgt immer wieder für pfeifende Geräusche im Schornstein, während es hier im Zimmer nicht gemütlicher sein könnte.

„Du schläfst heute auf jeden Fall bei uns, Mutter", sagt David ernst. „Bei diesem Wetter lasse ich dich nicht zurück nach New York fahren."

Sie nickt. „Das ist besser so. Dazu habe ich zu viel getrunken", gesteht sie leicht verlegen.

„Das wollte ich jetzt als ein gut erzogener Sohn ganz gentlemanlike nicht laut sagen“, erwidert David und lacht herzlich.

„Der Einzige, der heute wirklich nüchtern ist, ist der gute Butler“, meint meine Mom trocken und prostet uns mit ihrem Cider zu.

„Darauf würde ich nicht Gift nehmen, meine Liebe.“ Jane grinst. „Ich habe mit meinem Personal schon einiges erlebt, und daher weiß ich, dass sie in der Küche gerne die Getränke ausprobieren, bevor sie sie uns ausschenken.“

Gut gelaunt lachen wir und nehmen uns vor, Steve genauer zu beobachten. Der hält sich gerade in der Küche auf, wo er Tanya hilft. Nach wenigen Minuten, kurz vor sieben, klingelt es an der Tür.

„Da ist er“, sagt David. Der Butler begibt sich sofort in den Flur und empfängt den späten Gast – wir hören seine Schritte. Nach wenigen Augenblicken klopft er an und öffnet die Tür.

Kapitel zweiundzwanzig

„Mr. Jeffrey Clinton", kündigt Steve Davids Onkel an und lässt ihn herein.

Ein hagerer, groß gewachsener Mann Mitte fünfzig erscheint in der Tür. Er trägt einen weißgrauen Vollbart und nach hinten gekämmtes, graues Haar. Sein dunkelblauer Anzug scheint neu zu sein, doch er sitzt nicht richtig auf seinen gebeugten Schultern. Sein vom Leben gezeichnetes Gesicht mit tiefen Furchen auf der Stirn kommt mir plötzlich bekannt vor, und fieberhaft suche ich in meinem Gedächtnis nach einer Erklärung. Jeffrey Clinton ... Auch diesen Namen habe ich schon einmal gehört ... In dem Augenblick, in dem die schreckliche Erkenntnis mich wie ein Blitz durchzuckt und meinen Atem stocken lässt, zerreißt ein greller Schrei die harmonische Stille, die bis dahin im Raum herrschte. Es ist meine Mom, die den Mann mit weit aufgerissenen Augen anstarrt, bevor sie sich wie eine Furie auf ihn stürzt und mit beiden Fäusten auf ihn einschlägt.

Es passiert alles so schnell, doch trotzdem kommt es mir wie in einer Zeitlupenaufnahme vor.

„Du Mörder, du hast mein Kind getötet!", schreit meine Mom und schlägt mit ihren Händen weiter auf die Brust des Mannes, der kreidebleich wird. Er wehrt sich nicht, er steht bloß wie versteinert da und lässt es geschehen. Vor meinen geistigen Augen erscheinen plötzlich die schrecklichen Bilder, die ich niemals vergessen werde. Es ist alles wieder zurück: das viele Blut. Timmys kleiner Körper, aus dem das Leben unaufhaltsam entweicht. Mein Entsetzen und die paralysierende Hilflosigkeit, mit der ich ihn vergeblich anflehe, bei mir zu bleiben, bis Hilfe kommt. Meine unkontrollierten Schreie, die ich wie aus der Entfernung höre. Der Schmerz, der mir das Herz zerreißt und mein vergeblicher Wunsch, selbst tot zu sein. Und dann die endlose Dunkelheit, die mich verschlingt und mir alles nimmt, was mir einst heilig und lieb war. Der Mann, der meinen kleinen Bruder tötete und das Leben meiner Familie zerstörte, steht nun vor mir und erträgt ohne jeglichen Widerstand die Schläge meiner Mutter.

„Verdammt, was ist hier los?", ruft David verstört. Mit schnellen Schritten läuft er zu den beiden und versucht, meine Mom von seinem Onkel wegzuzerren. Bestimmt, doch sanft hält er sie fest, als sie den Mann weiter völlig aufgelöst anschreit:

„Du hast meinen Timmy überfahren, weil du sturzbetrunken warst! Du Schwein! Du solltest lebenslänglich hinter Gittern bleiben! Mein Kind ist wegen dir tot, und du läufst weiter frei herum!"

Spätestens in diesem Augenblick wird David klar, was geschehen ist, und auch Jane, die die Szene entsetzt beobachtet, geht ein Licht auf.

„Jeff, hast du wirklich Hopes kleinen Bruder überfahren?", wendet sie sich an ihn und schlägt ungläubig die Hände vors Gesicht.

„Ja, das habe ich getan, und ich bete jeden Tag, dass Gott mir diese Sünde verzeihen möge", stammelt Jeff mit gesenktem Kopf.

„Wie konntest du ihn bloß einladen?", platzt es aus mir heraus und ich funkele Jane wütend an. Meine Brust ist wie zugeschnürt und die alte Wunde in meinem Herzen blutet heftig, als ich vor dem Mörder meines Bruders stehe und am ganzen Körper zittere.

„Hope, bitte, glaube es mir, ich habe nicht gewusst, dass der arme Junge dein Bruder gewesen ist", erklärt sie verzweifelt, als ich sie so unfair beschuldige. „Sonst hätte ich Jeff niemals eingeladen!"

David lässt meine Mom los, denn ein lautes Schluchzen hinter uns zwingt uns alle, uns umzudrehen. Ethan ist völlig verstört und weint herzzerreißend. Er versteht natürlich nicht, was gerade passiert, und kann sich das Verhalten meiner Mutter nicht erklären. David läuft zu ihm und hebt ihn hoch, um ihn zu beruhigen. Ich dagegen stehe weiter wie erstarrt. Der Mann, der meinen Bruder getötet hat, sinkt langsam vor meiner Mutter auf die Knie und weint plötzlich wie ein Kind.

„Bitte, vergebt mir", schluchzt er und bedeckt sein Gesicht mit den Händen. „Ich bereue es jeden einzelnen Tag und würde es so gerne ungeschehen machen." Meine Mutter tritt einen Schritt zurück. Ihr Gesichtsausdruck ist voller Wut, Hass und Schmerz.

„Nein! Niemals! Dein Seelenfrieden wird mir meinen Timmy nicht zurückgeben!", schreit sie, bevor sie sich umdreht und zur Terrassentür rennt. Sie reißt sie auf und verschwindet in der Dunkelheit. Ich fühle mich weiter wie gelähmt und strecke nur hilflos eine Hand nach ihr aus. Doch ich schaffe es nicht, ihr hinterherzurennen. Langsam drehe ich mich wieder zu David,

der Ethan in seinen Armen wiegt und ihm beschwichtigend zuredet.

„Laurie ... Wir müssen sie zurückholen. Es tobt ein
starker Sturm da draußen", höre ich Janes Stimme wie
aus weiter Ferne. Auch sie starrt durch die offene Terrassentür nach draußen. Der heftige Wind bläht die
Vorhänge auf, sodass sie wie weiße Gespenster wirken,
und der tosende Ozean im Hintergrund liefert dazu
eine schaurige Geräuschkulisse.

„Mom, du hast recht, Hope und ich müssen sie zurückholen. Kümmere du dich um Ethan! Beruhige ihn",
sagt David in entschlossenem Tonfall. „Mom, hast du
mich verstanden?"

„Was? Ja, natürlich", erwidert Jane und bemüht sich
zu lächeln, als sie die Hände nach Ethan ausstreckt.
„Komm, Schätzchen, wir gehen spielen." David reicht
ihr Ethan, der zum Glück nicht widerspricht. Auch ich
erwache endlich aus meiner Starre und bin dankbar,
dass David die Kontrolle über die Situation übernimmt.

„Ethan, du bleibst jetzt bei Oma Jane und spielst
schön mit ihr. Hope und ich müssen Oma Laurie suchen gehen, in Ordnung?"

Ethan nickt und klammert sich an Jane, die sich mit
ihm auf dem Weg ins Kinderzimmer macht.

„Und du verschwindest hier besser", wendet sich David knapp an seinen Onkel, der immer noch kniet und
weint. Fast könnte ich so etwas wie Mitleid mit ihm
empfinden, wenn ich mir nicht solche Sorgen machen
würde.

„Bitte, erlaubt mir, euch zu helfen und mich wenigstens etwas nützlich zu machen", fleht Jeffrey uns an.

David will ihn sichtlich schon abschmettern, doch er überlegt es sich anders.

„In Ordnung. Wir brauchen wirklich jede Hilfe. Du nimmst zusammen mit Steve den längeren Pfad durch die Dünen zum Strand und suchst nach ihr links von dem Bootsteg, ich und Hope laufen über die Abkürzung direkt zum Wasser." Der Butler, der ins Zimmer kam, als er meine Mutter schreien hörte, nickt heftig und gibt Jeff ein Zeichen, ihm zu folgen. Jeff steht mit einem dankbaren Blick auf und folgt ihm zur Terrassentür.

„Hope, hol schnell deine Jacke und feste Schuhe, du kannst so nicht das Haus verlassen." David packt mich an der Schulter und führt mich in den Flur, wo ich hastig in meine Stiefel schlüpfe. Er hilft mir, meine gewachste Regenjacke anzuziehen, und greift nebenbei nach seiner Steppjacke.

Gemeinsam laufen wir los und schließen die Terrassentür hinter uns. Draußen peitscht uns der eiskalte Regen unsanft entgegen. Ich bleibe kurz stehen. Meine Mom hat nur ihr kurzärmeliges Kleid und Riemchenpumps an, und ich friere jetzt schon in meiner gefütterten Jacke! Vielleicht sollte ich ihren Mantel holen. David, der mein Zögern bemerkt, zieht mich an der Hand weiter. Durch die Sturmböen erreichen wir den Holzsteg zwischen den Dünen, die in der Dunkelheit nur zu erahnen sind. Zum Glück trägt David neben einem Taschenmesser und Feuerzeug immer auch eine Taschenlampe in seiner Strandjacke, mit der er uns jetzt den Weg ausleuchtet. Trotz meiner Kapuze ist mein Gesicht augenblicklich nass vom Regen, als ich ihm dicht auf den Fersen folge. Weiter unten am Strand, links von uns, laufen Jeffrey und Steve, die auch mit einer

Taschenlampe oder mit einem Handy den Weg aus-
leuchten. Ihre Rufe dringen im Sturm nur schwach zu
uns durch. Ermutigt darüber fange auch ich zu rufen:
„Mom! Wo bist du? Mom!" Meine Stimme geht im lauten Tosen des aufgewühlten Ozeans unter. Hilflos
greife ich nach Davids Arm. „Sie kann mich nicht hören
in dem Sturm!", schreie ich entmutigt, als er sich zu mir
umdreht.

„Egal, wir finden sie!", schreit er zurück und wirkt dabei überzeugend und fast gelassen. Ich bewundere ihn
immer mehr, dass er einen so klaren Kopf behält und
sich von meiner Panik nicht anstecken lässt. Damit vermittelt er mir Sicherheit und Hoffnung, die ich in dieser schrecklichen Situation so dringend brauche. Wir
laufen weiter durch die Dünen. Mit ganzer Kraft
kämpfe ich gegen meine Gedanken an. *Nein, bitte
nicht! Nicht schon wieder! Mom darf nichts passieren!
Ich werde einen weiteren Verlust nicht verkraften können.*

Verzweifelt klammere ich mich an Davids Hand. Leider bin ich ihm in meinem Zustand keine große Hilfe.
Umso sorgsamer sucht er in der Dunkelheit nach Spuren. Wir erreichen den Ozean, der mit schaumigen
Wellen an den Strand schlägt. Es fröstelt mich bei dem
Gedanken, dass Mom vielleicht ... War dieser grausame
Zufall etwa der Vorbote einer Tragödie, die mich endgültig in dem alten schwarzen Loch versinken lassen
wird, diesmal für immer?

Nein, daran darf ich nicht denken!

Davids Handy klingelt, und er holt es rasch aus der
Hosentasche. „Was? Ein Schuh? Wir kommen!", sagt er,
und ich schlussfolgere, dass er mit dem Butler spricht.

„Was ist los?", frage ich hastig.

„Steve und Onkel Jeff haben Lauries Schuh gefunden, dort vorne." Er deutet in ihre Richtung. „Komm, wir müssen hin. Wahrscheinlich ist sie zum Bootssteg gelaufen."

Bootssteg! Die Angst verschlägt mir den Atem, denn der schmale Bootssteg führt etwa zwanzig Meter hinaus in den Ozean und wird beim Sturm von den Wellen überspült.

„Schnell, beeil dich", treibe ich David verzweifelt an. Wir rennen Hand in Hand in die andere Richtung. Völlig außer Atem erreichen wir nach wenigen Minuten die beiden Männer. David beleuchtet mit der Lampe die Umrisse des Bootstegs vor uns und lässt mich los. Steve zeigt mir den Schuh und ich nicke. Ja, es ist einer ihrer Slingpumps.

„Ich habe gerade noch den zweiten Schuh gefunden", schreit Jeffrey durch den Wind. Mom hat die Schuhe also entweder im Sand verloren oder sie ausgezogen, um besser laufen zu können.

„Hope, du bleibst jetzt hier. Steve, Jeff, ihr kommt mit mir auf den Bootssteg", gibt uns David klare Einweisungen.

„Aber, ich ...", versuche ich zu widersprechen, doch David bringt mich mit einer entschlossenen Geste zum Schweigen.

„Du wartest hier!", sagt er streng und sein Blick sagt mir, dass ich besser nicht widersprechen sollte. *Sei vorsichtig*, flüstere ich mehr für mich als für ihn. Mit zitternden Beinen sinke ich zu Boden in den nassen Sand. Es wird mir alles zu viel. Die Sorge um meine Mom, die in ihrem Schockzustand wer weiß was getan hat, nimmt mir meine ganze Kraft. Mein Herz hämmert wild. Ich blicke den Männern nach, wie sie sich auf den glitschigen Holzsteg begeben, der mit jeder wuchtigen Welle überspült wird. Die Nacht ist durch den Sturm so düster, dass ich das Ende des Stegs nicht erkennen kann. Ich starre nur sprachlos in die Dunkelheit und hoffe auf ein Wunder. Bald sehe ich die Männer nicht länger, nur die Lichter ihren Taschenlampen zeigen mir, wo sie sich befinden.

„Da ist sie!", höre ich plötzlich Jeffreys laute Stimme und richte mich wieder auf.

„Wo?", brüllt David gegen den Sturm an. Es folgt ein Geräusch, als ob jemand ins Wasser gesprungen wäre. Mein Herz hämmert noch heftiger gegen meinen Brustkorb, und mir wird schwindelig vor Angst und Aufregung. Ist David etwa ins Wasser gesprungen? Ist meine Mom im Wasser? Mir wird schlecht, und ich kauere mich zusammen, grabe die Hände in den nassen, kalten Sand. Ich höre aufgeregte Männerstimmen. Sie werden lauter, nähern sich wieder dem Ufer, und endlich sehe ich sie: Jeffrey steigt mit Davids Hilfe aus dem Wasser. Auf den Armen hält er den reglosen Körper meiner Mutter. Ich will aufschreien, doch es kommt kein Laut aus meinem Mund. Steve hilft den beiden, sie auf dem Sand abzulegen, und David und Jeff beugen sich über sie.

„Bitte, lass es mich machen, ich habe das gelernt", höre ich Jeffreys Stimme. David holt stattdessen sein Handy aus der Jackentasche und ruft wahrscheinlich den Rettungswagen. Wie in einem Film beobachte ich Jeffrey, der meiner Mom eine Herzmassage gibt. Ich zittere am ganzen Körper und bekomme kaum noch Luft.

Ich schlinge beide Arme um mich und halte mich selbst fest, weil mein Herz zu zerspringen droht. Der Sturm tobt weiter, und die Stöße der Windböen sind so stark, dass ich schwanke und auf meinem Hintern lande, als ich aufzustehen versuche. Ich bleibe einfach sitzen und meine Lippen bewegen sich lautlos und von alleine: *Bitte, bleib bei mir …* Dann, nach wenigen Augenblicken, die mir jedoch wie qualvoll lange Stunden vorkommen, hustet meine Mom plötzlich los und spuckt reichlich Wasser aus. Sie lebt! Jeffrey und David helfen ihr, sich aufzurichten, und erst dann spüre ich wieder Kraft in meinen Beinen. Ich springe hoch und laufe zu ihr.

„Mom, du lebst, du lebst!", schreie ich vor Erleichterung. Mom ist zwar bei Bewusstsein, aber sie nimmt mich nicht richtig wahr; sie wirkt stark benommen und unter Schock. Erschüttert von ihrem Anblick sinke ich neben sie auf den kalten Sandboden und umarme sie fest. Sie ist komplett durchgefroren und erwidert meine Umarmung nicht. David zieht seine Steppjacke aus und legt sie fürsorglich um ihren eiskalten Oberkörper. Dankbar blicke ich ihn an, und er lächelt mir kurz aufmunternd zu. Schon springt er schwungvoll auf die Beine, um mit Jeffrey zu reden, der neben uns steht. Die Hilfe wird in wenigen Minuten bei uns sein. Der Rettungswagen kommt von der nächstgelegenen Küstenwache direkt über den Strand gefahren, und so müssen wir Mom nicht erst über die Dünen zu der Straße tragen und weitere Zeit verlieren. Ich bekomme mit, wie Jeffrey David erklärt, dass er im dunklen Wasser das weiße Kleid gesehen und ohne zu zögern gesprungen ist. Der Ozean ist unter dem Bootssteg nicht

so tief, wie man es auf den ersten Blickt vermuten
würde. Das Wasser reichte Mom nur bis zum Hals,
doch sie wäre in den hohen Wellen, mit denen sie
kämpfte, beinahe untergegangen. Das glaube ich ihm
sofort, denn sie ist keine besonders gute Schwimmerin
und der Ozean dazu weniger als zehn Grad warm.

Jeffrey verstummt und senkt den Kopf, ohne mich
oder Mom anzusehen. David presst die Lippen zusammen und legt ihm kurz eine Hand auf die Schulter, bevor er sich uns zuwendet.

„Alles ist gut! Gleich ist der Rettungswagen da", redet
er beruhigend auf Mom und mich ein. Ihren Kopf habe
ich auf meinen Schoß gelegt und ich streiche ihr über
das bleiche Gesicht mit den blauen Lippen. Aus der Entfernung höre ich schon die Sirene der Küstenwache,
die sich uns nähert. Erleichtert beuge ich mich zu Mom.

„Die Hilfe ist schon da, mach dir keine Sorgen", murmele ich mehr für mich als für sie. Sie atmet flach und
angestrengt, und ich habe panische Angst, dass sie zu
sehr auskühlt und schlimme gesundheitliche Folgen
davontragen wird. In meiner Not drehe ich mich um
und werfe einen wütenden Blick zu Jeffrey, der wie ein
begossener Pudel dasteht und uns hilflos beobachtet.

„Dieser Verbrecher da ist schuld, dass das alles passiert ist!", rufe ich laut und anklagend.

„Mag sein. Aber er hat deiner Mom das Leben gerettet", schaltet sich David ein, bevor ich Jeffrey weiter be-
schimpfen kann. „Er hat gesehen, wie sie in den Wellen
untergeht und wie du es mitbekommen hast, ist er sofort reingesprungen. Ohne ihn wäre sie höchstwahrscheinlich ertrunken." Seine nüchternen und einleuch-
tenden Worte sitzen. Verdutzt verstumme ich und

denke kurz nach. Egal wie schwer es mir fällt, ich muss zugeben, dass David recht hat. Natürlich ist Mom wegen Jeffrey so ausgerastet und bei diesem heftigen Sturm zum Strand gelaufen. Aber nur wenige Minuten später hätten David und ich ihr nicht mehr helfen können. Jeffrey war rechtzeitig an Ort und Stelle. Als einziger von uns hat er gewusst, was zu tun war. Das hat er wahrscheinlich im Knast gelernt.

Scheiße. Muss ich diesem schrecklichen Mann am Ende noch dankbar sein?

Zum Glück ist der Rettungswagen da und drei Männer stürzen zu uns. Sofort nehmen sie mir Mom ab, und David liefert dem leitenden Sanitäter eine kurze Erklärung. Mom wird in den Wagen gebracht, in warme Decken eingewickelt, und der Sanitäter untersucht sie gründlich. David hält meine Hand fest, während wir warten. Auch mir reicht einer der Männer eine warme Decke, und David wickelt mich sorgsam ein. Als der Mann Jeffrey eine Decke reicht, lehnt er sie kopfschüttelnd ab. Es sieht so aus, als ob er sich selbst bestrafen will. Als ob seine Schuldgefühle ihn daran hindern würden, Hilfe anzunehmen. Sein Gesichtsausdruck im Scheinwerferlicht des Autos ist erschüttert und zeugt von solcher Qual, dass er mir in diesem Augenblick einfach leidtut. Entschlossen halte ich den verdutzten Sanitäter auf und nehme ihm die Wolldecke ab. Ohne David anzusehen, gehe ich auf Jeffrey zu und reiche ihm die Decke.

„Hier, nehmen Sie das. Sie sind völlig durchnässt, und es ist bitterkalt." Jeffrey sieht mich entgeistert an. „Und danke, dass Sie meine Mutter gerettet haben." Der Satz geht mir schwer über die Lippen, doch ich spüre ganz tief in meinem Herzen, dass es richtig ist, was ich tue. Ob ich ihm wirklich verzeihen kann, ist in diesem Augenblick jedoch noch nicht klar.

Jeffrey öffnet den Mund und sucht nach passenden Worten, während er mit zitternden Händen nach der Wolldecke greift. „Das bedeutet mir unendlich viel, danke", stammelt er ergriffen, und seine Augen füllen sich mit Tränen.

„Schon gut", winke ich ab und gehe wieder zurück zu David. Er schließt mich sofort in seine Arme und küsst mich auf den Kopf.

„Ich bin so stolz auf dich", murmelt er. „Ich weiß, wie schwer es dir fällt, ihn anzusehen. Aber Vergebung würde nicht nur ihm, sondern auch deiner Seele guttun." Ehe ich was erwidern kann, winkt mich der junge Sanitäter zu sich.

„Wie geht es ihr?", frage ich ungeduldig.

„Den Umständen entsprechend", erwidert er diplomatisch. „Sie hat viel Wasser geschluckt und ist stark unterkühlt. Daher bringen wir sie ins Krankenhaus und untersuchen sie dort gründlich."

„Das ist gut." Erleichtert atme ich aus, und David streicht mir über den Rücken. Mom, die warm eingepackt auf der Liege ruht, hat eine Sauerstoffmaske auf dem Gesicht und einen Zugang für einen Tropf im Arm.

„Sie schläft jetzt, ich habe ihr ein Beruhigungsmittel gespritzt, sie steht unter Schock", erklärt uns der Mediziner. „Darf ich fragen, was vorgefallen ist?"

„Es gab einen schlimmen Familienstreit und sie ist völlig aufgelöst aus dem Haus gerannt", antwortet David für mich, und ich bin ihm dankbar dafür.

„Verstehe", nickt der Mann und runzelt die Stirn. „Entschuldigen Sie bitte die Frage, aber besteht eventuell die Möglichkeit, dass sie sich das Leben nehmen wollte? Falls ja, müsste ich das in meinem Bericht vermerken."

„Das glaube ich nicht", sagt David überzeugt. „Es war eher eine Kurzschlusshandlung. Sie wollte einfach weg, zum Strand, um sich am Ozean zu beruhigen, aber sie hat wohl nicht mit der Stärke des Sturms gerechnet."

„Hm, ja, das ergibt Sinn", entgegnet der Sanitäter. „Dann schreibe ich in meine Akte, dass es sich um einen Unfall handelte. Mrs. Roberts ist auf dem nassen Holzsteg ausgerutscht und ins Wasser gefallen."

„Ja, so ist es gewesen", bekräftigt David. „Vielen Dank. Alle Abrechnungen schicken Sie bitte an meine Adresse. Ich wünsche für die Dame eine Chefarztbehandlung und selbstverständlich ein Privatzimmer. Hier, meine Karte." David holt eine Visitkarte aus seiner Westentasche und reicht sie dem Mann. Als der seinen Namen erblickt, sieht er ihn verwundert an.

„Sie sind *der* Mr. Bailey, von B&C?"

„Ja, der bin ich. Und Sie verstehen, wenn ich den Unfall sehr diskret behandeln möchte."

„Aber natürlich! Schon wegen meiner Schweigepflicht können Sie sicher sein, dass von meiner Seite nichts an die Öffentlichkeit gelangen wird. Auch werde ich dafür sorgen, dass der Chefarzt sich persönlich um Mrs. Roberts kümmern wird. "

„Danke! Ich weiß, dass ich mich auf Sie verlassen kann." David reicht dem Sanitäter die Hand und schüttelt sie kräftig.

„Selbstverständlich. So, ich nehme an, Sie wollen beide ins Krankenhaus mitfahren?"

„Ja, ich fahre mit", erwidere ich gleich. „Du solltest aber lieber zurück zu Ethan gehen." Ich fasse David am Unterarm und versuche, mutig zu klingen.

„Nein, ich kann dich jetzt doch nicht alleine lassen. Ich komme mit, und wir fahren später mit dem Taxi zusammen zurück. Meine Mutter ist bei Ethan und bringt ihn ins Bett." Eigentlich will ich David widersprechen, aber sein Gesichtsausdruck ist entschlossen, und ich habe keine Kraft für Diskussionen.

„Na gut, dann machen wir es so", antworte ich mit einem Seufzer und bin irgendwie erleichtert.

„Ja, ja, die Familienfeiern, da passieren oft kleine oder größere Dramen", kommentiert der Sanitäter lächelnd.

„In unserem Fall ist es eine richtige griechische Tragödie", meint David trocken, und ich kann ihm nur zustimmen. Die Neugierde auf dem Gesicht des jungen Mannes ist deutlich zu sehen, doch er stellt keine weiteren Fragen.

Wir fahren los. David telefoniert kurz mit seiner Mutter und berichtet mir anschließend, was sie gesagt hat. Ethan hat sich mittlerweile beruhigt, und sie liest ihm gerade aus seinem Lieblingsbuch vor. Sie wünscht meiner Mom gute und schnelle Besserung und ist sehr besorgt um sie. Der Vorfall tut ihr unheimlich leid, und sie macht sich dafür verantwortlich.

Ich sitze neben David auf der unbequemen Bank und lehne meinen Kopf an seine Schulter. Mom schläft. Ihre Gesichtsfarbe wird langsam wieder rosiger, genau wie ihre anfangs blauen Lippen. Hoffentlich bekommt sie keine schwere Lungenentzündung!

„Der Chefarzt wird sich um sie kümmern und es wird alles wieder gut", murmelt David und drückt meine Hand, als ich schwer seufze. Wenn ich abergläubisch wäre, würde ich langsam vermuten, dass jemand meine Familie mit einem Fluch belegt hat. Doch mein Verstand sagt mir nüchtern, dass das Leben halt unberechenbar ist. Manche Menschen müssen anscheinend mehr Leid erfahren als andere. Von Gerechtigkeit kann hier gewiss keine Rede sein, aber niemand kann wissen, welche Schicksalsschläge in der Zukunft auf jemanden warten. Vielleicht werden Menschen, die ich heute um ihr Glück beneide, schon bald noch viel schlimmere Tragödien erleben müssen. Daher darf ich nicht zulassen, dass ich ohne Urvertrauen und Zuversicht weiterlebe, nur um mich auf diese Art zu schützen. Ich will brennen, ich will mich ganz fühlen, ich will mich Hals über Kopf in das zerbrechliche und doch so wunderschöne Wunder stürzen, das wir das menschliche Leben nennen. Und ich will lieben, mit weit geöffnetem, furchtlosem Herzen, so wie in diesem Augenblick, während ich Davids unterstützende und kraftgebende Energie spüre, die mich hält und mir Sicherheit und Zuversicht vermittelt. Ich liebe ihn so sehr, dass ich trotz Sorgen um meine Mom von einer grenzenlosen Dankbarkeit und Glückseligkeit überflutet werde.

Kapitel dreiundzwanzig

Mom wird im Krankenhaus wie angekündigt vom Chefarzt, Professor Archer, empfangen und gründlich untersucht. Der weißhaarige Arzt gewinnt sofort mein Vertrauen. Erheblich beruhigt warte ich zusammen mit David draußen vor dem Zimmer. Eine Schwester bringt uns Kaffee, und David bedankt sich freundlich. Ich will nicht wissen, wie viel er für Moms Krankenhausaufenthalt bezahlen wird, doch er hat mir verboten, noch einmal darüber zu reden. Es ist für ihn eine Selbstverständlichkeit, dass er die Kosten übernimmt, und er möchte nicht, dass ich mich dafür bedanke.

Nach fast einer Stunde erscheint Professor Archer mit zwei Assistenzärzten und lächelt zuversichtlich, als ich aufgeregt vom Stuhl aufspringe. „Wie geht es ihr, Herr Professor?", frage ich hastig, und David legt mir beruhigend eine Hand auf die Schulter.

„Ich bin mit ihrem Zustand ziemlich zufrieden", erwidert der Arzt. „Sie hat Glück gehabt, dass sie nur wenige Minuten im kalten Wasser war, und die Wiederbelebungsmaßnahmen, die sie sofort erhalten hat, waren goldrichtig. Die Unterkühlung hat höchstwahrscheinlich keine gesundheitlichen Schäden hinterlassen. Aber wir werden sie natürlich über die nächsten zwei Nächte hier behalten und sie rund um die Uhr überwachen. Wir wollen sicher sein, dass sie sich durch das Wasser keine Lungenentzündung zugezogen hat."

„Vielen Dank, Herr Professor, das sind sehr beruhigende Antworten", sagt David, während ich vor Erleichterung tief ausatme. „Wie hoch ist das Risiko einer Lungenentzündung?"

„Eher niedrig. Machen Sie sich keine Sorgen. Bei der kleinsten Verschlechterung ihres Zustands oder gar dem Auftreten vom Fieber bekommt sie ein Antibiotikum. Alles in allem bin ich sehr zuversichtlich. Sie können jetzt kurz zu ihr rein, sie ist gerade wach. Aber nicht länger als fünf Minuten, sie braucht viel Ruhe und bekommt gleich noch ein Beruhigungsmittel, um durchzuschlafen und sich von dem Schock zu erholen", warnt er uns noch.

„Natürlich. Danke, Herr Professor", erwidere ich und ziehe David schon ungeduldig an der Hand zur Tür.

Ich klopfe an und trete leise in das Zimmer. Mom begrüßt uns mit einem müden Lächeln. Sie hat keine Sauerstoffmaske mehr auf und ihre Gesichtsfarbe ist wieder normal. Nur der Monitor neben dem Bett, der ihre vitalen Funktionen misst, und der Tropf in ihrem Arm erinnern an die schrecklichen Geschehnisse dieses Abends.

„Mom, wie geht es dir?", frage ich vorsichtig, als wir vor ihrem Bett stehenbleiben.

„Es geht schon wieder, ich bin nur sehr müde", antwortet sie leise. „Und es tut mir so leid, dass ich euch allen den schönen Feiertag vermiest habe." Sie senkt beschämt den Blick und schließt kurz die Augen. „Nicht Mom, es ist alles gut. Hauptsache du lebst und dir ist nichts passiert!", beschwichtige ich sie und streichle ihre Hand.

„Genau! Wir hatten doch ein sehr schönes Thanksgiving, und das Essen war erste Klasse. Ich bin immer noch pappsatt." David lächelt und klopft sich auf seinen schlanken Bauch. Damit entlockt er Mom ein schwaches Lächeln.

„Ich konnte nicht ahnen, dass dieser Mann plötzlich auftaucht und dazu noch Davids enger Verwandter ist", sagt sie nach einer Weile mit zitternder Stimme. „Laurie, wenn einer von uns gewusst hätte, dass Jeffrey den Unfall damals verursacht hat, wäre er ganz bestimmt nicht bei uns aufgetaucht", entgegnet David ernst. „Es war ein furchtbarer Zufall, der dieses Drama heute Abend verursacht hat. Jeffrey bedauert von ganzem Herzen, dass er euch beiden und der ganzen Familie so viel Stress und Leid bereitet hat. Und noch mehr bedauert er …"

„Was spielt schon eine Rolle, was er bedauert!", unterbricht ihn Mom. „Wenn er nicht wäre, wäre das alles nicht passiert und mein Timmy würde heute noch leben. Es ist eine ganz grausame Ironie des Schicksals, dass ich ihn gerade in eurem Haus wiedersehen musste."

Ihre Augen füllen sich mit Tränen. Ich versuche, sie zu beruhigen. „Mom, bitte! Du darfst dich nicht aufregen! Ich kann gut verstehen, wie du dich fühlst, und ich habe wie du einen Schock erlitten, als ich ihn gesehen habe. Aber wir dürfen nicht vergessen, dass er dir das Leben gerettet hat. Ohne Jeffrey wärst du ertrunken. Er hat dich aus dem Wasser geholt und dich wiederbelebt. David und ich hätten dich zu spät gefunden. Ich darf gar nicht daran denken! Also sollten wir diesem Mann – unabhängig davon, was er in der Vergangenheit getan hat –, dankbar sein. Ich weiß, ich kann nur für mich selbst sprechen, aber ich bin ihm dankbar, dass er dich gerettet hat. Und ich bin bereit, ihm zu vergeben, denn er hat seine zweite Chance verdient." Mein Herz schlägt aufgeregt, und David streicht mir über den Rücken, um mich zu beruhigen.

„Er hat mir das Leben gerettet?" Mom blickt fassungslos und schüttelt ungläubig den Kopf.

„Ja, das hat er getan", bestätigt David und schildert ihr kurz Jeffreys Rettungsaktion. Mom schweigt eine Weile, und ich sehe, wie ihr tausend Gedanken durch den Kopf rasen. Schließlich seufzt sie schwer.

„Das heißt, ich muss mich wirklich bei ihm bedanken, egal wie grotesk das klingt." Ich nicke und streichle wieder ihre Hand.

„Mom, was ist eigentlich am Strand passiert?", frage ich schließlich mit bemüht ruhiger Stimme, um sie nicht wieder aufzuregen.

„Als ich diesen Mann, Jeffrey, so überraschend in der Tür gesehen habe, hatte ich auf einmal so was wie einen Kurzschluss. Ich kann mich vage erinnern, dass ich ihn angegriffen habe, und danach wollte ich nur noch weg. Weit weg, keine Ahnung wohin. Ich wollte vor dieser unerträglichen Situation wegrennen, und ich habe völlig die Kontrolle verloren. Ich weiß noch, dass ich durch die Dünen zum Strand lief, zum Wasser. Ich wollte einfach alleine sein und mich einigermaßen beruhigen. Dabei habe ich den Sturm völlig vergessen. Es war mir alles egal, ich habe nichts außer meinen alten Schmerz gespürt. Ich lief weiter, zu dem Holzsteg, dessen Umrisse ich in der Dunkelheit erkannte, und wollte dort eine Weile in die Nacht blicken. Doch dann kam eine hohe Welle und hat den Holzsteg überflutet. Ich verlor den Halt, rutschte aus und landete im eiskalten Wasser. Dann wurde alles dunkel und ich kann mich an nichts mehr erinnern, was danach passiert ist."

„Ich verstehe", sage ich leise. „Du wolltest dich also nicht …"

„Umbringen?", unterbricht mich Mom. „Nein, ich wollte mich nicht umbringen. Es war bloß ein dummer Unfall, wegen meines Schocks. Das würde ich dir doch nicht antun können, meine liebste Hope."

Schweigend blicken wir uns an und ich blinzle schnell die Tränen weg, die mir in die Augen steigen.

„Und jetzt lass deine Mom schlafen, sie braucht ihre Ruhe", meldet sich David hinter mir und erinnert mich daran, dass die fünf Minuten um sind.

„David hat recht, du musst dich jetzt erholen. Schlaf schön, Mom. Wir sehen uns morgen früh. Ich hab dich lieb."

„Ich dich auch", murmelt Mom, sichtbar erschöpft. „Und danke", sagt sie noch, als sie zu David blickt.

„Nicht dafür. Erhol dich gut und komm schnell wieder auf die Beine. Ethan wird sich freuen, wenn du nach den letzten Tagen in der Küche mal nichts tun musst und er mit dir in Ruhe spielen kann."

Mit geschlossenen Augen lächelt sie und wir verlassen das Zimmer.

Professor Archer wartet schon mit einer Schwester vor der Tür.

„Ich würde sagen, Sie fahren jetzt nach Hause und ruhen sich aus", sagt er bestimmend. „Mrs. Roberts bekommt gleich ihre Medikamente und wird heute Nacht durchschlafen."

„Sollte ich nicht lieber bei ihr bleiben, falls sie doch früher aufwacht?", frage ich zögernd.

„Junge Frau, mit Verlaub, aber Sie wirken sehr mitgenommen auf mich, und ich würde Ihnen als Arzt dringend ans Herz legen, einige Stunden zu schlafen", entgegnet er milde lächelnd.

„Da bin ich ganz Ihrer Meinung. Die Ereignisse der letzten Stunden waren für meine Freundin recht viel", klärt David den Arzt auf und schildert ihm kurz und sachlich unsere ganze Geschichte, inklusive Moms Depression und meinem Zusammenbruch nach Timmys Tod. Es ist mir unangenehm, danebenzustehen und zuzuhören, doch ich bin David sehr dankbar, dass ich nicht selbst erzählen muss.

„Das ist ja ziemlich heftig", kommentiert Professor Archer, nachdem er David aufmerksam zugehört hat. „Danke, dass Sie mir diese Details mitgeteilt haben. In dem Fall würde ich Ihnen gerne eine Beruhigungstablette geben, sodass Sie richtig entspannen und einschlafen können", wendet er sich dann an mich. „Auch weiß ich jetzt, dass ich bei Ihrer Mutter sorgsam auf Anzeichen eines Rückfalls ihrer Depressionserkrankung achten muss."

„Vielen Dank, Herr Professor, ein Beruhigungsmittel wäre jetzt in der Tat hilfreich", antwortet David für mich, und ich nicke bloß ergeben. Nach diesem Abend werde ich bestimmt die ganze Nacht kein Auge zubekommen, also nehme ich die Tablette lieber. So kann ich morgen für meine Mom da sein.

„In Ordnung, ich habe ja offensichtlich keine Wahl", versuche ich zu scherzen und bemühe mich um ein kleines Lächeln. „Haben Sie vielen Dank, Herr Professor, dass Sie sich so gut um meine Mutter kümmern."

„Aber gerne. Ich mache nur meine Arbeit. Wir sehen uns dann morgen." Der Arzt drückt meine Hand und verabschiedet sich auch von David. Eine Schwester bringt mir gleich danach zwei kleine Tabletten, und wir verlassen das Krankenhaus. Ein vorbestelltes Taxi wartet schon vor dem Eingang auf uns. Der Sturm ist mittlerweile weitergezogen, und es regnet nicht länger. Trotzdem ist die Nacht kalt, und ich genieße die Wärme im Auto.

„Siehst du? Es wird alles wieder gut", sagt David und streicht mir über den Arm, als ich mich an ihn kuschele.

„Ja, zum Glück. Was würde ich bloß ohne dich tun?" Ich seufze schwer. „Danke, mein Liebster, für deine Hilfe und Unterstützung."

„Du bist nicht länger alleine, meine Süße. Ich werde immer an deiner Seite sein und mich um dich kümmern, egal was passiert. Ich liebe dich doch, und es ist nur selbstverständlich, dass ich für dich da bin."

„Ich liebe dich auch", murmele ich ergriffen und küsse seine Hand.

„Ich weiß", erwidert David sanft.

„Dein Onkel ... Er ist jetzt bestimmt schon weg, oder?", frage ich nach einer Weile.

„Ja. Ich habe meiner Mutter geschrieben, dass sie dafür sorgen soll, dass du ihn heute nicht noch mal sehen musst. Egal, ob du ihm vergeben hast oder nicht, du solltest ihm nicht allzu schnell wieder begegnen."

„Gut, das beruhigt mich." Ich schließe die Augen und merke, wie müde ich bin. In diesem Augenblick möchte ich nicht daran denken, ob ich Jeffrey irgendwann wiedersehen will. Es ist besser für alle, wenn er sich für immer von mir und meiner Mom fernhält.

Was jetzt zählt ist, dass sie wieder gesund wird und wir dieses schreckliche Thanksgiving einigermaßen vergessen können.

„Ist das nicht seltsam, wie man manchmal dem Schicksal nicht entgehen kann?", spreche ich meine Gedanken halblaut aus. „Dass gerade du und ich uns getroffen haben und ein Paar geworden sind? Man könnte sagen, ironischer und verzwickter geht es gar nicht. Dass gerade der Mann, der meine Familie beinahe zerstört hat, dein Onkel ist, und er gerade jetzt, nach so vielen Jahren, völlig unerwartet bei dir auftaucht? Als ob jemand ein bitterböses, grausames Spielchen mit uns spielen würde, um uns auseinanderzutreiben und uns in unserem Schmerz erstarren zu lassen. Oder man betrachtet das Ganze aus einem völlig anderen Blickwinkel: Eine höhere Kraft, das Schicksal, wenn du so willst, hat unsere Geschichte so eingefädelt, um der Vergebung eine Chance zu geben und allen Beteiligten eine Heilung zu ermöglichen. Damit, dass wir beide in Liebe vereint wurden, wurden die Wunden kurz wieder aufgerissen, um sich endlich schließen zu können, und alle – sowohl meine Mom, ich, Jeffrey – können ihren Frieden miteinander und mit sich selbst schließen. Es ist einzig unsere Entscheidung, ob wir diese Begegnungen und Entwicklungen als negativ oder als positiv betrachten."

„Das muss ich mir merken", erwidert David und küsst mich auf den Kopf. „Sehr schön gesagt. Jetzt hörst du dich wieder an wie Hope, mein Engel."

„Und ich liefere dir Stoff für dein Buch?" Lächelnd sehe ich ihn an. „So langsam muss ich aufpassen, was ich sage oder tue, schließlich bin ich mit einem Schriftsteller zusammen und damit unsterblich."

„Ja, so ähnlich", lächelt auch David, und wir küssen uns innig.

„Was sagen wir Ethan?", fällt mir plötzlich ein. Besorgt richte ich mich auf. „So verstört, wie er vorher war, war der Abend auch für ihn ein ziemlicher Schock. Vor allem, weil er nicht verstanden hat, was eigentlich los war."

„Meine Mutter hat ihm bestimmt schon einiges erklärt. Wir reden morgen auch noch mit ihm. Ich denke, er sollte die ganze Geschichte erfahren. Kinder sind schlauer, als wir denken, und sie spüren, wenn man ihnen etwas Wichtiges verschweigt. Diese unausgesprochene Ahnung macht ihnen mehr Angst als die Wahrheit."

„Wahrscheinlich hast du recht. Und da er keine emotionale Bindung an seinen unbekannten Großonkel hat, wird er bestimmt nicht traurig sein, dass der in der nächsten Zeit nicht so schnell bei uns auftauchen wird."

„Das sehe ich auch so. Und jetzt versuchen wir nicht länger darüber zu reden. Du solltest jetzt zur Ruhe kommen. Zu Hause nimmst du gleich die Tabletten und gehst ins Bett."

„Das mach ich gerne", erwidere ich gähnend. „Und du versprichst mir, dass du mich weckst, falls Professor Archer dich wegen Mom anruft."

„Natürlich. Aber das wird nicht passieren. Sie ist dort in den besten Händen. Du wirst sehen, in ein, zwei Tagen ist sie wieder bei uns.“

Davids Zuversicht und Nähe beruhigen mich allmählich, und nach unserer Ankunft befolge ich seinen Rat. Es ist still und dunkel im Haus; Jane schläft offensichtlich in Ethans Bett. Bevor sie aufwachen könnte und wir dann nur wieder über den aufregenden Abend reden, ziehe ich mich um und schlucke meine Beruhigungstabletten. Todmüde falle ich ins Bett, und David deckt mich fürsorglich zu.

„Wird wirklich alles gut?“, murmele ich halblaut, als er sich zu mir beugt und mich küsst.

„Versprochen. Und in wenigen Wochen feiern wir unser erstes Weihnachtsfest, zusammen mit Laurie. Diesmal ohne böse Überraschungen. Ich bin schon extrem gespannt auf deine Plätzchen.“

„Ich wusste es, dass es dir letztendlich nur darum ging, als du mich hier haben wolltest. Du bist bloß scharf auf meine Weihnachtsplätzchen“, sage ich kichernd, bevor ich die Augen schließe.

„Ganz genau. Liebe geht schließlich durch den Magen“, erwidert David heiter.

„Na, dann müssen wir aber aufpassen, dass dir davon nicht noch übel wird, bei deinem Appetit.“

„Ich gebe es zu: Wenn es um deine Liebe und um deine Süßigkeiten geht, kann ich nicht genug bekommen.“

„Du bist ganz schön süß und albern“, ist das Letzte, was ich noch sagen kann, bevor ich wegdrifte, eingehüllt in ein wunderbares Gefühl, das nur eine heißgeliebte Frau empfinden kann.

Kapitel vierundzwanzig

Sechs Wochen später

Es ist ein seltsames Gefühl, als ich an diesem Dezembernachmittag das Einkaufszentrum B&C betrete. Die weihnachtliche Dekoration kenne ich noch gut, und es scheint mir fast unglaublich, dass tatsächlich ein Jahr vergangen ist, seit ich hier als Engel gearbeitet habe. Während ich auf der Rolltreppe nach oben fahre, erschließt sich vor meinen Augen allmählich das Winterland. Es ist alles genauso wie im letzten Dezember. Auch die weihnachtliche Musik, die gespielt wird, weckt ein starkes Déjà-vu in mir. Nur, dass ich diesmal nicht in einem albernen Engelskostüm herumlaufe und meine Traurigkeit hinter dem von Susie sorgfältig geschminkten Gesicht verberge. Diesmal bin ich eine junge, glückliche Frau, die endlich wieder zuversichtlich in die Zukunft blickt und sich nicht länger vor Verletzungen und Enttäuschung fürchtet. Mein Herz pocht kräftig, fast überschwänglich in meiner Brust und ist mit so viel Liebe erfüllt, dass ich vor lauter Dankbarkeit den ersten Wichtel umarme, der mir auf meinem Weg begegnet. Na ja, fast, ich tue es dann doch nur in Gedanken.

Es war ein unvergessliches und ereignisvolles Jahr, auf das ich zurückblicke und das mein ganzes Leben umgekrempelt und in eine andere Richtung gelenkt hat. Es hat mir die ganze Palette an Gefühlen beschert, die verglichen mit Edelsteinen von tiefschwarzem Onyx bis zu dem strahlenden Regenbogentopas gereicht haben. Wenn wir unseren Reichtum an der Menge erlebter Gefühle messen würden, dann bin ich in diesem Jahr definitiv eine reiche Frau geworden.

Ein Weihnachtsengel kommt mir plötzlich entgegen. Die junge Frau trägt das gleiche Kostüm wie ich damals und verteilt gut gelaunt Süßigkeiten an ein Grüppchen Kinder, das sich um sie schert.

Der nüchterne Gedanke, dass sie der Engel sein könnte, der Ethan vor einem Jahr im Winterwald gefunden hat und nicht ich, erschreckt mich unmittelbar. Ich glaube immer mehr, dass unser Leben von einer Kette von Zufällen bestimmt und gelenkt wird. Nur winzige Kleinigkeiten wie eine Verspätung oder eine kurze Überlegung, die uns aufgehalten oder unseren Kurs leicht verändert hätte, und schon würde unser Leben in eine ganz andere Richtung verlaufen. Wir würden einigen Menschen niemals begegnen, geschweige denn für eine Weile unseren Weg gemeinsam bestreiten.

Es sind nur noch wenige Tage bis Weihnachten, das diesmal im ganz großen Stil in Davids Haus gefeiert wird. In meinem neuen Zuhause. Die Probezeit, die David und ich uns genehmigt haben, war schon nach wenigen Wochen endgültig vorbei, und uns wurde ohne den kleinsten Zweifel klar, dass wir richtig zusammenleben und nicht bloß zusammenwohnen wollen. Alles hat sich so natürlich und selbstverständlich angefühlt, und es ist mir leichtgefallen, mich an das Leben zu dritt zu gewöhnen. Wenn ich jetzt zurückblicke, bin ich schon an meinem ersten Tag angekommen. Auch hatte ich keine Bedenken, was Ethan betrifft. Er hat mein

Herz längst erobert, und ich bin bereit, mein Bestes zu geben, um ihm eine gute Ersatzmutter zu sein. Letztendlich war er derjenige, der den Amor für David und mich gespielt und uns zusammengebracht hat. Ohne ihn hätte ich David während meiner Arbeitszeit nicht getroffen. Wir werden Ethan später erzählen können, dass es einzig sein Verdienst war, dass wir eine Familie geworden sind. Ja, wir sind eine Familie, und ich hadere nicht länger damit, dass David seine verstorbene Frau sehr geliebt hat und sie für immer Ethans Mutter bleiben wird. Er liebt jetzt mich und hat mit seiner Vergangenheit abgeschlossen. Das heißt nicht, dass er sich nicht länger an Catherine erinnert oder nie mehr über sie spricht. Nur weiß er jetzt, wo er hingehört. Ich habe nicht länger das Gefühl, dass sie immer noch zwischen uns beiden steht. Zunehmend glaube ich sogar, sie freut sich für David, dass er sein neues Glück gefunden hat und es eine Frau in seinem Leben gibt, die ihn liebt und sich liebevoll um ihren Sohn kümmert. *Es ist alles gut.* Das war für mich noch vor einem Jahr die meistgehasste Aussage. Aber jetzt glaube ich an sie und spreche sie auch mal laut aus. Ohne dabei Angst zu haben, damit mein Schicksal herauszufordern, sodass es gleich mit voller Wucht zuschlagen wird. Durch Davids Liebe habe ich gelernt zu vertrauen, dass das Leben es gut mit mir meint, und ich habe mich endgültig aus meinem Schneckenhäuschen getraut.

Neben dem Rentiergehege erblicke ich schon Susi, die wieder als Elfe arbeitet und über beide Ohren grinsend auf mich zuläuft.

„Endlich! Seit einer Stunde warte ich, dass du kommst, und kann mich gar nicht auf meine Arbeit konzentrieren." David hat ihr Ende November diesen Job angeboten, mit einem Stundenlohn, der ihr erst einmal die Sprache verschlagen hat. Natürlich hat sie sein großzügiges Angebot sofort angenommen und ihren Job im Coffeeshop gekündigt. Sie hat sowieso was Besseres vor für das neue Jahr. Ihr Liebster und sie wollten sich selbstständig machen und mit der Erbschaft von Diegos Eltern eine kleine Catering-Firma aufbauen. Somit läuft auch bei ihr alles gut, und sie ist endlich glücklich verliebt in den richtigen Kerl.

„Es tut mir leid, ich habe unten schon Geschenke besorgt, daher hat es länger gedauert", entschuldige ich mich und deute auf meine Einkaufstüten, nachdem wir uns herzlich umarmt haben.

„Schon gut! Du siehst blendend aus! So glücklich, wie ich dich noch nie erlebt habe", stellt Susie fest, als sie mich von oben bis unten sorgfältig beäugt.

„Ich bin überglücklich. So sehr, dass ich manchmal doch Angst bekomme. Ich habe so viel Glück gar nicht verdient."

„Doch, du hast es verdient, meine Süße, und daran darfst du niemals zweifeln." Susie blickt mich ernst an, und der Glanz in ihren grünen Augen verrät mir, wie sehr sie sich für mich freut. „Komm, setzen wir uns kurz auf die Bank." Sie nimmt mir eine Tüte ab und ich folge ihr zu der Bank, wo ich letztes Jahr mit Ethan und David gesessen habe. Wo quasi alles anfing. Nur die weiße Schneeeule fehlt, der Besitzer wollte sie nicht noch einmal dem Stress hier aussetzen, erklärt Susie beiläufig.

„Wie geht es deiner Mom?", fragt sie dann und bietet mir eine Schokopraline aus ihrem Körbchen an.

„Danke, sehr gut. Sie hat sich vollständig erholt und auch keinen Rückfall bekommen. Es ist alles gut ausgegangen. Stell dir mal vor – neulich hatte sie sogar ein Date, mit einem geschiedenen Mann aus ihrer Discogruppe.“

„Gott sei Dank!“ Susie atmet erleichtert aus. „Das ist doch toll, dass sie jemanden gefunden hat, sie ist ja noch so jung, nicht mal fünfzig!

„Das sehe ich genauso. Und ich weiß, Dad hätte nichts dagegen, wenn sie sich noch einmal verlieben würde“, erwidere ich etwas wehmütig. Ja, er würde ihr ein neues Liebesglück gönnen. Aber bei dem Gedanken, dass Mom vielleicht schon bald einen anderen Mann lieben wird, ist mir doch irgendwie komisch. Obwohl ich selbst eine Frau bin, die in einem trauernden Witwer neue Liebe geweckt hat! Ich muss aufpassen, um meiner Mom nicht das Gefühl zu vermitteln, ihr übel zu nehmen, dass sie diesen Mann datet. Sie verdient es, wieder glücklich zu werden, und ich bin die Letzte, die sie daran hindern wird!

„Sag mal, und was ist jetzt aus diesem schrecklichen Onkel Jeff geworden? Hast du ihn noch mal gesehen?“ Susies Fragen sind berechtigt und nur nachvollziehbar, doch ich zucke trotzdem zusammen, als ich diesen Namen höre.

„Nein. Mit David haben wir abgemacht, dass er nie mehr bei uns auftaucht. Er hat ihn neulich mit Ethan bei Jane getroffen, das war akzeptabel für mich. Sie sind trotzdem immer noch eine Familie, und ich kann niemandem den Umgang mit Jeffrey verbieten. Aber ich will ihn nicht sehen. Vielleicht irgendwann in der Zukunft, keine Ahnung. Jetzt wäre es noch viel zu früh.

Und für Mom sowieso. Ihr fällt es noch um einiges schwerer als mir, ihm zu vergeben und aufzuhören, ihn zu hassen.“

„Das kann ich gut nachvollziehen.“ Susie legt mir verständnisvoll die Hand auf den Unterarm. „Ich würde diesen Menschen wahrscheinlich nie mehr sehen wollen, egal, wie sehr er sich verändert hat und seine Tat bereut. Onkel hin oder her. Mann, das war ein unglaubliches Drama an Thanksgiving! Solche Zufälle passieren sonst nur in Büchern oder Filmen. Ich wette, David hat damit reichlich Stoff für seine Romane bekommen.“

„O ja, das kannst du laut sagen!“, stimme ich ihr zu. „Ich kann nie wissen, was aus unserem Privatleben in seinem Roman landen wird. Schon etwas unheimlich.“

„Sei froh, dass er keine Erotikromane schreibt!“ Susie grinst anzüglich.

„Hör auf, das wäre eine Katastrophe!“, wehre ich lachend ab.

„Na ja, alles hat seinen Preis. Dafür bist du die Muse eines berühmten Schriftstellers. Wie cool ist das denn!“

„Stimmt, es ist schon cool. Solange ich selbst nicht im Rampenlicht stehen muss.“

„Wer weiß, was noch kommt? Warte einfach ab. Vielleicht bewegst du dich bald auf dem Parkett der New Yorker High Society und sorgst zusammen mit David für die Schlagzeilen in Klatschzeitschriften.“

„Bloß das nicht! Das ist echt nicht mein Ding.“

Wir essen Schokopralinen und schweigen eine Weile. Das Kind in mir genießt ungeniert die nostalgisch-kitschige Szenerie um uns herum, die wirklich niemanden kaltlassen kann. Dazu singt ein Kinderchor eine fröhliche Version von *Winter Wonderland,* und ich merke, dass nun doch vorweihnachtliche Stimmung in mir aufkommt. Aber dieses Mal macht sie mich nicht traurig, sondern erfüllt mich mit einer ungeahnten und ungetrübten Vorfreude.

„Du wirst nicht glauben, aber dieses Jahr freue ich mich total auf Weihnachten", gestehe ich schließlich und greife nach einer weiteren Praline.

„Das ist doch wunderbar! Es bedeutet nämlich, dass du da drinnen ziemlich geheilt bist." Lächelnd tippt sie mit dem Finger auf meine Brust.

„Das ist wahr. Es fühlt sich so an, als ob die Welt endlich wieder in Ordnung ist und es in meinem Leben wieder Platz für Freude und Glück gibt. Und für ganz viel Dankbarkeit."

„Siehst du", sagt sie mit vollem Mund, „die Liebe kann manchmal wahre Wunder vollbringen, wenn sie echt und tiefgründig ist. Zusammen mit etwas Weihnachtszauber und Engelsflügelstaub", ergänzt sie augenzwinkernd.

„Susie, so langsam glaube ich wirklich, dass ein Weihnachtsengel David und mich zusammengebracht hat", sage ich lächelnd. „Oder einfach das Schicksal", füge ich leise hinzu.

„Was mich betrifft, glaube ich fest an das Schicksal. Und daran, dass in der Weihnachtszeit besonders magische Dinge geschehen können. Wie das zum Beispiel." Mit einem bedeutungsvollen Blick zieht sie ihren dünnen, grünen Handschuh aus und hält mir stolz ihre Hand entgegen. Am Ringfinger funkelt ein schlichter, goldener Ring mit einem kleinen Diamanten.

„Ist das ... Hat er dir etwa ..."

„Ja, Diego und ich haben uns gestern verlobt!“, unterbricht sie mich überschwänglich und fällt mir vor Freude kreischend um den Hals. Wir drücken uns fest, und ich freue mich wirklich mit ihr.

„Das sind wunderbare Neuigkeiten, ich gratuliere dir von Herzen!“

Wir ernten einige verwunderte Blicke von einer vorbeigehenden Familie und lassen uns wieder los. Wahrscheinlich haben wir so laut gekreischt wie zwei Highschool-Mädchen.

„Danke! Ich bin überglücklich! Diego ist wirklich der Richtige. Er hat das Herz am rechten Fleck, er hat Humor, ist verantwortungsvoll und treu und dazu noch verdammt sexy!“ Susie kichert verliebt, als sie von ihrem Schatz schwärmt.

„Es scheint, dass wir endlich beide den Richtigen gefunden haben“, meine ich verträumt und denke an David.

„So ist es. Nach allem, was du mir über David erzählt hast, muss er wirklich ein ganz toller Mann sein. Anfangs habe ich ihm Unrecht getan. Ich dachte, er sei ein verkorkster, langweiliger, stinkreicher Snob, der zwar unverschämt heiß aussieht, aber sonst nichts zu bieten hat. Zum Glück habe ich mich gewaltig geirrt. Umso mehr freue ich mich jetzt für dich.“

„Apropos David“, murmele ich, als ich auf die Uhr sehe. „Er wartet schon auf mich, wir wollten gemeinsam essen gehen. Er ist seit Montag in der Stadt und kümmert sich oben in seinem Büro um einige Formalitäten, bevor er sich von seinem Posten zurückzieht.“

„Dann ist es tatsächlich so weit? Er wird hauptberuflich Schriftsteller?“, wundert sich Susie.

„Genau. Er will sich nur noch dem Schreiben widmen und das Leben genießen“, erwidere ich heiter.

„Das klingt doch toll! Nicht jeder kann sich so einen Luxus leisten, aber für dich ist es auf jeden Fall schön. So könnt ihr viel mehr Zeit miteinander verbringen, als wenn er jeden Tag oben im Büro sitzen und mit seinem Hubschrauber von Meeting von Meeting fliegen würde.“

„Übertreibe jetzt nicht, er ist nicht Christian Grey“, lache ich. „Aber sonst sehe ich das wie du. Ich finde es großartig, dass er sich der Schriftstellerei voll widmen kann und seinen Arbeitsplatz zu Hause hat. Dort zieht er sich zwar auch täglich für mehrere Stunden zurück, um in Ruhe schreiben zu können, aber er ist trotzdem in meiner Nähe.“ Gleich muss ich an die viele Zärtlichkeiten denken, die wir zwischendurch austauschen, wenn er eine Pause macht oder ich ihm seinen Tee ins Arbeitszimmer bringe. An die spontanen Schäferstündchen auf der Couch neben seinem Schreibtisch. An die Mittagsspaziergänge am Strand, wenn er sich in Begleitung seiner Muse vom Wind den Kopf durchpusten lässt, wie er das so schön sagt. Ja, es ist ein besonderer Luxus, dass uns so ein Leben gegönnt wird.

„Aber er gibt sein Reich oben auf dem Dach nicht ganz auf, oder?“

„Nein, natürlich nicht. David wird einige Male pro Monat herkommen, um mit seinen Leuten die wichtigsten Angelegenheiten zu besprechen, und ab und zu wird er dort oben auch schreiben. Es ist wunderschön unter seiner Glaskuppel, und der Ausblick bestimmt inspirierend für einen Schriftsteller. Und nicht zuletzt wird es uns trotz aller Liebe guttun, mal nicht den ganzen Tag zusammen unter einem Dach zu hocken." Bedeutungsvoll zwinkere ich ihr zu.

„Aha, verstehe!", grinst Susie gleich. „Du willst dafür sorgen, dass der gemeinsame Alltag nicht der Erotik schadet. Kluges Mädchen."

Darauf zucke ich mit den Schultern und mache ein unschuldiges Gesicht. „Noch eine Praline, bitte."

„Hope, ich muss dich noch etwas anderes fragen. Aber bitte verstehe mich nicht falsch und sei mir nicht böse, wenn ich sehr direkt werde." Susie reicht mir eine Praline und blickt mich etwas besorgt an.

„Klar, schieß los", sage ich ermutigend und auch neugierig, bevor ich genüsslich in die Praline aus weißer Schokolade beiße.

„Was machst du sonst noch mit deinem Leben, außer David mit deinen Backkünsten zu verwöhnen, das Haus einzurichten und dich um Ethan zu kümmern? Willst du jetzt schon, in deinem Alter, bloß Hausfrau sein? Ist ja nicht Schlimmes dabei, es gibt viele Frauen, die mit so einem Leben glücklich werden. Aber ich dachte immer, in dir steckt so viel Potenzial, wenn du einmal von der Last deiner Vergangenheit befreit bist. Daher kann ich mir nicht vorstellen, dass du trotz der großen Liebe auf Dauer mit einem Leben im goldenen Käfig zufrieden sein wirst."

„Ach Susie, wieso sollte ich dir böse sein, wenn du mir diese Fragen stellst? Du bist ja meine beste Freundin", beschwichtige ich sie, als sie sich unsicher auf die Lippe beißt. „Und du hast völlig recht. Ich liebe es zwar, David auf jegliche Art zu verwöhnen und viel Zeit mit Ethan zu verbringen. Aber ich habe tatsächlich auch den Wunsch nach etwas, das nur meins ist, unabhängig

von David, und wo ich eine andere Art von Selbstver-
wirklichung und Erfüllung finde."

„Und weißt du schon, was das ist?" Susie taxiert mich
gespannt und reicht mir unaufgefordert noch eine Praline.

„Ja, das weiß ich. Ich möchte Illustratorin von Kinderbüchern werden. Und für einen großen Verlag arbeiten." Genüsslich vernasche ich noch eine Marzipanpraline, obwohl mir schon leicht schlecht wird.

„Wow! Das klingt ja großartig!" Susie freut sich aufrichtig. „Ich wusste immer schon, dass du Talent für
Kunst hast! Wie toll du uns im letzten Dezember gezeichnet hast! Vor allem Ms. Brody und Mr. Brown als
das Grinch-Pärchen!"

„Na ja, in der Schule war ich darin recht gut. Später
habe ich nur ab und zu als Hobby gezeichnet, bloß für
mich", erkläre ich ihr. „Aber in den letzten Wochen, als
ich Ethan so viel aus den Kinderbüchern vorgelesen
habe, habe ich wieder angefangen, und David meinte,
die Zeichnungen sind wirklich gut und ich soll Illustra-
tion studieren. Weil ich aber nicht sofort glauben
wollte, schließlich ist er voreingenommen, hat er einige
meiner Bilder den Leuten aus seinem Verlag gezeigt.
Die waren seiner Meinung. In Januar fange ich an einem privaten Institut in New York mit dem Studium
an. David besteht darauf, mir das Studium zu finanzieren, und ich habe es nicht geschafft, es ihm auszure-
den."

„Das ist doch fantastisch! Ich freue mich total für
dich! Sei froh, dass du einen Partner hast, der dir diese
einmalige Chance bieten kann. Diego und ich würden
ohne die Erbschaft seiner Mutter unsere kleine

Catering-Firma niemals aufbauen können und bloß weiter davon träumen, während wir im Coffeeshop schuften. Leider ist es so, dass du im Leben ohne Geld auf einige Träume verzichten musst. Es ist nicht besonders romantisch und erstrebenswert, arm zu sein, wenn du mich fragst." Susie lächelt, weil sie offenbar merkt, dass ich noch immer ein Problem mit Davids Reichtum habe. Aber sie hat recht. Ohne Davids Finanzierung würde ich mir so ein Traumstudium niemals leisten können und weiter heimlich hübsche Bildchen in meinen Notizblock kritzeln.

„Ich weiß", erwidere ich ergeben. „Es ist aber noch ungewohnt für mich, dass Geld plötzlich keine Rolle mehr spielt. Ich fühle mich irgendwie verpflichtet, wenn ich mir das alles von David finanzieren lasse. Sogar das wöchentliche Taschengeld, das er mir gibt, ist mir noch unangenehm."

„Vielleicht müsst ihr erst heiraten, dann würde es dir nicht länger schwerfallen, damit umzugehen?" Susie macht ein bedeutungsvolles Gesicht.

„Hör auf, wir sind erst zwei Monate so richtig zusammen, da denkt man noch nicht ans Heiraten!" Ich erröte.

„Bei so einem Paar wie euch wäre das nicht so überraschend. Schließlich seid ihr füreinander geschaffen, und es war Schicksal, das ihr zusammengefunden habt. Hast du selbst so gesagt."

„Das schon. Trotzdem wollen wir nichts überstürzen, wir haben ja noch Zeit." Nachdenklich greife ich nach meinem Zopf, der mir über die Schulter hängt. David mag mein längeres Haar sehr, und auch ich finde immer mehr Gefallen an den Frisuren, die ich mir jetzt machen kann.

„Oh, Stichwort Zeit! Ich muss weiter arbeiten, egal wie nett wir gerade plaudern.“ Susie springt energisch auf die Beine. „Wenn der alte Griesgram mich erwischt, wie ich hier sitze und die teuren Pralinen verputze, gibt es Ärger. Ich will ja nicht, dass Mr. Brown und Ms. Brody mich beim Boss anschwärzen, sie haben schließlich überall ihre Spione.“ Verschwörerisch zwinkert sie mir zu.

„O ja, der Boss kann deswegen schrecklich böse werden“, entgegne ich todernst.

„Aber du hast recht, ich muss auch los, ich lasse David ungern warten. Wir sehen uns ja morgen beim Frühstück bei dir, zusammen mit Diego.“

„Auf jeden Fall. Bring David mit, wenn er Lust auf einfache Leute und einfaches Frühstück hat.“ Susie umarmt mich herzlich.

„Ich denke schon, dass er mitkommt. Wir fahren dann gegen Mittag zurück nach Atlantic Beach.“

„Gut, dann bis morgen, meine Süße.“

„Bis morgen!“ Wir verabschieden uns. Gut gelaunt blicke ich Susie nach, wie sie sich mit ihrem Körbchen schnurstracks zu einer Familie begibt, die die Rentiere in ihrem kleinen Gehege betrachtet. Fröhlich spricht sie sie an und wirkt mit ihrem hellen, verschmitzten Grinsen wirklich wie eine Elfe.

Ich greife nach meinen Papiertüten und begebe mich zu den Fahrstühlen. Mittlerweile kenne ich die Codes zu Davids Reich oben unter der Kuppel auswendig und schreibe ihm eine Nachricht, dass ich gleich bei ihm bin.

Bei seiner Antwort grinse ich belustigt:

*Danke fürs Bescheid sagen! So kann ich meine halb-
nackte Praktikantin noch rechtzeitig im Schrank verstecken. ;-)*

Ich schicke ihm ein Emoji mit ausgestreckter Zunge
zurück und werfe einen Blick in die Spiegelwand im
Aufzug. Seit ich mit David zusammen bin, habe ich meinen Kleidungsstil etwas verändert. Ich trage nicht länger Jeans und extraweite Pullover, sondern traue mich,
körperbetontere Stücke anzuziehen. Heute habe ich
ein enganliegendes, waldgrünes Strickkleid gewählt
und dazu dunkelgraue Overkneestiefel mit halbhohen
Absätzen. Meine Augen habe ich mit Eyeliner betont
und etwas Rouge aufgetragen. David vermittelt mir
täglich das Gefühl, eine sehr begehrenswerte Frau zu
sein, und er liebt meinen Körper. Das bewirkt zweifelsohne, dass meine ganze Ausstrahlung weiblicher und
erwachsener geworden ist. Ja, mein neues Ich, das mich
im Spiegel anlächelt, gefällt mir, und stolz richte ich
mich noch mehr auf.

Die Tür öffnet sich und ich betrete sein Reich. Die
bildhübsche Sekretärin am Empfang begrüßt mich
überfreundlich, aber sie kann ihren kritischen Blick
nicht verbergen, mit dem sie mich überprüft. Bestimmt
fragt sie sich wieder, wie um alles in der Welt ich es geschafft habe, das Herz eines so erfolgreichen, reichen
und attraktiven Mannes zu erobern.

„Hallo Ms. Grant", begrüße ich sie unbekümmert und
fast belustigt. „Frohe Weihnachten! Mr. Bailey erwartet
mich." Selbstbewusst laufe ich weiter, vorbei an dem

prunkvoll geschmückten Tannenbaum, und höre nur ihr etwas verdutztes „Frohe Weihnachten, Ms. Roberts", hinter mir.

Ich klopfe an die Milchglastür und trete ein. Unter der Glaskuppel klingt leise Dean Martins *Winter Wonderland,* und es duftet nach luxuriösem Raumparfüm, das David sich als Spezialanfertigung aus Süditalien liefern lässt. Pinien, Zitronen, Kiefern, das Meer und ein Hauch Weihrauch erkenne ich die Hauptduftnoten und atme genüsslich ein und aus.

Der Raum ist geschmackvoll und edel dekoriert, mit einem echten Tannenbaum und mundgeblasenem Baumschmuck aus Deutschland. Unter der Kuppel wurde ein Netz aus blauen und goldenen Lichterketten befestigt, die die Illusion eines klaren Sternenhimmels vermitteln. Der große, moderne Kamin wurde mit Girlanden aus echten Tannenzweigen dekoriert und strahlt eine warme, elegante Behaglichkeit aus, die einen raffinierten Gegensatz zu dem vielen Glas bildet. Die teuren Skulpturen, die effektvoll platziert im Raum stehen, vermitteln mir stets aufs Neue den Eindruck, eine besondere Galerie betreten zu haben und nicht bloß das Büro eines Mannes mit erlesenem Geschmack.

David, der an seinem Schreibtisch sitzt, steht sofort auf, als er mich erblickt, und kommt zu mir.

„Hey Boss!", begrüße ich ihn scherzend und laufe schwer beladen auf ihn zu.

„Wow, du siehst wunderschön aus, meine Hübsche!" Davids Blick ist bewundernd. Den kurzen Wollmantel hatte ich zuvor ausgezogen und in eine Tüte gepackt, sodass ich mich ihm nur im engen Kleid präsentiere, das meine Silhouette betont. In den letzten zwei

Monaten habe ich einige Kilo zugenommen, und meine Figur ist wieder kurvenreicher. Seine Blicke sagen mehr als Worte es könnten, wie sehr ich ihm in diesem Outfit gefalle.

Wir küssen uns innig, bevor er mir die Tüten abnimmt.

„Weißt du was? Ich habe uns für das Abendessen einen Tisch in einem ganz speziellen Restaurant reserviert. Ich wette, du wirst überrascht sein", kündigt er bedeutungsvoll an.

„Das freut mich, ich mag angenehme Überraschungen!"

„Sieh mal, es hat angefangen zu schneien!" David nimmt mich an der Hand und führt mich durch die Glastür hinaus auf die Dachterrasse. Und tatsächlich! Vom dunkelgrauen Spätnachmittagshimmel rieseln große Schneeflocken herab. Sie bilden schon eine zarte Spitzendecke auf dem Boden und auf den winterharten Sträuchern in großen Kübeln, die mit kaltweißen Lichterketten dekoriert wurden.

„Tatsächlich! Wie schön!" Bei dem Anblick muss ich einfach staunen. Die Wetterprognose hat doch recht gehabt! David und ich halten uns immer noch an den Händen und beobachten das leise Treiben der verspielten Schneeflocken. Plötzlich erscheint mir der Schnee nicht länger als etwas Bedrohliches und Gefährliches, etwas, das ich hassen und verfluchen muss. Nein, er ist nur noch ein schönes, romantisches und stimmungsvolles Wetterphänomen, das gute Laune und Vorfreude in mir weckt. Er ist nicht länger ein böser Auslöser für dunkle und zerstörerische Gedanken. Es ist vorbei, ich habe den Albtraum der Vergangenheit hinter mir gelassen! Ganz euphorisch über diese Erkenntnis küsse ich David stürmisch.

„Wow, was ist mit dir plötzlich los?", fragt er lachend.

„Ich liebe dich!", platzt aus mir heraus. „Und es schneit, bald ist Weihnachten, wir befinden uns in der am schönsten geschmückten Stadt auf der ganzen Welt, das Leben ist endlich gut zu mir und ich bin überglücklich!" Ganz außer Atem nach dem langen Satz hole ich tief Luft und strahle einfach vor Glück. David betrachtet mich staunend, aber ich weiß, er versteht meine Gefühlseuphorie ohne weitere Erklärungen. Er zieht mich an sich und umarmt mich ganz fest.

„Meine Hope. Meine süße, zauberhafte Hope! Wenn du wüsstest, wie ich mich für dich freue! Und wenn ich nur ein kleines bisschen dazu beigetragen habe, dass es dir so gut geht, dann bin ich der glücklichste Mann auf der ganzen Welt. Der bin ich eh schon, aber du weißt, wie ich das meine."

„Ja, ich weiß. Ich danke dir, David, für alles, was du für mich getan hast", murmele ich ergriffen an seiner Brust.

„Hey, ich bin derjenige, der sich bedanken muss! Dafür, dass du mich zurück ins Leben geholt hast. Dass du mich dazu gebracht hast, wieder mit dem Schreiben anzufangen. Dass du mir gezeigt hast, was wirklich zählt, und ich dadurch angefangen habe, endlich meinen Traum zu leben. Ohne dich wäre ich ein gebrochener, ewig trauernder Mann mit verschlossenem Herzen geblieben, der nur noch funktioniert und keine Lebensfreude mehr kennt." Davids Stimme ist ernst und seine wunderschönen Augen strahlen so viel Liebe aus, dass mir bange wird. Womit habe ich es verdient, so sehr geliebt zu werden?

„Mein Liebster, wir sollten uns beim Schicksal bedanken, da es uns zusammengeführt hat", sage ich ergriffen. „Vielleicht gibt es wirklich Engel, die in der Weihnachtszeit kleine Wunder und gute Taten vollbringen. Für mich jedenfalls wird es für immer ein Wunder bleiben, dass wir uns begegnet sind und uns ineinander verliebt haben."

„Ist Liebe nicht immer ein Wunder?", fragt David sanft lächelnd und streichelt mir zärtlich über die Wange. „Ich war fest überzeugt, dass ich mich nie wieder verlieben werde. Aber als ich dich damals gesehen habe, wie du in deinem süßen Engelskostüm neben Ethan gesessen hast, da war es um mich geschehen. Es war die sagenhafte Liebe auf den ersten Blick, das ist mir erst später bewusst geworden. Etwas, das ich für unmöglich und unrealistisch gehalten habe. Doch ich Idiot musste dich erst in die Flucht jagen und dich verlieren, um das zu erkennen."

„Und danach gleich einen dicken Bestsellerroman schreiben", ergänze ich scherzhaft, gerührt von seinen schmeichelhaften, offenherzigen Worten. „Wunder brauchen manchmal ihre Zeit, um ihre Wirkung entfalten zu können. Dafür sind wir jetzt beide klug und erfahren genug, um unser Liebesglück festzuhalten."

„Meine Hope ... Dieses Mal werde ich mein Liebesglück für immer festhalten."

Wir küssen uns eine Weile, selbstvergessen und grenzenlos glücklich. Die Schneeflocken rieseln wie zartes Engelskonfetti auf uns herab und verleihen der Stadt die letzte, ultimative Weihnachtsdeko. Mich über-

kommt das verzückte, berauschende Gefühl, die ganze
Welt gehöre nur uns und es gäbe nur uns beide, für immer und ewig. Eng umarmt blicken wir gemeinsam
zum Empire State Building hinauf, das mit seiner festlich illuminierten Spitze aus dem zauberhaften Lichtermeer herausragt.

„Ich wollte damit eigentlich warten, bis wir im Restaurant *Manhatta* ganz oben in der 60. Etage sitzen und
gemütlich den Ausblick über die Stadt genießen. Aber
hier ist es genauso schön und der Augenblick könnte
nicht besser passen." David löst sich aus meiner Umarmung, blickt mich bedeutungsvoll an und lässt sich vor
mir langsam auf die Knie sinken. Mein Herz macht einen schmerzhaften Sprung und beginnt zu rasen, als
mir plötzlich ein Licht aufgeht. David hält meine Hand
so fest, dass es schon fast wehtut, und räuspert sich nervös.

„Meine liebste Hope, du weißt, wie sehr ich dich liebe
und wie glücklich du mich machst", sagt er mit bemüht
nüchterner Stimme, die aber trotzdem seine große Aufregung verrät. „Ich will nicht riskieren, dass meine Gefühle mich noch völlig überwältigen, also fasse ich
mich lieber kurz: Willst du meine Frau werden?"

Mit leicht zittriger Hand holt er einen wunderschön
funkelnden Diamantring aus seiner Hosentasche und
wartet auf meine Antwort. Wie in einer Trance höre ich
mich „Ja, ich will!" rufen, und David steckt mir den Ring
an den Finger. Er braucht dafür eine Weile, denn auch
meine Hand zittert wie verrückt. Der Ring passt perfekt, und ich schnappe nach Luft, weil ich vor Aufregung fast vergessen habe zu atmen. Überwältigt von
den Wahnsinnsgefühlen, die in mir jubeln und tanzen,

sinke ich selbst auf die Knie und schlinge überglücklich meine Arme um Davids Hals. Er küsst mich, immer wieder, bis wir uns lachend auf den schneebedeckten Boden fallen lassen. Der filigrane Ring funkelt im Lichterkettenschein und kommt mir wie das wunderbare Geschenk eines Himmelsboten vor. Ein Geschenk, das mir endgültig versichern will, dass wirklich alles gut ist und ich mein kleines Weihnachtswunder nicht bloß träume, sondern lebe.

Kapitel fünfundzwanzig

David und ich sitzen in seinem Tesla und fahren nach Hause. Es ist später geworden als geplant und schon dunkel. Der sturmähnliche Schneefall über der Stadt verlangsamt den Verkehr, und die Straßen sind mit einer dicken Schicht Schnee bedeckt. Verträumt blicke ich immer wieder auf den funkelnden Verlobungsring an meinem Finger und nehme die Umgebung draußen kaum noch wahr. David ist bestens gelaunt und singt leise einen Bing-Crosby-Weihnachtssong mit, der im Radio spielt. Wir stehen an einer leeren Kreuzung, und kurz bevor die Ampel Grün anzeigt, neigt er sich mit einem liebevollen Kuss zu mir. Er fährt los und ich kann meinen Blick einfach nicht von ihm abwenden. Mein zukünftiger Mann. Meine große Liebe. Das Glück meines Lebens.

In diesem Augenblick spüre ich einen heftigen Stoß und höre dazu einen ohrenbetäubenden Knall. Jemand ist von links mit voller Wucht in Davids Tesla gefahren und wir geraten ins Schleudern. Ich höre meine lauten Schreie, versuche zu begreifen, was gerade passiert. Wir knallen heftig gegen ein anderes Auto. Die Airbags lösen sich aus, Glasscheiben splittern, ich schreie immer panischer, spüre Schmerzen. Das Auto überschlägt sich, einmal, zweimal, bis es nach einigen endlosen Augenblicken auf der Seite liegenbleibt. Zitternd vor Angst sehe ich zu David. Sein Kopf ruht seltsam verdreht auf dem Airbag, und auf seinem weißen Hemd breitet sich rasch ein immer größer werdender, roter Fleck aus. Dunkelrotes Blut sickert auch aus seinem Mund, und der starre, leblose Blick seiner wunderschönen Augen bringt mein Herz fast zum Stillstand. Nein, das darf nicht wahr sein! Nicht schon wieder! Vergeblich rufe ich nach ihm, versuche, mit bloßen Händen die starke Blutung an seinem Brustkorb zu stoppen, bald blutüberströmt, gelähmt und halbtot vor Angst und Panik.

„Lass mich nicht alleine! Du darfst nicht gehen!", schreie ich ihn verzweifelt an, immer wieder, vergebens und wohlwissend, dass er mich gerade für immer verlassen hat.

Und das schwarze Loch, dem ich nur knapp entgangen bin, öffnet sich wie ein monströses, schadenfroh grinsendes Maul und verschlingt mich bei lebendigem Leib, diesmal für immer.

Eine starke Hand greift nach mir, wahrscheinlich versucht jemand, mich aus dem Auto zu ziehen. Doch ich wehre mich dagegen, ich will David nicht alleine lassen, ich will bei ihm bleiben, ich will ohne ihn nicht weiterleben! Ich höre eine Stimme, die nach mir ruft, und die Dunkelheit um mich herum lichtet sich plötzlich.

„Hope, wach auf, du hattest einen Albtraum!" Endlich öffne ich die Augen und sehe David, der sich im Bett über mich beugt und mich noch einmal liebevoll schüttelt.

„Mein Liebster, wo sind wir? Du hast geblutet ... ich dachte, du bist tot", stammle ich schweißüberströmt und blicke ihn verwirrt an.

„Schh, alles ist gut! Ich bin bei dir und es geht mir gut! Es war nur ein böser Traum." David spricht beschwichtigend und versucht, mich zu beruhigen. Tatsächlich liege ich in seinem Bett und er ist wirklich keine Einbildung. Und er ist unverletzt!

„David! Gott sei Dank, du lebst", murmele ich aufgelöst vor Erleichterung und Glück. David küsst mich auf die Stirn und zieht mich an seine Brust. Eng hält er mich in seiner Umarmung, und mein armes Herz, das immer noch panisch gegen meinen Brustkorb hämmert, beruhigt sich allmählich. Ich habe das wirklich bloß geträumt! Erlöst lächle ich durch die Tränen. Mein zitternder Körper entspannt sich langsam.

„Mein armer Liebling, du hast im Traum gestöhnt und um dich geschlagen. Ich konnte dich kaum aufwecken", sagt David mitfühlend und küsst mich erneut, als ich zu ihm aufblicke.

„Ja, es war schrecklich", erwidere ich leise und erschauere bei der Erinnerung an die grauenvollen Traumbilder. Trotzdem schildere ich ihm kurz den Albtraum, und er umarmt mich noch fester.

„Es ist nicht besonders überraschend, dass gerade jetzt, wo du so glücklich bist, dein Unterbewusstsein dir so einen bösen Streich spielt", meint er nachdenklich. „Es sind deine Verlustängste, die tief in dir schlummern und die bei deiner Vergangenheit nur nachvollziehbar sind. Aber so ein Unfall wird nicht passieren. Ich bleibe bei dir, für immer. Du wirst mich nie mehr los. Verstanden?" Er blickt mir tief in die Augen.

„Verstanden. Es war nur ein grausamer Albtraum, den ich bald vergessen werde", sage ich, noch nicht ganz überzeugt.

„Genau. Und jetzt entspanne dich und versuche zu schlafen.“

„Ob ich jetzt noch einschlafen kann?“ Ich bin skeptisch.

„Dann hätte ich eine Idee, wie ich dich ablenken und schön müde machen könnte ...“ Davids Hand wandert zu meiner Brust und ertastet durch den dünnen Stoff des Nachthemdes meine Brustwarze.

„Das könnte vielleicht helfen“, murmele ich mit einem Lächeln und überlasse mich gerne seinen Zärtlichkeiten. Unsere Körper verschmelzen miteinander, und durch den Liebesakt schaffe ich allmählich, innerlich loslassen und den Schock des Albtraums aus meinen Gedanken zu verdrängen.

Eine halbe Stunde später schlafe ich in Davids Armen ein und wir wachen eng umschlungen erst am nächsten Morgen auf.

„Und, wie hat meine Verlobte geschlafen?“, erkundigt sich David.

„Wie ein Baby“, erwidere ich selig. Das Wort *Verlobte* klingt aus seinem Mund einfach wunderschön. „Du musst mich jede Nacht festhalten. Dann hat so ein Albtraum keine Chance mehr.“

„O Mann, jetzt ist es vorbei mit sorglosen Nächten, wo ich mich im Bett schön breitmachen konnte!“ David seufzt schwer und grinst. Für diese Bemerkung zwicke ich ihn in den Oberarm.

„Im Ernst, ich bin gerne dein Nachtwächter. Und dafür zu sorgen, dass du entspannt einschläfst, ist für mich auch eine ziemlich angenehme Aufgabe.“

„Na, wenn es so ist, kannst du diese Aufgabe gerne als eine feste Einschlafroutine übernehmen." Zufrieden kichere ich vor mich hin.

„Hmm, wenn du dafür den Morgenweckdienst übernimmst?", murmelt David lasziv und führt meine Hand unter die Bettdecke.

„Nichts lieber als das", raune ich zurück und verschwinde ganz unter der Bettdecke.

Epilog

Es ist schon das vierte Mal heute, dass ich eine kleine Pfütze hinter dem zuckersüßen Dalmatinerwelpen wegwische, der jetzt zu unserer Familie gehört. Das Weihnachtsgeschenk für Ethan sorgt seit der Bescherung heute Morgen für ungebremste Freude, großes Staunen, aber auch für solche Arbeiten, die ich zusammen mit David und Jane erledige. Ab morgen werden wir Ethan einbeziehen, schließlich ist er alt genug, um Verantwortung für sein Haustier zu lernen. Mom steht schon wieder in der Küche und bereitet das Abendessen vor. Ethan und David sitzen auf dem Sofa vor dem üppig geschmückten Kamin und suchen immer noch nach einem passenden Namen für das Hündchen. David und ich haben es am Heiligabend von einer Züchterin in Atlantic Beach geholt und es bis heute Morgen in seinem Arbeitszimmer versteckt. Da der kleine Welpe in der ersten Nacht natürlich Heimweh und Sehnsucht nach seiner Hundemama hatte, haben wir beide nicht viel geschlafen. Denn das Hündchen hat gewimmert und die ganze Zeit Körperkontakt gebraucht, um gegen drei Uhr morgens endlich einzuschlafen.

Aber damit haben wir gerechnet. David hatte in der Kindheit und in der Jugend selbst Dalmatiner und kennt sich mit den Hunden bestens aus. Ethan war außer sich vor Freude, als wir ihn am Morgen mit verbundenen Augen ins Wohnzimmer geführt haben, wo in einem Karton unter dem Weihnachtsbaum der Welpe auf ihn wartete. Er versprach uns sofort hoch und heilig, dass er sich um den Hund kümmern und mindestens bis zu seinem Geburtstag im Mai nach keinen anderen Geschenken verlangen würde. Natürlich hat Jane mehrere Päckchen für ihn unter den Baum gelegt, doch Ethan hat von Anfang an nur Augen für den Welpen gehabt. Die restlichen Geschenke hat er pflichtbewusst und dankend, aber ziemlich gleichgültig ausgepackt und unter dem Weihnachtsbaum liegen lassen. Zum Glück ist Jane deswegen nicht eingeschnappt, denn sie erinnert sich nur gut, wie vernarrt David als Kind in seinen Dalmatiner war.

Der Welpe, der von so vielen neuen Eindrücken und Menschen um ihn herum müde wirkt, hat es sich gerade auf Davids Schoß gemütlich gemacht. Ethan streichelt ihm ganz sachte über das seidenweiche Babyfell, bis dem Hund die dunklen Knopfaugen zufallen und er endlich einschläft.

Aus der Küche höre ich Mom und Jane, wie sie herzlich lachen und sich erneut mit dem leckeren Punch zuprosten. Die beiden werden trotz großer Unterschiede anscheinend noch richtige Freundinnen. Zufrieden lächelnd lausche ich ihren fröhlichen Stimmen und setze mich in den XXL-Ohrensessel mit englischem Rosenmuster, der neben dem Weihnachtsbaum steht. David hat ihn aus England liefern lassen und mir zu Weihnachten geschenkt, sodass ich auch im Wohnzimmer in Ruhe lesen oder zeichnen kann. Aber dort haben wir beide genug Platz zum Kuscheln. Daher glaube ich nicht, dass ich allzu oft alleine darin sitzen werde. Die Stimmung im Haus ist freudig, festlich aufgeregt, die Räume mit lautem, glücklichem Leben erfüllt. Ganz so, wie die Weihnachtsfeste in meinem Elternhaus waren.

Doch diesmal kommt bei diesen Erinnerungen in mir keine Nostalgie oder gar Traurigkeit auf. In den vergangenen Wochen habe ich gelernt, jeden Augenblick so zu leben, als ob es mein letzter wäre. Zu kostbar erscheint mir das große Glück, mit dem mich das Schicksal so unerwartet beschenkt hat, um es mit schmerzlichen Erinnerungen zu trüben.

Als ich zu meinem Verlobten aufsehe, treffen sich unsere Blicke. Mit den Lippen formt er ein lautloses „ich liebe dich" und lächelt mir verliebt zu.

Im Haus duftet es herrlich nach selbstgebackenen Plätzchen, nach Tannenbaum und nach Glück. Und ein bisschen nach Welpenpipi. All das zusammen bildet eine wohltuende, seelenschmeichelnde Mischung, die ich für immer mit Familie und Zuhause verbinden werde.

Der Verlobungsring an meinen Finger verdeutlicht mir immer wieder, dass der Traum, den ich lebe, echt und greifbar ist und von Dauer sein wird.

Als ich zu David gezogen bin, hat mein neues Leben begonnen. Ein Leben frei von Angst, Schuldgefühlen und Traurigkeit. Ein Leben, auf das ich tief in meinem Herzen gehofft habe, jedoch nie daran geglaubt habe, es könnte eines Tages real werden.

So ist das mit der Hoffnung. Man darf sie niemals aufgeben oder verkümmern lassen. Und mit ein bisschen Weihnachtszauber kann sie deine Geschichte völlig neu schreiben, bis dir vor Glück regelrecht schwindlig wird.

Der wunderschön geschmückte, fast drei Meter hohe Tannenbaum, der Davids ganzer Stolz ist, bringt auch meine Augen immer wieder zum Glänzen. Wenn Timmy ihn bloß sehen könnte! Und wie viel Spaß mein Dad und David gehabt hätten, ihn gemeinsam aufzustellen und mit Lichterketten zu behängen. Ich wette, die beiden hätten dabei ordentlich in Davids edle Whiskeysammlung gegriffen und sich damit ihre Arbeit versüßt. Ethan und Timmy wiederum hätten den ganzen Tag mit dem Welpen gespielt und sich mit Plätzchen ihre Bäuche vollgeschlagen. Ich stelle mir meinen Dad und Timmy so bildhaft vor, dass ich dabei gleichzeitig lächeln und weinen muss.

„Alles in Ordnung mit dir?", höre ich plötzlich Davids Stimme hinter mir.

„O ja, alles bestens." Schnell wische ich mir die Tränen weg und lächle ihn an. „Ich musste nur kurz an meinen Vater und meinen Bruder denken. Du weißt schon, wie es wäre, wenn sie hier mit uns Weihnachten feiern würden ..."

„Ich kann dich gut verstehen, meine Süße. Doch ihr Platz ist nicht länger hier, sondern in unseren Herzen. Da sind sie immer dabei, und sie werden auch niemals weggehen."

In diesem Augenblick sehe ich in Davids Blick, dass auch er an seine verstorbene Frau und Mutter seines Kindes denkt. Doch das tut mir nicht länger weh. Ich weiß, dass er Catherine in Liebe verabschiedet und sie endgültig über die Regenbogenbrücke hat ziehen lassen. Trotzdem wird sie für immer ein Teil von seinem und Ethans Leben bleiben, ohne dabei unserem Liebesglück im Wege zu stehen.

Ich blicke zufrieden auf diese lieben Menschen, die heute gemeinsam mit mir Weihnachten feiern, und fühle mich mit ihnen stark verbunden. David, Ethan und irgendwie auch Jane sind ein Teil meines Lebens geworden. Ich wage nicht zu sagen, dass es für immer und ewig so bleiben wird. Denn wer weiß schon, wie viel Zeit uns mit den geliebten Menschen geschenkt wird? Unsere Lebenswege kreuzen sich plötzlich und wir gehen zusammen ein Stück, ohne zu wissen, wie lang der gemeinsame Weg sein wird.

Manchmal ist uns nur so wenig Zeit mit unseren Liebsten gegönnt, dass es uns vorkommt, als hätte ein Engel uns nur flüchtig mit seinen zarten Flügeln gestreift, aber dennoch tiefe Spuren in unserer Seele hinterlassen.

Trotzdem können wir mit Liebe und Dankbarkeit an die vergangene gemeinsame Zeit denken und uns glücklich schätzen, diese erlebt zu haben.

Michael Bublé singt *Have yourself a merry little Christmas*, ein Song, der wie für mich und David geschrieben zu sein scheint.

„Komm, tanz mit mir", fordert mich David auf und zieht mich an der Hand aus dem Sessel. „Weißt du eigentlich, wie wunderschön du in deinem himmelblauen Kleid aussiehst? Wie ein Engel! Mein Engel", murmelt er verliebt und übernimmt geschickt die Führung. Wange an Wange tanzen wir um den strahlenden Weihnachtsbaum, und David singt leise die Zeilen mit, die mir mit ihrer Bedeutung Tränen in die Augen treiben. Ich liebe ihn so sehr, dass ich vor Liebe zerfließen könnte.

Irgendwann kommt Ethan zu uns, gefolgt von dem tapsigen Hundebaby. Der Blick in seinen klaren blauen Augen ist unmissverständlich. David hebt ihn hoch, sodass wir zu dritt weitertanzen können. Sein Gesichtchen erhellt sich, und er legt mir einen Arm um den Hals.

„Ich finde es gut, dass Hope bei uns in Atlantic Beach bleibt und kein Engel ist", sagt Ethan ernst, und mein Herz schwillt bei seinen Worten an.

„Ja, das finde ich auch gut. Und sie bleibt für mich trotzdem ein Engel. Mein irdischer, zauberhafter Engel", erwidert David liebevoll und blickt mir dabei tief in die Augen. Wir tanzen engumschlungen weiter, bis irgendwann Mom und Jane auftauchen und mit ihren Handys entzückt Fotos von uns machen.

„Oma Jane, Oma Laurie!", ruft Ethan und lässt sich von David wieder auf dem Boden abstellen. „Ich denke, ich weiß jetzt, wie mein Hund heißen wird", verkündet er feierlich, als er sich zu dem Welpen beugt und ihn hochhebt. „Er heißt Angel."

„Angel?", wiederholt David, und wir sehen uns verblüfft an.

„Warum eigentlich nicht?", meldet sich Jane. „Schließlich ist er ein Weihnachtsgeschenk, und der Name passt zu ihm."

„Bevor aber der kleine Angel ganz unengelhaft wieder eine Pfütze auf dem kostbaren Wollteppich hinterlässt, sollte jemand kurz mit ihm in den Garten gehen", fällt mir auf einmal ein. Das Hündchen wimmert schon verdächtig und versucht, von Ethans Schoß zu springen.

„Komm schnell, Ethan, wir bringen Angel zusammen mit Jane in den Garten!“, reagiert Mom sofort. „Nicht, dass er noch ein Häufchen auf den Teppich macht!“

„Ja, das machen wir. Und wir lassen die Turteltäubchen für ein paar Minuten alleine“, entgegnet Jane und lächelt uns verschwörerisch zu. Kurz darauf sind sie alle weg, und David zieht mich wieder zu sich.

„Dieser Tanz gehört nur uns beiden“, murmelt er und singt mit seiner angenehmen Baritonstimme halblaut mit. *All I want for Christmas is you ...*

Wir bewegen uns sanft im Rhythmus. Ich bin beschwingt und beflügelt von all den Gefühlen, die mich bei jedem Schritt überfluten. David führt mich sicher, seine Hand ruht zuversichtlich zwischen meinen Schulterblättern. Auf diese Weise könnte ich ihm tanzend bis an das Ende der Welt und der Zeit folgen, wunschlos glücklich und grenzenlos zufrieden. Und ich ahne, es werden noch viele solche zauberhaften Weihnachtsfeste folgen, jetzt, wo das Glück und die Hoffnung in meinem Herzen ein sicheres Zuhause gefunden haben.

Ende